三联生活周刊文丛

三联生活周刊十年

一本杂志和他倡导的生活

《三联生活周刊》编辑部

生活·讀書·新知 三联书店

目录

对《三联生活周刊》的
点滴回忆与感想

∷∷张伯海

现任中国期刊协会会长。时任新闻出版署期刊司司长。1956年大学
毕业后，先后在山东大学、人民文学出版社、新闻出版署、北京印刷
学院工作。

《三联生活周刊》十年回忆起来，十多年前，《三联生活周刊》诞生之际，我曾在给它"上户口"时尽过一点力。

最早是从三联书店前负责人沈昌文先生、董秀玉女士那里获知创办这本刊物的意图。当时我任新闻出版署期刊司司长，一天晚上，沈、董两位来访，向我介绍了办一本新的《生活》周刊的设想，希望我给以支持并协助他们申请到刊号。在我那间不足七平方米的书房里，记得大家谈得挺投机。韬奋先生在半个多世纪前主办的《生活》周刊，早已成为中国出版人心目中的一个楷模，现在要传承它，把它发扬光大，这样的事自然能够谈到一起。

其实，当时我心中正酝酿着一个强烈的愿望——推动我国期刊界创办一批观念新、信息新、面貌新的培养迈向 21 世纪新人的新型文化刊物，希望这样的刊物能够把中国期刊引向一个崭新的阶段。1992 年在南宁召开的一次全国文化综合类期刊研讨会上，我曾做过这样的呼唤："期刊要全力以赴培养迈向 21 世纪的新人。这样的人，应该是爱国主义、集体主义、社会主义和强烈的改革开放意识相共融的革命人、接班人、创业人；是视停滞为最大隐忧而坚定不移地敢于开拓、创新、竞争的新人、强人、猛人；是善于学习人类共同创造的各种文化精神财富，特别是科学技术上的优秀成果，并且能够将之消化、吸收、改造和发展的智慧人、科技人、文明人。""谁拥有这样的新人，谁就能在 21 世纪的国际竞争中居于战略主动地位。"在听了沈、董两位所阐明的办刊意图后，我眼前豁然一亮：这不就像我所渴望看到的那种新型文化刊物么？以三联书店的功底，承办这样的刊物应有充分把握。

为《三联生活周刊》运作刊号的过程，已记不太清。只记得上、下讨论时，对于继承韬奋先生的事业，创办一本新的《生活》周刊，多数都能够认同。因此虽然申请刊号难，《三联生活周刊》却较顺利地获得了它。

此后我对这份刊物的动态也就比较关注。听说在相当长的时期内，三联书店的这本刊物"只练兵，不出活"。他们聚集了精干人马，在刊物的宗旨、栏目、选题、策划、操作、风格等方面进行反复的演练，试刊本做过不知多少。就我所知，以这种孜孜矻矻的态度办刊的，实在不多见。仅这一点，就让我对它寄予了很高的期望。

从《三联生活周刊》正式创刊起，我便是它的读者。十年来，不仅眼看着它的成长，也已经视它为不可缺少的精神食粮。这是一份精思且不流俗的刊物。你说它像《Time》，其实《Time》绝不可能有这么多中国的精彩；你说它太"精英"化，其实它在努力实现适应21世纪需要的新人的提升；你说它有差误，其实每个差误都能成为它的新的成长的起点。办刊十年，筚路蓝缕，终于走向艺高业精的境界，正在进行着中国期刊人智慧的出色演练。

十年树木。《三联生活周刊》如今已长成中国刊坛上的一棵树。多么难得的树。衷心祝愿它更加葳蕤繁茂，永葆芳华！

一场神经病

∷∷沈昌文

1931 年 9 月生于上海。从 1945 年 3 月~1951 年 3 月，基本上是工读生涯。上学的同时，曾在金店、粮店习艺。1951 年初在上海私立民治新闻专科学校采访系肄业后考入人民出版社（北京）工作。至1985 年 12 月，在人民出版社任校对员，秘书，编辑，主任。1986年 1 月~1992 年 7 月，任三联书店总经理兼《读书》杂志主编。后退居二线，1996 年 1 月退休。

现在出版界盛说"品牌"。我辈有时也被好心的人士列入出版界能维护"品牌"的从业者行列。其实，像我这样在计划经济体制下成长的出版学徒，长期以来，何尝有过"品牌"观念。我们只知道听上面的话，不出上面不中意的书刊。你去自创一个什么东西叫"品牌"，要是不合上面的意，岂不是自找麻烦，自讨没趣？

这种观念，我一直维持到20世纪末。上世纪80年代起编《读书》杂志，"品牌"说似乎稍稍有点露头。但愚鲁如我，直到这个世纪的最后十年光景，才开始想到：在那个叫做"生活·读书·新知三联书店"的招牌下，是不是也该自己设计一点该做的事了。

1992年11月27日，鄙人虚度六十又一，已经不主持三联书店的工作了。这时觉得自己不妨"罗曼蒂克"一些，又仗着新领导的纵容，于是斗胆写了一个意见，报送各方。意见第一段谓：

"中国的著名出版社均有出版刊物的传统。一九四九年以前，商务、中华各有年出十大刊物之说。三联书店更是以刊物起家，无论本店图书出版之盛衰，几大刊物（尤其《生活》杂志）总是由店内主要负责人亲自主办和竭力维持，使之成为本店的一种'门面'和联系读者之手。本店之三个名称（'生活'、'读书'、'新知'）即为三种杂志之名称，是为明证。据说，胡愈之（一九四九年后的出版总署署长，三联书店创办人之一）始终认为出版社应以办刊物为重点，而以未能在他生前实现为憾。一九七九年筹备恢复'三联'建制之际，先以恢复《读书》入手，迄今十三年，看来也是成功的。因是，无论从传统经验，还是从当前实践看，出版社办杂志都是必要的（有些国外经验也许更可说明此点）。"

写这段话，是读了不少文件特别是店史以后的心得。既有文件和店史支持，于是突然头脑更加发热，居然提出立即要办十个刊物。当时设计的十种是：

（1）《时代生活》（月刊）——用深入浅出的语言，对改革开放带来的种种新现象展开多角度、多侧面、多学科的报道和分析，侧重点放在促进新的生活方式健康成长之基点上。这实际上是《生活》杂志的现代版。

如果主管机关允许重用《生活》刊名，则更佳。(2)《开放经济》(旬刊)——对外报道中国经济之发展，对内指导中国读者如何从事经济活动，即使人们懂得经济事务之重要以及操作、运行之道，又要防止人们成为单纯的"经济动物"。(3)《生活信箱》(半月刊)——供一般市民阅读的大众性刊物，继承《生活》杂志的优秀传统，用亲切的语言以通信形式为群众排除生活、心理上的种种疑难。(4)《读书快讯》(半月刊)——《读书》杂志之通俗版，着重在培养读者对书刊的爱好和兴趣。(5)《译文》(月刊)——适应开放改革之需要，译述国外政经学术文化之重要文章，让中国读者了解域外最新信息。(6)《东方杂志》(月刊)——如"商务"暂不拟举办，拟由本店接手，敦请陈原先生主编。如商务不拟让出此刊，则易名为《新知》杂志，性质仍为综合性的高级学术文化刊物。如果陈原先生俯允，还以他主编为好，因他原是"新知书店"旧人，有此因缘，较能贯彻"三联"传统。(7)《艺术家》(月刊)——介绍和鉴赏中国文物及艺术精品，推动中国文化走向世界，提高国人生活品位。(8) 少年刊物一种(内容及刊名待设计)。(9) 艺术摄影刊物一种(内容及刊名待设计)。以上九种，加上三联书店原有的《读书》，合共十种。拟在 2 到 3 年内次第实现。"

这种设计，说实话，即使实现，也只是我的"遗嘱"。在我本人说，自己"下岗"在即，自然是一个刊物也做不了的。拿了这个设想，托人情，走门路，处处请托关说。结果不少人看了觉得是匪夷所思，简直是神经病。几次周折，到是年 12 月 8 日，才从神经病稍稍回到现实，把计划改为出版三种刊物：《现代生活》(月刊)、《经济生活》(半月刊)、《新潮生活》(周刊)。于是上报。又经周折，最后落实为一种，即《三联生活周刊》。在我作为高级秘书捉刀写成的申报办《三联生活周刊》的"办刊理由"是："本刊为邹韬奋同志创办的声名卓著的《生活》杂志之现代版，以此向海内外表明：《生活》杂志一脉尚存，继续在为社会主义现代化服务。"光明正大，有道有理。这个计划总算批准。于是，到 1995 年 1 月，《三联生活周刊》出刊了。

要说明的是，三联书店早有恢复《生活》杂志的意愿。1980年至1981年，即已开过一些座谈会，还出版了《生活》半月刊试刊。

90年代末，在自己临近全面退休之前，大发了一场神经病。凑着好时光，因着三联书店新领导的敢于承担风险，总算因而让我们有了一个好杂志，让三联书店由此可以对外宣称："《生活》杂志一脉尚存，继续在为社会主义现代化服务。"这话翻译成时髦的语言，无非是说：我们维护住了一块历史品牌。

现在，谈"品牌"不再是发神经病了，也许不要"品牌"反而成了神经病。时至今日，我经常想起管理学大师杜鲁克的主张：不去算旧账，赶紧往前看，去创造更多的机会。按时今的说法，就是创造更多的品牌。

这个期望落在时下在三联书店秉政的诸君子身上，特别是《三联生活周刊》身上了。

期望时代大刊

∷∷董秀玉

1956 年考入人民出版社，任校对；1975 年人民出版社编辑部，任编辑；1978 年下半年参与《读书》筹备，1979 年任《读书》编辑部副主任；1986 年任三联书店副总经理、副总编；1987 年底赴港，任香港三联书店总经理、总编辑；1993 年任三联书店总经理、总编辑；2002 年 9 月退休。

《三联生活周刊》的创刊号上，我写过一则"编者手记"：

在韬奋先生诞辰一百周年的大日子里推出的这本《三联生活周刊》，是创刊，也是复刊。

六十八年前韬奋先生创办并主持的《生活》周刊，与生活历史共鸣，积极反映了时代潮流和社会变迁，竭诚服务于千万读者，产生了巨大的社会影响，受到了广大群众的热烈欢迎。从这个意义上讲，我们是复刊。

坚持这个方向，是我们的宗旨。

今天，我们正处于世纪之交的大时代中，这是我们的幸运。如何从老百姓最最平凡的生活故事中，折照出这个时代，反映出人们普遍关注的社会新课题，提供人们崭新的生活理念和生活资讯，当是我们最需努力的关键。韬奋同志从来主张，特殊时代需要提供特殊的精神粮食。这就需要创新，要前进。《三联生活周刊》的创刊，就是我们的再出发。

在这历史的承传和时代的创新面前，我们惶惶然请益于师友，商讨于同志，希望作为一个共同的事业，一起来办成一份百姓自己的刊物。

这基本反映了我们的办刊思想，是当时穷得叮叮当当、不知天高地厚的一群人的雄心壮志。

当时真是房无一间，地无一垅，账无余款。但我们分析市场，现代社会的飞速发展，周刊形态已是发展的必需，而当时除了《瞭望》，并无其他现代性很强的文化性新闻性周刊；分析我们自己，我们有最佳的品牌优势，有老同志的支持，有当时社委会的一致意见，更有学术文化界朋友们的实际支援，在资金方面也有争取外援的可能；再则，从三联的发展战略说，这也是冲破三联困境的关键一大步。我们只能，也必须义无反顾地冲上去。

决心好下，但执行过程之艰难曲折却难以想象。创刊、坚守和正式转为周刊是三个关键时期。

创刊阶段，在钱钢带领下大腕云集，创意无穷。从 1993 年 3 月批准刊号，钱钢进入，到 1994 年 3 月迁入净土胡同前，在当时三联窝居的大磨坊楼上的平台房里，日夜灯火通明、热火朝天。制订规划、招聘记者、职业培训、"空转"试刊……那真是一段最值得回忆的日子。

虽然这以后由于资金中断等种种原因造成第一次休刊，但这一年的工作明确了办刊思想、搭好了架构、锻炼了队伍、熟悉了出刊的各个环节，不少栏目不但十年来仍在沿用，连外刊都在借鉴。尤其在媒体中的影响力大大增强，为以后的发展打下了良好的基础。

从 1994 年 5 月到 1995 年 8 月，这是一个情况多变的守护期。这期间试过几位主编，换过两茬投资者。真正做了实际工作的是杨浪。他在最困难的时候挺身而出，不讲代价地接下了重任，编了一期试刊、五期正式出版的周刊，最后亦终因资金问题而休刊。

三联书店的文化精神从来是开放的、包容的，也坚持用人必须不疑，刊物必须是主编负责制。在方针确定以后，总编只管提供平台，解决困难，协调关系和终审稿件。主编应该有最大的自主空间。也因此，我们才有这样的幸运，能聚集那么多的师友、同志来和我们一起创编这份刊物。但我也犯了一个大错：从一开始就主观地想请两个主编合作，一个新闻专长，为主编；一个文化专长，为副主编。结果组合了几次都完全失败，也伤害了个别主编，如朱正琳，我一直深感内疚。

分出经营的这一块，与社会资金合作。生活周刊应该是做得相当早的。当时一方面自己没钱，同时也想尝试用广告来养刊物。我在香港时就调查了很多刊物，都是这种模式，我以为这是值得尝试、对周刊一定会行之有效的。前提是广告一定不能制衡我的内容。编一本三联自己的周刊，是我的基本点，这一点，丝毫也不可动摇。

经营模式的改变，资金结构的变化，必然带来功能结构和人才结构的变化，在原则的基础上我们为自己争得了一点自由，这对周刊的持续发展十分重要。

当然，投资方的情况也很不一样。第一任投资方因政策原因撤走，颗粒无收，我觉得十分抱歉。第二任投资方撤走则是因观念不合，在内容上我们不肯让其干预。第三任则是他们本身的资金出了问题。而每一次的问题又都牵涉到编辑队伍的稳定，因此这条路真是走得十分艰难。杨浪走后几个月，一次在机场遇见，他过来招呼，说："前几天我妈还在问：你们老董还在坚持着哪？!"我们大笑。

可是过后想想，心里也有点不好受。为办这个周刊，我们头上顶着雷子，因为社会资本参与经营的政策还不清晰；资本未有回报，心里也觉歉然；平台不够稳定，更有负主编和年轻的编辑记者；在社里，由于周刊是体制外的经营方式，工资待遇等与社内不同，也必须向员工解释、做好工作；对社委会，为了不混淆两种体制的经济关系，也为了节省每一分钱花在周刊建设上，不但我自己，而且连社里，都不许花周刊的一分钱。所以当时就有人问我：既然各方面都没好处，你还干什么？我苦笑，可是心里总存着期许：或许再咬咬牙，过了这道坎，前面就是曙光！也有朋友笑我还做着印钞机的梦，我告诉他们："是的，好的周刊就应当是印钞机。"

三联品牌对一些有着文化情结的投资方还是有影响力的。第四任投资方在 1995 年 8 月后开始进入。为此，我十分紧张，再三再四地讲困难、讲问题、讲风险，当然也讲我们的原则。希望他们能想清楚再进入，决心进入就需相对稳定。周刊再也不能折腾了。

作为第三任事实上的主编（真正编了杂志的），朱伟受命于危难之中。朱伟的进入，使周刊进入了一个相对稳定的新时期。这个阶段，朱伟、方向明、潘振平三位都功不可没。

朱伟面对的状况十分复杂，既有前任打下的良好基础，又有这两年多风风雨雨造成的诸多问题和媒体的种种猜疑。这比接手一个新杂志要困难得多。但朱伟做到了，不但打开了一个新的局面，将刊物持续出版，而且在几个重要关头，在几乎不可能的情况下，都能将刊物按时出版，并获得很大的好评，1999 年即开始赢利。尤其在将双周刊转为周刊的过程中，竟也是从容过渡，第一年几乎就能打平，其编刊创意与经营方面的学习能力俱佳，实在是十分难得。

方向明是前任的经济主笔，早就是《中国青年报·经济蓝讯》的大牌记者和主编，写的企业报道扎实、深入，经济分析中肯、透彻，又极有故事。是中国企业经济报道中最佳、最犀利的一支笔。在朱伟重组队伍的过程中，我了解朱伟最为陌生的是经济这　块，我们都十分希望力向明能留下来。虽然当时他还有更好的去处，虽然留下来前途难测，但是他毅然同意留下协助朱伟把刊物搞起来，不讲价钱也不提条件，十分仗义。《三联生活周刊》前几年最好的封面文章大多是经济的，方向明

11

对《三联生活周刊》的成功发展起了绝对重要的作用。

为了确保周刊的运作和发展，当时社委会也下了大决心，派潘振平去担任周刊副总编，专门负责周刊日常工作。潘振平是三联最优秀的编审，又是个包容性很强、很大气的人，观察处理问题思路清晰，能把握关键。对当时重建中的周刊的方向把握、选题创意、关系协调和经营管理等等，都起了十分重要的作用。潘振平是低调的，他从不诉苦告状上交矛盾，他是周刊的凝聚力的保证。

最后的关键是2001年周刊的转型。双周刊转周刊绝对不仅仅是时间的压缩，它是一个新刊。从资金投入到定位到运作等等都会有相当大的变化。从主观上讲，最好再推后一两年转，会较为稳当；但从市场看，必须马上转，否则就要失去先机。可是投资方首先反对，由于资金困难，决定不投资做周刊。其次，内部反对声也不低，因为1999年、2000年好不容易已经赢利，转周刊后又要亏上两年。好心人还提醒我："你马上要退休，转周刊的话账面上又是亏损，不好看。"这确是事实，但为了周刊的长远利益，真是顾不得了。遂决定引进第五任投资方的资金转周刊，做最后一搏。这一搏与前不同，心里已开始有底，广告在不断增长，广告商对周刊已颇有信心。

由于前任投资方的合约还有半年，便商定先以借款方式进入，一千多万的借款一方面支持转型周刊，同时也准备偿还前任投资方的投资款（我心里一直惦着我们困难时他们给予的帮助，现在他们有难，我们也不能袖手。因此借款中包含了这一部分，但后因对方索价过高，难以同意，演成官司。在这里不赘）。准备等合约期满，再做正式合作方案。

实际上朱伟把转型工作做得很好，只第一年略有亏损，而转成周刊后的广告量却大增。我退休前虽然周刊账面上还有少许亏损，实际手上三年的广告合约已达数千万元。为了周刊的长远发展，下决心2001年转周刊的这一搏是绝对值得、绝对应该的。

现在三联杂志（尤其周刊）的利润已经大大超过图书，但我们的工作实际上才开始了一小步。我们期刊群的计划尚未完成，周刊作为一个时代大刊还有相当的差距，还有太多的工作要做。

周刊的十年，我们历经了众所周知的艰难曲折，没有对文化的坚守和执著，没有对事业的理想和热情，没有全体同事的团结和努力，没有朋友们的爱护和支持，我相信，就一定不会有今天的《三联生活周刊》。我们真应该向每一位支持过、帮助过我们的朋友、同事和读者们衷心地说一声"谢谢"，衷心感谢为周刊做出贡献的每一位。

周刊的十年，又将是我们发展中的一个新起点。从现在开始，十年的成绩和优势已成过去，我们必须看到自己的问题和差距，明确今后的目标和策略，向着新的未来，向着更高的理想，为了办出一个真正的时代大刊，做出最大的努力。

我衷心祝愿！

致董秀玉女士的信

:: :: 范　用

出版家，1923 年出生在江苏镇江。曾任人民出版社副总编辑、副
社长，并于 1985 年兼任三联书店总经理。在他主持下，三联书店
出版了《傅雷家书》、《随想录》等一大批在中国图书发展史上占
有重要地位的经典图书。1989 年离休。

日前参加联谊会，祝寿活动的老同事很高兴地告诉我，三联在《读书》杂志之后，将再出版《生活》和《新知》两个刊物，受到与会同志的热烈欢迎。

当年，韬奋先生、伯昕先生办《生活》等一系列周刊，奋斗不懈，高举反对帝国主义，争取民族解放，反对专制独裁，争取民主大旗，做出不朽的贡献。《生活》活在千千万万读者、老一辈人的心中，我们在三联工作过的人，也深为怀念。当然，今天办《生活》周刊，不必模仿过去，但是"韬奋精神是什么"这一点，三联一定会考虑到，相信复出的《生活》，必将继承发扬"韬奋精神"。我衷心预祝这两个刊物办得很出色，办得很成功。

这件事最好也告诉一下邹夫人沈粹缜先生，写封信或者专程去上海看望她，让老人家高兴高兴，知道三联办《生活》周刊的宗旨，办个什么样的刊物，免得有人谈起，她还要打听。

在《生活》创刊号中，能否用一点篇幅，图文并茂概要介绍韬奋先生及其《生活》系列周刊。或者写一篇沈粹缜先生访问记。当年与韬奋先生共事办《生活》杂志的同志，胡耐秋、程浩飞两位还健在，都在北京，也可访问。

像我在三联工作过的人，当年《生活》等刊物的一个读者，听说三联要办《生活》周刊，很自然想起了韬奋先生、伯昕先生他们主持的《生活》等一系列周刊，于是有上面的一些想法，或者说一点建议。如果今天的《生活》同韬奋先生的《生活》毫不搭界，仅仅刊名雷同，那么，我的一点建议就是多余的，算我这个旧脑筋饶舌。

敬礼！

1993 年 5 月

作者：王焱

　　我喜欢《生活圆桌》，这里满眼美文，篇篇生猛，像一道道端上来"养眼、养心"的好菜，绝少"审美疲劳"。我同样喜欢回忆我与这张圆桌四年的恋情，是他们的宽容与吹捧，让我能够自信地在这儿撒泼打滚，卖弄身上这点枝招与技巧。

（1993 年毕业于中央美术学院，1994~1998 年为《三联生活周刊》专栏插图作者。2000 年成立午夜阳光平面设计公司）

"史前史"的一个小片断

∷∷朱正琳

1983 年获北京大学外国哲学研究所硕士学位。1983~1985 年，在《中国法制报》(今《法制日报》)任编辑，1986 年调往湖北大学哲学所。1993~1996 年，出任《东方》杂志副总编。1996 年后在中央电视台《读书时间》栏目任策划。

　　我的故事属于《三联生活周刊》的史前史，值得一说的不多。从头说起大致是这样。

　　1992 年 9、10 月间，我从湖北武汉回家乡贵州探亲，其间自然会会晤几位老朋友。有一晚我去拜望许医农，得知她已在贵州人民出版社办了离休手续，正准备接受三联书店的聘任，到京工作。聊天过程中谈起办刊办报的一些想法，我说了一句："我倒有个建议，就是建议三联书店恢复当年邹韬奋先生办的《生活》周刊。"话虽是脱口而出，但却不是即兴一说。那段时间总在与一些朋友议论类似的事情，也可以说我是有备而来。没想到许医农反应极快，当即拿起电话叫通了北京的董秀玉。董当时刚从香港调回北京，出任三联老总。董在电话那头兴奋地说："太好了！我们想到一块啦！这事我们已经酝酿筹备两个半月了。这样吧，你让朱正琳到北京来一趟，见面谈谈？"就是那一席干净利落的谈话与通话，让我想起后来我常常引用的一句名言（出处已记不真切）："是时候了。许多不同的人在不同的地方想起了同一件事。"

很快我就专程到了北京，与董秀玉约在天伦王朝咖啡厅见面。此前我们彼此并不相识，所以座中还约请了一位共同的熟人周国平，记得是由董出面约的。第一次见面就谈得很好，至少我的感觉是这样。我了解三联的意图，虽说是要办周刊，但还是想分几步走。有可能先做月刊，再做半月刊，然后再改做周刊。内容大体是新闻事件和社会现象的深度评论。与董达成某种意向性口头协议之后，我随即回到武汉做赴京准备。对于办杂志，我当时虽有一份热心，却很缺乏概念。回武汉待命的半个月时间里，不敢掉以轻心，在学校资料室里查阅浏览了邹韬奋先生当年主编的全套《生活》周刊。有两点印象深刻，至今仍奉为圭臬：一是杂志应办得"有价值，有趣味"（《生活》周刊宣传语）；二是韬奋先生做主编重点抓两头（卷首的"小言论"和卷尾的"读者来信"）。

紧接着是赴京参与筹办工作，前后历数月，直至我"黯然离去"（某报道语）。应该说，我当时虽已有 45 岁，却依然是一个不谙世事的书生。从一开始就有点走岔了道，与三联的意图合不上拍。我理解的办刊，就是要表达某种声音。所以一开始筹办，我就请来了几位同道——上海的朱学勤、唐继无、周忱，时在陕西的秦晖，北京的梁晓燕，还有一位在我是必请的人当时因在国外而没有到场，那就是徐友渔。我请这些人，不是为了向三联展示阵容（那时候三联还不太知道朱学勤、秦晖等人），而是实实在在想由这班人共同组织一个编辑部，理由是关于办刊我们之间有某种共识。不过，我让这班人和我一起出场与三联谈判，好像是有点违规，至少是一副不会办事的样子。更重要的是，三联当时下的是另一盘棋。董秀玉从香港引进资金，准备合作经营这本杂志（由三联控股，港方负责发行）。很明显，这完全是一种从市场出发的新思路，殊不类我们这班书生的"五四情结"。"五四情结"这个用语是时下一些研究期刊的学者发明的，专指某类办刊动机。我以为用来形容当时的我们倒很贴切。

结果当然是闹了不少笑话。第一次和港方接触，很快就发现他们并不关心我们想表达的是什么。他们追问我的是这本杂志的"卖点"——卖给谁？卖什么？我因为从来没这么想过，自然是答不上来。一时语塞竟有点像考场上的学生。接下来他们差不多是给我上了一堂课，并且向我推荐了一本香港刊物，要我回去"参考参考"。一次接触下来，我的同道们就忍受不了了，一个个拂袖而去，不愿跟港商合作。这也难怪，港方的想法听上去是离我们的办刊动机太远。

最受不了的是我自己。我的同道们感觉的是气愤，我感觉的则是沮丧。要命的是，我觉得港商们的想法有许多都很有道理。比较起来，我却是擀面杖吹火——一窍不通。同道们相继离京之后，我有那么几天不知何以自处。是进是退，一时也拿不定主意。有一晚夜不能寐，猛然间脑子里一亮："我要不接这活我就是个王八蛋！"——我把姿态放低，让自己成为一个求职者，试着去给中港合资的老板打一回工，行不行？其实事实本来就是这样，只不过我自己把自己端起来放错了位置。

于是我开始研究《壹周刊》，像做功课那样研究。后来又得知梁晓燕不准备退却，于是与她合作讨论，商定了一个刊物的设计方案。这期间与港方打的交道多起来，我的自信也慢慢有所恢复。香港有成熟的市场，有一套成熟的办刊经验，但任何经验都有其局限性。比如说，当时主事的港方代表陈冠中先生有一天对我说："我们每期的头条，都必须是轰动全国的！"我回答说："您知道怎么才能轰动全国吗？捅篓了。还不够吃官司的呢！"陈毫不迟疑："官司不用你们去打，打入成本嘛。"我当时说的吃官司当然不是指诉诸法庭，"打入成本"四个字在我听来实在是有些轻飘。陈冠中先生现在已堪称"老内地"了，我相信他不会再坚持他原来的看法。毕竟他自己连同他的老板也都成为"史前史"中的人物。顺便说一下,一个偶然的机会使我和陈冠中先生在分别十年之后又见过一面。"史前史"三个字就是那次见面留下的。当有人想为我俩做介绍时,陈先生笑着说:"我们认识,那是《三联生活周刊》的史前史。"

后来一次次的讨论可能使老板们越来越不满意我:老板们想做新闻,我想做评论;老板们想上来就做周刊,我却想从月刊做起,至多从半月刊做起。也许还有一些老板们没有告诉我的看法,比如对我的能力评价不高之类。总而言之,老板们终于向我宣布他们已另有人选。就这样,在还没有正式开工之前我就被炒了鱿鱼,结束了我的第一次打工。当然,《三联生活周刊》的史前史才仅仅是开了个头。

德国记忆

∷∷钱　钢

现为上海大学和平与发展研究中心研究员，香港大学新闻及传媒研究中心中国传媒研究计划主任。1979 年起开始职业新闻工作，曾任《解放军报》记者部负责人，参与创办《中国减灾报》(任执行编委)、《三联生活周刊》(任执行主编)。曾任中央电视台 "新闻调查" 栏目总策划 (1996~1998)，《南方周末》报常务副主编 (1998~2001)。作品有《唐山大地震》、《海葬》、《留美幼童》(与胡劲草合作)。

　　1993 年秋天，潘振平、宁成春和我作为 "三联" 的考察者参加法兰克福书展，在德国生活了近一个月。这是我操作新闻周刊的 "蒙学课" 之一，若干情景，恍然如昨。

封面故事：俄罗斯危机

有两名警察在莫斯科街头被杀。

我在刚刚入住的宾馆看电视，时差的原因，过了午夜仍未入睡。已经是 10 月 3 日了，是个星期六。俄罗斯发生了总统与议长的激烈争议，CNN 一直在直播莫斯科街头的骚乱。我看见了莫斯科电视台前聚集着对峙双方的支持者，大规模冲突一触即发。布置三联书店的展台回来，晚上 21 ：52，我看到了开枪。

10 月 4 日晨，我边看电视边记日记：

现在是巴黎时间 5 ：50，莫斯科时间 7 ：50，天已放明，大批坦克进城，卡车，燃烧的黑烟。坦克已经布置在白宫前，有零星枪声。一个足球场。7 ：52，路边停满卡车，有面包车开过。楼房沐浴着金色的霞光。坦克撞开了足球场边的铁网。

当天晚上，我从电视里看见俄白宫大火。副总统鲁茨科伊、议长哈斯布拉托夫被押上汽车。电视镜头重放坦克炮击白宫。据称白宫内死500 人。美国总统克林顿表示支持叶利钦渡过危机。

10 月 7 日，我在书展买到刚刚出版的德国周刊《明星》（《Stern》），封面故事为《叶利钦的苦胜》，报道了前一天方结束的莫斯科危机，封面图片是愤怒挥拳的叶利钦和炮火硝烟里的俄罗斯国旗。报道中最新的内容（文字、图片）是 10 月 6 日也就是一天前的。

我立刻想到我们的《三联生活周刊》。那时我们常常问，如果周四某地发生特大爆炸，我们周六上摊的刊物可能把这一新闻做封面吗？那时封面做图很难很慢，杂志印出后还要留足"焗"干的时间。捧着《明星》，我叹服那种做新闻的状态。

无意中进了贝塔斯曼

我们去汉堡访问《明星》周刊。《明星》当年曾因刊登了伪造的《希特勒日记》而对全世界现丑。不过在 1993 年的德国，它仍然是和《明镜》齐名的新闻周刊。

《明星》的办公地点，在一幢舰船式的建筑物内。我们和总编辑交谈，观看组版编辑的工作，参观资料库，还在职员餐厅美美享用了一顿午餐。

他们的图片库给我留下极其深刻的印象。他们既有满架的图片，分类细致；更有电脑管理的图片档案。而后者在当时还是很时髦的。他们轻易地调出"北京"、"邓小平"等分类的摄影作品，不时把我的念头拉回到我梦寐以求的"生活周刊资料室"。

我们被领到放置历史资料的屋子，那里有创刊之初的老杂志。《明星》的总编辑告诉我们，"二战"后，汉堡由英军占领。1948 年，英军占领军司令发布一个通告，称谁愿意创办一份鼓吹民主的杂志，他就会批准出版。结果有一个年轻人说，我愿意。那人于是当了《明星》的总编辑，一口气干了 40 年，在我们去德国的不久前才退休。

从一个深深的大抽屉里，现任总编辑抽出《明星》创刊号。非常的薄，纸张很黄（不知当年就这么黄还是变了色），没有彩色，封面用了一幅木刻。他又抽出几期，说那时的杂志上有许多黄色的内容，随着读者日众，严肃的内容也渐次增多。

1993 年的《明星》周刊，已经是一份有 200 多页的大刊物。无数期刊物的封面，被制作成小图，密密麻麻地布满总编辑办公桌背后的大墙，真是壮观。老总编辑已经退隐乡间，在那里，他办了一个小博物馆。

《明星》的图片非常棒。我们在德国的日子里，他们有一期刊物的封面故事是关于中国的——《一个孩子变成了神》。封面金碧辉煌，是孩子的头像。说的是一个 8 岁的小活佛（即 17 世噶玛巴）的故事。他们使用了大量图片，据说曾派出一支摄影队在西藏采访拍摄多日。记得有一张照片，是小活佛在玩遥控汽车。

在《明星》杂志同一座楼里，我们还看见另外一份图片精美的杂志《GEO》，即德国《国家地理杂志》。我们背着一堆精美的杂志和其他资料回到北京，仔细"判读"，才发现了那个了不得的名字：贝塔斯曼。原来那座舰船式建筑，竟是贝塔斯曼的汉堡总部，那里有许多杂志，有出版社，还有电视台。出访前的案头做得还是不够，我们一心想着周刊周刊周刊，无意中进了一趟传媒帝国。

龙应台和《三联生活周刊》

龙应台是沈公和董秀玉的朋友。行前董秀玉对我们说，在德国有什么困难，就去找龙应台。她会帮你们。

第一次见龙，是在书展展厅。她匆匆来去，我和她甚至都来不及互相介绍。说来丢人，我们要她帮的忙，是订回程机票。所以我们后来又坐"S"列车（轻轨）去她住的远郊小镇"空堡"取票付账，我们好像拿出了500马克的大钞，让用惯信用卡的龙十分好奇。而我则对她的好奇感到好奇。潘、宁先期离开德国后，我再去"空堡"，想和龙应台谈谈周刊。

"空堡"是"二战"后盟军总司令部所在地，美丽幽静。我下了列车，刚出小站，一辆红色轿车便无声地"滑行"到身边。"安安，叫叔叔。"龙的台湾国语，"叔叔"发第三声。

这是个下午。据说和每一个下午差不多，龙应台要接送大儿子先去踢球，再去看电影；要从幼稚园接出小儿子，再陪他到图书馆借书。然后是给孩子们做晚饭，不是两个，是四个，邻居家两个要例行加入。龙一直忙到晚上9点，开始命令三个孩子就寝（邻家女孩也喜欢住这里，带了牙刷和睡衣来）。每一天，当小家伙们很快发出鼾声后，龙开始她的彻夜写作。

这晚，她和我谈周刊。她把一大堆《明星》抱到沙发旁，斟上两杯葡萄酒，开讲。我请她从杂志的编辑部人员名单讲起，给我讲解栏目设置，讲解各类报道的比重，讲解定价，讲解夹在杂志中的广告，当然我最关心的是封面故事和社评。

记得当时，我对封面故事安排在杂志的哪个位置极感兴趣。我当时已经明白，国外的杂志都不会把封面故事放在最前，但什么是它的最佳位置？是不是要处在一个黄金分割线的部位（即刊物的约前1/3处）？在这道大菜的前面，应该放什么样的内容？开胃酒？

龙应台详尽地解释一切。我看见许多封面在揭露黑幕，也有的封面故事是编辑部"制造"的，如由《明星》编辑部发起全球性的对阿富汗难民的援助，事情做得很大，当然也成了杂志卖点。

我们谈到凌晨。早上，几乎没睡多久的龙应台开车送孩子上幼稚园、上学，而后要赶往慕尼黑开会（半天的火车车程）。于是我也和她同行，在火车上继续讨论周刊。从"空堡"到法兰克福，从法兰克福到斯图加特。她还向我介绍了《明镜》和《焦点》。后者是慕尼黑的一份创刊不久的周刊，很注重科学题材，设计也很新颖。我在斯图加特和龙道别。一是不得不下车（次日要飞回国），二是我想看一看斯图加特，两个月前，王军霞刚在这里拿了万米世界冠军，我们刚刚以此为题材，在香港做过一个模拟的《三联生活周刊》封面（许多年后，在《三联生活周刊》总编辑办公桌背后的墙上如果要布满杂志封面小图，这应当是最早的一幅）。

那一天很冷。我独自徘徊在斯图加特街头，咀嚼着数日来的见闻，怀着憧憬，跃跃欲试。

向往文化

:: :: 毕熙东

1980年考入《中国青年报》，20年来采访过全运会、城运会、青运会、奥运会、世界杯足球赛、大学生运动会以及国内外各种单项运动会。曾任《中国青年报》体育部主任，现为《中国青年报》报刊发展中心主任，《青年体育报》总编辑。兼职有：中国体育新闻记者协会副主席、中国青年记者协会理事、中国足球协会新闻委员会常委和中国篮球协会新闻委员会常委等。获奖作品多篇。

　　11年前的春夏之交，京城的一拨文化人——各媒体的知名记者、编辑们凑到了一起，他们既是同行，又是朋友；有共同的志趣，又都有点追求；在各自从事的新闻领域中又都有些名气。计有"军报"的钱钢，"中青报"的贺延光、杨浪、毕熙东，"体育报"的杨迎明、李伯飞，以及才女胡舒立，等等。

　　客观地说，那时的社会环境、宣传气氛比较敏感，媒体也比较谨慎。在这种背景下，一帮文人凑到一块儿，又是这么几块料，就比较引人注意。

"都说识字忧隐起，却偏偏是书香人家。博古通今以明志，澹泊宁静自高雅。满腹的经史哲论，一开口家国天下。指点江山几千年，激扬文字论华夏……"电视剧《书香门第》里的这段歌词，把识字人的本性写得挺准。

　　上世纪30年代以来，韬奋先生及其同事擎旗，将"生活"、"读书"、"新知"合并成三位一体，谓之"三联"。为呼唤"德"先生、"赛"先生，为中国的光明与进步，为提高社会的文明与素质，做出了贡献，成为文化人的榜样。如今，在中国改革开放的新时期，在科教兴国、以德治国的新形势下，继承先辈的遗产，创刊《三联生活周刊》，为提高大众的文化品位、文明素质做一点儿力所能及的事情，不仅是我们的理想，更是我们的义务。因而大家兴致颇高，很快就干了起来。

　　在南二环永定门西侧一座叫大磨房的不起眼的办公楼，成了我们创业的地方。

　　从研讨办刊思路、涉猎内容范围、敲定主要栏目，到招募新兵、寻号老营、财务预算、业务培训等等，事无巨细，大家集思广益，人人尽职尽责。仅仅四五个月的时间，便使《三联生活周刊》有了一个比较清晰的模样。

　　经过我们的挑选、培训，黄集伟、石正茂、何笑聪、苗炜……等一批出类拔萃的年轻人很快便脱颖而出。十年来，这批年轻的元老们不少都改换了门庭，而且都是所在媒体的骨干力量。我的学生苗炜现在已成了《三联生活周刊》的业务负责人，而且是中国体育新闻界著名的评论家，对于他们的成就，我们不敢贪天之功，主要在于他们的天分和勤奋。但有一点，他们和我们，两代人都永远不会忘记南磨房的那段经历：

　　夏天的黏湿闷热，照样聚在一起讲课，交流，写作，采访。

　　冬天的漫天风雪，坐不上公交车，打不到"的士"，步行也要咬牙坚持到岗。

　　为第一期试刊（指讨论本，下同——编注）小样，大家出选题，搞策划，方案推倒重来，相互修改稿子，直言相告，大声争论。定了稿，出了试刊，依旧要仔细研讨，以备后用。

记得第一期试刊样中，我的任务是为中国申奥代表团在蒙特卡洛惜败写一篇通讯，题目是《蒙特卡洛的悲怆》。在大家充分的研讨之后，我几乎万言长文一气呵成。事后，钱钢的中肯评点，杨浪的仔细推敲，杨迎明杨大爷的好话不好说，胡舒立的矫情褒贬，学生们的阅读品味……直到今天仍历历在目。

后来，中国申奥团赴蒙特卡洛之前我写的《成事在天》和后来这篇《蒙特卡洛的悲怆》，均被国内外的同行们誉为经典之作，被多家媒体转载。2000年我到悉尼采访奥运会时，《悉尼晨锋报》当时负责分析报道申办的资深主笔，还专门约我谈了这两篇通讯，说这是两篇优秀的政论性报告文学作品。

但我深知，是《三联生活周刊》创刊的那一段经历，唤醒了曾被压抑的激情，增强了一名新闻工作者的社会责任感。尤其是在一批有为新秀的感染之下，灵感和犀利又回到笔端，追求品位，向往文化的理想，又在心中燃起，而且愈加强烈，愈加真诚。

感谢你，《三联生活周刊》！

祝贺你，《三联生活周刊》！

我的三联生活

来《三联生活周刊》前任《中华工商时报》
总编辑助理,《周末版》主任。在《三联
生活周刊》工作时担任艺术总监。现任
香港《红色资本家》总编辑。

一

在《三联生活周刊》,我最早接触的"三联人"应该是董秀玉了,尽管她当时是三联书店总经理,但对我来说,她更像一个大姐姐。董秀玉总是在鼓励我去做一些新的事情,以至后来我开办"漫画公司"后,她仍旧在帮助我,她帮助我出版了我的第一本漫画书籍,尽管与她想象相去甚远,但她还是出版了。

为了改变我的漫画风格,董秀玉曾带我去见王蒙,那天下午在王蒙家中小院里,两位长者帮我分析了各种风格的可能性,后来董秀玉让王蒙在他全集中选一本适合作漫画脚本的文集,让我带走,但我最终任流而去，以致现在没有多大长进，回想起来多少有点愧对大姐。

我当时在《中华工商时报》，报纸编辑相对图书编辑应该算是粗人了，这让我很难体会董秀玉对《三联生活周刊》那种细腻的感情。我当时被委派的工作是《三联生活周刊》艺术总监，现在想一想，我根本无法胜任这个位子。

但董秀玉却始终认为我能做好。我们交流时，最让我惊讶的是她言辞中的多重含义，比如当她在审定我的一个设计时，看后会笑着对我说"有机会，我会安排你到德国书展去看一看的。"

我瞬间明白了她话中的另外含义——首先她告诉我这个设计不行；其二她告诉我需要把眼界再放开些；其三她在说你能做得更好。我是一个不喜欢冲突性交流的人，那样只能搞坏心情。我喜欢和董秀玉这种暗示性交流，它让相处变得平滑圆润，多少有些禅味。

董秀玉是一个苦行的旅人，可以说《三联生活周刊》早年创刊所有的苦都让她一个人吃遍了——上司的看法，下属的抱怨，同事的争吵，朋友的反目，还有投资人的坚持、合作者的离去。但她在这种情境下描述起《三联生活周刊》时依旧几如梦幻。

印象最深的是一次我们在聊《三联生活周刊》形式定位，她说着说着突然找不出词儿了，对着窗外的枝枝蔓蔓看了半天然后笑起来，镜片后的眼睛长久地在笑——片刻，我似乎感觉到了她想象中的《三联生活周刊》，但遗憾的是我没能帮她完成设计。

二

我加盟《三联生活周刊》时是"钱钢时代"。

我对钱钢有种辈差的困惑，我们同住一个大院，他和我父亲是同事，都在解放军报社工作。记得有一年钱钢去上海出差，我父亲托付他去看我妹妹陈燕妮，燕妮那时正在上海读大学。不久，燕妮从上海打回电话说，见到钱钢啦，一起在锦江饭店吃的饭。父亲说，什么钱钢钱钢的，为什么不叫钱叔叔！燕妮说，他太年轻了，我叫不出口。父亲骂了起来，没大没小，再年轻你也得叫叔叔！燕妮在电话那头被骂哭了，我在隔壁房间窃笑。

这回轮到我了。说实在的，我一直没能找到对钱钢合适的称谓，于是除了偶尔随大家叫两声"钱钢"外，更多时候都是在用"你好""来啦"等语言作为起始句，好在钱钢对此并不在意。我和钱钢的合作早于《三联生活周刊》，是在他走马《地震报》时，那时他手笔很大地将《地震报》改成《中国减灾报》，我加盟了他的改版阵容，钱钢给了我很大的空间。

在《三联生活周刊》几乎不用磨合，我便适应他的工作方法——全景式操作。

《三联生活周刊》第一批编辑是我们一起挑选的，门外候着等待面试的应聘人，钱钢一个个叫着名字，每过一个人，钱钢都会同大家交换意见。看着一张张毫无世故充满理想的脸，我想，我们当时更多的是凭直觉的好感。然而看到这些当年的新人今天很多人都成了新闻业界的腕级人物时，多少有些欣慰。

钱钢办刊有一种军队作风，因为当时正在等待资金到位。于是钱钢开始了他对编辑的培训计划，虽不出刊，但一切程序都按周刊出版运转，什么时间编前会，什么时间采访，什么时间交稿，什么时间结稿，一切按部就班。杨迎明戏称这是"水军旱地操练"。我觉得这更像是"新兵连生活"，钱钢试图按自己的理想打造一支"钱家军"。

钱钢是一个理想主义者，你很难想象这个皮肤白皙举止规矩的书生竟有着如此大的热情和能量，这不仅因为他写过一本轰动一时的《唐山大地震》，也不仅因为他年纪轻轻就成为军队师级干部，而是他个人有一种特别的感染力，离近了就会被吸附，对我来说，他是一个先行的老师与愉快的合作者。

钱钢的眼神有些哀怨，笑起来略带害羞，但他的视线永远瞄向的是硬朗朗问题。

三

　　陶泰忠是和钱钢结伴而来的，此前他是解放军文艺出版社副社长，当时是《三联生活周刊》行政总管，他有张含蓄的笑脸，看不出是大高兴还是小高兴，但这张脸你一看便有一种安全感。

　　"水军旱地操练"期间，钱钢要求《三联生活周刊》封面设计要加入"操练"，陶泰忠蹑步到我跟前，小声问需要什么？我说，喷笔。多少钱？四千多！不一会儿我就拿到了支票。

　　当天晚上《三联生活周刊》封面设计开工了，不料喷笔的马达声惹恼了我太太，太太属于那种天下都是亲人唯独老公例外的女人，连我咳嗽一声她都怕惊扰了邻居，宁可用手把我活活捂死在床上。社会学家说这种女人的概率是二十五亿分之一，我中了头彩。

　　后经协商，为了防止马达过响，必须用棉被包裹，为了减少马达与地面的共震，必须有人抱着。因为我要设计，这些事全由太太承担，那一夜我工作了七个小时，也见到了世界上最难看的睡觉的样子，有人居然能抱着一台隆隆作响的马达站着睡着了。

　　封面设计稿出来了，第二天的编前会如同联欢会，众人品头论足。很多人都自称是艺术鉴赏家，但从来就不给个明确指示："再雅点就好了"，"再市场点就好了"——就这样一点一点的，我做了近三十个方案，以至每次编前会后看看封面方案成了习惯。

　　直到有一天，当我看到身边抱马达的那个人面色青灰，几如清东陵吞金灌银的宫女一般时，才想起应该学会爱惜"私有财产"。好在是"水军旱地操练"，谁也没计较。

　　陶泰忠可能因好久没看到新封面了，总觉缺点什么，有一天他又蹑到我跟前问，还需要点什么？我当即一身冷汗。

　　现在喷笔还在我家，我想这是《三联生活周刊》的公产，找机会还得给抱回去。

四

"钱钢时代"有一种非常的欢乐，当时媒体各路名角的登场让这个舞台变得华丽无比。

胡舒立永远处于极地状态，和她工作一天所聆听的"教诲"要超过一个儿童十年的教育期，在她面前我庆幸自己天生口吃，听就是了。她的观点和语言犀利得足以断头，她永远要重新诠释这个世界。她的几本新著都是我给做的封面，设计前她要求我必须先阅读书稿校样，所以对她的"教诲"我总比别人早半月，差一点成了她的"入室弟子"。后来听说她被一家外刊评为"亚洲最狠毒的女人"时，万分惊讶，不是为胡舒立而是为编辑的好眼力。然而，另一个胡舒立却是很少有人见到，一件顺心的事或者一碗好吃的面都能让她的笑容里充满了童趣。

杨浪极具亲和力，同时唱得一口好歌，每每卡拉 OK 我总喜欢尾随其后，在他的专业级歌声下哼哼唧唧一阵，然后共同迎接雷雨般的掌声。天长日久杨浪看出了我这种狐假虎威的乐趣，只要他上台准要招呼上我，有人说我在台上比杨浪投入多得多，以至后来竟让我有了错觉，一次独自冲上台去，开口刚两句就被满场唏嘘哄了下来，让我郁闷的是这首歌我和杨浪合作过几百遍，每次都是在鲜花和掌声中几回返场，从此金盆洗手，不再实施进军歌坛的计划了。

毕熙东是一位体育评论家，80 年代他在《中国青年报》为我开辟的漫画专栏，连推带搡改变了我的一生，后来我们又一起参与《三联生活周刊》的筹备。一次编前会后，他送给我一条小黑狗，从此我便有了繁重的家务事，我经常牵着这只小串秧在街头寒风中瑟瑟，我给小狗取名叫"查理"，因为小狗东家说它的出身是英国贵族。后来没想到"查理"竟成了我和王朔《狗眼看世界》书中的主角。说来也奇怪，毕熙东几个漫不经心的动作，竟都成了我人生的历史拐弯处。

杨迎明是个有才气的写家，每天都会在编前会上抖出各种包袱，鸡零狗碎的事一过他的嘴，立马变成亦哭亦笑的黑色幽默。他说话前先憨憨一笑，然后一脸诚恳地将天下大事弄成一地鸡毛。后来，当我听说他曾在大庭广众下把一个不大正经的领导大回环似地摔了个 360 度大背胯之后，再仔细端详了一下他慈厚的眉眼，果真有股刚烈的豪气。

五

最终我还是被世俗大潮给卷跑了。

我的离职的谈话是在钱钢家进行的，事先我找了一千条理由，钱钢一直静静地在听，其实他早已明白。现在重看一遍回放，发现我的离去极不合时宜，当时《三联生活周刊》的矛盾已显现，钱钢处于矛盾中心，他需要有人帮助，他需要有人帮助固守核心地带，有时多一滴润滑剂你便可以滚动起一个世界。

后来矛盾激化了，钱钢终于没能等来《三联生活周刊》的正式出版。

我最后一次见到钱钢是在华侨大厦一次派对上，派对内容忘记了，只记得唐师曾在我身边说了很多军事话题。那时钱钢已不再是《三联生活周刊》主编了，只是听说他要去南方工作，派对中他对我只字不提《三联生活周刊》。派对结束后，我和钱钢一起下楼，屋外有点细雨，快分手时我说，《三联生活周刊》正式出版了。他说："是吗？"边说边四处张望。当我还要说话时，他便大声地向我告别，然后朝车站走去。

其实我想告诉他的并不是这个，这仅仅是我"辈差困惑"的起始句。

望着他远去的身影，我有些后悔。

后来发现应该极其后悔，那次告别后我们再也没见面，想一想也有十年了。

人生下来就是花眼，许多的事情离近了往往看不清。

1993，那些人那些事

∷∷杨迎明　刘晓春

杨迎明
1993~1994 年参与《三联生活
周刊》的创办，任兼职主笔，此
前在《中国体育画报》任主编，
后来担任《中国体育报》副总编、
《中国足球报》总编。

　　1992 年 11 月，钱钢打电话来，问我对新闻周刊是否感兴趣。电话
很短，差不多在最后他才告诉我是《三联生活周刊》。

　　钱钢对我"验明正身"（现在叫"面试"）是在我北郊的家里。这种"家
访"很能说明钱钢作为一个作家的精细和一个职业新闻人的密致。他要听

刘晓春
1993 年参与《三联生活周刊》
的创办，任资料编辑，此前曾在
《博览群书》做编辑，现在《北
京青年报》副刊任编辑。

我说什么，也要看我的生活，看我的情趣——看我是不是一个识字的人。

钱钢永远看着你的眼睛说话，挺直上身，话语急促，段落极清晰，这和他曾是一个军人有关。他应该是一个一线集团军的政委，让发起梯次冲锋的士兵们赴汤蹈火——钱钢的意志总让我感叹。而意志在时下更多的时候、更多的地方是一柄双刃剑。

记起来的，和钱钢谈到了美国《时代》周刊和《新闻周刊》不同的关注角度和"叙述"方式，顺便谈到了一些技术性问题，例如纸张、版式。这时我才知道，《三联生活周刊》的美术及版式总监是陈西林。我早就应该想到有杨浪的地方一定会有陈西林出没；有陈西林的地方，杨浪早晚会水落石出。

1993 年《三联生活周刊》的集结是在北京永定门外沙子口的一个面包房附近。沿着一条破旧的沙石路，从一个简易房外类似消防梯的铁梯上到二楼，见到了太多的业内同行！虽然事先知道，但坐在一起时仍不免惊叹：杨浪、陈西林、胡舒立、毕熙东、季元宏、陈小波、何志云、叶研、程赤兵、闻丹青……钱钢、陶泰忠，然后是董秀玉，这座大庙的住持。满眼都是高僧，最不济也是文武和尚。我这样的沙弥真不知道也想不出，这是要办一本周刊还是要打造一件"杀人放火"的武器。用得了这么多强悍的人物吗？"全世界无产者联合起来"是一回事，是一件有待争取的理想中的事；"全北京媒体精锐者联合起来"是另一回事，是一件无须争取、无须竞争的很现实的事。现在想起来都后怕。它很可能成为一种动物，而且是一个新物种——或者是它把谁咬死，或者是它把自己咬死。

　　春末的时候，周刊招聘记者，记得是老陶、钱钢主持面试，陈西林、杨浪参加。西林的原则很强硬：男的要周正，女的更要周正。这和他的唯美有关。但西林也有走眼的时候：毕熙东后来送给他一条狗，据称是英国约克名犬。此狗最初长得贵族似的，半岁以后毛色渐杂，饮食起居行径向土狗靠拢，最不能容忍的是头皮毛发左右偏分，类似抗战时期的小汉奸。后来西林在北京四中对面一个小楼里整出了一本讲述狗的世界观和狗对未来事物发生、发展的判断的成人漫画集，可能和这条叫"约克"的说不清来历的狗有关。

　　有关西林的故事极多，比如他演《沙家浜》中的刁小三，由于结巴，把"我还抢人呢！"念成"我还……还……抢……抢……"被定性为"破坏样板戏"。可单独成书。

　　新记者到位后是培训。我被要求给他们讲了一两堂课，讲的是什么实在记不起来了，只记得最后蜕化为聊天、侃山、调侃。带头闹事的是苗炜、石正茂，黄集伟是敲边鼓的，我记得在讲到采访时，我说"不用记录，你忘掉的总是不重要的"。这是美国密苏里大学新闻教程中的一句话，好像被很多人记住了。除此之外我没有给他们更多的东西，我希望的状态就是开心，无论是在一本刊物的编辑部，还是在平时的生活中。

　　后来，苗炜踏进了足球评论的泥淖之中。但他是清醒的，也是开心的；黄集伟告诉别人怎样读书并自己写书，一如他与生俱来的别样视角，极力使自己和读者开心。与石正戈在央视见过一面，仍是一副天下无贼夜不闭户的大快乐面孔，很令人难忘的一个女孩。她最终嫁给了贺延光，应了"不是一家人不进一家门"的先人教诲。贺延光永远是正气凛然的一条汉子。何笑聪、刘君梅、刘晓玲、钦峥……多年不见，可好？可开心？可记得 11 年前在新华社附近一家饭馆请大家吃酸菜鱼？最后喝晕了三个、喝哭了两个？

《三联生活周刊》开始运转，进入新车磨合。我的本性开始暴露，大尾巴狼是装不下去了。我极力煽动办"百姓经济"（或者叫身边经济）版块，没有得逞。后又推出"百姓广场"栏目，这实际上是一种非主流玩法。我列出了几条，其中有：

一、美国普林斯顿大学教授斯特里普为出书所用，需中国 50 年代末"除四害、讲卫生"宣传画；"文革"期间印发的"八个样板戏"招贴画；60 年代中国城镇居民的"点心票"、"瓜子花生票"以及中国老鼠夹子照片一帧。

二、有出让 1932 年北平民众印刷所出版《京民起居图》者与九江陈鲁先生联系。另，索求北方居民晨漱用"舌刮"一副。

三、如有出让 50～60 年代产"小蜜蜂"、"春耕"、"大刀"、"拖拉机"、"宫女"和上海产绿"牡丹"蓝"牡丹"香烟盒，幸甚。保定刘鑫。

四、有 1968、1969 年城镇印发"我们也有两只手，不在城里吃闲饭"奖状者，愿以全套《百科全书》交换。深圳毕达烨。

五、家藏民国初年江南羊皮箱，有"陈老大祖制"烙印，转让。浙江杨豹仁。

你不能想象 2004 年的《三联生活周刊》能刊登这路东西，我爱逛旧货市场的毛病被带到周刊来，这绝对是个错误。要么新闻，要么深度新闻，实在没有，就分析新闻。总之，一本堂堂正正的综合新闻周刊不能沦落到潘家园旧货市场上去。

但杨浪对此大加赞赏。后来他对这个业余项目也乐此不疲，曾经在甘肃莫高窟遗址抱回来一捆柴禾并著文叙述之曰："唐柴"。果真是唐代的柴禾，那他是公然招供顺走国家地上文物。唐朝距今多少年了？中间兵荒马乱，民不聊生的日子里一捆拿来就可以煮饭暖身的柴禾焉能留待你杨浪顺手牵羊？后来杨浪愈发胆大，居然收到了东海某海域军舰航道及潜艇水下通行区域图例。在他香山居所的阁楼上，全是大比例的军用地图以及罗盘、比例尺等军用品，还有一架军用望远镜。只是从这个阁楼探望香山密林草丛之中掩映的，没什么军事，只有民事。

杨浪尚武，一颗军人的心时不时地激荡跳跃。

季元宏是《三联生活周刊》的国际问题主笔。他的洞悉力在他洞悉之后表现出的平静和无所谓面前倒显得次要了。如果有一天早上他啃着面包喝着矿泉水，然后漫不经心地告诉你："今天凌晨6点半……你吃早饭了吗？……打起来了，第三次世界大战。我靠！"你一点儿也不要认为他是在说谎。我俩之间有一句见面肯定要说的话："打是打不过了！"他在《三联生活周刊》期间结婚，娶的是一位武警的特警军官，专管强行登机击毙劫机者解救人质。高大的季元宏从此打消了在家一夫当关的念头。

胡舒立在经济上的洞悉力在她洞悉之后表现出的虐杀性和诛九族的斩草除根面前倒显得次要了。她锐利得像一把曼彻斯特切腌肉的刀子，每当刀子被拿起，你都会看到刀子上还有前一回她切下去时那个倒霉鬼留下的遗迹。她总是"道破"或"撕破"社会经济问题的一层层窗户纸，但在我看来，她其实更愿意一脚干脆连窗户都踹开，整出个透亮或叫大白于天下。胡舒立曾是一个军医，可能是外科的。她爱争论并长于引发争论，她是一个话语霸权者。

《三联生活周刊》有三项基本原则：一是不要与陈西林讨论版面问题，他能把你绕进去，最后你持他的观点与他争论；二是不要与胡舒立讨论经济问题，她能把你搞得头大，最后你都不知道自己的观点是什么了；三是不要和李伯飞讨论任何问题，他能和你上下五千年的旁征博引，最后你都不知道你们最初争论的是什么问题。比如讨论城市的公交系统，一个小时后，你们会为明式家具腿儿的样式差点打起来。

到《三联生活周刊》后认识了陶泰忠。他最初使我想到了30年前当兵时的教导员，标准的军人做派。但是他却是我见到的最好的鉴定者（对文字，对文学，对新闻）。他准确，准确到锐利，边缘部分切割得极干净利落。他指出问题时总是商量的口气。但你能知道，这是要害。他并不指望你一时半时能领悟并有所改变。他后来不再说什么了。他是当时《三联生活周刊》的大内总管。他手下似乎只有一兵，阿芳。有一期封面上用了阿芳手的特写，手放在了几叠人民币上。是一个封面故事，好像是讲中国百姓的存款问题。素手无瑕，极东方。好像是叶研说的："这手应该上保险。"

再有就是何志云兄了。到三联后我们在一起喝酒。从永定门喝到净土胡同居委会办的小饭铺，后又扩展到鼓楼周边地区。参加喝酒的有一彪人马，其中也有闻丹青。一次喝酒，喝出了闻丹青、杨浪曾经是一个幼儿园的园友，谁跟谁又是一个学校的小学不同级校友。后来就喝乱了，酒队扩大，不能喝的也跟来，记得女士中有石正茂、刘君梅。饭桌是最老少咸宜的地方。志云请我们去他家，三里屯中青的宿舍，他做得一手的好菜，首推干烧鱼。他家养了一只猫，这猫能独自跳到抽水马桶上亲自方便，让人叹为观止。鱼与熊掌不能兼得，在志云处，鱼与老猫可兼得并交相辉映。

当时《三联生活周刊》的图片负责人是陈小波。她曾经是山西的自行车运动员，敏感且敏锐。她在"三联"时写过一篇文章，对人过中年的男人们提出了宽厚仁慈的忠告，笔法像卡布其诺上面那层奶沫，无比细腻丰盈。你含在嘴里，它无声融化。它在咖啡的苦味上面却也不甜，分寸拿捏得极适度。陈小波时有伤感，这是她在人性捕捉后的一种无奈。这从她在新华社及至"三联"编发的图片中可以领悟到。一次从宣武门路过，那天可能风大、寒冷，我竖着衣服领子走，她看到了，没有打招呼，只是在年末的一张贺卡上写了几句话给我，她愿我身子骨硬硬朗朗的，一路平安。这让我感动。

今年9月中旬我出差回来，夫人告诉我说，"三联"的人打电话邀请我们写一写在《三联生活周刊》工作时的事情。其实她也在周刊做过，负责资料部门的建立和建设，她就是刘晓春。

《三联生活周刊》正式出刊到现在十年了，好像相关的人们认为这十年中的"佳话"之一是我在"三联"认识了刘晓春同志并霸占为妻，这是"误传误导"。刘晓春在光明日报《博览群书》杂志时我就认识（黄集伟在该刊的第一篇书评就是她编发的），她到《三联生活周刊》是马智介绍的，马智是她大学同学，又是钱钢做《减灾报·蓝色周末》时的编辑。这是一个圈子，很小，但又很宽泛。

　　这么说好像有极大的避实就虚、顾左右而言他的嫌疑，直说吧，虽然相识有日，但我们是在一次酗酒后相知的，大约喝了16瓶啤酒，想说的话和说出来的话是两码事；想走的道儿和实际走的道儿是俩地方。酒逢知己了！传说中的女酒仙就在眼前！这其实很不严肃（但愿她不要删掉此段），因为她现在几乎不喝酒了。最初的时候她说是"仰视"我，现在她倒是没说"俯视"这个词，她换了两个字："民工！"

　　但有一点，我与三联的种种关系是依靠她维系的：三联的书、三联的杂志以及三联的新人老人，不断地接触。说到书，在《三联生活周刊》时，有一个关于礼仪的选题，让我写一篇卷首语（我不知道是谁在陷害我），写过后，大家认为非但不礼仪，简直是反礼仪。于是董秀玉给了我一本三联出的《西方礼仪史》，是一个很老的版本，让我参考。我一个连领带都不会系的人看这种书无异于让一条土狗对着一盆青菜沙拉。这本书至今还在我处。

　　后来涉及的《三联生活周刊》的两次事情都有刘晓春，一次是1995年她搞了一个整版关于《三联生活周刊》的专题，逼我写一篇东西（不能算文章），于是我又一次被迫装成大尾巴狼，把东西弄得很深沉、很哲理、很反思。

　　《三联生活周刊》不是黄埔军校，但据说陆续有260多人先后进出，这是一个很大的数字。如果你知道"三联"的渊源、品位和她不可更改、更替的主旨，你就可以想见这260人是何等人物，抱着何等信念意志进入"三联"，于是从"三联"出来的人成了何等人物是不奇怪的。

　　我祝愿《三联生活周刊》，不仅仅为了我曾在这本刊物待过。

随手一翻，找回一段快乐

:: ::叶 研

1968 年云南下乡，1971 年云南人民广播电台播音员，1978 年考入云南大学学习，1982 年至今任《中国青年报》记者、记者部主任，曾获范长江新闻奖。1993 ～ 1994 年参与过《三联生活周刊》的创办。

1993 年下半年，"三联"请出钱钢领衔创办《三联生活周刊》。忘了是谁看高我一眼，我也"混入"了周刊第一拨的编辑部班底，每周定期到一个胡同（三元街——编者注）筹划办刊事宜。

钱钢办事的方法与节奏我很欣赏。周刊工作的第一阶段一个重要内容就是记者培训、电脑培训和其他作业。当年的年轻记者在校时还没赶上电脑普及，需要从打字开始练。接着是新闻专业讲座。钱钢让我讲"记者生存"，大意是特定地域采访的各种技能，包括在战场、火场，地震、水灾现场、高寒地区等的生存、宿营、通讯之类。我现在看当时的讲课提纲，实在是言之泛泛，不得要领。如果现在讲可能会好得多。总之，各种实践性的讲座对新记者入门从业确实有所帮助。因为新闻的确是实践性极强的一个行当。

大约因为钱钢是军人出身，他训练了新兵，接着就搞兵种协同。他知道我在《中国青年报·社会周刊》编制了"周二发稿部署"，要我搞一个《三联生活周刊》的"周四发稿部署"。实际上是做一个在7天的周期内各部门合成的工作流程。我对能贡献一点小小的经验很欣然。后来实际上周刊大致也就照"周四发稿部署"这么干了。这应该是所有周刊大同小异的基本工作节奏。

再接下来是空运转。这是包括《中国青年报·社会周刊》在内的许多报刊面世前夕必练的功夫。但钱钢上手则更谨慎、更严格。现在周刊多了，五花八门。而当时立志做一本新闻周刊，尚无更多经验可资借鉴。我手里，存有1993年7～8月"空转作业"若干期。从封面故事到本刊专论，设置极具体、想定极翔实。一招一式，不敢苟且。我手里，1993年10月2日的《三联生活周刊》讨论版竟有两个版本，意在谋求周刊面目的最佳形态。看来不仅钱钢是个细心人，而且当时的周刊全体同事都以精益求精姿态在干事，干那些只投入不产出的空运转。由此也可想见，当年办刊人对周刊抱有一种什么样的追求。

那一段，《中国青年报》复苏，编辑部刚完成一次改革。报面上又开先河，出现了后来许多报纸争相模仿的日报带的分类新闻周刊。我在报社的那一轮竞聘中走到了《中国青年报·社会周刊》副主编岗位。届时正值中国新闻界的新闻职业意识苏醒阶段，在"主流新闻"领域出现了拼抢动作。《中国青年报·社会周刊》在新闻实践的操作层面做过相当多的尝试。比如所谓新闻事件"集装箱"式表述。即对近期公众关注的重大事件进行全面的背景报道，但对事件的核心过程，要做严格的符合职业规范的调查，并形成全版的主打报道。所谓"严格的符合职业规范的调查"，我们理解，即做到所有环节都要有证据，而证据都要有法定的证据效力，可做呈堂式书证。这是后来成熟的档案式调查新闻的雏形。又比如对灾难、突发事件等的操作，已达到有预案和常规部署的熟练程度。对信息采集、记者启动、切入现场、前后衔接、事件的阶段性把握、形成稿件、"撤出战斗"，后续全景回顾报道、报道的后勤保障等都有了明确规定。

大约是《三联生活周刊》试刊刚面世不久，我向钱钢建议，《三联生活周刊》和《中国青年报·社会周刊》的青年记者"混编"，按同一计划实施采访，完成后两边见报。其中一次是随机调查方式的采访，把记者们派到京津列车上的各个车厢发问卷进行分析，做成1994年1月22日《三联生活周刊》的封面故事《100个家庭下一个花大钱的目标》，在《中国青年报》也做了一个多版。后来派刘晓玲去上海采访刘海粟百岁诞辰，《中国青年报》上海记者站同时行动。前后联系、交代任务、提示操作大概打了30多个长途。1994年4月2日《三联生活周刊》用《海粟百岁》为题刊出，《中国青年报》用的是《百颗红烛照丹青》。时间仓促，加上其他原因，我对两篇文章都不甚满意，没有达到一种理想形态。"混编"有好处，就是按《中国青年报》的理念、操作方式带一带新记者。

把时间缩短，空间内的运动就会加剧。把10年压缩一下，《三联生活周刊》人的变动就大了。我对钱钢离去的原因不甚了了，但很是惋惜。他是个全面的人才，知识丰富，人也真诚，堪当重任。后来杨浪主事，我还跟着在另一胡同（净土胡同——编者注）干了一段。这两段的一般人员变化不大。当时人员大致有两种类型，干过十几年的老手和刚入门的新手。老手中从《中国青年报》过来参加《三联生活周刊》创刊的不少，而且都是各部门负责人，有些在业内以至社会上名头响亮。如毕熙东，著名体育记者；贺延光，著名摄影记者。此二人在社会上头衔不少，在《中国青年报》也是两张王牌。谢湘、杨浪、王安等都已是在部门独当一面的厉害角色。较年轻的，如季元宏、程赤兵等，后来显示了实力，各自单挑一摊。担任火力（稿件）支援的还有刘占坤、王伟群、毛浩、李建泉、方向明、陈彤等。这些人一度很一致地好像都有意到《三联生活周刊》来。虽然《中国青年报》很具实力，但如果这些人物同时转到《三联生活周刊》，至少会导致《中国青年报》在人手上一时短缺。

《中国青年报》的编辑记者当然不能包打《三联生活周刊》的天下。钱钢凭借其魅力，拉来胡舒立、杨迎明（如寄）、陈西林、陈小波、何志云、闻丹青、刘峥、卢北峰等人，其中许多人相当了得，当年如今都是业界响当当的人物。在《三联生活周刊》结识上述各位，是我的幸运并以此为荣。

既然风云际会、高手云集，则必出好文章无疑，那么《三联生活周刊》的出炉似可高屋建瓴了。实际上的事情都不会按人们的理想发展的。早也有人说："那么多腕儿集中在一起干不成事。"事实是，不管什么原因，腕儿没集中起来，但事干成了，《三联生活周刊》办成了，而且越办越精彩，果然高屋建瓴，而且出了若干新腕儿。

我想，当时汇聚到《三联生活周刊》充当老手的人，多数如我，并非纯新闻理论的研究者，而是偏重新闻实践、拿出成形的报道样式的一批人，差异仅在各自活路不同。这当然不是说我们在新闻原理上没有自己的立场。立场非常明确，异常稳定，只是回避概念上的争论而已。这样一批人到《三联生活周刊》，其业务结果当然很可能是"逼近真实"。钱钢是《唐山大地震》、《海葬》的作者，也在调动记者、组织报道的岗位上工作过多年，逼近真实是没有问题的。但作为面对市场的周刊掌门人，他必须比别人更多地考虑读者需求。于是每期周刊选题的判断和讨论成为大家聚在一起的重要内容。翻看旧刊，让我大吃一惊的是，其新闻价值判断，竟与十年后的今日没什么大的变化，可见价值稳定。当前稍有追求的报刊，新闻理念都趋同。回忆文章，理论讲多了乏味，这方面就不去梳理了。

十年一觉，我已到了不轻言理想、不轻言激情的岁数，且不敢到处开口说"认真"二字。但随手一翻，竟找到了职业的快乐。说真的，我忽然很想念那时共享这种快乐的同事们。甚至，我还想起一位当时做内勤的美丽女性，美丽到使我甘愿大冷天跟她一起到很远的其他单位去提开水的程度。很遗憾，我长相不济，和那位美丽女性不够般配，所以提水终归还是提水。我怎么想不起她的芳名了？依稀记得，她姓名是三个字，中间一个"雪"字，同事读者诸位，如有记得那位内勤的，请代我向她致意。

见习香港

:: :: 何志云

曾在《中国青年》杂志任编委兼文化生
活部主任,《光明日报》文艺部副主任。
1993～1994年在《三联生活周刊》任文
化生活部负责人。现为中国电影家协会分
党组成员,中国电影出版社社长。

　　《三联生活周刊》1993年筹备创刊,经营部分计划与香港一家公司
合作,于是也就有了《三联生活周刊》部分人员访问香港之行。那是在
1993年的秋天。访问的目的,一是参观香港《明报》集团,和《明报》
所属的相关方面负责人见面;二是实地考察在市场经济状况下,刊物的
运作和经营规律。如果说前者是一个很好的交流机会,那么,后者是一
次难得的学习机会。

　　《三联生活周刊》香港访问团就是在这种情况下踏上去香港的旅程
的。

　　访问团由五人组成,团长是筹备创刊的负责人钱钢,团员有王安,
商议中的财经板块负责人;贺延光,摄影部负责人;我,文化娱乐板块

负责人；还有一位女同志——抱歉我忘了她的名字了；说王安是"商议中"的负责人，是因为当时他还没下决心参与周刊的复刊，钱钢不断在说服他。在香港的日子里，钱钢和王安始终住在一起，希望能通过充分的交流打消王安的疑虑。在《三联生活周刊》创刊筹备期间，钱钢是所有参与者中最投入也最敬业的一位。

《明报》一日开眼

在香港的日子这里就不赘述。留在我印象中最深刻的，是在《明报》见习的一日。其实没人把这一天定性为"见习"。这是我的说法，这样的说法里就留我的体验和感受。

那天到《明报》还不到八点半，除了陪同和少数值班人员以外，《明报》编辑部办公室几乎没有人。但是引人瞩目的是，办公室里的步话装置始终不停地闪烁着，另一种追踪香港警方通话的装置里，不停地传出警方的互相通话声。《明报》例行的一天就这么开始了：在编辑和部门主任还没有上班的时候，记者们已经活跃在香港的大街小巷了。他们捕捉着各种社会新闻和信息，及时地反馈给编辑部；另一方面，在编辑部值班的员工，则通过监听警方的通话，不断就近调配记者，以便第一时间赶到案发地点。显然，这些都将构成《明报》当天的新闻。

十点前，在编辑和部门主任陆续上班时，第一批记者带着他们的新闻也赶回报社。这时部门主任的办公桌上已经放上了第二天的报样：那是广告部门留出广告后的空白报。每个部门只在报样上留出的空白处做文章。部门主任在空白处规划文章的构成，并且作为判断和剪裁记者新闻的重要依据。在《明报》，所谓的编辑实际是改稿编辑，他们是主任真正的左膀右臂。主任在看完记者的稿子后，提炼稿子的标题，选择使用的图片，看看还能有多大的空白，然后告诉改稿编辑：就用这样的角度，改出四百字吧——根本没有人在乎记者写出了多少字。在主任那里，记者的文章永远只是素材，而把素材实现为见报的文章的是改稿编辑。面对我的困惑，某主任直截了当地告诉我：报社的经营部是报纸的核心，广告永远是第一位的，所有的空白面都意味着钱，哪能让记者由着性子去施展他们的才华呢？

下午两点，副总编辑上班，各版开始按例行的规定进入操作，在留出广告版面后的空白处填充完毕的版面一版一版陆续成形。四点，总编辑上班。因为我们的原因，他上班后第一件事是和我们会面，介绍《明报》的情况，并回答我们的各种问题。由于有了差不多一天的见识和体验，交流并不困难。

晚八点，《明报》例行的编前会（编前会是国内的报纸每天必行的程序，姑且也这么称呼《明报》的这个会，参加者也类同于国内，为社一级的领导和各部门负责人。除了汇报本部门负责的版面的基本情况，还讨论这期报涉及的重大问题，这与国内也大致相仿。可惜这时所有人都说粤语，我们除了面面相觑外，没任何事可做。编前会差不多十点左右结束。这时记者们除了少数还在奔波，多数早已回家了；改稿编辑和部门主任除版面必须留下来的，其他也可以陆续下班了。坚持在编辑部工作的，是处理国内新闻和国际新闻的有关部门的人员，以及总编辑副总编辑。《明报》大楼的灯开始零落下来，办公室也安静了许多。我们想见习到最后一刻，陪同劝阻我们说，总编辑通常在凌晨四点下班，我们第二天还有访问安排。便打消了念头，在开始寂寥下来的香港深夜返回酒店。

初识市场需求

其实在香港的任何访问活动，都像是在见习。对于在计划体制下成长的我们，市场经济下的媒体运作，显得那么新鲜那么富有挑战性。

《明报》那时正在创办一份娱乐周刊，印象中叫做《明报新周刊》，集中了连设计在内的十几个年轻人，日以继夜地筹办着。他们自称"死士"，意思是没有视死如归的精神，是不可能在竞争极端激烈的市场环境下，办好一份刊物的。这就先自让我有了几分敬意。但怎么才算是一本"好"的杂志呢？同样都是在筹办刊物，不同环境下办刊的基本理念却大不相同。

刚才说了，我们瞄准的是美国《时代》、《新闻周刊》一类杂志，没有做一本世界第一流的周刊的目标，所谓北京报刊界的那些"腕"，就不见得会聚集到《三联生活周刊》的旗帜下来。但是《明报》做这本娱乐周刊的"死士"们，他们是怎么想的呢？几次座谈的交流和碰撞几乎让我们瞠目结舌：

第一，市场缺什么样的杂志，他们就做成什么杂志。满足市场的需要，这是一本好杂志的首要条件；

第二，满足市场需要，就要研究满足什么收入层的人士的需要。因为在特定收入层的背后，是一个具有重大潜力的广告市场。在这个意义上，他们很不以某周刊为然。他们认为那份周刊的对象主要是梦想进入白领的打工一族，广告潜力十分有限；

第三，研究特定收入层的阅读需求，设定刊物内容定位；研究他们的品质期望，设定刊物的印制水准；研究他们的购买能力，设定刊物的价位；

第四，最后，努力拓展销售，尽量覆盖市场，在这一基础上倾全力争夺广告份额，作为刊物经营的基本点。

这些都是我根据记录，回到酒店边思考边整理形成的要点。当时对我来说匪夷所思的这种办刊思路，随着时间的推移，我的理解可以说愈益清晰和深入。离开《三联生活周刊》后，我还实际运用于办刊上，应该说都取得了不错的效果。可惜的是，这种制作并经营一本杂志的理念，即便到了今天，国内期刊界真正了解并加以应用的还不算多。反过来，它们毫无例外地成了所有成功运作市场者的普遍经验。

俗中雅地之求

香港这个弹丸之地报刊林立竞争激烈，争夺广告成了绝大多数报刊生存的不二法门。用业内人士的话说，无论报纸还是杂志，能卖回纸钱就算赢了。发行量固然对争夺广告有益，但生存却不能指望发行，而只能是广告。

但是也有例外，比如《读者文摘》和《明报》月刊。

《读者文摘》其实就是美国《读者文摘》的中文版，但资讯并非完全照搬，还是有根据读者需要的选择取舍。和《读者文摘》总编辑郑健娜女士的见面，照例是在午餐时间——这也是香港的一大特色，因为工作节奏紧张，人们习惯把见面和吃饭安排在一起——一边吃饭一边听郑健娜介绍《读者文摘》的基本情况，首先感叹《读者文摘》几十年为一日，坚持以文化品位而不是商业运作安身立命的立场。当然，作为香港报刊界的异数，《读者文摘》也有它特殊的优势：一是作为美国杂志的中文本，基本排除了可能的竞争对手；二是从美国母刊移译资讯，人力成本和其他运营成本不需要太大的投入；第三，可能也是最重要的，作为美国文化输出的一部分，投资方对杂志没有太大的回报要求。再加上那么多年形成的固定读者群，《读者文摘》仿佛"出污泥而不染了"。午餐后应郑健娜女士之邀，去《读者文摘》办公室略坐一会，办公室不大，干净而整洁，一如刊物的面貌。一边喝咖啡一边和雅致的郑女士聊着，那种随意和亲切也宛若刊物的风格。

《明报》月刊则是香港报刊界真正的异类。这本由金庸先生创办的杂志，一直坚持知识分子的人文立场。我在香港的时候，恰正是多年相交的好友、著名作家潘耀明先生主持《明报》月刊笔政，我们拜访他就少了例行的公事色彩，多了朋友间的情分。耀明先生约我们下班前到他的办公室，大概交流些情况，便开车接我们回家。在他家不大的客厅里，耀明先生为每人倒上一杯酒，接着再聊。《明报》月刊由于一以贯之的立场，广告运作上，只有与文化或医疗保健相关的少数广告，经营确实比较困难。但刊物在全球华人中有着独特的影响，发行利润也能维持刊物的基本生存。也许考虑到刊物的实际情况，金庸先生还聘耀明先生同时担任明报出版社的社长，刊物和出版社互动，无论选题、作者还是经营思路上都相互补充，相互照应，总体还是进入良性运转，因此耀明先生对此倒并不忧心忡忡。作为香港作家群的中坚人物，他担心的是商业气氛对于文学的侵蚀，香港已是前车之鉴，国内的情形似乎也不容乐观，所以他反倒希望即将复刊的《三联生活周刊》能在市场运作中坚持文化品位，不要一味地在商海里随波逐流。这当然是另一个话题了。宾主相聊正欢，耀明先生的夫人下班回家了，夫妇俩便请我们去不远的商业区晚餐，餐后还陪我们逛了逛附近的商场。我在商场挑了一个漂亮的手提箱——返程的日子已经迫近，该对香港和这些日子相处的新老朋友说再见了。离开香港那天，记得正是中秋节。在广州换机，遭遇了西北航空公司航班莫名其妙的无故不飞事件，旅客们气急之下，竟然控制了白云机场的候机楼，所有的航班因此都无法起飞，成了第二天许多媒体的重要新闻。回到北京是第二天中午了。编辑部很快召集会议，汇报这次香港之行的观感和收获，关于刊物的定位、各板块和相关栏目设计的讨论因之进一步深入。印象中，钱钢主持刊物的"空转"也在此后不久开始启动……

那一年，三联的生活很灿烂

:: :: 季元宏

1980 年入北京大学中文系，毕业后分配至核工业部做机关工作，1988 年调入《中国青年报》社，长年做编辑工作，历国际部、台港澳版、《数字青年》周刊等部门至今。1993 年 4 月加入《三联生活周刊》创刊阶段至 1994 年夏结束，时任《中国青年报》国际部编辑。

我曾在《三联生活周刊》初创时参与过一年左右的编辑工作。

虽然现在已经过去了十年，但当年那番情景仍能时常清晰再现脑海。现在新拿到一期《三联生活周刊》或是旧时同仁相见，每每也有一番温情的回忆，或是再续一场以当年某人某事为题的戏谑笑骂。

独自忆及当年在永定门外楼里、净土胡同里的那些日子，印象里总是夏日一片阳光、冬天一团温暖的模样。想起的人往往净是些笑模笑样的。所以，虽然说起具体某人或某事时会联想起种种冷饿累乏，酷暑熬夜，冰天雪地中起早，为一篇稿子吵得指手画脚，因几个版面争上几个小时甚至一个星期，但是想起说起那会儿的事，还总是让人乐让人微笑的。

我是被杨浪拉进永定门外三联那个小楼的。

1993年3、4月份的时候，杨浪悠悠然踱进我的办公室说："有这么一档子事。三联要把当年韬奋办的《生活》再办起来。董秀玉很积极，跟我和钱钢碰了几次。我们准备拉起来干一把……"

乍一说起，我还没太上心，只说："这是好事啊。"心里还在盘算马上要作为中、以两国建交后首批中国新闻代表团成员访问以色列的那码子事，并且还想听他怎么说。可是他不顺着我的话题走，还是叨唠三联这码事。

待到听他说三联是要办个新闻杂志，而且是周刊，我一下子兴趣大增，接着他的话往下走起来："新闻周刊？这可就厉害了！《新观察》停刊后，现在国内只有个《瞭望》。新闻周刊，大有可为。可是，这是个要大本钱的大买卖。因为是新闻，要抢时效，赶稿速度实际上等于日报。还要抓独家、挖内幕、跟全程、抢现场、拼图片、比言论、讲文笔、配资料。因为是周刊，新闻资源损耗就大，从一开始就得准备不少稿子最终被废掉。编辑和记者既得多，又都得是能人，要价高。种种活动讲速度，日常开销极大。而且，北京没有哪个印厂能既保质量又保工期啊。这事是好事，可是能办成吗？"

杨浪这时神气十足："这你不用操心！满足不了这些硬条件，就不跟你谈这事了。现在说另一码事。本来就是想拉你入伙的，你既然能马上想得这么多，那更好了。你，干不干？"

我那时年轻气盛，尚有大志，正嫌每日手中眼里的事都不大。有这种理想、健康、宏伟、能青史留名、又符合本人宿愿与所长的新鲜事，当即跃跃欲试，唯恐这事办不大。尤其是在三联第一次碰头会上见着那伙创始人，说起大小事又惺惺然一拍即合，很对路，于是便飘飘然欣欣然地入伙了。

说一拍即合，绝不是说一团和气。而是说那股子气氛像是能干大事、能干好大事的样子。

从以色列回来只隔了一天，就到永定门外三联的小楼里去开会。

那会开得很上路。没什么废话，没什么客套，讲话也不讲究起承转合，就好像是早已运转正常的新闻单位里一次例会。讲封面、谈选题、议人选、分页码，议程进展很快。能落实的事当场就定到了人，定不下的事马上搁一边不再纠缠。

大家好像从一开始就互相了解各自思路与各自长处，论及具体业务时的标准与情趣也很默契。辩论得再激烈也不带意气相争的味道。甚至无论老毕、老何、钱钢、贺延光，还是叶研、杨迎明、陆小华、王安，吃盒饭好像都一个口味，上什么吃什么，说不爱吃都是笑着。浑无一丝小肚鸡肠鸡零狗碎的磕磕碰碰。关于具体的个人报酬之类，我记忆中好像就没有谁议论过。

这样的气氛真是爽心。

何况，这帮文化人总在纸上谈兵、嗟叹长久却终无一良策以解之的问题，此时是根本不用此辈人等操心。这说的是"钱"。

董秀玉同志曾掷地有声地保证，三联方面对这个杂志将予以坚定的支持。她曾几次笑模笑样地谈起香港合作者对合作办刊的着迷程度和双方顺畅的合作谈判进程。

有你想干而且能干的事（现俗称事业），有一帮相互欣赏相濡以沫相得益彰的同仁（如今通称团队），有着用不着自己发愁建设运转资金及个人种种福利待遇的支撑（即常说的后台老板、资本、实力之类），有傻子都掂得准的前程（今已术语化为客户、市场、发展空间等），让我和我们怎能不甘之如饴地遍尝创业艰辛。

《三联生活周刊》筹划、试刊期间入伙的人物，大概是多一半出自《中国青年报》。这帮人满脑子报效民族、铲除邪恶、拯救黎民、讴歌英雄的豪情，满肚子的故事资料线索主题，既动脑又动手也能动口调人跑事，不惜力不躲赖不藏奸不计较报酬，而且对办新闻杂志绝不陌生。1980年末红火一时的《海南纪实》和《金岛》两家月刊，基本上就是以《中国青年报》编辑部大楼的四层和五层为基地来办刊。从策划、选题、线索、作者到具体稿子，这两层找几个屋侃一下午，一期甚至三四期的篇目就算是基本落实了。其他报刊就更不用提了。《中国青年报》的不少人都替别人的刊物搞过从单篇到整体的策划与编辑。现在亲手办自己首创的重量级刊物，又逢邓公南巡后改革开放的大好环境，其憧憬之乐，毫不以当时干的任何事为苦。这帮眼高手也高的人当时相互的期许也极高：以《时代周刊》、《新闻周刊》、《巴黎竞赛画报》、《明镜》之类为参照标准，以华人汉语头号权威刊物为律己标准，以三年最多五年为限定成才的时间标准。

可惜，在1993年秋后演成一团纠葛繁杂的背景与现实，注定了月子里的《三联生活周刊》饱尝池鱼之殃，出胎时的一番宏愿日见凋零。

一年心血，一腔豪情，终结于几人的一番长叹。

先是人少了，后是人换了。我也悻悻然告别了《三联生活周刊》。

虽然忆及具体事的时候也能讲起当天有雨、有狂风、有大雪，但现在一说起《三联生活周刊》创刊的事，脑子里总是一片阳光灿烂的图景。

第一次议封面的时候，应该是春天刮大风的日子，可是脑子里的图像是会议室阳光普洒，吵嚷得如众人皆醉一样。

那次我给编辑部讲解为什么要用细细描写故事的方式报道大毒枭埃斯克瓦尔被政府军击毙、美国航空航天局耗资七千万美元派人上天修复哈勃望远镜上的两颗螺钉，午后的斜阳映照着屋内的层层烟雾，一双双眼睛在烟晕中都眯成了缝，可一粒粒黑豆似的瞳仁都如激光般闪亮而富于穿透力。

即使是到净土胡同的小楼里最后一次结稿后话别而去，也记得是背对着一轮夕阳踽踽独行。

也许受此影响，1994年其他的事件都相形褪色许多，就连那年的世界杯在我看来都是暗淡无光——决赛时无比乏味，而且是在一个淅淅沥沥的雨夜里。

谨此，真诚祝贺《三联生活周刊》创刊十年！真诚致敬十年间在"三联"、为"三联"打拼出一片天地的同仁！真心祝愿《三联生活周刊》成就更辉煌的业绩！

"生活"漫忆

:: ::杨 浪

现任中国证券研究设计中心媒体管理部副总经理，财讯传媒集团副总裁。
1980年到《中国青年报》，任记者、编辑、编辑部主任，1993年任《三联生活周刊》执行副主编，1994年任《中国青年》杂志副总编，1999年任《财经时报》总编辑。2002年任现职。新闻从业期间获中宣部"五个一"工程奖，中国新闻奖特等奖、一等奖等多项。

对我来讲，这一切是从钱钢那个兴冲冲的电话开始的。

那时候钱钢还住在《解放军报》那个不大的居室，我在那里第一次兴致勃勃地听着《三联生活周刊》准备复刊的这个重要消息。那个时候，我们对于"市场化"的感觉还很朦胧，但"投资"、"新闻周刊"、"三联书店"、"市场化"这些字眼真的是让我们很沸腾了一下。大约是1993年初，故事的开始估计这部书里会有人说到。到我这里已经是实际地开始准备干了。

豪华阵容

"一笔钱，一帮人，一个思路"——那时候我和陈西林等几个人已经到处帮人家策划报纸，经常说的就是这句话。这会儿，"钱"和"思路"都有着落了，要聚的就是这帮人。好在当时还没有如今这么多的媒体机会，而且三联的这面旗帜真的是有号召力，没几天的功夫，一个初步的阵容就聚起来了：

钱钢，原《解放军报》采访部主任，著名记者、作家，拟任主编。陶泰忠，原《解放军文艺》编辑部主任，名编辑，拟任"社长"。何志云，时任《光明日报》文艺部副主任，文艺评论家，拟任文艺部主笔。贺延光，时任《中国青年报》摄影部主任，拟任摄影部主笔。毕熙东，时任《中国青年报》体育部主任，拟任体育部主笔。杨迎明，时任《中国体育画报》主编，著名体育评论员，拟任体育评论主笔。胡舒立，时任《中华工商时报》国际部主任，拟任国际部主笔。王安，时任《中国青年报》经济专刊主编，拟任经济部主笔。郭家宽，时任《中国青年报》记者部主任，拟任采访部主笔。晓蓉，时任《文艺报》编辑，拟任文艺部编辑。闻丹青，时任《大众摄影》编辑部主任，拟任摄影部主笔。陈小波，时任新华社摄影部编辑，拟任摄影部编辑。陈西林，时任《中华工商时报》总编室主任，拟任美术总监……我，则是拟议中的总编室主笔。

从任何一个角度看，这都是一个豪华阵容。尽管此后风云聚散，但是曾经在三联相聚的这段时间，对大家此后在媒体事业中的发展，有着十分重要的印记。一个，"高手"之间的相互学习感染；一个，对市场和市场规则的初步接触；当然，更有意义的是，在上世纪90年代初，对于在中国办一份大型综合性周刊的尝试，对于这批人此后的媒体事业都是意义重大的。

必须提到的是"三联"筹备后第一批记者的进入。经过认真的准备，特殊的招聘，很快有一批才华横溢的年轻人成为"三联"的第一批记者。苗炜、钦铮如今已经是周刊编辑部里的骨干；黄集伟、王锋、刘君梅、石正茂、刘晓玲、何笑聪等等一批人也在今天干得颇有成绩。尽管那时创办《三联生活周刊》历经坎坷，但是它教会了我们很多东西，是大家终生受益的。

在永定门外的大磨坊面粉厂（三联书店居然在这样的地方租房子，今天想起来是个挺滑稽的事情)进行招聘考试。考题主要是钱钢设计的，除了一般考题还有实践性的。比如考题里把"考官"何志云、陈西林、毕熙东等表达为"文学评论家，喜欢吸烟喝茶，离异者"；"漫画家，养宠物者，结巴"；"足球评论家，喜爱戏剧"这类抽象的符号，要求记者根据这些信息自由选择采访对象，实时采访后写人物素描。当时苗炜采访陈西林，当场就写出一篇很不错的稿子，搞得考官们很惊艳。围绕生活主题进行人才的考评选拔，在今天看来应该是一套很有针对性而且是成功的方法。

第一次大规模的模拟实战是1993年9月的"申奥"失利。当晚，记者全伙出动在京城各地采访，我和钱钢、杨迎明、老毕等人在北海旁边老毕的家里坐镇指挥。大家　边联系各处记者，一边观看直播判断成败。老毕还做了一锅热腾腾的疙瘩汤准备慰劳记者。直至投票揭晓，众人木然。杨迎明甩下一句重重的话（此处不便披露），转入失利后题目的组织。因有"讨论本"第一期封面刘占坤的那张照片。

历经坎坷

众所周知，"三联"初期的创办是历经坎坷的。经过了几家公司的三任经营合作，几起几落。这中间的甘苦应该是老董、老潘以及介入了初期工作的人最能体会的。作为创办初期经过了这三任投资的见证者，有一个逻辑使我在此后谨记：媒体的发展必然循着市场化发展的途径；市场化的发展首先要解决上游投资的问题；商业投资有着一整套市场化的方式、目标和逻辑；产品生产和市场化经营是媒体产业中相互作用并且决定生死的基本矛盾。在这中间，主要领导者的决心、韧性和领导艺术是最重要的。也因为如此，看到《三联生活周刊》今日的成功，我对老董、老潘乃至朱伟有着由衷的钦敬。

今天想起来，创办一本杂志，在一年多的时间里，经过了三任投资的续绝，近百人的进出，后来又遇上个"广告违规事件"导致工作停顿。尽管历经坎坷，但是在坎坷中我们毕竟学会了不少东西。说些印象深的——最早和于品海先生接触中谈起市场化发行体制的建立，关于在目标城市中划区建立发行网络，通过发行网络实现物流营销的概念。关于媒体投资与资本市场的关系，通过媒体投资，在资本市场上形成概念并进行融资的概念。和刘香成先生接触中，关于中国媒体市场潜力巨大的判断，关于同一品牌下，建立有差别系列产品的设想。包括初期的样刊讨论中，三联书店吕祥博士关于利用外刊，创办"要刊速览"栏目，以及综合性周刊要有国际性视野的意见。初期在设计风格中宁成春先生、海洋先生以及广州的设计公司对期刊形式构成的许多精彩意见和实践。还有朱学勤先生留下的对周刊形态和学术尊崇的思路。

到1994年8月，我再受老董之托准备周刊的创刊，上述想法已经对我们有很大的影响。这一任编辑部里，杨新连、方向明、程赤兵、唐元弘、黄艾禾、袁东平、季思九、印小韵、陈炼一等朋友们也为这本刊物的创办做出认真努力。更重要的是，在这批人后来的媒体实践中，《三联生活周刊》办刊初期所经历的坎坷，也自然成为重要的经历和财富。

尽管周刊出刊经历了坎坷，但是在筹备初期进行了大量认真讨论、准备的工作，特别是按本周出刊作为目标进行实时模拟，各部门做选题安排和采访写作计划。这种做法被杨迎明形象地称作"旱地划船"，并在此基础上各方出过几个"讨论本"。在这些讨论本中，到《鼠药无毒》一本，实际上周刊的面目已经比较清晰了。

到我接手时，在出了一个"试刊号"后就直接出了。当时，很多条件都不具备：设计要到广州做，发行网络也没有建立好，内部人员也在边做边集合，但我们都认为拖下去就是死，只有抓紧创刊。当时我在"创刊号思路"中说："我们显然不是从零开始。一年反反复复上上下下曾经使我们激动使我们失落但谁都不能否认我们毕竟有了一些必要的经验，起码有了经历。我们的思路得以拓开，我们的业务开始熟练，我们的目标逐步明确——无论如何，在经历坎坷后我们仍在一起，而且我们仍是团结的。"

继续期待

今天的《三联生活周刊》已经是一本十分成功的主流期刊。作为曾经为它的成功做出努力的媒体中人，我们还将满怀期望地继续关注它，关注它在下一个十年中的发展。

我想，我对它的期待会集中在几个方面，

首先是期待它在日益激烈的媒体市场竞争环境中，品牌的进一步提升，市场影响力的进一步扩大，经营业绩的进一步增长。应该说，在今天的媒体特别是周刊市场中，《三联生活周刊》有它的优势，尤其是它一以贯之的人文文化品质。然而它的品牌影响力毕竟还是"中国的"，而且主要是中国"人文知识分子"的。在一批新兴的期刊尤其是周刊正在开始发力的时候，《三联生活周刊》如何发挥优势，在日趋激烈的商业环境中继续持守一种人文关怀和文化建设的旗帜，继续领市场之先，领思想之先，这是我们会持续关注的。

媒体发展的基本路径是发行——广告——品牌，三联已经在这个路径上取得了初步成功。然而当品牌营销成为竞争的核心时，媒体体量的扩张，既有品牌的延伸，资本纽带的形成，国际路径的打通，就会成为成功品牌高速发展的必由之路。我们刚刚从《Life》的伏而又起中看到了又一个案例。我们当然有理由期待在下一个十年结束的时候，看到《三联生活周刊》已经成为一个中国期刊的世界性品牌。

一个成功的媒体背后，一定有一个成功的团队。对人的命运的关注背后，关键是有一批关注他的人。成功媒体的影响力除了媒体内容本身，还有从事媒体的一批人，正是这些人，把一种生机勃勃的思想方法、价值系统和操作路径蔓延扩大。半个世纪前的韬奋先生和半个世纪以来的三联书店正是这样影响我们的。于是我们会期待在未来的三联书店乃至《三联生活周刊》培育和产生出新时代的学者、作家、编辑家、出版家。与我现今操作的非常"物质化的媒体"相较，我更深深地在这里期待着三联。只有在文化领域里是承认大师的，而大师们的影响力是超越时代的。

1993年春，以钱钢先生为主导的筹备班子拟定了《三联生活周刊》的第一份"编刊总思路"。节录如下：

刊物性质：一份具有新闻性、文化性和综合服务性的大众生活刊物。

办刊宗旨：积极参与社会主义精神文明建设，为改革开放服务，为社会主义市场经济服务，为人民服务。在走向21世纪的重要历史时期，《三联生活周刊》将与生活同步，敏感地记录中国人民生活的变化踪迹，并对提高人民的生活质量和精神品位做出不懈努力。《三联生活周刊》将继承三联书店的光荣传统，弘扬韬奋精神，成为一本"人们身边的杂志"和"一个亲切的朋友"，它将帮助人民对自己生活中的各方面事务"更容易做出决定"。

"三界共生"是《三联生活周刊》的独创性之一。基于三联书店的传统优势，"生活"将汇聚新闻界、学术界、文学界三方面人才。其办刊过程，将是融合"三界"优长，改变学科思维习性，推动人才相互砥砺、相互激发，形成新的共生群落的过程。新闻界的人才将进入三联书店的文化氛围，拓宽知识面，获得深入观察生活现象的新的视角；学术界的人才将走出书斋，与生活接榫，为大众运思；文学界的人才将改变独自劳作的固有节奏，置身一个与生活同步的文化团队，以更加快捷贴近的方式，表达对人的关注。"三界共生"将打破雅俗界限，使《三联生活周刊》成为深入浅出的大众传媒，成为拥有广大读者的精致极品。

试刊号：封面故事的故事

:: :: 程赤兵

笔名老猫。1989 年中国人民大学新闻系毕业进入《中国青年报》工作。1994 ~ 1995 年在《三联生活周刊》工作过，主要负责社会新闻的编辑采访，为周刊主持采写了试刊号的封面故事。
后曾在《中国青年》杂志、《生活时报》等单位工作，1999 年创办《生活资讯》周刊，任社长和总经理。现在《法制晚报》主持副刊工作。亦从事文学创作，主要结集作品：随笔集《生于一九六 X 年》、《城市的性别》、《谣言不问出处》、《闲人的眼神》；小说集《优雅与恐惧》、《天天天黑》。发表长篇小说《城市从此开始》；中篇小说《我睡不着》、《怀恋一个男人的三个瞬间》、《闲人的爱情》等。

去 西 安

1994 年 10 月，《三联生活周刊》终于确定了试刊号的封面内容，即做一篇刚刚发现的秦始皇兵马俑二号坑的文章。这个活落到了我头上，当时我对考古几乎一窍不通，在文物系里也没什么朋友。但是年轻啊，什么都不怕，满口应承。很快，我和记者王锋，还有《中国青年报》的摄影记者贺延光就出发了。我们身上，只有一张《中国青年报》的空白介绍信，王锋那小子，连洗漱用具都没带。

那时外界对二号坑的报道只限于消息，没有更多的资料可查。到了西安是下午，和我们"接头"的只有《当代青年》杂志的陈刚和《女友》杂志的王勇两位编辑。听说是为"三联"做事，那两个人顿生肃穆之情，觉得无论如何要把事情办好。可是打探到的消息却令人沮丧：采访二号坑，必须要省级以上文物部门的许可；而到坑里去拍摄图片，更是不可能的事情。

朋友介绍来一个女孩，她叫李瑾，挺文弱的样子，是兵马俑馆下属一个公司的员工。我就向她询问一些考古的基本常识，还有兵马俑馆里的一些情况。我的无知帮助了我，李瑾对我的第一印象是：我是一个不耻下问的人。后来她对我说："我一直以为'三联'的记者都是大牌，没想到人却这么谦虚随和。"李瑾这姑娘，是一个骨子里非常高傲的人，但她要决定帮谁了，就一定能帮得成。就在那个下午，李瑾决定帮我们。

考古队

我们决定了两件事，一是把陈刚、王勇组织进来，成立一个采访组，当地记者在，事情要好办许多；二是第二天直奔临潼兵马俑馆。李瑾则先返回临潼，帮我们约考古队的队长和队员们吃饭。只要见了面，什么都好说。黄昏时分，我们住进了临潼的宾馆。住下后，我们就去了兵马俑馆门前的一个小饭馆，李瑾已经在那里等我们了。天黑了以后，几名疲惫不堪的考古队员们来到了这里。大家都是年轻人，几杯啤酒下来，相谈甚欢。谈的内容就不多说了，除了很多二号坑考古的奇闻轶事之外，我们还从中了解到一个重要的事情：发现兵马俑的，是附近村子里一个叫杨志发的农民。当时谁都没有想到，这位老农会成为《三联生活周刊》试刊号的封面人物，而这期杂志，改变了他的后半生。

我们决定了最后的策略：由李瑾帮忙，联系采访袁仲一馆长；由考古队的队员们帮忙，尽量多地让我们参观到各种文物；陈刚和王勇想办法找到杨志发。那天晚上我想，文字采访的大部分问题，已经能够解决了，而这次采访成败的标志，则是贺延光能否下到二号坑里进行拍摄。采访不仅是一问一答，采访还是一种公关工作。正因为如此，采访才变得有趣得多。

和考古人员接触密切了，才知道，在他们眼里，文物是宝贝，却少了普通人脑中的神秘。他们每天都在和文物打交道，随口说出的事情就是大新闻。比如兵马俑身上有一种紫颜色，经过化学分析后发现，这种颜色是人工合成的，人们最早合成这种物质，是在 19 世纪的德国。可奇怪的是，两千年前的兵马俑身上就有了，考古队把这颜色叫"秦紫"。还有一把宝剑，经过放大后，看出剑身上的打磨纹路非常有序，绝不可能是手工打造，而应该是车床打磨的，等等。这样的事情他们随口就来，能把我们这些外行听得目瞪口呆。我特深刻地理解了考古这件事情中所存在的快乐，我想象得出，那些队员们在土方中枯燥地挖啊找啊，突然看到宝贝露出来，心中荡漾的喜悦和快感。

正是因为找到了这种共鸣，人家才把我们当做同道来看待，眉飞色舞地给我们讲故事——这样的状况每天发生，因为我们坚持每天和他们吃饭。很快，我们就可以向他们提出要求，几乎把兵马俑馆跑了个底朝天。很多寻常人进不去的地方，我们都去了。

袁 仲 一

在李瑾的帮助下，我们终于见到了袁仲一馆长。在西安生活久了的人，都对本地的文化有一种强烈的自负感，这种自负，就是建立在西安的历史和文物的基础上。李瑾身上就有这样强烈的自负，她认为全中国的博物馆，只有北京故宫勉强能和兵马俑馆比肩，而兵马俑馆比故宫还要早上一千年，那就什么都别说了。如果按照文物来排，陕西才是中国的中心。袁馆长虽然很谦和，但这种自负也经常流露出来，他不经意地说："兵马俑只不过是秦始皇陵外围的一支卫戍部队，就已经成了世界第八大奇迹了。其实，对于秦始皇陵来说，兵马俑只不过是一小部分。"

这就自然会提到秦始皇陵的发掘。袁馆长说："别听外边人瞎炒。我认为我这辈子看不见秦陵发掘。"他看看我们说，"你们也悬"。

不发掘秦陵，是因为文物一旦出土，就必须立刻保护起来，否则就会毁掉。而目前的人力物力，根本无法保证秦陵里面的文物能够立刻被保护。举个例子——一旦要发掘，首先就要在秦陵上盖一个大房子，把整个秦陵罩起来，避免风吹日晒雨淋。而盖这样一栋大房，还得要求中间没有支柱，不对秦陵造成破坏。从理论上说，这样的房子是能盖的，但所耗费的资金将是一个天文数字。据说日本人曾经提出盖这个房子，条件是把兵马俑送几个给他们，当然，我们想都没想就拒绝了。袁馆长说："为什么非要挖呢？让他们安稳地睡在地下，不就是最好的保护吗？"

这些争论，袁馆长叫我们先别说。他觉得，那些拼命嚷嚷挖的人，一定是想赚钱。

我们趁机提出了想下兵马俑坑拍摄的计划，袁馆长看来挺喜欢我们几个年轻人，他笑着说："这我不能答应，是不符合规定的。上次中央电视台的人想下去我们都没同意。"却提笔为我们给考古队写了一个条子："请协助记者采访。"我们拿着这个条子出来给李瑾看，李瑾大喜，说："明天下坑。"

二号坑

下到兵马俑坑中，是给国家元首的待遇。比如美国总统啊、丹麦女王啊什么的。丹麦女王上大学时学的是考古，见到兵马俑几乎不能自持，一下就跳进去了——要知道，那坑也两人多高呢。普通人，即使是记者，顶多也就让你到坑边近距离拍一会，不许用闪光灯，这已经是天大的面子。更何况是二号坑，当时刚刚开始开掘，没有任何外人踏进过一步。

拿了袁馆长的"手谕"，自然是一路绿灯。贺延光很快就被安排下坑。贺延光是一个很敬业的传媒前辈，又有热情，他下去后就根本顾不上理我们了。前前后后加起来，贺延光在二号坑里呆了大概有 72 小时，和考古队零距离，现场拍摄了大量珍贵的照片。我敢说，兵马俑馆给我们的待遇，是空前绝后的。本来我都打定主意了：要是袁馆长不同意，那我们就只好买兵马俑馆提供的反转片回来交差，那感觉就差多了。没想到，居然绝境逢生，峰回路转。

西安人很仗义，即使是李瑾这样的小姑娘，也透着古道热肠。实际上，她早就打点好了一切，就等着袁馆长一句话呢。现在这句话来了，一切都按照我们的设想进行，甚至比设想的还要好。

杨志发

陈刚找到了杨志发家。我们一行人就进了村。

杨志发家住在离兵马俑馆不远的一个小村里，那个村当时还挺穷，杨志发放羊，家里的房子地基低，一下雨老被水淹。我们在村子里七拐八绕，深一脚浅一脚地走，打听他家倒是谁都知道。见到他时，他就蹲在院子里的土墙前面抽旱烟，背景是挂在墙上的红色辣子与黄色玉米，很漂亮鲜艳。但老汉似乎对自己的生活状态很不满，一肚子的抱怨。他没什么文化，却知道和几个伙伴把挖出的兵马俑碎片用小推车推到临潼县的文物局去，这导致了震惊世界的重大考古发现。而他，却仍然得生活在这个小村中，过着辛苦的日子，心里当然别扭。

李瑾也没见过这位传说中的著名老汉，兴奋得不行，主动当了"翻译"，把老汉浓重的西北方言改成普通话说给我们听。贺延光则指挥老汉站在光线好的地方拍片。老汉挺灵的，他在几分钟内就明白了这次采访对他意味着什么，立马特配合地摆着姿势，问一句答三句，顺利得不行。

当时，那个村子的村民们，已经没心思种地了，那种丘陵地带，也没多少地可以种。许多男人做起了烧制兵马俑的营生，小的卖给旅游者，大的可以卖给宾馆饭店，女人则在家手工缝制一些具有陕北特色的工艺品，如"五毒被"之类的。这些东西，就近拿到兵马俑馆外边的市场上去出售。我去市场上买过那些玩意儿，一网兜十个小兵马俑，只需要一块钱，我买了好几网兜，还买了一个俑头，漂亮极了，才二十块。一床有婴儿被那么大的五毒被，完全手工制造，上面的五毒造型精美绝伦，里面是上好的棉花，也才八十块钱。而现在，在西安城里买的五毒被，怎么也得二百元，里面还都是纸。

说老实话，《三联生活周刊》最后决定把杨志发作为封面人物，影响特别大，老汉的家门后来都被媒体踏破了。试刊号出版后，我托李瑾给老汉送去十本，老汉就靠着这十本杂志找到兵马俑馆，非要馆里给他安排工作。馆里给他安排的工作也特有意思：在兵马俑馆一号坑前放张桌子，桌子上用绳子拴着一本杂志，前面还立块牌子，上书：发现兵马俑第一人。每天，老汉都要为成千上万排着长队的游客签名，跟他们合影。靠着这个，老汉家盖起了气派的砖房。几年后陈刚再次去采访杨志发，老汉还记得他，拉着他说："你能不能再帮我问北京要几本杂志，你看，这最后一本杂志都快翻烂了。"可惜，那个时候我自己手里也只剩下一本，当宝贝似的捂着，没法满足他的要求。

一本杂志改变了老杨的生活，也改变了那个村子。据说现在他们已经相当富裕了。

欢乐颂

只要贺延光下了坑，其他的一切都不是问题。在兵马俑馆采访的日子里，我们和上到馆长，下到保安，几乎所有的工作人员都混得熟了。

大家在一起特别友好，我们心里逐渐也有了西安人那种自豪感，觉得兵马俑和我们有了直接的关系。

大伙也挺羡慕贺延光的，他在坑下拍，就有人念叨："哎呀，我要是学摄影的就好了。"但是谁都没把话说明白，觉得已经够麻烦馆里的人，就不要再提出什么非分之想了。

结束采访后，李瑾带我们完整地参观一遍兵马俑馆。走到一号坑的尽头，李瑾突然问了一句："想和兵马俑照相吗？"说完头也不回地向坑中走去。

王锋反应最快，跑得跟兔子似的。在坑边的几个保安非但没有制止我们，相反他们也意识到这是一次不可能再现的机会，便跟了上来。就这样，我们搂着那些伟大的兵马俑照了个够，心里也激动得不行。瘦弱的李瑾姑娘在我们心目中变得前所未有的高大。这是这次采访给我们留下的最好的纪念。

心 相 知

没有李瑾，就不可能有这次采访的成功，也就不可能有试刊号的封面故事。后来我才知道，李瑾的父亲，是兵马俑馆的副馆长，就是他，为一号坑设计了难度很大的、没有一根支柱的穹隆型屋顶。可惜，那一次我们没有见到他。

那次采访，李瑾专门请了假，全程陪同，有求必应。每天早晨她都从兵马俑馆的家里赶到宾馆，然后再和我们一起坐小三轮车回到馆里。

后来问李瑾她为什么这么帮我们，她只是说，看见你们没架子，就想帮。要是你们像上次来的那帮电视台的，想都别想。

李瑾是个细心的人。采访结束后，我们回到西安，王锋说起西安的贾三包子很有名，李瑾二话没说就打车去排队，硬是在我们出发前把包子给买了回来。

她还带我们去买纪念品，因为是本地人，又是行家，为我们省了不少钱。有一个五毒被她看上了，就干脆买了送给了我。

我自己和李瑾姑娘的情谊持续了很长时间。我真的很喜欢她的豪爽干练，也很喜欢她的那份骄傲。只是，我没有什么能回报她的。我只能在心里祝福她，希望她永远顺利和快乐。

伤别离

离开西安回北京的那天，我们坚持没让李瑾送。可能是怕引发那种离别的伤怀。在飞机上，王锋一直在念叨稿子怎么写，因为第一稿归他负责。而我，满脑子都是临潼，整个过程像电影一样播放了一路。

转眼间十多年过去了。现在，已经没有了当年的张狂。回想起来，虽然在"三联"待的日子不长，还因为少不更事办了些傻事，但在三联的那段日子，的确也是我一辈子里最快乐也最自信的时光。陶泰忠、杨浪、杨新连他们，把该担的责任都担走了，而我，则享受着工作带来的快乐，享受着宽容环境下充足的阳光。我想很多当时在三联工作过的人，都会和我一样有着美好的回忆。我离开三联的时候，董秀玉先生还找我单独谈过话，希望我留下，可是当时我满心想出门打片江山下来。出去后就知道了，江山不是那么好打的。

我想，就把我在三联的那段经历，作为美好的收藏吧。十年过去，我已经从当初的意气风发的青年变成一个中年胖子，容易伤怀，但看到现在《三联生活周刊》状况不错，想自己也为它出过点力，心中也忍不住泛出得意。

"做周刊是一项挑战性的工作"

∷∷黄艾禾

1994年参与《三联生活周刊》创刊工作，此前任《中华工商时报》周末版副主任，后在《中国青年》杂志任职，现任《中国新闻周刊》主笔。

　　记得那是1994年的一天，我在家正做晚饭，接到了杨浪的一个电话。当时，杨浪在电话里说："艾禾，这对你是一个重要的电话。"他邀请我加盟《三联生活周刊》，做文化版的主笔。

　　在当时的媒体圈中，《三联生活周刊》已经名声赫赫。虽然到当时为止，《三联生活周刊》一直都没有办起来，而主编和主力编辑记者却已经换了四五茬。但是这四五茬人，都是当时媒体圈中的大腕，可以说，"三联"当时基本上把京城里的各个报刊中的名记都给搅了一遍，他们在三联的出出进进，也都是圈内议论纷纷的焦点。没想到，自己也有机会能进这个舞台去与高手们共事一场。怎么说，也是件令人兴奋的事。

当时我们都不知道什么叫做新闻类的周刊。那时中国的报刊就是两种：要么是日报或周报，要么是月刊或半月刊。所以，所有来办周刊的人，也从两个方向来：或者是报社，或者是杂志。

那时《三联生活周刊》所在的净土胡同，七拐八拐还不太好找，但是一进里面，发现环境一如它的名字，十分干净整洁，一排排新的办公桌，新的电脑，办公室墙壁尤其素白得都有些晃眼，据说这也是前任们留下的财产和规矩，不仅杂志的人要一流，办公环境也要一流。

创办初期，总在开会。开到吃中午饭，吃完再接着开，开得天昏地暗头晕脑涨。会场里多数人都在抽烟，我记得，每天晚上回家，脱下外衣，连里面的毛衣，甚至衬衣上都是呛人的烟味。之所以要开这么多会，是因为大家都不知道怎么办周刊，只能从自己的从业经历的体会和听说的外面信息中，揣摩周刊该是怎么做法。当时杜民拿来过一份美国《时代周刊》的发展史的资料，大家当成学习课本，反复传看研读。还有一次，请来德国《明镜》周刊的一位先生与大家见面，他逐一地问了我们每人都来自什么样的媒体，现在《三联生活周刊》里担任什么工作，然后，对我们说："我觉得你们非常有希望。你们有从业经历，也有热情和干劲。做周刊是一件非常具有挑战性的工作。它需要有报纸的新闻时效和敏感，又需要杂志的品质与格调。那是非常刺激的。"当时听了，还没太觉得什么。这些年下来，想想当时他说的话，才体会到里面的各种味道。

前几任的三联主编，多是杂志出身，做的稿子当然更偏重文化。到我们这一届，就偏重新闻性，毕竟都是做报纸出身。做了第一期试刊后，就想要按半月刊开始运转。时间和选题的压力立刻就压了上来。记得当时三联的资料室订有全国各地的省报，这在全国的媒体中都是罕见的，记者们在开会报选题前，都扎在报纸堆里找选题。实际上，以我今天的体会看，做周刊的选题来源，仍然是件大事。因为原来在报社记者都是把口的，基本上负责领域的信息不会遗漏，小的消息也有版面消化。但是到了周刊，对于文化的报道，要么是不报，要报就是重大的，小的消息不再有版面，原来的信息来源就不大灵了，消息渠道就基本只能靠个人关系了。我做的是文化，当时我还是《中华工商时报》周末版的副主任，文化上的大小消息通过报社的渠道还都掌握，选题倒是不是太困难，但那时就开始想，总有一天要脱离《中华工商时报》，以后还真不好办了呢。

在《三联生活周刊》做的这几期文化，做过的重点稿子有谈当时引进"十部大片"在中国电影界引起的激烈争论，关于余秋雨的争论及对余的专访（这在后来就成了个说滥的话题，不过当时还算挺早的），对"第五代"导演的讨论等。大概每期都要动笔写一两篇。实际上，我是编辑记者一起做的，这也与当时"三联"的工作状态有关，至少在文化方面，记者的稿子比较成熟，都不会要编辑从头到尾地介入，还有一部分稿子要从社会上约，更不可能编辑干涉得太厉害。这不像后来，到今天我在《中国新闻周刊》是以做编辑为主，而且觉得这份编辑工作并不轻松，因为要不断地与记者沟通，从前期就要弄清文章的思路，后期改稿也许改得非常厉害，甚至重新替他写。这样当编辑，是不是就一定合适？我也一直在想。

当时，我们还有若干文化上的选题没有做成。一个是关于北京的返城知青组织的一次在首体的演唱会。当时这些知青们有相当成型的组织结构，连票都是走这些渠道发出去的。在会场里是四十多岁的人看二十多岁的人演二十年前的歌舞，怀旧与不满，温馨与失落，年轻一代的不解与中年一代相互之间的指责，深陷于当年不能自拔与能适应社会转变者之间的不以为然……内容实在太丰富，我们采访了不少，终于没能写出来，限于我们的功力。

还有一个题目是关于上海电影节，是想从经济运作的角度来解读，这需要大量细致艰苦的幕后调查，算清里面的账，最终也没有做成。但今天看来，这种稿子仍然是非常需要做的，也一直有人在做这样的事，虽然做这种稿子对于文化记者来说，非常难。

我在《三联生活周刊》一共也只做了大概五六期杂志，经济来源又出了问题，就又停了。那时做得有多辛苦，已经不太记得了，肯定不轻松，不然到后来突然听说要停刊时，不会第一个感觉竟是一种解脱感，当然，后来就是深深的遗憾了。

现在回头看那几期杂志，报道是有了，但原来三联的味道，却差了不少。到了后来，三联再办起来，终于走上正轨，它的文化味道与它的新闻报道如何结合，始终是要解决的问题。当时，我们对日后的三联应该什么样，有过种种浪漫而天真的想象。曾有人说，发行量保守估计也应是50万。那时以为一帮所谓的媒体高手凑在一起，就会有奇迹。不知道办一本周刊，更需要的是现代化的经营管理。做周刊是件非常有挑战性的工作，但是做的过程，没有那么多浪漫，而是要付出艰苦、枯燥、乏味的工作。

现在的《三联生活周刊》已经创出了自己的品牌，赢得了固定的读者群，走上了良性发展的道路，这是当时我们曾经想过而没有做到的。我衷心地为她而高兴。

且做且学，且学且做

∷∷杜　民

大学毕业后一直供职于《中华工商时报》，1994年10月参与《三联生活周刊》的筹备和创刊，负责总编室。1995年6月离开后，先后出任《中国经营报》副总编、副社长。此后担任美国国际数据集团（IDG）中国公司副总裁，现任《北京青年报》传媒发展股份有限公司执行董事兼总经理。

　　我是在周刊迫在眉睫需要创刊的时候来到周刊的。

　　周刊创刊前一波三折。先是经历了筹备阶段的轰轰烈烈，成为1994年北京新闻界一个最热门的话题，后又因种种原因陷入了停顿，前前后后延误了一年多时间。1994年最后两个月，来自《中国青年报》

的杨浪开始牵头重新组建创刊的筹备班子。

除了原来周刊百里挑一招聘来的记者外，最后筹备阶段的骨干人员要比前期少得多。也就是《中国青年报》的杨浪、方向明、程赤兵，《中华工商时报》的杨新连、黄艾禾和我，还有当时在《首都经济信息报》的唐元弘这么六七个人。大家的目标很单一，就是创刊。

《中国青年报》和《中华工商时报》当时是首都新闻界领风气之先的两张报纸，前者的很多文章尖锐犀利，并培养了一批广为读者熟知的记者，后者则锐意改革、在编辑业务上创新颇多。杨浪把大家组织在一起的目的也非常务实，各扬所长，尽快创刊。事实也是如此，方向明、程赤兵、黄艾禾、唐元弘和记者们主要负责采写，而编辑的责任主要落在杨新连和我，以及参与很久的黄集伟身上。

我的责任说来挺简单：前期参与选题策划，和杨新连一起对每一篇采写来的稿件编辑修改，最后供杨浪和三联书店的董秀玉总编辑定稿；后期参与划版、制作、校对，直至送往印刷厂；同时还要拾遗补缺，缺篇短文、缺篇资料、缺张图片时，自己也就直接上手了。当时每期杂志的每一个字都是从我和新连的手下出去的，而且在送往印刷厂前，我们俩都要看过至少五遍以上。

今天再看，我们这批创刊人员当时对新闻性周刊的样式，和它与盛极一时的报纸周末版的区别的确估计不足、认识不足。

也许是因为我们这些骨干大都来自于报纸，而且是当时领风气之先的报纸中的骨干，也许是因为创刊的压力所迫，每天都在夜以继日中忙碌，也许是被秉承韬奋先生的埋念、办一本新闻性周刊的理想所感动，无暇冷静思考。总之，我们这些杂志的"门外汉"在选题的新闻性、内容的可读性、文章的节奏等方面做到了扬己所长，但是对那些杂志的特殊性却重视不够。

最初的两期杂志出来后，大家付出很多心血采写的很不错的文章凑到一起，总觉得不对劲、不是味，特别不是杂志味。这也给我当头一盆凉水，促使我们回过头来认真研究杂志的特点。比如一期好的杂志就像一桌丰盛的宴席，从头盘到主菜，从甜食到酒水，轻重缓急、浓妆淡抹、总要前后有序、相得益彰。而读者对杂志的阅读习惯和杂志自身的节奏，又与报纸有着极大的不同。当时的我们，像一个心急的厨子，总是三下五除二把我们自认为准备的最好的食物一股脑地全端了上来，没有顾及我们的读者是否能够消化。

开始的几期，从封面到版式风格，甚至小到字号的选择、装饰线的运用都变化非常大。在前五期中，三期用了黑色封面，两期用了红色封面，反差很大。编辑部的同事都在焦急中苦苦探索。痛苦并快乐着。那时给我印象最深的是杂志社的盒饭，因为每天的每顿饭都几乎是靠它解决的。那时候和我天天相处的是杨新连，新连大我二十多岁，常常是他拉着大伙一起休息放松。比如和新来的年轻女记者一起玩《大富翁》游戏，胡子拉茬的他总要扮演孙小美，不赢不罢休。

正当一切慢慢走上正轨的时候，意外的原因导致正式出版四期的生活周刊暂时休刊。随后我也离开了周刊。

我在周刊前前后后半年多，无论对周刊或对我都是一段短暂的插曲，但在那个冬季里，全体人员都用火样的热情在工作，令我难忘。特别是创办新闻性周刊的理想，把大家团聚起来，并为这个理想去探索、去思考、去学习。近十年，《三联生活周刊》逐步走向成熟，让我们这些关心它、惦念它、为它撒下过汗水的人感到高兴，也向朱伟先生为首的团队表达感谢。

我是带着遗憾离开周刊的，因为在短短几个月里，我们没能看到目标的实现。但是这也让我在此后不同行业、不同岗位的工作中深深记住：不能用既往的成功经验对待新的工作、新的问题；且做且学、且学且做，既是韬奋先生当年对《生活》周刊编辑们的要求，更是我们身体力行的目标。

又是一个冬季，《三联生活周刊》长大了。

十年一个轮回

::: 唐元弘

现年 38 岁。在《三联生活周刊》筹备
期做经济新闻编辑。后来一直在《北
京青年报》工作。现被借调到《竞报》
筹备组工作。

　　《三联生活周刊》是我大学毕业后第二家供职的媒体。我与"三联"
的关系虽然只是短短的一年，但我认为，三联才是我新闻工作的起点。
对于这一点，我心怀感激。我这样说，是有理由的。新闻系毕业以后，
我被分配在一家小报，囿于各种原因，实际上我的新闻工作并没有上道。
是在三联，我第一次亲身感受到了什么是好的新闻工作，什么是正确的
出版规律。与众多的高手在一起合作，想不提高也难。

既然是回忆文章，无非是"人"和"事"。事情如过眼烟云，而且我经历的肯定都是小事，就谈谈人吧。

要说和三联的渊源，首先要说老猫（程赤兵），是老猫把我拉到三联的。老猫上学时，是"睡在我下铺的兄弟"。据他讲，每天早上，是我抽烟，火柴点燃时的"刺啦"一声，把他从睡梦中叫醒。这种空间上的紧密感，决定了我们同学加兄弟般的友情，十几年来一直如此。

杨浪是我们那个时期的执行主编。《中国青年报》时期是老猫的上司，关于他，在酒桌上，老猫说得很多，当然都是杨浪的英雄事迹。我为老猫有这样的领导和大哥感到羡慕不已。高山仰止，心向往之。所以，当老猫说杨浪可以见我，我的激动是可想而知了。谈话短短的几分钟，大概是老猫事先铺垫了许多溢美之词，我被录用了。按照现时的说法，杨浪是个"厚道"之人。事例之一是，我们这拨人快要离开三联时，杨浪利用各种关系安排大家的工作，这本来不是他分内的事，不做也没人说什么。在颐和园后堤的散伙会后，杨浪专门找我谈话，问我是否可以运作，给某位同事找个工作。感动于杨浪的信用和义气，我不顾能力，一口应承下来。万幸的是，此事运作成功了。有时候，一个领导可以影响下属的，可以远远超出工作的范围，杨浪对于我来说便是这样的一个领导。

另外一个姓杨的老大叫杨新连，当时主管总编室工作。如果说我们工作的时间是属于杨浪的，那么业余的时间就是属于杨新连的——他带领我们喝酒。要说酒风浩荡，他和我有一拼。另外一个酒后游戏，我就不如他了。那时我们不讲争着付账，而是看老大怎么办。老大杨新连付账多了，就学会了一个游戏，规则是这样：猜饭钱是多少，猜的最离谱的那个人付账。此游戏开始以后，杨新连就没有付过账。最后是老猫发现了杨新连的把戏，以后还是杨老大结账的次数多，时间长了难免不堪重负。在三联筹备期，虽然郁闷的时候比较多，但和杨新连在一起，也缓解了许多。这也是领导的一个方面吧。

我的直接上司是方向明。第一次见面，他伸出手，自我介绍："我是方向。"对于这种简称，我还没有形成习惯，所以诧异了半天，显得有点木呆。之后，我的简称就成了"唐元"，再方便一些的话，就叫"汤圆儿"，一种我很不喜欢的食物。大家可以看出，从名字上，他的就很有气势，是一种领导所需要的称呼。我的就家常多了。事实也是如此，他在做经济报道方面很有经验，开会教育我们时，说的总是大事，比如他参与报道的某非法集资案等，都是所谓的宏大叙事。我向他请教，一本新闻周刊的定位是什么？什么是"方向"？他毫不犹豫地告诉我："记录历史。"为此，我去北京图书馆查了很多资料，最后花了昂贵的复印费，把一本台湾人写的《时代》周刊的历史全部复印了下来，仔细研读。方向是我佩服的那种新闻工作者。从他身上，我学到了很多，而且有时候影响是深远的。

离开十年了，对于《三联生活周刊》，我完成了一个编辑到一个忠实读者的转变。感谢《三联生活周刊》加深了我对新闻工作的热爱，感谢我们之后的编辑把这本杂志做得如此优秀，当然也感谢给我一次机会，在这里写一些不知所云的话。

对《三联生活周刊》的
一点回忆

∷∷吕　祥

1991 年获中国社会科学院
哲学博士学位，1993 年
进入三联书店，1995 年离
开。其间参与过周刊早期
的策划和管理工作。离开
后成功引入著名的科学杂
志《Newton》国际版，创
办《Newton– 科学世界》。

一

　　1991 年秋天在社科院研究生院毕业以后，我去了国家旅游局属下
的一家公司工作。大约在 1992 年 11 月，突然接到刚刚接任三联书店总
经理的董秀玉女士的电话（或是别人带的口信），问是否愿意到三联工作。

董总在此前是中央派驻香港三联的总经理（我在学校念书时，香港三联的编辑、我过去在社科院的老师余丽嫦女士曾要我为他们组过稿，因此我推断，董总之所以找我，一定是和余老师的推荐有关）。

初次见到董总，是在东单外交部街的一栋宿舍楼的地下室，也就是当时三联的总部所在。简陋的办公环境虽然与三联书店的在外名声形成巨大反差，但董总对三联未来的宏大规划还是让我毫不犹豫地选择了三联。记得当时董总对未来的描述中，就包括了《三联生活周刊》在内的期刊发展计划。

正式进入三联后，董总给我布置的任务主要是三项：（1）清理、审读部分积压的学术著作的译稿；（2）作为常务编委负责"三联·哈佛燕京学术丛书"的日常工作；（3）关心国外出版界状况，探讨可能的合作机会。前两部分的工作给我的压力巨大，因为三联并没有形成商务印书馆那样的成型的分科编辑制度，每一个编辑都要应付、处理涉及庞杂学科的书稿，其困难是可想而知的。

在三联初期没有我的办公室，因而乐得不用坐班的"待遇"。1993年，三联在永定门外一家面粉厂租了房子，所有人员都有了办公的空间。这期间，虽然听说有关《三联生活周刊》的筹备工作，但由于手头工作的巨大压力，一直无暇过问也无从过问。当年下半年，周刊完成了一本样刊，并在永定门会议室举行了一场社内讨论。董总给了我一本样刊，让我看后也提一些意见。

当时参与周刊策划的是北京报界、文化界一批知名人物，由钱钢挂帅。参加这次讨论时还见到其他许多大腕级人物，当时印象深刻的有胡舒立女士（因为她的发言总是高亢而有力）和毕熙东先生（因为每日乘坐拥挤地铁时，如果读到他的足球评论，总让我觉得生活还不那么乏味）。在会上我发了言，印象中还有两点，一是提请大家注意定位的细微之处，并举了美国《财富》和《福布斯》这两本杂志为例，虽然二者都是财经类刊物，但前者偏重于职业管理层，后者偏重企业的拥有者，也就是严格意义上的"老板"；二是提到国内读者了解国外资讯没有稳定的渠道，建议杂志在开篇部分建一个简要的"环球要刊速览"的栏目。

此次讨论之后，记得董总有次跟我提到：钱钢很欣赏你的发言，想让你当周刊的顾问。但之后忙于沉重不堪的业务，此事即没有下文。

二

实际上，与《三联生活周刊》筹备的同时，我也给董总提出了与国际机构合作办刊的建议。当时有两个机会，一是引进 Time Inc. 的《财富》(Fortune) 杂志的版权，二是与一家在香港的泰资企业合作出版一本财经杂志。1993 年春天，我随新闻出版署组织的一个小型代表团参加伦敦书展，回程时绕道香港，拜会了这两家公司。后来，Time Inc. 亚太区的两位最高负责人专程来京商谈合作的具体细节，但他们经过仔细论证后，认为中国的法律环境"不够成熟"，于是决定授权香港一家名为 CCI 的公司出版《财富》中文版，彻底放弃了在中国大陆的发展计划。这次合作的探讨虽然无果而终，却让我有机会深入地了解到这家世界顶尖的杂志出版集团的运作机制。

与此同时，与泰资公司 M Group 的接触却走向了积极的方向。该公司的拥有者是华裔泰国企业家林明达先生。面对欧美传媒集团的强势地位，他立志要以亚洲人的立场为亚洲的传媒业打开一片天地，其卓有成效的运作，使他被《纽约时报》称为"东方的默多克"。当时，M Group 在香港出版一本叫 Asia Inc. 的英文财经杂志，从内容到形式都令人耳目一新，虽创办时间不长，在亚洲英文出版市场显出咄咄逼人的态势。我很喜欢这本杂志，希望将其概念和部分内容引入大陆。

为拓展中文市场，林明达先生盛情聘请了当时在美联社任职的著名摄影记者刘香成先生。我到香港时，刘先生也刚刚从莫斯科卸任到港。记得我到香港的第二天就与刘先生以及 M Group 在港的其他高层碰面，直接而又具体地商谈了把 Asia Inc. 引入中国大陆的计划。记得当时刘先生对我说：“我给洋人打了半辈子工，现在该为中国人做事了。”

之后有关 Asia Inc. 的筹备工作异常顺利，并于当年年底做出了样刊，详细商业计划也基本完成。至 1994 年初，着手准备申请刊号。按当时规划，刊物应当在 1994 年秋天推出，但最终没有问世，至今仍是我心头的痛。

三

这年春末夏初的一天，董总突然找到我，说《三联生活周刊》的筹备工作出现了问题，参与筹备的全部策划人员都要撤出，要我甩掉手头一切工作，临时代管一下已经招聘的年轻编辑和记者（至今我也不知道这次变故的原因，也从来没有向董总打听过）。

当时也没有什么交接，就直接去了《周刊》当时的办公地点——安定门内净土胡同一所工厂的厂房。董总给我的交代是：(1) 虽然遇到变故和困难，周刊还是一定要出版。有关资金安排和人员安排要重新规划，争取 1995 年能出刊。(2) 为周刊招聘的年轻记者都已经训练有素，是未来周刊的宝贵资源，因此要对他们进行继续培训，避免人心浮动，特别是“不能让他们闲着”从而变得懈怠。

这样，进入“代管”角色后，我的任务就是两个：一是参与《周刊》的新规划，并同时处理一些遗留问题，二是要想方设法“别让他们闲着”。当时，具体的行政事物由李荣华女士（毕熙东先生的太太）负责，她井井有条的工作方式使我完全免除了杂事的纷扰。因为我没有具体职务，那时的年轻记者们都叫我“吕先生”。直到今天，偶尔碰见他们中的一些人，他们还是这么称呼我，让我觉得很亲切。

第一个方面的任务是艰巨的。出于对三联整体利益的考虑，董总提出让 M Group 以国家政策允许的合适方式介入周刊的策划和经营。从我“代管”之时，即开始了与 M Group 的商谈。不久，林明达先生专程来京，双方达成共识，决定暂时搁置有关 Asia Inc. 的计划，双方全力策划有关周刊的合作。在此过程中，刘香成先生和他的法籍太太付出了巨大的心血。

1994 年的夏秋两季是极其充实的。为了"不让他们闲着"，我当然也没法闲着。除了与 M Group 的密切洽谈，当时在内部做的事情主要有以下几个方面：

首先是继续培训。鉴于在前一个阶段这些年轻记者都已接受了相当系统的新闻训练，于是提出给他们更多知识的训练。当时邀请了社科院、北大的一些著名学者每周开办一次专题讲座，内容涉及社会、经济、国际问题等多个层面，对包括我本人在内的所有人都产生了巨大助益。

其次是有关编辑理念的探讨。通过对欧美主流新闻类期刊的细致解剖，力图以国际上成功的期刊为参照创造出符合中国读者需求和习惯的编辑模型。当时，我们以几份重点的国外新闻类周刊为解剖对象，着力总结不同刊物体现出的不同的编辑节奏、叙事风格和专题策划方式。

再其次，在解剖国际知名期刊的同时，因陋就简地尝试制作过程的"工业化"。我当时提出，《三联生活周刊》的意义将部分地表现于其制作程序上的创新，打破国内多数期刊的约稿式的作业方式，依赖自身的编辑力量和社会力量的共同努力，强化主题策划能力，从而形成了一种可称为"新闻生产"的作业模式。在我的记忆中，年轻的记者们都热情澎湃，用纸、浆糊和剪刀制作了若干本"样刊"。我至今仍然认为，这一尝试是在有限成本基础上锻炼编辑记者对期刊的整体把握能力的极佳道路（后来我们把这一方式发展成一套成熟的期刊策划培训模式）。（鉴于当时周刊没有专职的美编人员，三联的资深美编宁成春先生主动而不计任何利益地给予了巨大帮助，其不惜命的工作方式，至今让我不能忘怀。）

这样的内部研讨可能是国内最早认真琢磨杂志构成的尝试。其中一些人后来分别在别的岗位上担当了重任，比如刘君梅先后担任了《追求》、《香港风情》杂志的执行主编，徐巍担任《时尚·Cosmo》执行主编，王锋担任《时尚健康》的执行主编，洪凌担任过《明星时代》的执行主编，他们的成长应该都与在《三联生活周刊》的经历有关。

此外，利用当时的办公空间，我们还组织了一个不定期的摄影研讨沙龙，其积极的参与者包括贺延光、曾璜、袁冬平等人，为当时沉闷的摄影界提供了一个难得的交流平台，同时也为周刊的年轻记者提供了一个了解摄影界前沿动态、探讨视觉语言表达方式的机会。因资金所限，每次活动我们都只能提供一点"可乐"、"雪碧"之类的饮料，对参与者也没有任何报酬。在今天来看，这样的朴实和清淡，反而成了一种"奢侈"。

四

1994 年夏秋之际，与 M Group 的洽谈进入实质的阶段，双方都准备着把脚放上油门。对于三联而言，找到一个胜任的执行主编成为当务之急。自上一个策划团队解体后，董总就一直在物色合适的执行主编。先后进入视野的有多人，其中获得尝试机会的有朱学勤、徐友渔和杨浪。董总一度期望朱、徐、杨三位共同搭建一个兼蓄学术背景和新闻操作能力的主编团队，从而既能保持三联的文化传统，又能体现出对当下事物的反应能力。这一设想无疑是独到而富深远意义的，但最终的结果却难如人愿，其中的苦涩是局外人难以体味的。

而另一方面，有着丰富国际新闻从业经验的刘香成先生也为周刊提出了诸多大胆而有章可循的设想，并基于他的观念制作了若干本概念刊，期望以此作为未来的模本。刘先生对新闻的独特理解，特别是他对视觉语言的领会、把握和展现能力，都曾给我留下了至深的印象。我今天脑子中残留的印象是，刘先生提出的概念刊极像是一本 Life 杂志和 People 杂志的创造性综合，有着很强的可读性和可观性。

与此同时，有关的经营规划也步入日程。鉴于前景并非百分之百地明朗，我当时并没有招聘太多的人员参与有关经营策划工作，而只是招了两名人员，一位负责广告销售的策划，一位负责发行策划。负责广告销售策划的朱自婉表现出超乎寻常的运作能力，仅凭着她手中的几页策划书，就能将几十家顶尖的潜在广告客户的负责人召集在一起开会。此外，我们还拜会了北京、上海几乎所有的重量级广告代理公司，使得尚未面世的《三联生活周刊》成为了广受关注的焦点。

这年入冬后，与 M Group 的交流却开始遭遇寒流。双方在观念、经营方式和合作框架等诸多重大问题上出现了分歧。我已经不能记得确切是什么时间，我接到刘香成先生太太的电话，她用带有明显法语口音的英文对我说："The game is likely to be over。"几天后，双方正式结束了所有的洽谈和合作。

此次合作的无果，对当事各方而言都是重大的打击，因为所有人都投入了太多的精力。几十天后，碰巧在国贸马克西姆餐厅遇见刘香成先生，发现他的头发全部变成了灰白色。而那时，他不过才四十五六岁。

（此后刘先生都做些什么，我完全不知道。直到 1999 年我接到他的一个电话，得知他成功地将"《财富》全球 500 强论坛"带到上海，受到中国领导人的高度评价。之后，他又在默多克的新闻集团与中国政府之间建立了良好的互信合作关系，并在北京安了家。几个月前，我在他位于北海东门附近构建的小巧四合院中见到他时，他刚刚从新闻集团的一线管理职位上退下，灰白发髯印衬的面孔上，显出的是他恬适而不惑的神情。）

五

M Group 的退出，对于我几乎意味着一种意义的完结。之后，更多的人开始介入周刊，而我获得的却越来越是一种局外人的感觉，并且逐渐退出。公正地说，《三联生活周刊》的十年，是同我无关的十年。由突然的"代管"而产生的似是而非的"相关性"，其中充满的只有灰度而没有色彩的暗淡记忆。

1995 年下半年，我彻底离开了三联书店，开始了生活的另一段旅程。这十年间的生活，每每还是同期刊杂志和市场传播有关，但在已经完全职业化的眼光下，不管什么杂志，都像医师眼前的病人一样，无论如何都难以显现新奇。

今年 6 月底，我在巴塞罗那开会，碰到一位十几二十年未见的老同学。同她边喝咖啡边神聊，说起天南地北的事。每当她对我的某个说法表示赞同，她就说："对、对、对，最近一期《三联生活周刊》就是这么说的。"

看老同学把周刊摆上如此的神位，在我心里触发了一种微妙的回味。我想对她说："你知道吗，我就是《三联生活周刊》的早期策划者之一。"但考虑到这样的说法有掠人之美的嫌疑，到了嘴边的话，终于没有说出。虽未表达什么，老同学让我意识到，生活中毕竟有过那么一场经历。

没想到，正当生活周刊编辑部催我的回忆文章时，在巴塞罗那不期而遇的老同学碰巧来了北京，我们又见面吃饭聊天，随便说起了"机动车撞人负全责"的争议。老同学说："对，对，对，这事儿很重要，连《三联生活周刊》都发了评论啦！"

老同学的话再次触发我心中微妙的回味，于是告诉她我参与过《三联生活周刊》的策划和管理，还告诉她生活周刊正让我写一篇有关那段经历的回忆以及我还在犹豫的理由。我的话显然陡增了老同学对我的尊重。她说："干嘛不写呀？记忆可能已经失去了色彩，但你一旦把它捡起来，肯定会产生一点新的色彩。"

老同学走了，我一宿没睡，写出了以上的文字。希望未来印出来的黑白文字间，老同学期望的那一点点色彩，真的能够如期而至。

心中有我，眼底无他

:: :: 苗　炜

1992 年北京师范大学中文系毕业，进入北京第二外国语学院工作，1993 年被招聘进《三联生活周刊》，现为执行主编。

　　我 1992 年大学毕业，分到北京第二外国语学院党委宣传部，编一份校园报纸。工作真的很无聊，更辛苦的是，我上一次班在路上要三个小时，当时还没有京通快速路，大北窑到"二外"好像叫"建国路"，312 路公共汽车能把人挤成肉饼，小公共在学校门口招揽生意，叫喊：去北京去北京了。我心里想：我怎么跑到不是北京的地方工作了。

　　我上班的时候以背英语单词为主要消遣，有一天中午，脑子累了就走出办公室，发现楼道里站着一漂亮姑娘，她是学校广播站的，我把她邀请到办公室里聊天，问她："你们前几天播了个女的唱歌，那女的是谁？"她说，那是个台湾歌星，叫孟庭苇。广播站这姑娘后来转录了一盘磁带给我，里面有《冬季到台北来看雨》。1993年初夏，我在学校门口的公共汽车站又碰到广播站的姑娘，她告诉我，她要毕业分回到厦门了，我告诉她，我要到三联书店去工作了。

90年代初的时候，《中国青年报》是份很好看的报纸，我在那上面看到三联书店《生活周刊》的招聘信息，就报名参加了考试，考试分三场，第一场是面试，第二场是英语翻译，给了两篇文章，一篇是《新闻周刊》上的报道，一篇是《时代》的报道，让你任选一篇翻译成中文，前者稍长，后者稍短，我在"二外"背了大半年的英语单词派上了用场，我立刻看出来，前者的生词很少，而且是社会新闻，后者的生词较多，而且是经济新闻，我选了前面那个来翻译。并且在那个时刻就确立了我未来的新闻观念：社会新闻通俗好懂，经济新闻莫名其妙。

说实话我那时候对新闻之类的东西毫无概念，更不认识生活周刊那些大腕都是谁。第三轮考试是采访，秘书阿芳给我个名单，上面是一些大腕儿的名字，后面注着他们的身份，虚虚实实，让我随便挑一个采访，告诉我：采访完了写个短文就行。我就挑了个叫"西林"的，他的身份是"养宠物的"。上楼到了一间大办公室，一帮前辈坐在里头，采访就当着这些人开始，我和"西林"聊了20分钟，然后报告说："我采访完了。"钱钢问我："你怎么不记笔记呀？"我说："阿芳告诉我写几百字就够，那还记什么呀。"

钱钢老师的质问让我颇为忐忑，但还是只写了600字就交差。后来我知道，我采访的那胖子叫陈西林，是《中华工商时报》周末版的编辑，他那报纸上有一个栏目叫"五味人生"，专门发300字到500字的小文章，我很快就开始给他们写稿子。

刚进"三联"，我对钱钢、杨浪、贺延光这些大记者的名字一概不知，直到有人告诉我，毕熙东会担任生活周刊的体育部主任，我才明白这帮人的分量。我当时全中国就知道一个记者的名字，那就是老毕，我看他的足球评论。进入三联之后，我的理想就是跟着老毕做体育新闻，能免费看足球，能在报纸上发议论。如果能在《足球报》"京华新村"上每周写上800字的评论，那我这辈子的理想就算实现了。

1994年世界杯，《中国足球报》创刊，老毕把我介绍到那里帮忙，每天看完球写300字的短评；1995年的某一天，老毕要我开始给"京华新村"写稿子，他带我去见《足球报》老板严俊君，在足协附近的一个宾馆，房间里很凌乱，老严坐在椅子上看字帖，他指着字帖上的一幅字问我："你看这几字写的怎么样？"那八个字是"心中有我，眼底无他"，我说：好。老严说："写字要做到这样，写文章也要这样——心中有我，眼底无他。"

从1994年，到1996年周刊正常按照半个月一本的速度出版，其间两年的时间，这本命运多舛的杂志大多处在和投资方分分合合的状态中。黄集伟曾经写了个小说，幻想2008年的周刊是什么样子，结尾处是主编一声号令要大家开选题会。我当时建议他这样修改——改成创刊倒计时会议。我们那时候老说要创刊了，要倒计时了，我琢磨着到了2008年，这本杂志也未必能创刊。

虽然杂志不能尽快面市，不过工资倒照发，而且居然加薪50%，从400块到600块。有些同事纷纷离去，我则想，到哪里找这样好的工作：不用干活还发钱，偶尔来上班就讨论杂志如何定位这样虚头八脑的问题。从家到净土胡同，骑自行车15分钟就够，比二外可近多了。我上大学时写的一个小说在一本文学杂志上发表，给我寄来300块钱的稿费，那小说1.5万字，我给其他报纸写文章，稿费从千字20块到100块不等，《足球报》显然是最慷慨的，一篇文章375块，这笔账一算就明白，我宁愿天天在家写一篇球评，也不会去写小说了。1995年足球联赛火爆，北京有两家小报都以足球为头版，我在这家小报写完了，再给另一家小报写。每天早上我在明媚的阳光中醒来，盘算如何打发无所事事的时光，每天1000字的写作习惯就是那时候养成的。

有个美国人说过，体育记者是这世界上能找到的最好的谋生方式；我想修改一下，雷克·雷利那样的体育专栏作家，才是最好的差使，他可以看全世界最好看的比赛，采访体育明星，会晤体育圈内各色人物，但不用写报道，拿的年薪却高得不得了。

1996 年，《三联生活周刊》终于走上正轨。朱伟接手之后，我依旧是写体育，他编的第一期稿子，体育大概占了 10 页，写的是辛普森和泰森的故事。1996 年的杂志就有"生活圆桌"这样一个栏目，当时请一帮著名作家给写，后来觉得那样的文章没意思，朱伟原来是搞文学的，他说文学承载的信息量太小。我给"圆桌"写的第一篇稿子是《闷死在网球场上》，他看了以后说：不要那个结尾，写文章不要归纳总结。这句话实在让我如释重负，茅塞顿开。再后来我接着担负"圆桌"的编辑工作，我看到了许多好文章，记下了好多有意思的人与事，总是会有一个人写出很好玩的东西，然后连着写了一段时间，然后慢慢枯竭，不写了。

生活琐记

:: :: 黄集伟

加入《三联生活周刊》前曾任中学教员和媒体编辑，1993年进入《三联生活周刊》，1995年离开后任职媒体及出版社编辑。

1993年10月27日（星期三）

那天中午，在永定门"三联"二楼大教室里吃盒饭的记者们有点激动：有排骨。

（说是"大教室"，其实只是一间南北有窗、盖在一楼平顶上的简易房，其中除摆放十来把折叠椅外，充当会议桌的，是张四五成新的乒乓球案子。《三联生活周刊》的记者培训以及后来的数十次"空转演习"均发生在这里。培训期间，当时京城不少媒体大腕都曾在这里讲课——讲课教师中，甚至包括"礼仪教师"、"国标舞教师"。让记者学习"国标"的想法和做法即或以今天的眼光看，也过于奢侈。而真正受益的，是当时所有的记者。"国标"的训练从"站姿"开始,受训记者被要求靠墙站立，挺胸收腹……及格者寥寥。）

后来证明，那天盒饭中的"排骨"纯属"疑似"——记者在盒饭中吃到的是腔骨，而且以骨为主，寡油少肉。记者苗炜用一次性筷子中的一根儿试图从狭小的腔管中剔出点儿如封面故事"导语"般有"内容"的干货，未遂。苗炜感叹说："今天的排骨里怎么尽是隐士啊？"

当时，离苗炜最近，坐着记者武容和王锋。王锋也没吃到肉。他拍着自己的脸说："还是我脸上肉多！看吧，明天盒饭里，肯定是今天剔下去的肉！"

王锋说完，武容搭上话茬儿："那我明天死活得来！"王锋问她为什么？武容说："今天啃骨头我都来了，明天吃肉我能不来吗？"

三位的闲聊被听见，在场其他记者哄堂大笑……而这种"哄堂大笑"在"大教室"的早上很难听见。

1993年12月4日（星期六）

1993 年尚未实行"双休日",每周上班 6 天,休息 1 天。这天一大早,记者黎争的脸色就不大好看。

众人问其故，黎争说，全是因为大早上一个奇梦所扰——黎争梦见自己接电话，和他通话的，是那种叽里咕噜非常好听的英语，女声。正听在兴头上，电话听筒里忽然传出一个沉稳严肃的男声：喂，黎争吗？今天上午选题可以完成吗？

（选题作为一个概念，对当时大多数记者来说都很陌生。《三联生活周刊》首批招聘的十多位记者中有学化学的、情报的、中文的、戏剧文学的，基本没学新闻。这使得头回听说"选题"概念的记者们感觉自己就像厨子：要么不会备料，无菜可做；要么拿个鸡毛当令箭，捡到篮里就是菜……事实上，首批记者接受培训时所获取的丰富营养真正发挥作用，是在他们离开《三联生活周刊》之后——他们中的一些人甚至自此感染了一种可称之为"选题强迫症"的职业病：每有新闻事件发生，哪怕他们其时效力的媒体根本无法报道该事件，可在他们的"想象"中，还是可以瞬间勾画出"线索"、"质疑角度"、"线人布控"、"采访路径乃至导语首句用'疑问'还是'判断'之类的操作方案……"此职业病亦称"创意消化不良"，无药可医。）

无须解释，所有在场记者都能猜出，黎争梦里的那个"男声"为当时周刊的执行主编无疑。黎争之梦当场即被众记者指责为"夸张"。其时，首批记者进入《三联生活周刊》已有半年时间，出身为北大化学系的黎争当记者的感觉已越来越好。

1993年12月27日（星期一）

因为接近年末，这个"星期一"的气氛很"过年"。就是这一天，《三联生活周刊》组建记者部以来，全体记者首次集体联欢，欢庆新年。下午，在新华社总部地下卡拉OK厅，周刊记者与周刊主笔首次不讨论选题、不研究"前脖子"、"后脖子"乃至"封面故事"，而是放声歌唱。

事前记者们曾有小小"阴谋"——歌词大意是，要在联欢会上好好收拾一下那些枪毙选题眼都不眨的主笔之流，但统统未遂。

在联欢会上，主笔、主编们歌声洪亮、曲风多变、舞姿优雅而外，还死死把着麦克风不撒手，轰都轰不下去。

（如果真实再现联欢会上下无穷细节，用今天的话说，那会非常八卦。还是不写吧。但其实，在当时的《三联生活周刊》，"联欢会"也是一种另类的培训——它是一个难得机会——让记者们从另一面了解他们的领导。在此前的正式培训期，主笔着装细节、谈吐风范之类，就一直是年轻女记者们最爱议论的话题——她们的"选题焦虑"较之男记者要轻微得多。在"发现"某主笔穿"花花公子"之类的"八卦"中，主笔们的"神性"被一一降解……情有可原的是，当时周刊所有主笔均为兼职，新记者与之近距离接触的时间非常少。）

离开新华社，记者一行余兴未尽，便跟随愿意请客的4位主笔移师崇文门某餐馆。与"第一场"西餐＋歌会模式不同，晚间的第二场"续宴"以酒为主，连菜都没怎么吃。酒过三巡，记者何笑聪忽然哭了起来，记者苗炜忽然大声唱歌，记者华莉忽然不断地大笑，记者刘君梅则忽然巧舌如簧妙语连珠。还有人发现，记者刘晓玲不知是没来，还是喝高了悄然离席？……无论如何，这些"表现"在选题会议上看不见。那是《三联生活周刊》记者的第一次集体聚会，喝得开心外，也是记者们为数不多的一次与主笔面对面：不谈选题，谈别的。

1994年的8月2日（星期二）

此时，距离所谓首期三联记者"黄埔"已相隔一年有余。记者们享受盒饭的地点已迁移到了鼓楼附近的净土胡同，也是二楼。因为周刊尚未创刊，已开始有记者调离。当时《三联生活周刊》的记者已是有新有老——老记们的心情复杂混乱，但一到吃饭，依旧谈笑风生。

（"讨论本"不说，《三联生活周刊》的空转试刊即有十多本之多。考虑到新闻时效，很多讨论本、空转本所完成的新闻专题被依次转移到相关媒体发表，当时吞吐周刊稿件最多的是"中青"和"工商"两报，且大多"颇受欢迎"。而更受欢迎的，是依次调离的记者。被培训了不说，很多调离者等于直接"回到"领导手下，只是不做周刊而已。留下来一直没走的记者尽管在言谈话语中多有抱怨、阴阳怪气，可内心深处依旧对《三联生活周刊》存有脆弱的梦想。不过，脆弱的梦想其实更像梦想，而不像别的。）

那天中午的盒饭午餐里荤素齐备。听见记者王锋说自己没吃菜，白口吃下三盒米饭，记者石正茂大为惊讶——"天啊！你都快'打鸣儿'了吧？"

记者苗炜顺着石正茂的思路忽然问："你们说，什么是'机米'？鸡吃的米就是'机米'？"

而记者钦峥完全不顾当时的语境，全力展示他刚花 300 多块钱买来的风衣，米色。在场的众女记者一直骂他冤大头——"他妈的，那个卖风衣的小姐拿色相勾引我，否则，我怎么会买？"钦峥为自己打圆场。

记者王锋忽然说："'周刊'绝对是一块儿肥肉，怎么就没人来吃呢？""废话！你往那块儿肥肉上吐了口唾沫，谁还敢吃啊！"苗炜显然话里有话。没人知道他什么意思。

1994年8月7日（星期日）

集合的时间约在 9：00，可一大早，《三联生活周刊》的记者就提前到了……整整齐齐。那天，是编辑部第一次也是唯一一次集体外出郊游，目的地是密云的云湖度假村。

郊游用车一大一小共两辆。执行主编与当时的领导们乘坐的是那辆红色切诺基，记者一行乘坐的是一辆租来的依维柯。上车后，记者石正茂第一个跳到司机旁边座位坐下，跟在她后面的单座依次是记者王烨，记者何笑聪，单排最后的座位上坐着记者王锋。

双排座儿上成双成对儿，依次是记者徐巍和李翠萍，记者钦峥和黎争，记者童铭和苗炜，记者洪凌和张晓莉，记者刘晓玲和刘君梅。

与事先想象会有"欢声笑语"相反，在前往云湖度假村的途中气氛沉闷。没人大声喧哗，没人领导话语权。整个路途中司机反复播放的磁带是当年非常流行的那盘《校园民谣》。

当磁带放送到《同桌的你》时，大家的情绪开始有些微变化——最开始的丢转儿算"大循环"：每当"同桌"播放完毕，不播下一首，继续"同"一次"桌"；可接下来的丢转儿则聚焦歌中最伤感的一句——这样一来，"谁看了我给你写的信，把它扔在风里"一句开始无限循环起来，忽就制造出一种铺天盖地、无缘无故的伤感。

（当时周刊记者们的情绪其实无从复原与形容。原因是多方面的。很多年后，有人在《切·米沃什诗选》中读到那首名为《这个世界》的诗时，马上想到的，竟是多年前自己在生活周刊当记者时的复杂感受：见识、能力被丰富，可同时，梦想也被划出一道口子。米沃什在诗中写道："看起来完全是一场误会／只是一次认真对待的试运行／河流将返回到源头／风将停息在旋转的地方"……不同的是，对一些离开生活周刊的记者而言，有些梦想已永远再无"返回"的机缘。）

晚上 21 点半左右，出游记者和当时的领导层终于等到了一个机会——在一间 KTV 包房里聚首联欢。因为时逢周末，云湖度假村人满为患。只能容纳 10 个人左右的 KTV 包房装进 20 多人，非常挤。

当晚联欢会主持人由记者石正茂自告奋勇担当。记者们都知道石正茂口才好，但那天晚上，她的表现证明，她的口才不是一般好，而是非常好——她会在每个人唱歌前做扼要推介，还会在一曲歌毕即兴点评——诚恳与玩笑并存，阿谀与针砭齐飞……非常好。

到了晚上23点左右，歌会宣布结束。在晚餐上没喝够酒的记者开始要散啤，就花生米。其时已有记者兴冲冲跑去游泳，所以喝散啤喝醉的人不多。其中表现最突出的，是苗炜。与崇文门一醉比，苗炜这次似乎真喝高了。他不再说汉语，而是强迫所有在场记者露天集中，他自己则站到一个台阶上，用英语大声背诵《王子复仇记》中的那段著名台词……酒精有时也能使人忘记母语？

1994年11月3日（星期四）

又快到周末了。因《三联生活周刊》依旧磨合、谈判、换帅、寻求新投资，记者上班开始三天打鱼两天晒网——一、三、五或二、四、六都有人来，也都有人不来。

于是，在净土胡同小楼二楼，记者全体聚齐的情形日渐其少。而这一天，凑巧人到得齐：记者中，刘晓玲来了，徐巍来了，王锋来了，洪凌来了，钦峥来了，苗炜来了，连很少露脸儿的美编季思九也一大早就到了编辑部……清冷的二楼一下热闹起来。

（"何日创刊"是当时记者们见面必说的"焦点"。"也许快了"——当时很多记者常用如此猜测相互勉励。无论谁，离开《三联生活周刊》后就找不到工作的担心几乎没有，但"工作"和"梦想"，毕竟还不完全等同。）

1994年秋冬之交最时髦的流行歌曲是苏芮的《牵手》。中午吃饭时，钦峥利用职务之便，把录音机开得山响，颠三倒四翻来覆去牵手、牵手。不知那位记者现场泛酸，即兴编撰对子。上联：记者不知亡刊恨；下联：楼上楼下唱牵手……意外获得满堂彩。

当天，还有记者忙着向苗炜请教如何阅读"金庸"——就在不久前，不少记者刚刚以"员工价"购得三联版《金庸作品集》。记者苗炜是金迷。最后，有人把苗炜开列的"金庸作品阅读顺序"抄写下来并复印多份。

依照那份"指南"，阅读金庸作品次序被规定为3组——第1组：《书剑恩仇录》、《飞狐外传》、《雪山飞狐》和《鸳鸯刀》；第2组：《射雕英雄传》、《神雕侠侣》、《倚天屠龙记》；第3组：《碧血剑》、《鹿鼎记》……除此之外，《连城诀》、《侠客行》和《笑傲江湖》需单篇阅读。

1994年12月9日（星期五）

那天天气有点糟糕。粗粗算来，首批记者进入《三联生活周刊》已有一年零七个月。当天，老记者见面的寒暄很应景——不迭地抱怨天气太冷。天气预报说，第二天将有"雨雪"光顾北京。

（由于众所周知的原因，遣散记者已是大势所迫。几乎所有人对那一天的到来都茫然无措。大家心里有沮丧、恼火与不甘。鲜为人知的是，在最空虚的那几个月，百无聊赖无从知晓大局繁多谜题的记者曾瞒着各位领导，利用复印技术，私下编辑、粘贴过一个"记者版"的《三联生活周刊》。那个先将文字分栏打印、再用糨子粘贴而成、与手抄本黄色小说相差无几的"记者版"的封面故事由记者石正茂主笔，内容为"朝核危机"。封面上，"周刊"口号用6黑小字刊写："生活，就是生机勃勃地活着！"……如你所知，这一切对大局无助，也终于幼稚可笑。彼时彼刻，关于梦想，环绕记者们的只有虚空。那时的他们，完全不懂梦想可以实现，但很难实现，而彼时彼刻他们又全无若干年后陈奕迅在《十年》中所谓"牵牵手就像旅游"般的潇洒……有点儿轴。)

当天最费猜想的，是二楼会议室白黑板上的一行字："挽留是最美丽的拒绝，拒绝是最完美的挽留"……大伙儿无心猜测那是谁的即兴涂鸦，而是反复琢磨那话里话外的意思。

1993～1998年任《三联生活周刊》记者、编辑。2000～2001年在中国先生网任总编，2002～2003年在新华在线新华传媒工场任总编，2004年进入时尚集团任《时尚健康》主编。

一层一层浑厚的叙述

::::王　锋

从武昌开来的246次特快早上5点停靠北京站，天还没亮，冷飕飕的。这是我第二次到北京。第一次是18岁那年9月的一个下午，我在出站口一块广告牌下站了10分钟，看看这个我从小就一直在听说的城市，然后转身回到站里，换乘另一趟车去了长春。

这次不是换乘，北京是我的目的地。时间是1993年4月26日凌晨。

下了火车，在这个陌生的城市我不知道该去哪里。前往应聘的单位早9点才上班。我想到了天安门，全国人民都知道那个广场。

广场离火车站不远。20分钟后我就站在广场巨大的方砖上。天还是黑。刚下过雨，地有些湿。空阔的马路上有几个人在晨练。天安门被墨色的天幕勾勒出一个轮廓，那是我第一次看到天安门，心里有些兴奋，还有些紧张。背着个大包，恍然觉得自己是一个从敌后投奔陕北延安的进步青年。10多年过去，现在已经不能理解当时那份激动。但回过头看，那个兴奋、好奇，还有点紧张的早晨，确实是我整个人生一个重要转变的开始。

面试

手里攥着从《中国青年报》上剪下来的招聘广告，横竖穿过好几个胡同，9点半到了永定门外三元街17号，三联书店新址。筹备中的《三联生活周刊》就在这幢名为大磨房的白色小楼三层。

负责接待的阿芳小姐漂亮干练，问过我的情况，夸张地说了句："你怎么就从武汉跑来了？"那意思是我应该先把相关材料寄过来，经过他们选择后再通知面试。也不等我回答，就把我塞进一间小房，等候面谈。同一间屋子里，等候提审的还有六七个人。

约莫半个小时后，我被叫进另一间屋。中间一张桌子，两侧端坐着《三联生活周刊》第一任主编钱钢和社长陶泰忠。我先简单介绍了自己，后又很矫情地谈到对三联的热爱，和来北京工作的决心。主编钱钢一直严肃，一开口却用很诗化的语言向我介绍了《三联生活周刊》的意义，精神理念，和基本筹备情况。同时我感觉到，另一侧的人也在严肃地观察。10分钟后，陶社长以沉着的口吻告诉我："以我们对你的初步了解，你还是挺适合这个工作的。"我赶忙坚定地点点头："我也这么认为。"

初步面谈后，我拿到一份采访单。里面提供了6种采访对象：征婚男人；离婚男人；一个对烟酒茶有研究的文化老人；一个家里喂养着若干只小猫的宠物爱好者；一个年近40，为妻子进京奔波了8年的丈夫；还有一个我忘了。

我选择了那个宠物爱好者。半小时后列出采访提纲。然后被引进一间很大的会议室。进会议室那一刻我愣住了：一张巨大的椭圆型会议桌周边坐满了10多个人。原以为真有一个宠物爱好者接受我采访，后来才知道那6种人只是考题，其身份分别由在座的10多个编辑担当。

接受我采访的是一个微胖有点像宠物的中年人。聊了些什么都忘了，一定跟猫有关。后来才知道，那天在座的都是北京新闻界非常活跃很有影响力的人物，杨浪、贺延光、毕熙东、胡舒立、王安、杨迎明、何志云，他们都参加了"生活周刊"的筹建。我采访的宠物爱好者就是当时的《中国工商时报》的周末版主编陈西林。

那次面试印象非常深，这种方式我之前和之后再也没见过。限定20分钟的采访时间里，一个人接受你的采访，所有人都在一旁观察。采访结束后，是5分钟的即兴问答。那些在一旁静默多时的家伙你一言我一语，扔过几个问题，让你应接不暇。更有钱钢在我前后左右踱步，冷不丁回过头来，以军人的气度劈头一问，你为什么会问这个问题？弄得人防不胜防。

采访感觉很糟糕，从会议室出来灰头土脸。接下来我们按要求在两个小时完成采访稿。

关在一间屋子里写稿的还有几个。阿芳不时进来为我们添茶倒水。采访不理想，心气也就减了一半。两个小时后写完稿，自己都看不下去。最后跟阿芳闲聊，谈及这次面试的缺憾和担忧。我让她去问问，能否早点给个信儿，我晚上就要回武汉了，省得老挂念。

阿芳是个好人，出去一趟，旋即返回，拍拍我肩："我问了，你行！"人一辈子，在关键时刻突如其来的好消息并不多，这是我记忆中为数不多的其中一个。至今都还记得阿芳说这话时那口底气扎实味道浓郁的京腔。阿芳说，其实行不行，你们从会议室出来就有结果了。这帮编辑主要考察的是你给他们的整体感觉，不是很看重专业经验和文字。几年后一次跟杨浪闲聊，说到那次面试，杨浪告诉我："那天一看到你背着个大书包，风尘仆仆迈着大步从外面走进会议室，我就觉得这小子不错。"杨浪还说，当时他们招人有一个近乎偏执的标准，就是凡大学新闻系学生一般不予考虑。他们觉得大学新闻系的学生上手快，但成长慢，别的专业学生正好相反。所以在最初确定的15个记者中，只有汪文一个是人民大学新闻系毕业的。汪文后来去了《中国青年报》，实践证明她是一个上手快成长也快品学兼优的好同学。

回到那天下午。提前得到好消息，告别阿芳，从三联的小白楼里出来，心里一下亮堂了好多。不再是上午走近它时的不安和惶恐，步子和心情一样轻盈。在三联到17路汽车站不过200米的距离里，我迅速培养起对这个陌生城市的感情，以至觉得我是它，它也是我的一部分了。

密谋

两个月后，我又来到北京。这次已经成为《三联生活周刊》的聘用记者。

和现在很多机构招人用人方式不一样，当时"生活周刊"记者要提前两个月到岗参加培训。内容包括请京城名记名编来杂志社举办专题讲座；所有记者早上8点到单位集体收听《美国之音》的新闻节目训练听力口语；甚至请来解放军艺术学校的专业老师给记者训练形体、礼仪，怎么走路，怎么交谈，怎么接电话……外面都称我们是三联的黄埔一期。从三联的管理者到编辑到记者之间，都憋着一股劲，认为自己手上即将诞生一本能参与国际新闻竞争，彪炳中国新闻历史的新闻周刊。苗炜在当时的一篇作业里说，他每天骑着自行车，从城北的和平里穿过几十个街区到城南永定门外，好像是为策划一个惊世密谋，心里充满了快感。

我们的密谋从7月26日开始。

第一天的主谋是三联老板董秀玉。她讲课的题目是：《三联书店·三联人·三联情结》。这题目就已经极大满足了我们的虚荣心。董总心目中的杂志"要有鲜明的三联风格"，"永远追求卓越和层出不穷的创意"。50多岁的人了，言辞中居然出现"世纪之交，该有多少值得激动和欢畅的事情啊"这样的句子，真是让人激动和欢畅。

　　随后是钱钢和陶泰忠讲话。他们一个沉着一个激昂，一个务实一个就虚，共同的特性是思路清晰，节奏抑扬。充斥在他们讲话中的那些"世纪意识"，"大系统观"，"商业文明"都让我这个刚到北京的外省青年耳目一新，醍醐灌顶。"我们粉碎自己来到生活，再相互粉碎铸成新我。"这哪里是讲课，分明是蛊惑，闪烁在这些40岁中年人思想中的理想主义光芒让我这个20多岁的年轻人显得老态龙钟。那天的日记里我写道：今天才明白了什么叫生活，那就是"生机勃勃地活着"。

　　那段时间刚到北京，我住在西南六里桥的八一电影制片厂，独享一套三居室。每天7点不到起床，坐16路50分钟到前门，再转17路30分钟到永定门。白天上课，晚上回家还要写作业，挺累。但觉着自己每天在学习，在吸纳，在进步，"生机勃勃地活着"，很有劲儿。按理说，20多岁已经不年轻，不应该活在格言里了，可当时想着那些语录，想着那些铿锵的语调就振奋，这种青春期的励志教育对我来得晚了些。

　　我们26日开始的培训以每天两位编辑授课的方式进行。记得杨浪有一堂课，比他的新闻作品和版面更精彩。他把自己从事新闻事业13年分为蓝色时期（1981～1985）：理想、敬业，责任感；红色时期（1986～1989）：成熟，卓有成效的组织，是自己的巅峰；第三是迷乱时期（1989年以后）；《中国青年报》是我一直阅读的报纸，杨浪的回忆犹如星星点灯，串起了我对那几年中国新闻发展足迹的印象，也加深了对新闻本身的理解。杨浪有阅历有责任感，心怀天下激情澎湃，是一个非常典型80年代成长起来的新闻战士。他说自己是一个残存的理想主义者。对这样的人我总是满怀慕敬和向往。杨浪谈到他对我们在座每一位的关注，谈到一个好编辑应该充分了解所带每一位记者的知识结构，思想品德，审美趣味和可能适合的领域，我感到一种被尊重的温暖。当他饱含深情地望着我们说，"我对在座各位投以非常强烈的情感"时，我内心真是被深深打动了。

编辑们是老师也是朋友，讲新闻更讲人生。我们那个年龄，对各种教学深恶痛绝。可几天的培训让我们觉得受益匪浅。印象很深的还有钱钢，那张脸把天真的孩子气和成年人深重的责任感调和在一起，好有魅力。何况他口才那么好，我们还在一个迷信话语的年龄。当时我们记者每天要写一篇作业，随笔，论说，小说，诗歌不计。一段时间后钱钢就会对作业进行点评。记得有一次点评会，"我们从承受能力强的黄集伟开始"，钱钢开讲了：

"黄集伟是一个性能很好的发电机。可他的危险也就在这里。他在歧路上仍能把车开得飞快。"

"刘君梅是一个提着篮子上集市的妇人，鱼虾肉蛋枯枝败叶全往篮子里装。"

"王锋太冷了。没有火花，没有激情。不是冷静，是冷漠。"

"首先定题。以题带动全文感觉。"

"不要重辞令文采，这样会使真诚受到怀疑。"

"有面的时候花功夫找点，有点的时候花功夫找面。"

"冷峻理性，坦白率直，找到干净了断的周刊文体。我们不玩春秋笔法。"

钱钢洋洋洒洒地讲了4个小时，眉飞色舞，妙语连珠，嘴到意到，鞭辟入里，我们记者都觉得他真是高人。

8月16日，第一期培训快结束的时候，钱钢发言，对《三联生活周刊》做出完整阐释。

他的讲话从"GOSS"开始。这4个字母分别代表Goal、Obstacle、Solution、Start，即目标、障碍、解决方法、开始。"多么具有目标价值和现实美感的4个步骤啊。它是《生活》的，也是我们每个人的。"依旧是诗般的语言开场。

随后钱钢分析了那两年报刊发展状况，剖析周末版的繁华和短命，论及了周刊出笼的背景和前途。并提出一些办刊的具体构思，如"三界共生，系统运作。"所谓三界，就是依靠新闻界，学术界和出版界，系统运作，共同打造一本品质优秀的新闻周刊。

钱钢的阐释显露深切的历史感，一如他的写作，这也是他认识世界解释生活的方式。他深情款款地同我们一起回溯上上个世纪末的最后10年：从紫禁城的第一盏电灯到北洋水师的培训，从甲午海战到公车上书，为我们勾勒出一幅世界在骚动山雨欲来风满楼的世纪末画卷。"一百年后的今天，世界将更加波诡云谲。人们将静候更加波澜壮阔天翻地覆的变化。"钱钢最后竟然用1991，2002这两个对称年的玄学思想来解释和预测我们的旷世幸会："对称年，非凡的美妙！"我至今都很记得钱钢兴奋坚定的神态和手势。

开练

课堂培训进行了一个多月，然后我们就开始实战练习。第一次大规模的采访是9月23日，北京申办2000年奥运会的那个晚上。我被派到亚运村国际会议中心，那是北京"申奥"国内的主会场。前两个月看雅典奥运会还在感慨，想当年，2000年奥运会还在8年之后的遥望中，转眼间2004年的奥运会都过去了，回望10年也是怅然一梦。

那次采访的封面专题《北京不拭泪》刊登在《三联生活周刊》第一期试刊号上。随后的一次评刊会也许值得一提。

评刊由钱钢主持。发言从记者开始。记者中居然是苗炜轰了头炮。也知道这北京少爷平日的蔫儿阿里包藏着尖损和刻薄，但他那天抱着一壶茶用眼角瞅人的姿态还是让我惊讶："整个儿一个伪善！虚妄的责任感！"接下来逐页批驳，毫不留情，就像当初编辑们批评我们的作业。

陈虹更是从杂志定位、主旨等根本问题上提出质疑，被钱钢认为第一次看到了她的"研究生背景"。

黎争从写法上给予否定，批评刊物文字充满矫情造作的贵族气。那年7月才从北京大学化学系毕业的黎争3个月里搬了4次家，他曾在作业里说，希望自己是双草鞋，去感受底层泥土的粗砺。

石正茂则大呼："这刊出得可真是时候啊，让我们从天上回到地面！"

上午的评刊持续了两个多小时，对期待已久的试刊记者们无不表现出自己的失望。因为年轻，容易被调动也容易被打击。下午是编辑评刊。观点跟上午差不多，但编辑们表述得很冷静周全，也就没什么火力了。

试刊前后那一个多月，对这本叫"生活"的杂志的认识一直伴随着我们对生活本身的认识，点燃于盛夏的那团虚火基本上熄灭了。生活和《三联生活周刊》的状态开始从空中回落到一个不那么理想但更真实的高度。那几年，整个中国社会正以千年不遇的力量和速度前行，我们难过地发现，"生活周刊"并没有像我们想象的那样被期待被需要。有记者套用一段经典：生活就这样结束／生活就这样结束／没有砰然巨响／只是一声唏嘘……

"生活周刊"给我在北京的生活确定了一个不错的起点，尽管其中埋藏有太多的遗憾和蹉跎。对"生活周刊"我依旧充满热爱，对它的未来我还是怀有热望和信心。只是我不再继续亢奋在虚妄的想象中了。试刊之后，按要求我们每人写了一份总结。总结里我写道："……尽管遇到诸多不测，尽管可能有更大的困难潜伏在将来，但我还是不可救药地相信明天的"生活周刊"会是最好的。只是那个目标比我们想象的要远，那段路比我们预计的更难。"

1995年，朱伟之后，历经磨难的"生活周刊"终于正常出刊。

1999年，我离开"生活周刊"。随后几年跟"生活周刊"时有接触，总在关注它的每一步变化和成长。不管走到哪里，人们总会用它的概念观察和评判我们。"生活周刊"像胎记一样，成为我们身体的一个印记。

2003年9月的一天，在飞机上读到朱伟为《乐》杂志写的一篇有关大提琴家卡萨尔斯的乐评。他用滤去了水分的锯木来表达卡氏大提琴的力量，他说那是丰富的祈祷，是一层一层浑厚的叙述，像石砖一样被堆砌，进而成为一种建筑。我好生感慨。一是为卡氏的琴声，二是为我认识的这个人和这些事。想到"生活周刊"这本杂志 10 年里经受的艰难和压力，一定也是"一层一层浑厚的叙述"吧。

离开你，
才知道你对我有多重要

∷∷刘君梅

1993 年 7 月进入《三联生活周刊》任记者，此前在中国科学院
心理所任所长行政助理。1999 年 9 月任《追求》杂志执行主编，
2001 年 9 月~ 2002 年 6 月任《新世纪》杂志执行主编，2002 年
12 月~ 2004 年 5 月在广东诚成传媒任时尚杂志市场策划、编辑
总监，其间兼任《香港风情》杂志执行主编。

在《三联生活周刊》工作了 6 年，他给我最强烈的印象就是"不可复制"——一条不可复制的运作轨迹，一个不可复制的团队的成长历程，一本不可复制的杂志，一个不可复制的新闻理想。

他对我影响如此深远。而这渗进骨子里的影响，是在我离开他之后才真正显现出来的。

1999 年 9 月，我从《三联生活周刊》的记者变角色为一本全新改版的女性时尚杂志（《追求》，与法国《费加罗夫人》版权合作）的执行主编。

第一次发稿，我就发现，不是所有记者对于按照主编意图修改稿件都"习惯"。当时在国内已颇有影响力的另一本女性时尚杂志的主编的"妖魔故事"也很快传进我的耳朵：那位女主编因为对稿件"苛刻"，在时尚圈内早已被描绘成"为人专横"、"变态"，甚至众人还帮她找到了"变态"的理由，因为她"三十岁还单身"。

这是进入时尚圈后我第一次得到警示——这里不是"三联"了。

没人愿意像《三联生活周刊》那样运作，进行那么认真的旷日持久的耗费成本的酝酿、空转、调整、提升。也没有几个老板会采用《三联生活周刊》式的人才培养模式——时尚圈人员流动也太快。时尚圈人员构成复杂，业务素质参差不齐，各有各的目的进了时尚类杂志，"只认稿子不认人"是行不通的。

最大的挑战还是来自杂志本身。《费加罗夫人》在法国的定位可以这样表述：法国中产以上社会阶层的男士读《费加罗报》，他们的夫人读《费加罗夫人》——本给社会顶尖人群阅读的生活类周刊。中国市场对女性杂志中人物的期待是好莱坞式的明星，而保守的欧洲主流杂志中频频出现的是中国读者不熟悉的慈善家、文化艺术精英、社会名流。《费加罗夫人》这本杂志移植到中国市场，封面也非常吃亏·这本生活类周刊经常用拍摄精美考究的玉米、通心粉做封面，尽管流光溢彩，但不符合中国女性时尚杂志的封面定式：洋面孔的美人。面对被美国大片和好莱坞培养了审美口味的中国读者，很多角度看，这都是一本在市场上很不讨巧的欧洲杂志！坐吃"费加罗"这块大牌子在中国市场上肯定死路一条。如何对接？

借鉴"三联"

最终，还是来自《三联生活周刊》的工作经历帮我找到走出困境的突破口。

按照版权合作约定，《费加罗夫人》的版权内容占30%，其余70%为本土内容。把这70%的内容做出特色是唯一出路。2000年上半年以前，国内时尚杂志几乎没有做封面专题的，大篇幅和版面留给美容和时装大图、明星专访、情感小说、实用着装搭配指导，对社会生活的关注少到仅剩两性关系测试和心理信箱这类调味品小栏目。我尝试10个页码以上篇幅的专题，最初因为操作的质量原因，未取得预期效果，老板觉得很浪费。

2000年5月号情况出现转机，那一期专题《我爱FIT先生》探讨成功男性对自己身体的态度。这个专题得到费加罗集团国际部总裁的认可。碰巧台湾地区的《光华》杂志几乎同时推出了《雄孔雀开屏时代》的专题，探讨同类问题。央视《半边天》随后针对这两本杂志的专题展开了相关谈论。同年，推出了《上海美食之旅——上海不容错过的11家餐厅》专题的11月号，上摊没几天几乎就卖完了，老板后悔"没有再多印一些"。杨浪先生后来提及那个专题，也给予很好的评价。

事实上，这些专题的采编很大程度遵循了《三联生活周刊》的原则：在对《三联生活周刊》第一批记者进行培训时，第一任主编钱钢明确提出的"记录生活"；杨浪、杨迎明先生在生活周刊"空转"时期强调的采访稿件"铁律"——故事故事故事，细节细节细节，数据数据数据；朱伟主编多次强调的"文章一定要有观点，甚至标题应该就是观点，在这个信息时代，没有谁还能真正垄断信息资源，《三联生活周刊》不是要贩卖信息，周刊的记者要有独特的处理信息的能力"。

当然，和新闻文化刊物《三联生活周刊》不同，《追求》是时尚杂志，所以图片的运用大不相同。后者的图片会更"人工"，更重视整体设计、策划和包装，但即便这样，我也试图向参与专题拍摄的摄影师们传递与文字相呼应的理念：强调本土，捕捉当下这个时间最有时代特征的表情和符号；力求在时尚的拍摄手法背后蕴涵新闻图片故事那样丰富的信息。

此后的一段时期，《追求》杂志的主打专题在这样的原则下顺利操作。2001年春天的专题《保持联络》试图探讨手机等现代通讯方式对年轻人生活方式生活观念的冲击；有巩俐做封面，专题是《花了知多少——检讨我的消费单》那一期，在2001年6月我受LVMH集团邀请访问其下两个品牌时，被我带到法国。如果翻译把专题中"酸辣粉·肉夹馍和GUCCI的光辉"翻译给LVMH公司（全世界最大的奢侈品集团）的总裁，他一定会吃惊：中午还啃着肉夹馍这种中式快餐的25岁中国女孩，在下午两点向公司请假，揣着2000年年终奖金和几个月的储蓄打车到北京王府饭店买了一只价值两万元的最新款GUCCI手表（这个时尚王国的国王几乎把我们知道的所有大品牌都攥在自己手掌中，唯独搞不定的就是这个老牌开新花一度红得发紫的GUCCI——该品牌属于全球第二大奢侈品集团）。

可以肯定的是，借鉴《三联生活周刊》的理念操作时尚杂志的路子得到了市场认可：《保持联络》专题直接带来了摩托罗拉广告；而2001年9月在我离开这本杂志之前，根据2001年杂志的表现以及2002年全年选题计划，在上海，众多国际奢侈品牌与杂志签下了2002年全年的广告定单。

我和团队也在锻炼中成长。几个主要参与专题采写的记者现在有的在法国学习传媒，有的又被国内其他知名杂志"挖"去，已成骨干。而我自己，曾在1993年夏天被钱钢主编在作业上批注"会采购，但尚未学会炒菜"的年轻记者，2000年、2001年已经在学习制作"一桌菜"，帮助老板经营一家餐馆了。

"三联"的浸染

这个成长过程是合乎逻辑的。在经历最初几年扎实、老实、笨拙的"记录生活"之后，我在《三联生活周刊》的采写渐渐进入相对自如的状态。1997年朱伟先生基于周刊的整体发展兼顾个人特质，开设了《生活方式》栏目，我负责采编。我在生活周刊的个人采写风格，甚至我的很多生活观念都在那个阶段形成的。关注"头发的革命"，专访了上世纪60年代在欧美掀起自然剪发热潮的业界泰斗维达·沙宣，我自己至今就留着符合沙宣"自然、动感、易打理"理念的直短发；关注环保、动物保护和时尚之间关系，我在"三联"时已经是素食者（1996年），进了时尚圈，不管潮流如何变换（比如2004秋冬又流行穿戴皮草），我个人始终不倡导、不穿戴皮草。

一本时尚杂志的主编，一个对时尚有发言权的人，必须知道时尚的本质：就是拥抱消费的，那些花花草草的背后是商业合谋和巨大的商业利益。我对现代人的消费方式、消费观念的持续关注也是始于"三联"。

1993年秋，在"三联"的实习开始后，我和钦峥一同操作的第二个选题是关于京城商品房消费，当时主管我们这个选题的编辑是很文化的何志云先生。他说，假设读者手中有20万元，你们去把他想买商品房想知道的"一切"搜集来。这个指令使我和钦峥同学跑到南部郊县大兴，我自己又去了另一个西南郊县房山。开句玩笑，如果当时何先生向我们传授更明确的专业判断，钱钢先生可能也不会批评我不会"炒菜"了——我和钦峥被厚厚的一摞采访素材也就是编辑所说"相关的一切"压得喘不过气，提不起笔。

1994年春夏，30岁出头的吕祥博士代理生活周刊的日常业务。某天，一个记者通报她上班路上的发现：一夜之间，北京的大街小巷满是"和路雪"的专用冰柜！吕先生请客，让记者们吃和路雪——《三联生活周刊》的记者几乎是在第一时间消费了来自世界上最大的冰淇淋制造商联合利华公司的专利绝活儿——"不含冰晶"，消费该公司斥资1000万美元建立的营销网络（免费赠送北京的 2500 台专用冰柜取代了杂七杂八的冰棍箱）。

吕先生特别关注跨国公司对中国市场的渗透，全球经济一体化进程对中国市场、中国人观念及生活方式的冲击。在这次体验后，吕先生带着黎争、张晓莉和我来到位于北京郊区的卡夫公司北京分公司采访。作为全美国最大的食品公司，卡夫在其生产的酸奶产品进入中国市场前，专门针对中国人的口味进行了市场调查。

这两个故事后来被我写进稍晚时登在《三联生活周刊》的《洋食品炮打下一代》一文。当时的主编是杨浪先生，此文的责编是笔名老猫的程赤兵。文章涉及了大约 10 个品类国际食品品牌针对中国市场的营销策略。后来我采写的《拍手歌之战》可以说是《洋食品炮打下一代》的后续报道。

朱伟出任主编后，特别是他在周刊开辟了《生活方式》版块后，"关注消费"更是成为我采写的重要部分。几乎每个选题操作过程中或动笔之前，我都跟朱先生做充分讨论，每篇文章都渗透他的思考。我的文章大都涉及众多事物，它们之间可能有某种深刻的内在联系，但如果自己没理解，材料组织不好，就会庞杂。朱伟说：好的文章不是冷菜拼盘式简单平面地摆放，材料之间应该是递进关系，像齿轮紧密地咬合。在他指导下我采写了一系列关注消费时代生活方式的文章：关注快餐文化下《遗失的家宴》、《谁来左右我们的吃喝》；关注商业服务业"纵容下"的极端生活——《24 小时生活方式》、百货公司里的一天（标题记不太清）；关注西方的小康生活标准和中国传统生活方式的冲突——《厨房革命》。

1998～1999 年，我在生活周刊的《生活方式》版块涉足广义的时尚批评，并采用稍显"刻薄"的语言风格——《别以为你穿名牌就不认识你》，《什么比皱纹更可怕》）。这得到主编的认可。

这些为我后来进入时尚杂志打下重要基础。

寻求新意

关于 2001 年 2 月号《追求》杂志情人节旅行专题，我在当期的卷首中说，旅行最能暴露人与人的差异，不仅仅是"习惯"，那些习惯的背后其实是价值观和生活观的深刻差异。很遗憾，很多中国的恋人们第一次携手旅行是在蜜月里，这时才发现对方吃饭出响声、不爱洗澡等自己不能容忍的"恶习"，为时已晚！婚姻的不幸从蜜月就开始了！这个专题对情感、婚姻、两性关系的思考可以被认为是延续了我在生活周刊操作过的封面专题《我们结婚吧》。

那个专题跟"三联"的多数封面专题非常不同。事实上，那个专题的确定有很大成分是为了配合英国一个纪录片摄制组在中国进行的专题拍摄：从造纸术的发明讲到现今的中国媒体。中国媒体，他们选了三家，杂志类，他们选了《三联生活周刊》。他们希望能跟踪"三联"记者的采访，最好采访主题能反映中国人当下的生活状态。朱伟主编把这任务派给我，定下的选题是"中国 25 ~ 35 岁、受过良好教育的城市居民的婚姻状况"。

最有趣的是，以往我们操作选题大都是单兵作战，即便是封面故事也是"包产到户"，前期采访独立操作，这次，应该是出于"上镜"的考虑，朱大人派了生活周刊公认的两大帅哥——王锋、苗炜友情客串这个专题的采访。记得王锋当时用他的男低音半开玩笑说：噢，那可是胶片拍摄噢。他们潇洒客串了一两个采访对象就忙自己的事去了。剩下的采访，倒也都很顺利，可写作的时候，我独自为这个封面专题发愁了——这种选题没有新闻事件的时间点，爆炸性冲突，看起来非常"家常"，可是这又是多少专家学者研究一辈子也研究不完的大课题！我还能说什么呢？

几乎在结稿前一两天我还一筹莫展，只字未动！朱伟先生跟我进行了讨论，最后，按照他的建议，我把采访到的素材分割成 20 个小故事，从不同角度和侧面探讨婚姻和情感中的两性关系。配图全部是漫画，里面大约有三幅单色插图是我画的。这个封面故事就这样戏剧性地出炉了。

一个《三联生活周刊》的记者被"挖"去时尚类杂志做主编，当时在时尚圈还引起不小的动静。圈中人有些曾是我在"三联"时的采访对象，现在变成了竞争对手，轻歌曼舞的"时尚杂志圈"来了"新闻圈"的异类，这是否预示着小圈子操作模式被打破？我最初非常低调——对自己所处的新环境新群体还没有足够的认同。心里更有"背叛"工作了6年的《三联生活周刊》和自己当初新闻理想的负罪感！

"当一个好记者"是我从1993年4月看到《三联生活周刊》招聘启事后一直心存并全力追求的理想。6年后，我竟"追求"到了"虚荣"的时尚圈？

又过了5年时间，现在，我能非常肯定地回答自己：我并没有放弃更没有背叛自己的媒体理想。再次套用钱钢先生的那个比喻，在《三联生活周刊》我努力学习炒好一盘菜，后来的5年时间里机会把我推向"一桌菜"、"一间餐馆"，应该说，我做了成长中应该做的一些事，好也罢坏也罢，经验也罢教训也罢，那些经历对我，对一个媒体人都是宝贵的，而"三联"的影响深入骨髓——因为她给了我观察生活、感受生活的能力，这足够我受用一生。

我们那时的理想

:: :: 石正茂

1991 年中国政法大学法律系
毕业进入《新闻出版报》任记
者，1993 年 5 月在《三联生
活周刊》担任记者，1994 年
11 月至今在中央电视台担任
《经济半小时》记者、主编，《中
国证券》主编、经济频道资讯
节目工作室制片人。

    1993 年初夏的一个傍晚，我敲开了在军报院内的钱钢的家门，告
诉他我想去他正着手筹备的《三联生活周刊》，我拿着他们在报纸上登
的招聘启事和我的履历，在他家的饭桌上定下了面试的时间。其实，刚
刚 23 岁的我只是想换一个工作环境，选择钱钢多少有着对《唐山大地震》

的景仰和在招聘启事上那能让我记住的"薪尽火传"几个字。

我在永定门边上的二层小楼里接受了最系统的也是最具形式感的《三联生活周刊》训练，我们见到了一个又一个业内高手：一身军人打扮的叶研讲了那么多如同战斗英雄般的野外生存经验和与采访对象斗智斗勇的经历，让我们很久都在猜测他到底是军人还是记者；毕熙东引经据典熟读史书，让我们惊叹一个体育记者深厚的国学工夫；胡舒立来了，既不容插话又悬念迭出，让我们不得不频频要求提前休息几分钟，不然怕被她的连珠炮憋死……还有一个个的人物轮番登场，钱钢说，这既是你们的老师也都是未来的同事，哇，钱钢何许人也！

我们一律要管领导叫先生，"钱先生"一直叫到今天，我们还要上形体训练课，生活周刊第一期的人都会盲打，因为要考核我们每分钟的速度，这是和国际接轨还是我们太有想象力了？

没有人做过周刊，我们就照猫画虎，从封面设计到稿件布局、标题字号，从排版印刷到销售模式，一点一点推敲琢磨，空转又空转，我们被煽动的理想从来就没熄灭过。不管是换了多少次主编，《三联生活周刊》一直在朝着做中国最好的新闻周刊的方向迈进。

理想这个词放在生活周刊的每位创始人身上都是合适的，我和苗炜踩着单车去采访北京人申办2000年奥运会的热情，我们又同时见证了那次伤心的落选；王锋，一个文学青年的代表，时刻以寻觅先进文化为己任；黄集伟，永远都在写着那些写不完的各类断想和感伤；苗炜，对足球的指点总是颇具刀锋；汪文，老能找到一些具有爆炸性效果的我们还都不熟悉的经济领域里的内幕交易，我们在那些老师的带领和熏染下，也想早晚有一天名声远播，我们就在群龙无首的时候还自发地出了一本"空转本"……

《三联生活周刊》在周而复始的资金不到位的情况下撑了一年多，最终又一位理想主义者悄悄地来了。我第一次见到朱伟是在三联书店人事处长唐思东的办公室，他老在那儿复印东西，笑眯眯地看着周刊的"小屁孩"们忙活，一个把品位放在古典音乐里的上海男人，正在纠集好事者出版另一个刊物——《爱乐》，他不温不火，好像一直在按着既定的目标做自己的事。有一天，忽然接到他的电话："你看我去周刊怎么样？"我很瞠目，一个文化人做新闻周刊？"不，我想把它做成文化周刊。"在琢磨不清的前景和人们日渐疲惫的状态下，朱伟的"三联"生活默默地开始了，那时尽管我已经离开周刊了，但我仍能看到一只蚂蚁啃骨头的努力，转眼近十年了，我至今还清楚地记得在办公室里，朱伟说："我想一本接一本地把刊物做下去，当一个期刊集团的出版人。"我相信，现在的他更胸有成竹了。

感谢《三联生活周刊》让我与这些理想主义者相识，而且一直和他们相互观望，我们那时的年轻正和他们的梦想遥相呼应，我们为一件事共同努力过，我们都涌动着创造的冲动。我们还会彼此怀念吗？

远在上海的童铭怎么样了？黄集伟的一对双胞胎想必都超过十岁了，王锋在干嘛呢，汪文前两天生了个姑娘，正准备约几个人去看她，刘晓玲听说很火，何笑聪还那么美吧，四散在各处的人们估计都能记住同一句话，这句话是后来朱伟们想出来的，它很贴切并一直维系了我们——"一本杂志和他倡导的生活。"

生活的开始

:: ::童 铭

1993 年毕业于中国人民大学经济法专业，同年进入《三联生活周刊》，1998 年进入《中国计算机报》，现负责该报社华东区的工作。

　　如果不算大学实习的话，《三联生活周刊》是我的第一份工作。也是我走入社会，自己真正独立生活的开始。

　　我是学经济法专业的，不过老师一直教育我们：大学四年学习的并不是专业知识，而是你处理事情的能力。所以我自始至终也没有因为自己是非新闻或中文专业的而感到自卑。

进入生活周刊的考试给我留下的印象特别深。笔试很普通，面试很有意思。一进去，一批人铁青着脸坐在那里，我都不大敢抬头看，心里想：这些人可真够严肃的。打那儿之后，我就落下了一个面试紧张的毛病。直到我面试别人的时候，我还是很紧张。我对黄艾禾老师印象深的就是那次面试，好像只有她一个人对我笑了。

事隔多年之后，一次我和王锋去拜访杨浪，闲聊间他坦言，生活周刊第一批记者中，我是颇受争议的一个人，因为大多数的老师对我在面试时的采访没什么感觉，杨浪老师当时就坚决地投了反对票。

幸好还有一些老师认为我刚毕业，像一张白纸，还可以拿来涂涂鸦，而且在回答问题的时候反应还算机敏，这样我就稀里糊涂地以为自己是百里挑一的精英进入了生活周刊。

初入"生活"

初入生活周刊，老师们给我们安排了一个周期的培训，直到现在我都认为这是我经历的最精彩的培训。请来了解放军艺术学院的马桂茹老师（"人艺"谭宗尧先生的太太）给我们做形体培训，请来了钱钢、杨浪、叶研、胡舒立、王安、贺延光、黄艾禾、陈西林等一批当时在新闻界颇有影响的老师来做业务培训。

我现在认为：凡是培训都是好的。但很多人不这样认为。

大学时候的军事培训，给我留下了好多记忆，什么一顿吃十个馒头，站一天军姿身上都是白色的汗渍，夜里的紧急集合和五公里行军，等等。

同样，在生活周刊的培训也是一个美好的回忆。不管是形体培训，大家在教室里跳三步，还是杨浪老师回忆他的军旅生涯；陈西林老师讲他在《中国妇女报》时如何做一个独家采访，在采访对象进厕所方便的时候进行采访；叶研老师讲他在西南采访的时候，遇到着火大叫一声停车，冲下去狂拍一通，却发现没装胶卷……这些都是我一回味就能乐得出声的。

　　进到生活周刊，我最要好的朋友是钦峥，我俩曾在办公室里待了一周没回家。钦峥很喜欢电脑，我们那时候请了一位教电脑的老师叫"瑶瑶"，很漂亮、很娇小的一个女孩儿，估计就是因为这个女孩儿，钦峥开始整天鼓捣电脑，后来成了"瑶瑶"的助手，再后来就成了《三联生活周刊》当之无愧的网管，再再后来就做了《三联生活周刊》的信息化负责人。

　　生活周刊有很多非常好的习惯，比如钱钢老师要求我们每天一定要看报纸，一定要看新闻联播。直到现在我也坚持每天一定要看，经常加班使得我不能够一直去看新闻联播。这个习惯，我觉得一方面是能够培养记者对新闻的敏感性以及对新闻的操作能力，而更重要的一个方面，可以让一个记者全面地去看问题。

　　每周一的例会，那个时候是我最紧张的。因为每周一的例会，我们都要报选题。我不得不从报纸的角落里、电视新闻的简讯中去挖掘我认为可以去深入报道的点。开例会的时候，一听就能够听出来谁的专业背景好，像王锋、黄集伟、苗炜、石正茂他们几个，总是能够有着很新奇、很独特的视角，使我看到自己的差距实在是不小。

王安与《十五年我们走过了什么》

　　有个故事是我继续做新闻工作之后，一直和许多记者同事们沟通的。就是在王安老师的指导下创作《十五年我们走过了什么》这样一篇文章。

　　操作这篇文章给我留下的印象很深，作为记者的辛苦和应当具备的一些精神，以及王安老师作为一个资深的报人都给我留下了深刻的记忆。

　　王安老师策划的这个选题，是要讲述从改革开放十五年中国各个方面的变化。王安老师布置给我一个题目，要我找到当年北京第一个个体户并进行采访。

给我的线索是这个人的名字。1994年的时候，我还没有电脑，所以也没能把当时写作的东西保留下来，所以这个人的名字也记不住了。寻找"个体户"的过程很值得回味。

我有一个同学毕业后分在北京市工商局个体处，这是个天然的便利条件。我就让同学帮我查找这个"个体户"。同学查阅之后告诉我，这个人在朝阳区，你得去朝阳区工商所查，然后介绍朝阳区工商所的同事给我认识。

朝阳区工商所的朋友也很帮忙，翻阅了很多陈年老账，终于查出这个人当年的住址。结果不曾想，这个地方早就拆迁了。只好再跑到当地的派出所去找新的地址。

当找到这个"个体户"的时候，我用了近一周的时间。当我高高兴兴、洋洋洒洒地把写了三千多字的文章和拍的十数张照片交给王安老师的时候，没想到他看了之后只是淡淡地说了一句，好的。当经过他重新改写的文章发表后，我在这篇封面文章中只看到了我百余字的内容和一张照片。

做记者勤奋是个很重要的品质，很多记者的成功都是来自于他们的勤奋。像我后来在《中国计算机报》有很多同事，出类拔萃的总是那些特别勤奋的人。

编辑也是让我特别景仰的，至少生活周刊的老编们是这样。我觉得他们太牛了，在指挥一个专题的创作时，就像一个将军，运筹帷幄。

相信《北京不拭泪》这期封面还有很多人会记得，关于这个故事的背后的一些事情也有很多人写过。生活周刊的编辑做了两手准备："申奥"成功或不成功。同时，在当晚派出了几批记者，分赴不同"战场"。这在现在看起来很普通，而在当时我们开编前会的时候，我的感觉就像作战之前，指挥官在布置我们的作战计划。

一批"精英"

生活周刊第一批记者，是我走入社会的第一批同事。说句实话，我心里很爱他们，爱他们每一个人。我觉得他们就像我的兄弟姐妹一样。生活周刊就像家。

这些同事现在留在生活周刊的已不多了，苗炜算是根红苗正的，一做十余年，已做到了副主编。钦峥，这个被生活周刊很多老师和很多同仁分不清是我还是他的好朋友，一手组建了生活周刊的专业网站和生活周刊的信息化建设，从进生活周刊做记者讲是剑走偏锋，可从他的专业来讲是恰如其分。

除去这两个人外，当年的第一批同事现在大都在外漂着。

让我试试还能不能把这些同事的名字写出来：

王锋，现在时尚旗下任《时尚健康》主编。曾任《PC life》主编、中国先生网总经理、新华在线的副总经理。

黄集伟，现在某出版社工作。曾任博库网总编。

石正茂，一直在中央电视台经济频道做编导，在《经济半小时》做过很长时间。

黎争，现在赛迪影视任执行总裁，曾南下广州、深圳一带，做过《南方周末》，后做过广告，回京创办自己的公司，再后来加盟赛迪集团，一直和领导们保持着密切的距离。

刘君梅，曾任《追求》等时尚媒体主编。

还有李翠萍，何笑聪，华莉，余敏淑，武容等，还有一个就是我了。

这些同事，我都非常钦佩，不过，最佩服的人还是黄集伟。我觉得这个人很睿智，他的双胞胎儿子名字都起得创意无限：黄佐思和黄佑想。我一辈子都不会有这样的创意。集伟人也很谦虚，并且特别懂得利用资源。当他对我和钦峥特别好的时候，我就知道，他的电脑一定又出了问题。不过，现在集伟的电脑水平早非昔日可比。在我们离开生活周刊的时候，集伟用他那有创意的头脑，加上胖乎乎的灵活的双手，再加上不太灵光的电脑画图，送给我们一人一本他用电脑绘制的月历，非常精美。那个时候，他就像小孩子一样痴迷上用"画图"来创作。集伟的文才当然是好的。到现在，我们出了好几本书的人只有他。最开始他还把他出的书送给我，后来就不送了，于是，我意识到，书是要去买的。集伟总是说自己要"养家糊口"，从他身上可以看到对两个儿子的那种深厚的父爱。集伟对我们大家也像兄长一样的关心，从工作上、生活上，我总是挺难想象的，一个男人为什么能够那样细心。也许结婚之后，可能会对这个问题有所认识。

迷惑和焦虑

::∷张晓莉

1994 ~ 2000 年任《三联生活周刊》经济部记者，目前任职于《北京晨报》，任首席记者。

　　我在《三联生活周刊》待了6年，回首往事，感觉6年间有两大情绪成了我生活的主旋律——迷惑和焦虑。

　　迷惑的时间不是很长，但印象深刻。

　　那时，我刚刚大学毕业。毕业那年首体的应届生招聘会我去晚了，偌大的展场里还没收摊的寥寥几家，三联书店是其中之一。我走过去，一位和蔼的中年女士认为我应该去正在筹办中的《三联生活周刊》，而且当天下午那里就会组织面试。我从首体出来，直接打面的去了净土胡同。

钱钢和当时的另一位主要领导，组织了这次有五六个人的面试。问了几个比较简单的问题，还考察了一下英语口语，最后是就股份制改造写一篇文章。大概一周之后吧，我得到通知可以去上班了。当时也没怎么犹豫就从正在实习的平安保险公司出来了，然后打电话通知也基本定了的中国外运总公司说我不去了，就连毕马威会计师事务所也被我 pass 掉了。

我义无反顾地投身《三联生活周刊》，上班第一天被新购置的劣质家具的气味熏得睁不开眼，而且头昏脑涨。等脑子清楚了，钱钢走了。然后，出版界、学术界、媒体界的腕们鱼贯试手。作为一个新人，我每天都按时上班，看中外文的资料，寻找选题，开务虚的会议，看一茬茬的领导走马灯，但却不知道该如何判断。"铁打的营盘，流水的头儿"在当时圈内成为一个不错的谈资，有搞媒体研究的还准备将"三联"作为案例详加研究。

那时的务虚和空转还是比较上档次的。我们将选题落实，打印出来，加班加点手工制作，在永定门三联书店的一间办公室里做出了类似"手抄本"式的一期黑白杂志，很唯美的风格，当时大家都挺自恋的，评论时使用最多的还是褒义词。印象中"手抄本"大概做了两本，最后不知流落在谁手，希望它们还在。

上档次也还是空转！不满和躁动的空气在办公室里弥漫，我们经历了一次非正常长假，我利用这段时间学了个车本。等晒得黝黑的回到办公室时，"铁打的营盘"也散了，我是为数不多的留下来的几个人之一。

"等待戈多"的时代结束了。1994 年底，《三联生活周刊》终于出了试刊号，铜版纸全彩印刷，又大又厚又沉。试刊号里有我两篇稿子，一篇是分析猪肉价格为什么那么贵，由于当时遭到大学同学的嘲笑，我对这篇稿子的标题还记得很清楚，叫《猪价拱破栏》；一篇大概是对粮票退出历史舞台的回顾与分析。在我印象中，经济报道在当时的周刊中还拥有比较重要的地位，每期的稿件数量及占有的版位都不低。

调整依旧在进行，人事的以及周刊整体风格定位。1995年秋朱伟来了之后一段时间，编辑部慢慢塌实下来，《三联生活周刊》的用纸也改为一直沿用至今的轻涂纸。我记得当时的一位知名文化人经常来周刊顾问，谈及于此说："我躺着也可以看，卷在手里很方便，看完就扔也不可惜。"当时听这话还有点不顺耳，彼时周刊在我们的定位中好像还不是"看完就扔"。我们端着架子，读者也得正襟危坐。

每个人的职责分工在这个时期进一步明晰，我还是做经济报道，每周报一次选题，两周完成两三篇稿件。报选题前和定选题之后，我都会泡在资料室里。那时还不时兴从网上下载资料，我要翻成摞的报纸杂志，夹纸条然后复印，纯粹是体力活儿，耗时费力效率低下。资料室不够用，"北图"和《人民日报》资料室也是我经常去的地方。我至今仍感谢《人民日报》一位老师，素不相识，却为我进入《人民日报》提供了许多方便。

约采访也是一件挠头的事。直到见面我还要向别人解释，《三联生活周刊》不是柴米油盐吃喝玩乐，而是新闻周刊，视角宽泛。我对所有接受采访认真作答的人心存感激。

由于没有中层，稿写完了，我要直接交到朱伟手里。当时我是很畏惧这个能把自己累到胃出血的上海男人的。交完稿我会惴惴不安，毙了也简单，改稿是对精神和体力的双重折磨。朱伟阴沉着脸把你叫进去，说了一通，出来后我经常发现自己还是没有深刻领会领导意图，或者是无法将领导意图在手头这篇稿件中体现出来。硬着头皮改后再交，再被叫进去，或是朱伟情绪激动直接跑到外边来冲你叫嚷一通，周围还那么多人，我还那么年轻。我的焦虑就是从这时候开始的。最痛苦的一次，近一万字的稿子改了四五遍，那时还没条件换笔，遍遍手写，我写字又特用力，胳膊累残了，到现在还没恢复。

当时，我的同事卞智洪说过一句话："我们用一天写稿，剩下的6天都在焦虑。"我没想到的是，这种焦虑能这么顽固地控制着我的情绪，6年里挥之不去。

作者：陈曦

　　每次收到《三联生活周刊》，我总是习惯性地从后面翻起：掀开封底，再翻过一页，右边是朱德庸的《涩女郎》，左边是沈宏非的《专栏·思想工作》，左页中央大约十公分见方的插画，就算是"我的地盘"了。周刊即将十年，我给她画这样的小画竟也有五年了。除了感叹时间的快速之外，我常常引以为豪。

（中央美术学院设计学院毕业，1995 年至今为《三联生活周刊》插图作者，现在中央美术学院设计学院第十工作室工作）

关于《三联生活周刊》
二三事

::::汪 晖

清华大学教授，博士；曾任职于中国社会科学院文学研究所。著有《反抗绝望：鲁迅及其文学世界》、《无地彷徨："五四"及其回声》、《死火重温》、《汪晖自选集》、《现代中国思想的兴起》（四卷）等书，另出版有英文著作 China's New Order：Society，Politics，and Economy in Transition，韩文著作《亚洲想象的谱系》等。

　　《三联生活周刊》总是按时地放在我的办公桌上，一次又一次，从试刊到双周刊到周刊，我熟悉这样的节奏，却忘记了她的年龄。不久之前，生活周刊编辑部打电话问我能否写篇短文纪念她的十岁生日的时候，我才重新记起她的再生时代。说是再生，因为她曾经难产，后来勉强有过几期，又终于停止。那个时候，我与这个杂志并无任何关系。我所熟悉的《三联生活周刊》是朱伟接任主编之后的《三联生活周刊》，也是从1995年再生以来至今持续成长的《三联生活周刊》。在此之前，我只知道这份刊物换过几次主编，也算是风起云涌，北京的某份报纸上还曾经有过不小的波澜。在议论纷纷之中，若不是总编辑董秀玉的决心和坚持，大概这份刊物早就夭折了。我在1996年春天开始担任《读书》杂志的执行主编，从那时起才开始熟悉董秀玉，在多次的风浪中，才渐渐地熟悉她的坚毅和温厚。以我的经验，她在众议纷纭中的坚持，对于《三联生活周刊》的创刊是至关重要的。

1995年的某个时候，朱伟给我来电话，说他有可能也有意愿出任《三联生活周刊》的主编，问我的意见。我除了支持之外，没有任何别的意见。有一次，见到三联书店的总编辑董秀玉，谈到朱伟和这份几经周折的杂志，我说您已经找到了现在能够找到的最合适的人选。朱伟在《人民文学》担任编辑时，曾经编辑、发表过许多后来成为新时期名篇的小说，也为许多当代小说家的成功提供过难得的帮助，作为编辑，他在上世纪80年代就已经十分著名。80年代末期，他联合知识界的友人创办《东方纪事》，我记得仅出了四期，即在暴风骤雨中停刊，但这四期杂志影响之大，在那个时代也是少见的。与《人民文学》的编辑工作不同，朱伟是这份杂志的创办者和组织者，需要协调和动员多方面力量，而杂志的内容远远超出了文学的范围。那时的朱伟给我的印象是一个对于编辑杂志有不懈热情和无穷兴趣的人。我已经不记得朱伟是什么时候调到三联书店来的了，只记得他先是兼职编辑《爱乐》杂志，而后就悄悄地成了三联的职业编辑。这个机缘能够使他在董秀玉担任三联领导人的时代再次施展他的编辑才能。

但话又说回来，《三联生活周刊》是一份新闻性的周刊，而不是文学杂志和文化期刊；更特别的是：这份新闻性的周刊由一家学术性和专业性相对较强的出版社出版，而不是专业的新闻机构出版，无论在刊物的定位和条件方面，还是在人员配备方面，都面临许多难点。若不是董秀玉的独出心裁和坚持不懈，就不会有这样的刊物。但这也的确给朱伟提出了极大的挑战。朱伟起初找李陀和我商量，而后又增加了黄平、黄速建等几位朋友一起出主意，其实我们中没有一个有编辑新闻周刊的经验。那时候，我们不时地会去坐落在安定门内的一个很深的巷子里的编辑部，围在桌子跟前，与潘振平、朱伟一道商量选题和刊物的方向，偶尔地，董秀玉也会参加。除了一些具体的选题之外，我记得有两个反复讨论的问题对于杂志的取向有重要影响。

第一个就是刊物的面貌。我们确定这是一份新闻周刊，但难处有两点：一是三联书店并不是新闻机构，要做新闻周刊势必受到许多限制；二是我们拿不准宏观环境对于新闻类刊物的尺度。第二是人员状况。《三联生活周刊》的编辑记者队伍不能与大型新闻机构相比，从而新闻的来源受到限制，在这样的条件下，一份刊物如何在竞争的环境中生存，这是一个关键性的问题。朱伟接手周刊之时，原先聘用的记者因各种原因走了大半，朱伟到任后又重新聘请了一些年轻记者和编辑，在新的位置上，他们都需要锻炼、培养和适应。朱伟本人真正驾轻就熟的还是编辑文化类刊物，编新闻周刊，也有一个适应的过程。但刊物的出版却等不得人的适应，它必须从一开始就给人留下印象。我们当时讨论的结果有三点：第一，利用朱伟的优势，让《三联生活周刊》在新闻类刊物中具备某种文化品位、可读性，后来余华、苏童等作家的短文和罗峪平（点点）的采访等栏目在刊物中出现，大概与这一定位有些关系。第二，发掘一些重要的题目做深度报道，而不是像一般新闻类的刊物只是发表消息或新闻，这也是力图赋予新闻报道以某种思想深度的方法。在这个方向上，方向明的加盟无疑是一个有力的支持。在《三联生活周刊》开头的时期，对于若干企业或事件的报道最为吸引人，也让这份刊物与普通的新闻类刊物有了区别。这两个取向在《三联生活周刊》的历史中虽然时有变化，但大致上我以为是贯彻始终的。第三，我们几位朋友的取向相对当时的潮流而言，比较另类，也更强调杂志作为一种公共空间的批判性职能，而且也希望这种批判性能够深入到某种我们期待的程度，但我们这种想创办一种另类的新闻周刊的想法后来证明"书生妄想"的成分居多，这种要求与新闻周刊的性质大概不甚相容，与朱伟后来的取向也不大一致，所以难以真正落实。

大概一年之后，《三联生活周刊》已经逐渐上了轨道，朋友中也只有李陀继续担任策划或者是顾问的角色一段时期，我们其他几位也就渐渐地退隐了。此后，我就常常在电视台主持人的手上看到展开的或是合上的《三联生活周刊》，知道这份刊物对于一些新闻从业者开始有了影响。再往后，网络上有了这份杂志的声音，街头报亭也少不了这份杂志的身影，朱伟的广告照片贴在了我们编辑部某一侧的墙上——这份刊物已经迅速地从依赖投资到立足市场了。

再往后，我就很少听到朱伟从电话中传来的声音，只是在我的办公桌上定期地收到这份以标准新闻纸出版的新闻周刊了——我记得刚出刊时，李陀将一份杂志卷在手里，又舒展开来，爱不释手地说：终于有了一份制作讲究的周刊了！

我祝愿也相信：在这样一个风云际会的时代，在这样一个经历着深刻转型的国度里，《三联生活周刊》还将承载许多的使命，也一定会有更加远大的将来！

净土胡同 15 号与 1995 年的复刊

∷∷朱 伟

1952 年出生于上海，16 岁赴黑龙江建设兵团上山下乡，在那里开始
小说写作。1978～1983 年在《中国青年》杂志当记者、文艺部编辑；
1983 年～1993 年任《人民文学》小说编辑室编辑、编辑部副主任；
1988～1989 年曾为《读书》杂志撰写《最新小说一瞥》专栏，主编《东
方纪事》杂志；1993 年到三联书店创办《爱乐》杂志，并编著大型
工具书《音乐圣经》；1995 年 9 月接任《三联生活周刊》主编。

我经常想，《三联生活周刊》之所以会有今天，很大原因是因为它诞生在净土胡同。从大约是 1993 年钱钢与陶泰忠看中这个地方，到 2000 年《三联生活周刊》搬出这个地方，这里留下了太多的欢乐，当然也有痛苦。

我不知道钱钢他们当年是不是因为"净土"这两个字，才选中这个地方。反正，不知多少朋友都羡慕这个地方：在闹市之中，不需走多远，竟会有这么静的一方净土！

这里原来是北京净土寺所在，寺早就倒塌，15 号原来是北京最时髦的雪花电冰箱厂的厂房。我记得钱钢刚把破败的厂房装修成编辑部时邀我参观的场景，在胡同里，无论从哪一个口进去，都要走很长很长的路。钱钢与陶泰忠，一个是原来《解放军报》的记者部副主任，我们一起合作编辑过《东方纪事》；一个是原来《解放军文艺》的编辑部主任，我在《人民文学》时的竞争对手。两人可谓珠联璧合，在当时真是年轻而被理想主义所笼罩。他们营造的 15 号，白墙白窗白桌椅加上灰地毯，整个一种静谧的气息。记得我当时印象最突出的是三楼设计的摄影部洗相片用的暗室，还有二楼已经准备就绪的会议室。

遗憾的是，钱钢后来没能在他自己精心设计的编辑部里待多久就离开了。

我第二次走进 15 号，是参加还在筹备中的《三联生活周刊》一次文化研讨会。那时朱学勤刚刚接过钱钢的理想，他的办公室里云集了一帮学者，我记得清楚的有刘东、邓正来和雷颐；而他的办公室对面，杨浪的屋子里则是另一帮人，大家也都是兴奋而躁动，屋子里同样弥漫着烟雾。钱钢、朱学勤与杨浪当时对《生活》未来憧憬的那种眼神至今一直在我记忆里，我由此一直觉得，净土胡同正是有了他们那样的奠基，"生活"后来才能得以存活。到我这里，只不过是在一定积累之后的水到渠成罢了。

1995 年 9 月我接替杨浪，准确地说先任执行主编。等我真正走进 15 号院内这所三层小白楼时，留下的只有方向明一个主笔与苗炜、王锋、刘君梅、张晓莉四位记者加上钦峥管电脑与资讯。我上任的第一天向这六位做就职演说，一个个都是黯然或者不以为然。我讲完了，他们说，这样的就职演说我们听得多了。

我9月上任后按要求要在年底前复刊。当时请来帮助策划的有汪晖、李陀、黄平和黄速建（时任中国社科院工经所副所长），聘阎琦（当时任编辑部主任）、何绍伟（当时管社会报道，后来很快去了《东方时空》）、兴安（当时是《北京文学》副主编，业余帮我约稿）、胡泳（由沈昌文先生推荐，从《中国日报》过来应聘）、刘怀昭（由《北京青年报》黄利推荐，负责国际）、舒可文（原来是我在《人民文学》工作时的小说作者，负责文化）。一个主笔（实际的副主编）、四个记者、六个编辑，这个结构可谓畸形。

现在回想，1995年我们筹备复刊的三个重大决策，一是确定了要以半月刊方式起步。因为1994年底杨浪开始起步时先采用的是月刊，月刊节奏太慢，很难体现新闻价值。二是当时确定了要做新闻的文化评述，在新闻与文化中架一座桥梁，利用三联的文化资源，也有利于三联文化普及。三是在铜板纸、胶版纸与轻涂纸中坚决选择了轻涂纸。杨浪创刊时使用的是铜板纸，我总觉得作为周刊用纸太硬，也不亲切。试刊时用过胶版纸，又觉得太显文化感觉图片效果不好，也不利于将来广告发展。使用轻涂纸可以与国外的新闻周刊接轨，也可以像报纸一样直接上轮转印刷。但当时国内没有印刷厂使用，也没有这种纸，我们是头一家。记得决定使用这种纸后，我找到当时做外贸进口生意的邻居、朋友王蕾蕾，第一批纸是由她联系从香港进口，运到天津海岸后再拉到北京。

复刊的第一期封面故事是方向明执笔的邓斌集资案。记得当时方向拿到了此案特别翔实的材料，但最后稿子写成，中纪委方面说不能发，临时只能改用与沈太福对比分析的方式，一手材料都舍弃不用。值得一提的是方向在周刊重新起步时起到了顶梁柱的作用，连续几年的封面重大选题常常都由他拼出来。常常是他写完了，我觉得还不行，他就重写一遍，从无怨言。我觉得在周刊我就是一个过于苛刻的编辑，大家只不过容忍了我的苛刻，也才有一期期刊物的出来。

这一期的社会报道头条是约当时《工人日报》记者高晓岩写的北京地铁超负荷现状，提出地铁安全问题。经济头条是阎琦约一个叫王艳的女孩写的《"327"与管金生的悲剧》。专题是何绍伟组织的《好莱坞给我们带来什么》的讨论。苗炜在这一期中写了4页的《辛普森的三个角色》，显示出他的才华。刘怀昭做了两个话题，一篇谈美国的炸弹杀手抗拒工业文明，一篇谈现代人离不开扑洛载克（抗抑郁药）。我觉得是她开创了周刊批评国际潮流的模式。而娜斯是把对时尚的质疑带进周刊，这一期她介绍凯文·克莱恩探讨感官刺激的广告，探讨的是色情与广告商业的关系。值得一提的是周刊一复刊，王小波就来帮我捧场，他给生活周刊的第一篇文章叫《个人尊严》。复刊第一期的最后一个栏目是《大家谈》，除王小波此文，苏童帮我写了一篇《购物批评》。

这个第一期，也就是1995年第五期的版式设计是我拉了《收获》编辑部原来我的好友谷白来完成的。他用老式版式纸一页页地画版样，封底他选了四张照片作为刊物内容宣传，宣传词分别是："十部大片的冲击波远没有过去，好莱坞还能给我们带来什么？""一个5岁女孩怎样与动物成为朋友，你尊重动物，动物也会尊重你。""因为人和狗之间缺乏友爱与理解，中国的狗才会经常咬人？"后期的制版，包括版心、行距，最后的调整都是潘振平先生自己出马，他是三联书店分管周刊的副总，他的工作应该是确定选题、把握方向、审稿与代表三联书店对周刊日常管理，但最后实际由他成了忙里忙外的总监制。

整个复刊是手忙脚乱的过程，楼上楼下灯火通明。阎琦是最后盯屏的，我们要求每篇文章不甩尾巴，多出来的字她就一定一行行一个个字地抠，认真到所有后期排版人员全都叫苦不迭。

我从1995年9月开始，就天天进出净土胡同，从此，我也就把净土胡同15号当成了自己的家，在那间小办公室里我呆了四年半。我喜欢胡同里冬天的感觉，走在胡同里，抬头看那些掉光了叶子，伸向天空的树枝，我总感觉露着它们的质，显得特别丰富，比长满了绿叶要有味道得多。刮风的日子，能进屋的都进屋了，小平房烟囱里冒着温馨的煤烟，晚上加班后走在胡同里，有一种特别的静。我至今依恋那个小办公室，累了时候站在窗边，眼前是一片错杂的屋脊。下完雪，那些屋脊上都覆着雪，让阳光一照漂亮极了。后来我们搬到安贞大厦，又搬回三联书店，就再找不到那种感觉。我由此始终珍藏着编辑部一些同人在净土二楼会议室后门防火梯上的那张合影——这张照片是年轻的生活周刊的一个剪影。

关于《三联生活周刊》的回忆

:: ::方向明

笔名万山。1985年就职中国青年报社，1992年创办《中国青年报》
第一个子报《经济蓝讯》，任执行主编；1994年参与创办《三联生活
周刊》，任主笔、副主编；1995年参与创办中国第一本财经类周刊《现
代市场经济》，任常务副总编辑；1996年创办《企业重组》专刊、《资
本市场》月刊（上述两刊为《财经》杂志前身），1997年参与创办《中
国企业家》杂志，任主笔；2002年创办《竞争力　三联财经》杂志，
任主编至今。

我到底算是《三联生活周刊》的几朝元老，我自己也说不清了。

记得第一次有人跟我提起《三联生活周刊》，大概在 1993 年年中，钱钢托杨浪跟我来谈。当时谈话的模糊印象是，三联要把《生活》恢复起来，要做一本周刊。而且，如果加盟，我的报酬是当时收入的 3 倍左右。待遇非常诱人，但我当时没去。

第二次有人跟我谈大概在 1993 年年底，经人介绍我认识了三联当时的总编辑、总经理董秀玉，她诚邀我加盟，我也没有决定去。原因是：一、我认为政策风险性非常大，因为当时的政策不允许有限度地吸引社会资金来办传媒；二、从当时创办周刊的加盟者来看，基本都是传媒界的大腕和佼佼者，这样一个豪华阵容我认为不可能形成团队力量。相反，由于这些大腕的个性和主张所决定，倒有可能把《三联生活周刊》办成四不像。所以我采取了一种观望态度。

到了 1994 年中期，杨浪再次找我谈，这时《三联生活周刊》最初的投资人已经换了，此间也已经换了几任主编，从钱钢时期已经过渡到杨浪时期。在这个时候我答应了杨浪的邀请，以主笔的方式于 1994 年 9 月加盟。当时的周刊基本上是由四个层面的人组成的：第一个层面是杨浪、杨新连这样老资格的传媒人；第二个层面是像我和黄艾禾这样中等资格，但已经建立起自己的行业地位的人；第三类是像程赤兵、唐元弘、杜民这样的传媒领域新秀；第四类就是一组新兵，几乎是应届的大学毕业生。

1994年9月～1995年5月，三件值得一提的事

一、边试刊边找定位。

当时《三联生活周刊》比较明确地提出要做中国的《时代周刊》。但是中国的《时代周刊》是什么模样，目标受众是谁，还不甚清楚。大家都在寻找各方人士一起探讨定位，刊物的选题基本是由有经验的传媒

人提出来，由几个核心人物投票表决，总体思路比较倾向于报纸思路，写作风格也以报纸的长篇通讯为主。但是，用报纸的思路去做选题判断，而出版又以刊物的节奏为准，所以经常有"黄花菜凉了"的感觉。直到1995年5月，实际上《三联生活周刊》仍没有解决定位的问题。这已是两年过去了。

二、经营者和编辑者发生比较激烈的冲突。

当时编辑工作由执行主编杨浪依托三联外部的媒体人士为主体，而经营方是由三联自己委派的，两者之间经常发生冲突，互相指责，而且经营业绩几乎为零。

三、从热情汹涌到彻底冷却。

在这一轮起步期即将结束的时候，我印象比较深刻的是，这批人的安置问题，解决方案有三个：1. 原来处于兼职状态的人各回各单位；2. 利用传媒界影响力寻找要人单位，当时选择了两个可能批量安置的机构，一个是《中国青年》杂志社，另一个是《中国经营报》，由一些熟手捆绑式带走一些新手；3. 对《三联生活周刊》再次启动还抱有希望的人留下等待，三联方明确表示继续办，只是停刊时期无工资。

我最自然的选择是回到《中国青年报》，但这时，董秀玉找我多次谈话，希望我留下来。其间有两件事情促使我决定留下来：一是董秀玉经过创办的几起几落已经比较清晰的认识到刊物的定位应该是新闻性＋文化性，既保留三联固有的文化品位和文化传统，又要利用外界传媒人士的新闻敏感和报道手法，所以未来队伍的架构应该是文化人＋传媒人；二是董秀玉坚定的信心，在经历几起几落之后，董秀玉依然明确地说《三联生活周刊》一定会起来，尽管当时并没有什么依据来支撑这种说法，但她那种坚定的信念和不屈不挠的精神及乐观的人生态度感动了我，而不是说服了我。

恢复出版后的记忆

董秀玉再次通知《三联生活周刊》准备启动，是1995年的晚期。董跟我谈了两个人，一是三联将派书店总编辑助理潘振平协调管理，二是派《爱乐》杂志主编朱伟来做执行主编。董当时征询我的意见，以何面貌出现在《三联生活周刊》？按照新闻出版署的规定，如果我要出任正式职位，我必须要从《中国青年报》调到三联书店，成为三联书店管辖的干部才行。

我当时的选择是，仍然以兼职身份来做。原因有三：一、我认为周刊要在三联主导下才能做起来，要由具有三联文化情结的人来主导，而不宜像前几任那样采用空降部队，导致整进整出的较大震荡，三联方对创办团队没有什么约束，所以我力主由三联管辖的干部来主导这次的刊物启动；二、在没有看清楚《三联生活周刊》的真正发展方向时，我不愿意全身而进；三、当时我答应了丁旺先生帮其做中国第一本财经周刊，《现代市场经济周刊》刚刚启动，我跟胡舒立搭帮。我当时觉得这本刊物可能更适合我，所以我仍然以主笔的身份答应了董总在前期尽可能多帮忙。在上一轮创办期的团队中，我是唯一留下的传媒人士。

记得和朱伟的第一次见面是在他家里，清茶一杯、素昧平生，双方在创办新的《三联生活周刊》的价值判断上达成了高度的一致——新闻性文化周刊。同时我表示我会成为一个很好的合作者。

《三联生活周刊》再度启动的整体人员素质并不高，基本上是前几轮遗留下来的人员、又临时找了几个传媒人帮忙，就这样匆忙启动。

再次启动的封面文章是我写的，是我调查了将近两年的一篇报道，关于无锡邓斌非法集资案。报道总长1万多字，当时我调查这个案子都是我自费去的。本来有一家媒体要买断这篇稿子，开出5元／字的当时媒体市场最高价。但为了帮助《三联生活周刊》再次启动，我还是把这篇稿子给了三联，稿费100元／千字。

这是1995年最后的一期，也是再次启动复刊的第一期。当时可谓仓促之至，那时没有能力去采写稿件，所以只能用我已经完成采访的一个选题做了一个封面故事。朱伟是一边找人，一边找稿子，一边去要钱。那时，《三联生活周刊》所用的纸的规格、版式，都是在这方面毫无经验的潘振平凭着自我感觉鼓捣出来的。

1996 年是复刊后最艰难的一年，但在这一年中周刊完成了三件大事：一、确保了以半月刊的方式正常出版；二、核心团队基本稳定；三、编辑定位逐渐明确。

我记得这一年当中，《三联生活周刊》的人像走马灯似的换了一茬又一茬，长期的处于超负荷、超能力的"双超"状态，做了很多力所不能及的事情，工作时间基本上都是每天 13～14 小时。但在价值观念上没有发生过任何争执，包括在稿件判断标准上都很一致。而且，大家都是在低薪状态下工作的。我那时的薪水是整个《三联生活周刊》最高的，而且是董秀玉特批的，税前每月 3000 元，而我在传媒界已经做了整整10 年，算得上一个资深传媒人。我当时连电脑都没有，屋里就一张办公桌。我的工资被调整到每月 5000 元大概是 2000 年。四年没涨工资。

1997 年是《三联生活周刊》的冲刺阶段，在这一年的 24 个封面故事里，我写了 11 个。

从 1996～2000 年，我的突出感受是：

一、在难以想象的低成本状态下成长起来。

大家几年工资没涨，稿费很廉价，几乎没有出差费用。1997 年我做的很有影响的有关史玉柱的报道，只给我报销了单程机票，住宿费和回程机票都不能报销。那时我的办公室里冬天没暖气、四面透风，我在屋里穿着军大衣，手冻僵了就用茶水杯子焐手，暖气的问题直到最后搬出这处办公场所都没解决。夏天也没空调，空调的最终解决是我给格力做了一次宣传策划换回来的。1999 年，证券之星的 CEO 高立民来到《三联生活周刊》的时候，他大吃一惊，他没有想到《三联生活周刊》的环境是如此糟糕。他由衷感慨说，充满小资情调的《三联生活周刊》也只有在这种环境下才能办成。

二、不断的换血机制。

这是朱伟在1997年提出来，潘振平同意的。就是不断让年轻人进来，并且委以重任。年轻人一旦展露出才华就把他们推到一个重要责任的职位上。这种不断吐故纳新的机制，充分调动了年轻人的巨大的潜能和创造力。

这里头《三联生活周刊》的两个领路人功不可没：

一个是潘振平，他所扮演的角色是一个非常成功的协调者和平衡器。他本来是个非常散淡的学者，但协调处理编辑方与经营方的恩怨、周刊与三联书店总店之间错综复杂的关系、周刊与上级主管部门各种关系、以及周刊内部小团体的关系。他应该是《三联生活周刊》的基石，把各种关系平衡得都很到位。多大的事到了潘的手里都能够淡然处置，从另一个角度上讲他最善于大事化小、小事化了。

另一个是朱伟。他在这期间完成了个人两个非常重要的成功转型：从一个文化人转型为传媒人；从一个文人变成了一个商人。

1999～2000年两个比较大的关卡

一、投资方与编辑方剑拔弩张的斗争。

斗争缘于经营权的问题。《三联生活周刊》原来一直是两张皮，一张是由经营方为主体的经营公司，编辑方完全是由以三联为主体组建的编辑队伍。到了1999年，《三联生活周刊》的影响力和刊物质量已经在国内同类杂志里名列前茅，但却连续4年处于亏损状态。

这时候，争论的焦点是经营到底由谁来负责？在经营权的问题上，1999年编辑部获得了小胜，编辑方开始介入经营，并逐渐掌握主导权。

二、在2000年底的时候，周刊内部关于编辑方针的一场内部大论争。

在周刊内部的编辑记者，对《三联生活周刊》变成周刊后的发展方向展开了一场论争。一派观点认为应该以新闻性为导向，注重一手调研材料，一手采访资料，形成对新闻事件的快速反应，再辅之以周刊久已形成的文化批判、文化视角。另外一派观点是以长期研究为基点，以数据库、资讯库为依据，形成大篇幅的研究性报告。最后前者成为了主导力量，因此《三联生活周刊》还流失了一批以研究性报道见长的记者和编辑。

这两场斗争和论争实际上是《三联生活周刊》得以健康发展的两大基础，其意义非常深远。第一、完全以创办人为主导的编辑经营一体化的机制形成；第二，确定了完全追求新闻性报道的刊物内容发展方向。这两场斗争和论争确保了《三联生活周刊》健康发展至今已有五年，也使《三联生活周刊》扭亏为盈，并获得了较高的利润。

短暂过客长久缘

1995 年在《三联生活周刊》参与恢复出版工作，时任《电影艺术》编辑，1996 年去中央电视台《东方时空》栏目，现在中央数字电视传媒有限公司任职。

对《三联生活周刊》而言，我只是一个过客，一天正式职工都没当过，只是在 1995 年出刊的头几期做了一点事。多年以后还能被记住，怎一个"谢"字了得。同时，我也有点不敢动笔，因为这些年来生活周刊是我仰视的刊物。仰视，既是读的姿势，更是读的态度。我想，面对做这样的刊物的人写字，压力是必然的。

1995 年秋天，在西藏跟完了一个剧组，刚回到北京，几位朋友向我推荐又准备启动的生活周刊，并跟我介绍了朱伟。记得煽乎我去的就有汪晖、李陀。他俩都说话了，于是，在那条到处见到煤堆的净土胡同，见到了朱伟。他做刊物如何投入的故事已知一二，他当时正做的《爱乐》又是每期都买的，便不觉陌生。更何况还是个上海人。上海人是简单的，这一直是我的看法。你可能不喜欢上海人，但你却不用跟他累心地接触。朱伟有我喜欢的简单，有我喜欢的痛快，头几次见面，跟他聊杂志，同感的，反对的，都能得到直接的反馈。再见到潘振平，他也讲着上海式普通话，向我描述了新的投资结构和运营模式，让你不必怀疑将要做的杂志能有美妙的前景。给这样的"老板"打工，值得试试吧。

一边供职于我的原单位《电影艺术》杂志，一边常常骑着自行车穿过煤堆去净土胡同那座生活周刊寄居的小楼，帮着做点策划、编辑事情。很快，就有了第一期。很快，估计也就做了两三期吧，我就离开了。离开的原因并不复杂，我到生活周刊客串的事是秋天，但在当年春天，孙玉胜曾跟我聊过，说要做《东方时空》杂志，我们相约，如果能成，我就去。很久没动静，我想没戏了，一条腿正在"三联"的门槛迈进迈出时，孙玉胜来电话说，差不多了，来吧。既然有约在先，只能选他那一头。《东方时空》杂志被最后一道手续卡下，没做成，是我到那儿以后半年多的事了。正好赶上那时的改版，事多人少，边等手续边接了点事，杂志未成，事做上了，便留在了央视。

可能因为有过与生活周刊错肩而过的遗憾，并有着拂了老潘、朱伟盛情的不安，在《东方时空》工作，便也做点公私兼济的事。那时我做策划，每天和主持人一起策划一个言论性的小话题，一些话题会涉及其他媒体，《三联生活周刊》我们涉及最多，甚至有时封面都以近景加以强调。好在主持人们和头儿们也都喜欢这本刚刚起步的刊物，我的适度"私活"也就容易遇上绿灯。那时我的头儿盖晨光说过一句挺有感染力的话："我死后，枕头边要放一摞《三联生活周刊》。"

与《三联生活周刊》过客式的接触，让我收获很大。印象最深的，是跟朱伟谈选题，他从来不会因为你的题目，就说做还是不做，他问得最多的是，"你准备怎么做"。再好的事，没有找到好的角度，放弃；听着没多大劲的选题，只要有好的角度，就做。一个刊物新出来的时候，朝三暮四是经常的，能尽快找准定位，难；新刊物稿件缺，能持守住自己追求的角度和办刊方针，可贵。

　　我以为，《三联生活周刊》是较早搞明白什么是"独家"的媒体，那时许多媒体都还在挖空心思找内容跟别人不一样的"独家"，生活周刊不去简单追求内容"独家"，而是从处理的"独到、独特"上下功夫，持之以恒，成就了自己的风格和品格。我想，这跟她是周刊，其先是双周出版不便跟人家争快有关，自然也跟主编的想法和坚持有关。在一个信息海量的时代，角度和观点往往比信息更有价值。换个看法，角度和观点不也是信息吗？就是因为那些具有智慧与文化含量的角度和观点，生活周刊从 1995 年到现在，成为我忠诚度最高的刊物。

就像一个嫁不出去的姑娘

:::阎 琦

原为中国社会科学院研究生院图书馆副研究馆员，1995 年 8 月任《三联生活周刊》编辑部主任，1998 年 4 月离开后任《Newton– 科学世界》执行主编，2002 年 11 月返回生活周刊，任战略发展部主任。

　　1995 年 8 月初的一天，我穿过雍和宫、国子监一直向西，来到了净土胡同，看到这名字，心里感受到了一种久违的宁静。

　　《三联生活周刊》坐落在一家倒闭工厂的厂房里。上得二楼，打听朱伟，等待接见。一个戴眼镜清瘦干练的人走了出来，互做介绍后，朱伟就直奔主题谈起了编辑部主任的工作，好像我这是第一天上班，而不是来面见。谈话间，副总编潘振平过来了，他为我倒了杯茶，没聊几句，就说一起去吃顿饭吧，我想这意味着我被他们接受了。

做好大姐

来到鼓楼著名的马凯餐厅，席间我才对编辑部的情况有了更多了解，朱伟刚来接任主编，我是他第一个找来的人，朋友推荐我给他当编辑部主任。此前，我没有做过编辑部主任，甚至没有编辑部工作经验，怎样担当好这个职责，我没底。潘振平非常和蔼，说话声音很轻很柔和，像个兄长，颇给人好感。事实证明他日后成了同事们释放压力和倾诉困惑的一个出口，尽管他从来都只给一个耐心倾听的姿态，少有表态，他说他必须维护主编的权威。那天潘振平对我说，如果大家都把你当成了大姐，你就成功了。朱伟雄心勃勃，是个透着精明的人，他追求简单有效的操作模式，不惟资历，看中人的实际能力，正是这样，我侥幸进了生活周刊。

说实话，开始时我对"三联"并没有特殊的感情，只是找一个自己愿意待的环境。来周刊前我在一家公司做了近两年总经理助理，那之前在社科院研究生院工作了很久。我"下海"出于三个考虑，一是想找一个说话自由、个人意志不被强迫的地方，二是逃避我始终应付不来的人际关系，三自然是想增收。

前些日子，同事王小峰把一张我大学时代的照片贴在网上，招来大家的议论，大致都认为那种精神气质和纯粹在今天已经十分稀缺。也许是他们年轻，其实即使在以往的年代，真正追求纯粹的人也是少数，因为那样的人很难生存。我不能再忍受那些形式主义的批评与自我批评，不能忍受为了几元钱的一级工资调整也钩心斗角，更不能忍受说假话比真话还多的政治生活，所以我想走。

当时的生活周刊真像一方净土，使我的心灵得以小憩，摆脱了想摆脱的东西，我很满足。当然，我也时刻记着自己的责任，努力去"做好大姐"。过去我在朋友圈中受的是他人的关照，但在同事中我总遭遇人际障碍，因为我太过爱憎分明，说话也太直截了当。如何"做好大"，让我想了足有半个月。一开始，我还是脱离不开管人的思路，但后来，我真庆幸是这个可爱的集体让我自然发生了转变，我努力去了解伙伴们的价值观，熟悉他们的做事方式，最终我觉得，除了必要的管理外，对于一个人人都讲底线的集体，人性化管理是最好的选择，于是我把自己的责任更多地定位在"服务"上。而在这样的氛围里，首先获得滋养的是我自己。

别样生活，另一番天地

生活周刊的记者通常有两大头疼事，一是报选题，二是改稿。舒可文在周刊里年纪最大，以前还是朱伟的朋友，可她一直都对选题会严重过敏。她的先生赵汀阳说，舒可文一到周日就紧张，赶紧看电视，看报纸，听小道消息，觉也睡不塌实，一切都为了周一的选题会，生怕朱伟给脸看。选题会上最勇敢的是苗炜，十次里有八次没选题，但也是脸涨得通红，我想他是不习惯说话，下去了也就有了。朱伟可能了解这一点，总是对他网开一面，很少训斥。

记得第一次选题会要我先发言，因为是我负责搜集资讯。我不知道该如何报选题，拿着目录念，朱伟阴着脸叫停，捎带训斥了几句，我脸上一阵红一阵白的。下去后，我暗自努力，终于两周后获得表扬，说我进步很快，我有了一点信心。

1995年底做年终专题，我领命做联合国，第一次作为记者采访了中国社会科学院世界政治与经济研究所所长李琮，我发现自己很是兴奋，文章也很轻松地完成了。此时我才发现原来自己也还有一点文字能力，以前我以为自己只会写报告。接着杂志开始按双周运作，我负责编辑资

158

讯栏目《生活扫描》、《数据库》，编写轻松有趣的《街谈巷议》，还有时事类的《人物》。虽然这些栏目后来都被调整掉了，但通过它们，我对自己的笔增加了信心。记得毕淑敏来电话跟我聊《街谈巷议》，她的喜爱也给我带来不小的鼓励。

我大学的专业是情报收集和处理，媒体离不开资讯，一进门就被派了这活。那时网络没有普及，信息获得主要靠报纸，我每天要看几十种报纸做信息摘要。还好，钦峥也是学信息管理的，就抓他一起来干。我们给信息确定几个主题词便于检索，钦峥自己改造一个软件，使其具有检索功能，在仅有的两台386一体机上，秘书高媛每天做着输入和检索的工作，直到1998年我们从新华社购买了报刊文章检索系统。其实，那时我们的效率很差，与其说对记者们能有多大帮助，不如说对我和钦峥有帮助，对我而言，终于按照自己的意志做了一个检索系统，这是大学时代就向往的美国模式啊，虽然这只是一个超简单系统；我想对于钦峥好处就更大了，这个按记者招聘进来的小伙子却不善言谈，憷头记者工作，也许从改造软件开始，他以正当的理由一头扎进了电脑和网络世界里，至今都在那里溜达着，这工作只用大脑不用说话，很适合他。

记得刚进周刊，我就露了怯。一天大家在看杨浪时期的周刊，全彩印刷，定价10元，还有许多留白处。我正儿八经地建议说，咱们能不能少印点彩页，把价钱降下来，我想这老土的看法差点没让他们笑出声吧，这些记者都是在我之前进入"三联"，早就完成了现代期刊样式的启蒙教育。可恰恰是我这老土，却被派上了一项重要工作——让我负责杂志操作的后半部分，也就是带着摄影记者、图片编辑、美术编辑共同完成从配图到出片、打样的工作。至今我都佩服朱伟和老潘的胆量，他们竟不怕我给搞砸了。我很感谢这个工作使我熟悉了杂志制作的全过程。

图片是一个大问题，为此我绞尽脑汁。那时还没有今天这样发达的网络图片库，虽然已经有了美联社、路透社等驻华机构，但还不能直接向中国媒体供图。当时我们主要依赖新华社摄影部的帮助，但由于风格和题材的限制，他们的图片能用的不多，也由于当时传输手段落后，驻外记者发来的新闻图片既少又晚，还多为黑白片，洗出照片又要好几天。因此，说来不好意思，那时我还动用了一些外国杂志的图片，主要是时事图片，因为没有渠道可以购买。在十年前，要做一个非常国际化的全彩杂志，也只能做一点出格的事了。我还联系了北京不少摄影师，通过他们找一些照片，甚至封面照片。当然，我们也有自己的摄影师，但用得不够理想，再说一本杂志总是充满北京的照片，地方色彩就太过浓厚了。

想当年，周刊经费再紧张，也没有砍下外文刊物，这就是三联。每当杂志到手，总是我先翻看一遍，把所有重要照片都做好说明夹上即时贴，以备后用。朱伟发稿后，我就根据记忆寻找合适的配图，当然还要去约一些图片，这样费时费力的工作一直干了两年多，经常半夜收工，骑着自行车跑10公里路回家，于是，就有了一次半夜遭劫的经历。

版式的认识也是在生活周刊启蒙的，原本是应该由美术编辑干，但那时我们配合得不够理想。我是急性子，事情放在那里就睡不着觉，他是慢性子，上班总来得晚，自有自己一套工作习惯。我经常不管不顾地自己开练，最后让他检查调整。说起来这过程竟也让我对版式有了感觉，以至后来我再去做《Newton－科学世界》时，心中最有底的就是图片和版式，我已经不是外行了，虽然以现在的眼光来看，那时的版式还真是幼稚。

性情各异，情同手足

我第一次真正有同事关系也很养人、很舒服的感觉是在生活周刊的头几年。周刊像一个大家庭，我的抽屉里放着各种食物，谁想吃就自己动手，拿完了我再买，别人抽屉里的东西也一样。有同事开玩笑，说我像一只老母鸡，后面总跟着一群小鸡在找食。

那个时期的生活周刊只有十几个人，大家性情各异，却相处甚好。

王锋、苗炜是俩帅哥，只是风格有南北之分，王锋很会与人相处，觉得他更小资一些，而苗炜则是北京大老爷们一个。王锋总是穿戴得很上心，关注时尚，很早就登上美国大兵靴，他粗的时候什么都丢，可他的情感又很细腻，文章既有男性的宽厚又不失柔美的东西。他在美国时，总是用漂亮的信纸写来漂亮的句子，并且不会忘了装在一个漂亮的信封里——整个过程都在追求美感。他还经常想些点子娱乐大家。一年冬天，他弄了条 Made in China 的青蛇，几乎让所有女孩子都大呼小叫了一遍，外人还以为发生了什么惨案。

苗炜是脑子比嘴转得快的那类人，很多时候是沉浸在自己的世界里，他的精彩更多地体现在"圆桌"里。至少那时他的生活方式一点也不小资，虽然他关心好玩的东西，有新潮的观念，有自由的意志，可似乎很难对他的生活产生什么影响，他一直都喜欢饺子、面条、鸡脖子之类。除了写字不懒，苗炜其他方面基本都懒。他家离单位很近，是骑车的最佳距离，可他懒，收入不高时就常打车（这是他唯一的小资生活）。现在他还是懒，但比起从前还是进步了不少，至少有了一套高尔夫杆，开着车去了法国，品过法国名酒，可他的胃口，我相信还是喜欢饺子、面条、鸡脖子。苗炜的观察和搞笑能力都不错，内心里是一个快乐的人。他家附近有一所宠物医院，仅仅是让他帮忙打听做猫绝育如何挂号，我就被他写进了"圆桌"，当然是一个不讲猫道的坏典型。

生活周刊有一群有理想的人，王锋、苗炜还有胡泳更是突出，他们不只关心一篇文章如何才能做好，多年来一直在研究国外做杂志的经验。王锋曾去美国一年，研究了大批的样本，写了不少笔记；苗炜几乎一本杂志在手，总是不放过认真研读的机会；胡泳在海外留学也做了不少研究。在周刊，经常会听到"我们可以设这样一个栏目"的建议。

有一个人不能忘记，他就是永远一身黑衣一脸胡子的副主编方向明。可以说，生活周刊早期一些做宏大叙事的文章都出自他手。他是唯一杨浪时代留下的新闻记者，生活周刊早期的记者都是野路子出身，对他文章的路数有时不太认同，他一个高大的汉子，脾气却出奇的好，任你说什么意见，他总是很平静，他解释得很少，只是埋头写字，熬得很辛苦。现在看来，正是他当时的努力，才使生活周刊在半月刊阶段能够拥有一些深度新闻报道的东西。

舒可文是一个自由主义女性，性格有些不羁，来生活周刊前是一个受学生欢迎的大学教师，其精神气质和书房修炼使她成为一个极有个性的文化主笔。说来好笑，她对生活有着独特的热爱，其精彩表达感染或者说"欺骗"了一批原本拿不定主意的女同事追随其后，生下自己的宝宝。总听到有人要找她算账：为什么把那么艰辛的育儿生活说得那么美妙？可在她看来，那就是一件享受的事。

刘怀昭是一个观念西化的回国留学生，当时受欢迎的编译文章许多出自她的手，她擅长运用资讯，善于找到独特的角度，重新解读新闻事件，提出新的观念。她一时沉静，一时又闹哄哄的，甚至看上我的一件棉麻针织衣，即刻就要我扒下来给她，这份亲昵让我很感享受。

刘君梅是生活周刊最勤快的记者，家住北京西郊泸定桥以远，上班的路上尘土飞扬，那上班是真正的"进城"。环境这样差，可她心态一向积极。我最佩服她永远以修饰得无可挑剔的模样，走进办公室，进出各种采访场所。她外号猫妹，充满爱心，家里始终有几只小猫追随其后。我的环保意识就是她喋喋不休的选题计划和闲聊启蒙的。

张晓莉是生活周刊最听话的女孩，规定9点上班，她准到，坐在那里读读英语也好，虽然别人都没那么守规矩，但她心里从来没有不平衡。她认真采访写稿，怯生生地望着主编，极力要弄清他究竟想要什么。现在她也成了一家大报的首席记者，文字也越来越老辣。

邢海洋是一个特立独行的人，他兴趣多变，也使他在多个领域中游走自如，思维总有出人意料之处。关于他的恋爱故事你可以听到不下10个本子，哪个是真哪个是假你搞不清，但不重要，谈论时他的那份疑似真实的失落让你感动，他是一个想过出花样生活的人。其实他很重感情，曾经为了写一篇自己的感情故事，写了一夜，哭了一夜。

因为字数所限，按照先来后到的顺序刚写了几个人就不得不收笔了，好在我知道有同事生动地写了他们——邹剑宇、王星、高昱、王珲、李梦苏、刘天时、卞智洪、皮昊、邹俊武、商圆还有技术编辑程昆，可爱的行政秘书高媛都是这个大家庭中不可或缺的分子。

人去人又归

1998 年 4 月，在为生活周刊工作了近三年后，我离开了。那滋味不好受。

我是一个悲观主义者，没有养育后代，人生不为自己，只想让父母晚年幸福。我努力地工作，希望有能力带着他们每年出游一次，希望年底时能奉上自己的孝敬。可是我陷入了困境之中。由于周刊经费严重紧张，收入水平一直上不去。1998 年栏目调整，我的收入将剩下原有的一半，尽管我还担负杂志后半部分的制作、行政管理等其他一切没有人承担的工作。在这样的情况下，我只好选择离开。

新单位正在筹备引进一本优秀的科学读物，后来我做了这本《Newton－科学世界》的执行主编。直到这时，我才发现生活周刊难以割舍。我刚到新单位时，曾经有同事反感我，因为我言必称"生活周刊"，据说，做试刊版式那天，我说了不下十次"生活周刊如何如何"，想一想，那些希望有自己个性创意的同事是该烦我。由于运作不顺，我们那里也会危机频发，一旦遇到困难，我总是先向朱伟和老潘求助，　会儿来扫描一些图片，一会儿请教一点问题，他们也总是乐于助我。

2002 年秋冬时节，由于种种原因我离开《Newton－科学世界》，像回娘家一样回到生活周刊。此时生活周刊兵强马壮，安贞大厦的办公环境优雅，倒真像小资文人聚集之地。印象最深的是第一次参加选题会，看着满屋意气风发的年轻人，心里真是喜欢，我自己也幸得美丽可爱的助手回晓君，我切实感到生活周刊进入了一个平稳发展期。过去生活周刊一个月出两期杂志的经费只有 8 万元，要支付稿费、工资等管理成本，基本没有采访经费，偶然的外出采访大都是受人之邀。现在不同了，一个月的成本就要百万元，记者已经跨出国门采访，新闻的话语权也越来越受到尊重。我明白，生活周刊已经发生了质的变化，虽然也难免再遭遇坎坷，但这飞跃还将继续着。

我祝福生活周刊一路向前。

中年转行第二春

∷∷舒可文

1995 年进入《三联生活周刊》，任文化编辑。时为中国科学院经济
管理学院哲学教师，副教授。现为《三联生活周刊》副主编。

1994年有一个非常热的夏天。我每天都得给我刚出生不久的小闺女洗好几次澡，那时候她是我的天，我的地。闲着没事的时候，不紧不慢地写了本跟艺术有关的小册子，主要是因为本来没什么别的事，有人愿意出版它，正好给家里添点进项，其他的事情都如外太空的奇闻。

奇闻之一就来自吕祥，他一直是我们家最近的朋友，隔三差五来聊天，那个夏天他时不时地说到三联书店筹办生活周刊的事情，我一耳朵进，一耳朵出，全然与我无关。后来天气渐渐凉下来，这个话题的热度也降了下来，我记得似乎是因为投资之类的事情。到了转过年1995年，天气又热起来的时候，朱伟打来电话，问我在干什么。我在家当全职家庭妇女已经干了一年多了，新学期开始后就得回学校接着教书去。他说，那多没劲，还不如到《三联生活周刊》来。懵懵懂懂的，我居然是按照学校开学的日期，9月1日，到生活周刊上班的。

最初的几次选题会上，我听着一群小姑娘、小小子兴致极高地汇报着他们四处搜集来的信息，有好莱坞某明星的什么事，有某公司的什么事，我如同坠入五里雾中：这些事一向只能是茶余饭后的谈资，明明是别人的事，却如数家珍，一本正经地把它们拉到和自己这么近的距离，显得非常不靠谱，总之，《别人的爱情总是那么美丽》——这是生活周刊某一期的封面题目。接着，朱伟就要问："角度？"这又让我纳了半天闷儿：有啥说啥，有根有据，还不行？不行，因为题目多数来自道听途说，大家都在说的事，你有什么理由再说它？全凭你从中发现了什么"角度"，也就是它之所以值得说的理由。"角度"，在生活周刊的头几年是个最让大家费心的词，后来改成了比较平易的"你怎么做"。

虽然来之前朱伟问过我，看不看一些时髦的书，我说看，来了之后我立刻感觉到他问的和我答的完全不是同一回事。原来以为不就找题目吗？不就写字吗？后来发觉这完全是一份新活计，根本不是我习惯的那种题目和那样的文字，好在这时候生活周刊还没有进入真正的运行，我还有时间把旧习惯调整到另一种状态。

很快，1996年一开始，生活周刊就进入了双周的运行，我就像揪住青春的尾巴那样，揪着这辆快车，买了不少我原来根本不看的书，壮着胆子写着那些自个还没想清楚的事，感觉是中年转行第二春。

生活周刊有一个宗旨，就是要反映时代进程。一个时代当然是由各行各业的人构成，我一开始就被放在文化部，对于我来说首要的事情就是放弃原来习惯了的注意点，不能从书本上寻找说话的题目，必须在正在发生的事情里找到可说的题目，哪怕是过了没多久的事，在朱伟那儿也被叫做"腌兔子"。

城市文化中，艺术被拉入我们的选题有点偶然。虽然艺术家是非常敏感又非常特殊的一群人，他们有时候是批判者，有时候是时尚制造者，有时候是一种价值的制造者，有时候是一种价值的消解者。但那时候，中国当代艺术刚从非常边缘的状态渐渐进入城市文化的主流。就像商人赚钱有各种各样的花招一样，艺术家也有各种花招制造不同的趣味，他们的着数属于艺术，反映的却是这个时代、特定文化的气质。以前在写美学题目的时候，也要拿艺术家来分析，但那只是从作品或文字记载上做文章，材料和依据都是过去时态的。而这种进行时态的艺术现象充满了魅力，大有可解释的空间，可我完全不会采访。

这时候，我的朋友邱志杰和王铭铭给了我极大的帮助。最开始的采访是拿邱志杰练手，对邱志杰的采访让我第一次拿艺术的现在进行时态做文章，这显然符合生活周刊对新鲜度的要求，但是有一段时间，我只把采访归置在一个"角度"下，基本原样地写下来，因为这些材料根本超出我的分析方式。王铭铭帮我找到了新的方式，他给了我们家很多人类学的书，而且不论多么细枝末节的问题，他都有问必答，有时候他也讲一些他在做人类学田野调查时候的趣闻，我从中获益不少。我问他是不是可以把艺术家当成一个族群看待，他说当然。此后我试着这么做，即使是做艺术评论，也完全改为对作品阅读、对创作者的创作方式和思维方式的阅读，然后才有阅读者的叙事。

艺术活动在那时候的媒体上基本还是一种时尚题目，或文化新闻事件，我写的这些东西是一种很混杂的杂烩，不一定符合传媒惯例，但朱伟还是都把它放在了"艺术"这个专栏里，并一直让它持续着。很快，生活周刊成了反映艺术动态的一个公共平台，也让我给自己定的题目有了长期做下去的机会。北京被"非典"围困的时候，人民大学出版社约我把这些东西整理成《相信艺术还是相信艺术家》出版，算是我对这个栏目的一个交代。

2001年生活周刊变成了真正的周刊；那时候中国房地产已经成了城市中最活跃的产业，福利分房停止了，房子开始成为50年来普通中国人第一项大的不动产。改为周刊后的第一期封面故事就是《居住改变中国》。这本来是艺术批评家黄专策划的一个展览的题目，黄专、上河美术馆的陈家刚，拉上我，讨论了好长时间，越讨论规模越大，后来又加入了潘石屹、张欣。我已经开始查找几十年来和住房有关的政府文件、媒体报道，甚至小说里写到的居住状态，最终因为展览线索太多和一些其他原因，没有做成展览，却成了我们杂志现成的题目。

"城市化进程"，不知道从什么时候开始成了一个到处见到的字眼，城市也进入了生活周刊的选题会，高昱最先在生活周刊开始以城市为题目做文章，他是一个有高度社会责任感的小伙，他从一个城市的产业结构、生存历史等很民生的视角考察一个城市在快速变化中的种种状况，这在编辑部里也成一时佳话。上海苏州河改造的时候，因为牵涉到很多艺术家工作室的搬迁，朱伟就让我去做。去上海之前，老潘给了我一些人的电话，说他们都是研究上海历史的人，也许能给我一些帮助。这个题目给了我一个真正做采访调查的机会，虽然在家里也做了一些功课，但是沿着苏州河从东到西走下来，几乎所有的东西和采访到的所有人说的事，都是绝对具体、绝对鲜活的，把所有这些东西放在苏州河的历史和今天稍做对比，就发现，城市是一个太有意思的东西了，尤其是在它处于巨变之中，所有事先的判断都会在复杂的具体问题中变得可笑，比如对旧建筑的拆与保护这种最简单的争论，在种种的合理欲望中纠缠在一起，真不是谁高尚谁贪心能分辨得清的。那一次采访让我深刻地理解了真正的田野调查和书房做功课完全是不同的天地。后来，生活周刊又陆续以这种方式做了一些城市的话题，有顺理成章的，也有败笔。其实顺着这些题目做下去，每一个都是很大的诱惑，刚觉得有意思就不能接着做了，因为，周末就得发稿。这种节奏虽然我已经适应，但是至今仍觉不爽。

回头这么一看，快10年的光景过去了，不仅我习惯了的方法论被改造了，世界观也被改造了，从原教旨主义变成了现实主义。这不仅得益于采访，也还因为我整天就和一帮比我小十几二十岁的人混在一起，转行的同时，也被他们调整着与时代进程的焦距。胡泳给我们带进了互联网文化，那时候他翻译的《数字化生存》在全中国掀起了这个话题热，完全是由于对他这个人的熟悉，我才会认真对待这种文化，不然我会把互联网仅仅看成是一种工具。吴晓东在做《地产十年》的准备时，我仔细听看他做的准备，要采访的人和事，对比我在做《居住改变中国》时所关心的方式完全不一样，虽然一个是说地产一个是说居住，但其中有很多相关的东西，他注意到的事是我完全没注意到的。小于、钟和晏爱跟我聊天说电影，即使是在我看过的电影里，她们看到的东西总是和我不一样，她们看到的东西比我看到的更贴近电影本身。在安贞大厦时有那么一段时间，文化部被安排在跃层上的一个过道厅里，落地玻璃前阳光铺满整个房间，这里曾是编辑部最招人的地方。我们常常是坐在落地窗的窗台上聊天，即使是讨论选题也是这么坐着，因为我们四个人只有两台电脑，谁都不好意思独占一台。隔壁的老潘经常到我们这儿待一会儿，其他部门的吴晓东、高昱、李三、蔡伟等等，都常到我们这儿喝茶，聊天，属于闷骚型的苗炜、王星也不时到我们这儿站一会儿，偶尔点评一句，总在逻辑之外。后来王小峰又带进了流行音乐，都是我这个年龄不会主动去听的。就这样，耳闻目染由不得地被他们改造了世界观。

当然还有一个大的背景，生活周刊的10年是非常顺时应势的10年，它的成型过程正好是在中国进入开放社会的过程中，所有中国人都经历着新时代的整理。生活周刊草创时期，这种类型的刊物在中国是第一家，谁都不熟悉这个刊物该是什么样的，做这么一个事本身就等于是把自己定位在一个主动调整姿态的位置。可能大家对杂志的理解不一定一样，对所谓时代进程的理解不一定一样，各自整理的结果也不一定一样，但所有人都不可能逃避这种自我整理。

生活周刊如何掀起
数字化狂潮

∷∷胡　泳

1995 ~ 2000 年任《三联生活周刊》主笔。之前在外企游荡，当过公关、广告和销售经理，是一个不算标准的"经理人"；之后在其他媒体游荡，由小经理泰获"老总"名分，如总编、总策划、总导演之类，在网络泡沫时期，甚至拥有 CEO 头衔。

　　1995 年 9 月，经沈昌文先生介绍，我正式加盟《三联生活周刊》。

　　1995 年是怎样的一个年份呢？到处都在转变，国家在转变——中国政府确定实施科教兴国战略，中共十四届五中全会提出要实行两个具有全局意义的根本性转变，一是经济体制从传统的计划经济体制向社会主义市场经济体制转变，二是经济增长方式从粗放型向集约型转变；《三联生活周刊》在转变——在新一届掌门潘振平和朱伟的领导下,这本屡赴屡起的中国第一份新闻周刊正在为后来看起来有点可笑的一个目标而努力奋斗着:让自己能够不间断地、准时地同读者见面;我也在转变——在外企流浪数年、积攒了一些今天已可以作为文物收藏的外汇券之后,我决定重回心爱的媒体,手低自然是免不了的,但"革命理想高于天",立志三五年内把《生活周刊》办成中国的《时代》(至少我们办公室里贴着的一张纸片是这么说的)。

初识网络

1995 年 10 月,在北京东城逼仄的净土胡同的粗陋的编辑部里苦干了一个月之后,我欢天喜地地迎来了"十一"的假期。"又得浮生半日闲",哪里去转转呢?我在清华大学当老师的一位亲戚邀我去他那里上网。上网?这个"网"是什么东西、"上"了以后又能干什么呢?我至今清楚地记得打开位于清华大学工程力学系的那台主机时的情景:我感到醍醐灌顶、灵魂出壳,如果我的生命中曾经有过"天启"般的时分的话,那一刻就应该算是了。网络能够令我在任何时间内与任何地方的人对话,它"消灭了工业化时代的两大特征即火车和钟表"(我在事后的一篇短文中这样断言),还有比这更大的奇迹吗?科幻小说家布鲁斯·斯特林的描述如此契合我的心境:"每次打开 Internet,我总是陷入发现的狂喜。就好像火山灰覆盖的阴冷之地突然爆裂,从中走出盛大的狂欢节游行队伍。"与互联网的第一次亲密接触,彻底改变了我的人生轨迹,而且,可以不无自豪地说,它也给了我一个机会,令我能够在改变中国社会的运行轨迹方面,略尽自己绵薄的一份心力。

从此开始痴迷于一切和网络有关的东西。我起劲地泡北图,到清华上网,去瀛海威科技馆琢磨"瀛海威时空"——顺便说一句,瀛海威科技馆距我当时的魏公村居所仅一街之隔,它在中国的互联网发展史上是可以大书一笔的：瀛海威公司的创始人张树新女士 1995 年去邮电部申请网络信息服务的时候，许多人都不知其为何物，非常有气魄的张树新在北京中关村零公里处竖起了一个巨大的街头广告牌，上书："中国人离信息高速公路还有多远？向北一千五百米"——这个广告牌向北一千五百米之所在，正是我常常光顾的瀛海威科技馆。张树新把瀛海威科技馆作为有中国特色的大众信息高速公路的普及教育场所，而"瀛海威"这个颇有点仙气的名字，其实不过是"Information Highway"的音译。也就是说，我后来在网络方面能够有一点作为，除了占尽 1995 年进入生活周刊这个天时以外，也不乏地利的作用，因为我"身体上"（physically）住在一个虚拟时空的入口处。

一旦深入当时对我而言十分生疏的 IT 领域，我发现，1995 年无论从哪方面来讲似乎都可称为"微软年"。盖茨发动了一场自新口味可口可乐推出以来声势最大的新产品推广活动，在嘹亮的鼓点中，视窗 95（Windows 95）隆重登场。这场商品营销的喧嚣更像是滚石乐队在发行新唱片，而滚石的确被请来演唱视窗的起始曲"启动我"。罩着明星光环的视窗不负众望，到年底已售出近 2000 万套。同时，在最后一分钟，微软与美国司法部达成谅解，避免了被指控违反托拉斯法的命运。

于是，我开始琢磨微软和它的视窗的故事。但这种愿望很快被一个事实击得粉碎：当时生活周刊有一个莫名的规矩，不能以外国企业的新闻题材做杂志的封面故事。在这种情况下，在我不断搜集爬梳从各种渠道获得的有关网络的材料的过程中，我忽然意识到，1995 年计算机王国的真正明星使盖茨的成就黯然失色，而且锋芒直指他的宝座。这颗明星就是：Internet。它已存在了 27 年，在 1995 年突然大放异彩。

书写网络

随着我的这种认识越来越强烈，我想向中国人介绍网络之种种的热

173

情也日益高涨，在 1996 年 1 月，我一口气写了一篇万字长文《Internet 离我们有多远？》，在一开头便写了这样一个故事：

美国华盛顿州，西雅图——微软公司总部所在地。当公司老板比尔·盖茨步出一家餐馆时，一位无家可归者拦住他要钱。这并不奇怪：盖茨是世界上最富有的人，坐拥资产 180 亿美元。

接下来的事令见多识广的盖茨也目瞪口呆：流浪汉主动提供了自己的网络地址（西雅图一家社会庇护所在网上建立了地址以帮助无家可归者）。"简直难以置信。"盖茨事后说，"Internet 是很大，但我没想到无家可归者也能找到那里。"

可能前面说的那个规矩还在起作用，主编犹豫了一下，没有把它作为封面故事编发，而是以专题形式刊出。是时，北京电报局拥有 1000 个左右互联网用户，其中个人用户 300 个。

文章发表后，我接到一个陌生的电话，自称是海南出版社的欧阳欢，希望我能将这篇文章扩展一下，出一本有关网络的专题著作。我说可以，我特别想写这本书——这就是 1997 年初出版的《网络为王》。在我潜心写作《网络为王》时，欧阳欢正携海南出版社初进北京之锐气，整批量大规模地引进海外版权书。他请我帮忙看看什么样的书值得翻译引进。我们一起去版权代理公司看英文样书的时候，我发现了尼葛洛庞帝写的《Being Digital》，尽管这本书混杂在很多书中，但我一眼就选中了它。

比特替代原子，个人化双向沟通替代由上而下的大众传播，接收者主动地"搜取"（pull）信息替代传播者将信息"推排"（push）给我们，电视形存神亡，将被一种看起来是电视但实际上是电脑的数字设备所取代，游戏与学习的边界将因为网络的出现而逐渐模糊，在一个没有疆界的世界，人们用不着背井离乡就可以生活在别处……对于一直生活在大众传媒的信息垄断中的人们（我自己学的和干的就是大众传媒），这一切如此新奇如此令人神往。

实际上这本书1995年已经在美国畅销，但我当时并不知道，我只是凭借一种直觉选中了它。我的感觉强烈到可以停下自己手中正在写的《网络为王》，而一定要先把这本书翻译出来，而且只用三周的时间。在20世纪80年代国人接触的许多西方著作中，《第三次浪潮》卖了上百万，影响了一代人。我对海南社的编辑说：“尼葛洛庞帝的书就是这个时代的《第三次浪潮》。”

尽管已经过去8年了，但我至今依然对《Being Digital》的翻译过程记忆犹新。20多天和范海燕一起加班加点翻译完后，唯一的感觉就是兴奋，是在正确的时间、正确的地点做了正确的事情。在台湾，这本书被译为《数位革命》；事实上，从字面意义上翻译，它更应该叫《走向数字化》。出版社一开始要效仿台湾，用《数字化革命》做书名，但我竭力主张用《数字化生存》，并且将“计算不再只和计算机有关，它决定我们的生存”这句话打在封面上。

我的固执当然和我的成长背景有关。在我求学成长的80年代，电视系列片《河殇》以其对中国文化的颠覆性思考轰动全国。就在万民竞说《河殇》、人人反思传统的浪潮中，1988年8月，《世界经济导报》和《科技日报》在京联合举办“球籍问题讨论会”，提出中华民族最紧要的还是“球籍”问题，如果对此没有足够的警惕，中国将重现鸦片战争的悲剧——以刀斧面对枪炮。一部电视片，一个讨论会，向全中国两次撞响了示警的大钟，也给当时很热血的我留下了深刻的印象。

所以，拿到尼葛洛庞帝的书，我不免想起了严复的《天演论》：《天演论》在当时的英国不是一本特别优秀的书，赫胥黎在英国的思想家当中也并不算举足轻重之辈，但严复把《天演论》介绍到中国时，中国恰好处在救亡图存的关键时刻，“物竞天择，适者生存”的理念一下子就拨动了中国人的心弦，所以这本书反而成了仁人志士必读的“圣经”。我几乎是不由自主地对尼氏的书做了一些“技术”处理，着意把它译成《数字化生存》——可能中国从来都比较需要关于生存的讨论，因为我们从来都有大国情结和忧患意识，总是被奋发图强的念头所激动。某些特殊字眼比如"生存"、"较量"和"球籍"总能挑动中国人敏感的神经。

挑动"生存"神经的结果，是《数字化生存》一时洛阳纸贵，成为中国人迈入信息时代之际影响最大的启蒙读物。我的朋友吴伯凡对此书在中国的流行过程有精到的评论："海涅在评价赫尔德在德国思想史上的地位时说：赫尔德的伟大之处就在于我们今天都不清楚他到底有哪些重要的思想了，因为他的那些一度惊世骇俗的思想已经深入人心到这样一种地步——人们脱口而出地说着这些话，而浑然不知这些话是一个名叫赫尔德的人最早说出来的。尼葛洛庞帝的影响也可以作如是观。《数字化生存》在中国出版以来，书中的思想和语汇通过二度和三度传播，早已到了为我们'日用而不知'的地步。一个今天第一次阅读这本书的人是无法想象它对于第一批中国读者的刺激力的。"

我被这种刺激力激动得枕席难安，以至于我很快变成了一个尼葛洛庞帝所说的"数字化乐观主义者"，眼中只有"闪闪发亮的、快乐的比特"。同为生活周刊同事、有着他人难以企及的犀利的刘怀昭，对我的技术决定主义论调大不以为然，她对我的回答，是和王小东一起翻译了"爆炸杀手"（Unabomber）的宣言《工业社会及其未来》，对宣言加以全面透底的评析，再加上卡辛斯基18年时间里16次爆炸事件的始末，结为《轰炸文明：发往人类未来的死亡通知单》一书出版。

在有人质疑未来的时候，我仍然迷信"预测未来的最好办法就是把它创造出来"。我们的主编朱伟恰好也是一个对新的生活理念有着无比热情的人，在他的鼓动下，从1996年开始，我在《三联生活周刊》上开设"数字化生存"专栏，探讨数字化网络涉及的许多根本性和前瞻性问题。这些专栏构成了我的《网络为王》的大部分内容。我甚至为生活周刊撰写了十几万字的一整本增刊《时代英雄》，向国人介绍15位推动数字化时代的企业家和思想家。我逢人逢事必谈"数字化"，以至于被人戏称为"胡数字"。

1个比特的交流

就这样，我十分偶然但也不乏必然地变成了当时国内屈指可数的"最懂网络的人"之一，陷身网络而不能自拔。1997年，中国互联网"盗火"阶段著名的"二张"——张树新与张朝阳召开了"数字化信息革命报告会"，邀请尼葛洛庞帝访华并做报告（此时尼氏已经成了"中国数字化之父"而不自知），来自政府各部门、有关研究机构和大学的200多人参加了会议，我也参与了其中的组织。此次会议在社会上产生了强烈的数字化冲击波。同年，我和一群中国本土学者如郭良、姜奇平等一起策划和写作了"网络文化丛书"，"用网络的方式讨论文化，从文化的角度思考网络"。1998年，我参与发起了中国第一个民间网络思想库"数字论坛"，旨在促进信息技术对社会发挥全面影响，加快中国向知识经济转变的进程。1999年，我参与筹办中国互联网络大赛，宣传互联网对社会的作用，普及互联网知识，推动互联网应用。这些活动的结果是在全国范围内引发了一场生存观念的变革，其影响在1999年著名的"网络生存测试"活动中清晰可见。

我在《三联生活周刊》上不断地追踪高科技的发展，生活周刊成为宣扬数字化和互联网的重镇，令中国人感受到了日后将掀起滔天巨浪的技术和社会海啸的第一丝咸的气息。今天，在我为生活周刊十年撰写回忆文章的时候，过去的时光已成亲切的怀恋。那时，公共汽车驮着花花绿绿的广告在大街上奔跑，而车身广告上广告商名字的后面还没有印上那一串以 http：// 开头的奇怪的英文字符；那时，Java 的意思是一种咖啡，而 Web 则被影视记者用来指电视网；那时，很少有人知道 @ 符号的发音。经过这么多年，我早已不复当初的乐观主义。但对那段时光的记忆，永远也不会在我的头脑里磨灭。

还是永远另类的刘怀昭提醒了我：她说《数字化生存》也是可以当做爱情指南来读的。在书的第43～44页，尼葛洛庞帝就数据的压缩度做了一个幽默的类比：

假设有 6 个人围坐一桌共进晚餐，他们正热烈讨论一个不在场的人——甲先生。在讨论中，我向坐在对面的妻子伊莲眨了眨眼。晚饭后，你走过来问我："尼古拉，我看到你向伊莲递眼色，你想告诉她什么？"

我对你解释说，前天晚上，我们恰好和甲先生一起吃晚饭。当时他说，和如何如何相反的是，他实际上如何如何，即使大家都以为如何如何，最后他的真正决定却是如何如何，等等。换句话说，我大约要花 10 万个比特，才能跟你讲明白我用 1 个比特就能和我太太沟通的话（请容许我暂且假设，眨一下眼睛，正好等于在以太中传送了 1 个比特）。

尼葛洛庞帝告诉我们的是，传输者和接受者如果有共同的知识基础，就可以采用简略的方式沟通。在这个例子中，丈夫通过以太向太太发射了一定的比特，触发了她脑子中的更多信息。而当一个外人问丈夫，他和她交流了什么时，丈夫不得不把所有的 10 万个比特全部传送给这个人。尼古拉因此失去了 10 万比 1 的数据压缩度。

在那段时光，我和生活周刊的爱情关系是多么美妙啊。我和她之间只需 1 个比特就心意相通。

逃不掉的缘

::::娜　斯

北京大学毕业后于1990年赴美国爱荷华大学学习，1994年起居住纽约，1995年底开始为《三联生活周刊》撰写《纽约明信片》专栏，2001年起撰写《东看西看》专栏至今。《纽约明信片》、《东看西看》都已结集成书，新随笔集《想像舞蹈的马格利特》也将由三联书店出版。在纽约先后在广告公司，互联网公司工作，现为自由撰稿人。

　　最近生了场病，躺在那里不免就要胡思乱想反思人生，恰恰《三联生活周刊》约纪念稿，我自然就想到，好像我跟文字与传媒的关系，命中注定怎么也逃不掉，老是一不留神就卷进来，回头再看自己都吃一惊。最早是小学时代，那时我在一所平民小学上学，班中出身所谓知识分子家庭的好像就我一人，其实那时爸爸在工厂，母亲在部队下放。但是老师在学前家访中已经调了个底儿清，所以某天把我叫到一边，让我回家跟爸爸说，帮我写篇发言稿，代表年级在学校的什么节日庆祝会上发言。

我那时绝对是诚实的好孩子，心想老师怎么上来就教我们骗人啊？可是老师的话也不敢不听，回家去向父亲报告，可是父亲那时经常参加学习班，迟迟不归，我这人特有责任感，怕来不及第二天交稿，就干脆自己动手写了一篇，那时代开会的发言稿不过都是些八股文章，我虽是小学生却也是早就烂熟于心了，"到处莺歌燕舞"、"形势一片大好"之类地胡诌了一通，第二天老师一看，也没说什么，总之以后学校开大会，我就是例行的发言代表了。

于是乎从此成了"宣传口"的人才，在班上当小干部兼出黑板报不说，还到学校的大队委做了宣传委员，率领一批比自己高一年级的学生负责学校的黑板报。这块大黑板本来是少先队辅导员负责编辑的，我出现之后，慢慢老师就不管了，一切由我负责。安排大家抄稿之后，需要补白的地方，我或者加首打油诗，或者画幅插图，倒也颇有乐趣。记忆中最得意的作品，是马克思诞辰某某年之际，我画了幅有层次的马克思大胡子像！用粉笔画马老的大胡子像可没那么容易啊。

中学是西郊一所重视理工科的重点中学，一切以成绩为中心。不过我那时的语文课鲁善夫老师已经预见说我虽然考理科，可是将来还是会转行。我也有两项值得炫耀的课外活动功绩，这要是在美国，也要算在报大学录取标准之内的。一个还是出黑板报，而且在毕业一年之后编辑油印"出版"了一期叫做《红蜻蜓》的班刊，全班同学人手一册，颇可在各自大学的宿舍里炫耀一番呢。另外一个是新年演出我班编排"大戏"《白雪公主》，正值班上有个美国来的女孩插班读书，就自然成了"白雪公主"。新年晚会的"白雪公主"在美国不是随便哪个女孩都能被选中出演的，所以可以想见那女孩多高兴，穿着自备的服装，演出那天父母都来了，而且肯定是录了像。现在我却连她的姓都记不起，否则可以把她找出来问问还有那演出的录像没有。那时候我们是尽兴地玩了，可是没人想起用相机照相，更不要说录像了。这出《白雪公主》我任的幕后角色可多了，身兼编剧导演及道具设计——因为王子的腰带马鞭都是我自己制作的，还记得父母很高兴地收进箱中说留做纪念，却早已不知去向了。

　　总而言之，枯燥无味以考大学为主的中学生活现在想起来的亮点就是我那"主编"与"导演"的两大经历。这些似乎都被写进了我的档案，因为我一进"北大"计算机系，系上编系刊的才子就到宿舍来找我，让我加盟。学校的话剧团，也有好友邀我去凑热闹。不过我的青春反叛期好像是推迟到大学发作的，忽然之间谁也不理，天天在那里愁肠满怀，愤世嫉俗，过得一点也不愉快，不像小学中学时那样随缘了。

　　学了两年理科之后，科学家的理想忽然破灭了，因为觉得自己似乎不适合在实验室里过一辈子，却不知怎么调整方向好，于是趁着可以转系就转到中文系去了。当时其实是什么课也不想上，而想在中文系混一阵。所以我现在见到中文系的师长，从来有些不好意思，实在是不够资格。转到中文系，那时很有一批认真做诗的同学，其中一个系刊的编辑还很认真地来找我要稿子，给我来了个"欢迎特辑"，现在想来真是抬举我。那时我觉得做诗是件很私人的事，不大愿意公之于众，更不要说什么诗朗诵了。总之我好像跟上世纪80年代的文化气质不是特别吻合，常常一个人跑到电影资料馆去看电影，现在想想是中了不少毒，一心要往远方跑。

　　到远方到底要做什么呢？其实也不大清楚，就是想知道外面的世界，想更自由自在。在美国中西部读了几年书，读得昏头涨脑，除了学写八股论文，跟朋友通通信，跟文字生涯基本绝了缘。我从小接触能说会道能写会论者流多，没有新鲜感，反而是对有手艺，能做具体事的人更尊敬。也许这也是当初我选择科学的原因，又因一直对视觉艺术有兴趣，所以在美国有一阵子学设计与影视，想做视觉方面的事，比如电影或者设计。

　　总而言之，在与《三联生活周刊》遭遇之时，要不是主编朱伟的"力邀"，我自己还真忘了从小跟文字传媒的这一份缘分。我也忘了上世纪90年代初朱伟到芝加哥开会时，我作为一个学生在旁边旁听发表过什么"高论"，让他有印象。那时他还是一个文学编辑，看过我写的几首诗，不忘好编辑本色，鼓励我说也不妨试试写小说。

《三联生活周刊》复刊之初，我正值母丧，朱伟夫妇帮了不少忙，之后很久，我也是一副可以想见的低落状态。朱伟好像是在安慰我的时候，顺便说你可以给我们写点东西啊，而我听了之后也没往心上去。但是回到美国，整整一个秋天都在沉痛与茫然中度过，对很多东西都失去了兴趣，这时候朱伟的约稿，其实对我是一种拯救，让我不自觉地投入到一项有意义的事情中去，而且十几年读书行走杂然的兴趣，似乎在写专栏这种比较自由的方式中，忽然释放了出来，显得还不是全都浪费。

纽约是美国的传媒中心，在中西部受的是学院教育，在纽约我则从报章杂志中对美国文化有更生动的了解。我不仅从阅读中获得信息，而且对报章杂志的形式也有很多的兴趣和注意。10 年前，《三联生活周刊》这样的新媒体在中国尚属萌芽，所以我对它的发展也有很大的兴趣，不时跟朱伟交流，有一阵子文章也写得特别起劲。朱伟也给了我很大的自由度，不太管我的选材，基本是想写什么就写什么，而置身纽约信息流中心的我，看得多自然也积累了一堆话题，很是喋喋不休了一阵。毕竟给专栏写稿是个副业，更谈不上能养活我在纽约生活，所以这件事我做得有兴趣，但是也没太当回事。毕竟与读者群离得很远，很少听到反馈，也不觉得有什么成就。这样其实也好，说话比较平易，不必端着架子唬人。但是所谓持之以恒的道理，我倒是真从自己的经历中懂得了，因为后来出版商要找我出集子，我一整理书稿，才发现竟然快 30 万字了，把自己又吓了一跳。很多朋友说，你真有毅力啊，你真有时间啊，等等。其实这事我没费太大的劲，反正平时总是爱看爱想，只要落笔写出来就成了，倒要感谢那时工作的公司，有好多稿子其实是在办公室没事的时候装着在工作写出来的，这时候我自己重又比较活动，晚上与周末倒很少写了。

上世纪末，美国出现互联网经济狂潮。我那时在广告公司做事谋生，又给周刊写稿娱己娱人，加之也读过计算机专业，这方面朋友不少，所以有朋友要做互联网站，我自然成了"最佳人选"，正式名目是"内容发展副总裁"，哈哈，好不唬人。总之，我的生涯再次跟传媒发生联系，而且是最新潮的网络传媒。那一段时间，稀里糊涂当了一回"弄潮儿"，我的《纽约明信片》专栏在国内结集出版，我却也没时间去过多注意。

《三联生活周刊》之后，我也开始为《读书》、《万象》、《书城》等杂志写稿，现在正在整理成书《想像舞蹈的马格利特》。我想，跟文字的缘分，我是摆脱不掉而且应该认真视之的了。

不知不觉，快10年了。10年前的这个秋天，我和母亲在蒙特利尔，最后的一次见面。我一直想写一篇《秋天在蒙特利尔》的文章，却一直没写出来，但是每年秋天，都会有些感伤，都会想到这个题目。

9月初，纽约还是短衫凉鞋的夏末，可是蒙特利尔却已是一派天高云淡的清秋。在那里，我跟一年不见的母亲重逢。出国读了几年书并独自闯荡的我，感觉成熟了许多，跟母亲在一起，有种除了母女之外还加上了朋友的感觉，我们聊生活，聊电影，短短三天，却聊了很多以前聊不到的层次。我很开心，母亲也很高兴，母亲说，下一年我可以回国跟她做点事，帮她出些主意，而我也可学点东西。我的母亲张暖忻，当然是已经被写进当代中国电影史的一位人物，但是母亲盛名的时候，正是我的反叛期，我才不要走父母的路，我学理工科，上北大，有自己的朋友圈子。父母对我反而是一种压迫，而我自己的世界才更自由，更惬意。却是在美国，远离家乡的寂寞日子里，我爱上了电影，也懂得了很多以前不留意的电影文化。我开始上这方面的课，读这方面的书，隔过了时光与地理，我终于对母亲的事业表示出敬意、兴趣和见识，这使母亲非常高兴。仿佛命运牵着我的手，走了一个曲线，走到开始的地方。

但终于这是个缺口的圆。我们在一个清秋的早晨在机场告别，母亲飞深圳接着拍片，我飞纽约，那个我刚刚抵达不久正令我充满兴奋的都市。我心中颇有不舍，还以为是起床太早的缘故——在凌晨的时候我情绪总是不太高的。没想到，那是我最后一次见到母亲。第二年的春天，母亲患癌症去世，就在我赶到北京的三小时前。

所以我一直很感谢朱伟，也感谢生活周刊，在我最消极的时候帮助我发现一些有意义的事情，其实现在看来，也是一条救赎的路。事情不在大小，但是只要有一点意义，而发挥一己之长去做了，最后可以就是于人于己有益。在我以为自己一无所有的时候，朱伟帮我指出我自己都没有发现的拥有。

卧 游

::::邢海洋

1967 年出生于天津，毕业于北京大学城市与环境科学系和新墨西哥州立大学农学院，1996 年进入《三联生活周刊》，做过记者和编辑，现为主笔。

　　那天早晨，正赶上杂志出国庆节合刊，眼看要交稿子，两篇，我还一个字没写。这个时候，一个严厉的声音从心底发出来，要我起床，而一个梦境，仿佛要消耗我宝贵时间似的，正展开到最快活的时候，姥姥、姥爷、哥哥和我，儿时的一家人，正忙作一团，炉子上冒着水汽、姥姥往我们手里塞油条，我和哥哥，抄起书包往外赶，我们上学就要迟到了。后来，醒了，为了重温一下久违的儿时感觉，我又浪费了一个小时。

　　真的很喜欢这种半睡半醒的状态，它能使昔日重现，也真的喜欢在

"三联"的这个工作，因为稿期迫近的时候，一重压力在潜意识里，最容易做梦。古人崇尚卧游的境界，他们有百分之百的闲在，我呢，如果也得到了全部自由的时间，却未必能有最好的梦境了。

小的时候，我家就在离三联书店很近的胡同里，上的吉祥胡同小学离得更近，我加入红小兵正是毛主席生日，在长虹电影院。后来在25中上初中，也在三联不到一公里的半径内。可是，真进了"三联"的办公楼，已经是30年后了，造化弄人，最终，回到了原点。人是不是应该相信命运呢，如果不是阎琦，我是不会和"三联"发生关系的，恐怕和记者这个行当都不会发生关系。我和阎琦是一家证券咨询公司的同事，阎琦先离开了，我呢，受到炒期货的蛊惑，去亚运村炒期货，没几天，就没钱了，只得再出来找工作。那时的"三联"在净土胡同，离我住过的前鼓楼苑也只有一站地的距离，也算有缘。北京本来是个小地方，只是到了最近，才大起来。

来了"三联"便呆住了，却不能不说是个必然的选择。之前，我恨不能做过一打的工作，最多的不到一年，最短的不到一天，那个一年的工作，做到最后，挺远的路，恨不能走着去上班，推迟进办公室如坐针毡的感觉。"三联"呢，不要坐班，偶尔去单位，走到厕所密布的净土胡同也不觉得厌烦了。当然，人总是有惯性的，没几个月，我曾要跳槽，主编给点小恩小惠，一时又起了雄心壮志，要做好经济版面的编辑，可最终，懒散的性格占了上风，既没当好编辑，也没了再出门闯世界的凌云壮志。现在，摇身一变，写起了专栏，照另一个专栏作家小宝的话说，基本上废了。的确是废了，有一次李三开玩笑，把我说的像一条狗，啃不上骨头，也要蹲在这个门口。

为什么？如果一定要找个冠冕些的理由，是因为这里有顶顶好玩的人，可以当我卧游的饲料。那个大个子王锋，每每把女同事从后面拦腰抱住，这点，我做梦都不敢；那个李三，更有意思，一副中国农民＋德国绅士的做派，漂亮合身的西装，一口流利的陕西方言，加上一口流利的德语，说到这儿，你可能想到农民企业家，那一定是我表达能力不够，他的确潇洒呀，他的确是名士做派。还有那个尚进，带我去迷笛音乐节，狗链舌钉之类没有他不知道的，奇形怪状的人没有他不认识的，可我想脱光了膀子往上冲，他就制止我，说我老头子了还那么冲动。现在的年轻人多了不起。好玩的事真是说不完。如果不是在这样的地方，很难碰到这么多有意思的人，并且他们是流动的，我是不动的，正可以守株待兔，阅人无数。喜欢坐在马路牙子上的人，大概和我是一个心态。

可总是坐在这儿，还是不能尽游世界。"三联"又提供了另一个可能，就是在外地坐班。这点，我算一个顶受益的人。有那么三年的时间，我在美国南部的新墨西哥州的边远小城学习，农业，具体些是全球变暖和土壤吸收二氧化碳的关系。夏天，我要很早地起床，等到太阳变得毒辣之前到草原里采样，几十公里的路，几乎见不到一个人。这样的环境是有助于胡思乱想的，人口问题、环境问题呀，我统统糅在自己的经济专栏里。环境是那样简单单纯，正好写出单纯的文字。"非典"的时候，我匆匆逃到了云南，在一个居民小区里。北京是肃杀的气氛，看着新闻禁不住泪流满面，可在昆明，人们照样约会、郊游、喝酒、谈恋爱，使我意识到这个世界并不只是一个北京，只不过中央电视台设在了北京，北京就仿佛是世界一样。住的地方没有电话，为把稿子发回来，我四处想办法，最后找到了无线上网的办法。后来我以为这个办法放之四海而皆准，背了电脑无论走到哪里都可以把稿子发回来，可9月份，参加希望工程的活动到了藏区，县城里能上网，到乡里，便没了手机信号，我的连续N星期坚持工作不脱岗的纪录被无情终止。

写文章呢，虽然常常有被逼得投河跳井的感觉，可回过头来，不也和白日梦一个意思么，你虽然有了如鲠在喉的感觉，可如果没有结稿期那么一逼，可能一辈子也没有写出来。最近就有几次这样的感觉，一是奥运会闭幕式，看完了浑身鸡皮疙瘩，总想直泄一卜，但麻烦是，我们是周刊，等到能和读者见面，人家早就发泄完了一轮了，于是逼着自己去想如果是自己，该怎么创意。另一件，10月初北京大雾，空气脏得吓人，我四处找空气还算干净的地方，结果发现方圆几十里无路可逃。这些只能算一点小感受，但能用文字传达出来，还是很调整身体里的荷尔蒙平衡的。文章的高境界，当然不是评论。比如最近连续有文艺界的名人丑闻，那么集中地爆发，并且人数之众，让你怀疑自己是否生活在一个文明的社会，打开电脑，你会看到雪片般的网友评论，可这些，和我的同事们发掘的大量事实相比，就显得苍白。真的很佩服我的同事们，为他们感到骄傲。他们用事实垒起这个社会知识结构的一砖一瓦，而这个知识环境，才能帮助更年轻的人在健康的环境里成长。

　　我之所以会写文章，全是初恋失败的结果，为吐心中闷气学着写小说，写了个长篇，看过的人超不过 10 人。而婚姻失败，只写了不到 2000 字的回忆，而且假托笔名，从没有主动给人看，国外的同学却一下子全知道了，于是把离婚后发生的事情也知道了。媒体的力量，我是从这件事真切感受到的。能把自己的想法表达出来，还有人出钱买来看，多幸福的事情呀。不过呢，现在大家买账的，还都是心智处于理性状态下的想法，要是有人购买你半睡半醒时的胡思乱想，才算真的上了境界，成了艺术家呢。三联书店的好处就在于，它给你一个饭碗，一个不要你牺牲梦想的饭碗，捧着这个饭碗，你可以一直梦想下去。没准有一天，梦想就变成了现实呢。

四月的下午不要错过

::∷刘天时

1996 年毕业于中国人民大学新闻系加入《三联生活周刊》,1999 年任《南方周末》记者,2001 年在伯克利读书,2002 年回国, 2004 年进入《南方人物周刊》。

1996 年我毕业就到《三联生活周刊》工作,直到 1999 年夏天离开。此前,1995 年春天和冬天,还实习过。

这是我的第一份工作。那时候,尤其是刚开始,写的题目,现在想来,大胆得十分好笑。比如《病人的权利》、《证人的权利》、《当心文明社会职业病》、《让城市拥抱绿地》。什么大题目,什么不在行的,都呱唧呱唧地乱写。写在绿格稿纸上,一个小时 1500 字的速度。后来呢,偶尔写了细的小的,领导们大概发现我有点类似神经质的天赋,就基本任着我那样胡写开来。也实在是没什么可说的。

本来就能写错别字，因为手写就更多了。当时只有钦峥在使电脑啊。记得有一次，我到朱伟主编办公室送稿子，在门口，听见里面有人笑呵呵地说话，怕打扰，就顿了一下。原来是潘振平先生在和主编说话。我听见一个人说："哈，那个刘天时怎么那么多错别字？"另一个也说："可不是！""一个姑娘怎么那么粗心，看上去还文静啊……"我听了，大乐。到现在都觉得非常好笑。这差不多是我在"三联"工作的最温暖的回忆。起码是之一吧。

一次，也是在朱伟办公室，我看到书架玻璃上夹了一张王小波和李银河的照片，就流连了一下，表达了爱慕。慷慨的朱主编很随便地说："喜欢？拿走吧。"这张照片我一直放好了。照片上的王小波头发当然是一个鸟窝，穿了一件绿色T恤，上面的图案是变形金刚，还有一行字，FOOTBALLMAN。

说到潘先生，我就想起一直叫他"潘先生"。我小时候看过一篇小说，叫《潘先生在难中》，写的是一家人逃难的故事，小人物的精明和辛酸。我们这个潘先生，当然是完全相反的，一直是我心目中温厚谦和友好的长者，并且非常非常有魅力。

朱伟老师非常勤奋，据说每天早上早起读书充电，并且只听古典音乐，孜孜不倦追求高雅的劲头真让我们小年轻的汗颜。朱伟老师文章又写得那样细密，那样不动声色的好。我刚开始工作，就受朱老师教诲，文字要有密度，要紧。我深深记得，并且一直遵循。

然后是阎琦了。她好像永远在，格子间过道南边最里面一个座位。最常穿的是一件咖啡色的夹克衫。有一期，做的北大百年校庆，封面上很多人的照片，其中有一张是大学时代的阎琦。可真好看啊——非常严肃的少女的好看。阎琦是不是有点鼻炎呢？或者老是伤风？反正声音总是很小，有鼻音。很爱她。这样一个生活态度严肃认真的人。

写到这里怎么有点累了呢？8年前的事情了，总怕自己的记忆不可靠，夸张了什么。脑袋里突然冒出"茫茫人海"一类的词，还真忍不住要感谢认识的缘分呢。

然后呢，要说到可能早就不在周刊工作的刘老师和鲍老师。两个老太太，搞资料的，那时候也没 Google，这两位老师每天看报纸，抄标题，做资料。有一度就坐在我身后。两位老人家，可不是一般的老太太，都很洋——众所周知，《三联生活周刊》的很多人都是以"洋"定位自我的呢。有天，我偷听得下面对话：

——昨天你上哪去了？我电话你不在家。

——出去了……

——去哪？

——出去了……

——和谁啊，还很神秘呢。

——和朋友。

——哦。

——……

——看歌剧了。

——啊？啊。我也是喜欢的。

…………

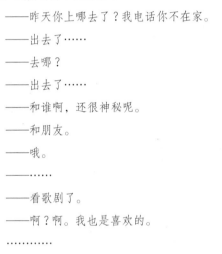

这两位老师都待我很好，中午的时候，还把自己带的西红柿分我吃。

和我更好的当然是现在还在周刊工作的吴老师，我 1995 年初实习的时候她就在。很多个中午，我都在阳光很好的阅览室里坐着假装看书。吴老师有时候关心我生活，劝我多吃长胖；有时候讲起家里人，儿子，还有儿子的女朋友。有回穿了条蓝花裙子，我说好看，吴老师说，给儿子女朋友买的，买了又担心人家嫌不好，就只能自己穿了。还有，有几回，在胡同里，上班路上，我看到过，吴老师的老伴用三轮车送她。冬天的早上，三轮车上有薄霜，印象很深，觉得很好。

然后呢，我的曾经的一个临座，刘怀昭小姐。刘怀昭小姐非常聪明有活力。有次她邀我去她家，她那时是和我们的另一个男同事，胖胖的皮昊合租，住很远的京西玉泉路南边一带。她好像是用电热杯做的晚饭，还放平克·弗洛伊德，一边听一边扭，还朗诵我们都非常热爱的《黄金时代》。晚上睡前还有取有舍地讲了自己的恋爱——女的到一起，总要讲这个的。还有一次，我们竟然相约在北大上自习！

然后呢，要说苗炜了。苗炜先生那时还年轻，和现在一样好学刻苦。印象深的一个是，有段时间，休息的时候，放音乐，放的是张信哲的《爱如潮水》，苗炜就跟着哼哼，有一点点投入，很好笑。还有呢，那时候作为年轻人，苗炜也是非常纯真的。有时候的中午，午饭后，还请我到胡同里吃冷饮，一边走，一边说话。也似乎没说什么，但总的架势，是谈人生谈理想了，有过美好的时刻。对，还是苗炜，借我《你好，忧愁》，并且告诉我其中的《某种微笑》更好看——确实如此，我并从此非常地喜欢上了萨冈。谢谢他。

接着呢，刘君梅小姐啦，王锋先生啦。刘君梅小姐是我认识的第一个很明显地有职业自豪感的新闻工作者。相比之小，那时候我总是好高骛远地轻视自己的职业，以为人生有无尽的可能，其实，哪里！刘君梅还有很多漂亮衣服。我记得有回我经过她的座位，听见她和别人抱怨说，自己衣服太多了，好多一年都轮不上一回。我听了相当震惊！

王锋同事！吃饭的时候，盒饭，方便筷子不掰开，用两个。还一边和舒可文谈文化。去年还是前年冬天和他还吃过一次饭，还是那样有自信，有自己的世界——还是那样年轻！让人怀疑他搞到了什么青春永驻的药。

舒可文老师。我所认识的最成熟的不自恋的知识女性。一直想多和她学习，一直没有机会。

钦峥啊，不要胖下去了！

还有没提到的诸位的曾经的同事，一并地都问好，一并地都祝你们有美好的奇遇。

无法想象没有"生活"

::::李　甬

1974 年生，毕业于中国人民大学新闻系。实习于《三联生活周刊》，先后服务于《工人日报》、《财经》、《南方周末》，现任《环球企业家》总经理兼执行主编。有作品集《我所见的最重要的事》出版。

1995 年，我在《三联生活周刊》实习。

三年级下学期是规定实习期。开学买不到车票被搁在中转站，到校的时候，大报名额都被同学们抢走了，只剩下这份还没出刊的杂志。

我，还有另两位不爱争抢的同学，一个女生，一个男生。这个男生是我邻铺的室友，我们好像毫不费力地找到了那个地方——回想起来竟有点点奇怪啊。332 路，换 107 路，穿过长长的大半个宝钞胡同，插入净土胡同，15号的门口，大概挂着冰箱厂之类的牌子吧，还有一个跟这牌子非常贴切的门卫，门内那幢小砖楼的二楼，就是《三联生活周刊》编辑部。

像后来《哈利·波特》冲进那个3/4站口，推开二楼的大门，这里真像是另外一个世界——几乎就是我想象中的编辑部啊：开放式的大工作区，往里是两间门对门的主编办公室，穿过它们之间的过道是一间敞亮的会议室。最外面的资料室是单门出入的，陈列架上摆满了我所有知道名字却从未见过的外刊。我想起班干部告诉我只剩这个实习机会时力不从心地说：《三联生活周刊》，要做中国的《时代》呢。

Enough。不管别人怎么看，我爱上了这里。

其实那时候生活周刊经历过长达数年的筹组和概念讨论后终于临出刊，编辑部里已不再言必称《时代》，而我对媒体的理解，也完全没到读者需求的层面，更没到媒体品质和媒体责任的层面，《时代》对我来说，仅仅意味着一句话：新闻是一项独立的工作。

在尽量靠近这一点上，《三联生活周刊》与我们课堂上作为样板的大多数媒体比较，显得多么清新啊。这种差异在一个实习生心里甚至接近于某种宗教感，它使我获得了自己都感到陌生的能量。我不知疲倦地做着编辑部下达的一切选题，从北京的第一个性用品商店到对代表队体育体制爱恨交织的运动员。甚至，当东京地铁的沙林毒气案爆发后，我受命去了解：沙林被对社会有敌意的人获得的可能性到底有多大？我真的找到了答案。

工作令人充实。我一直很庆幸，第一份实习的工作就告诉我这一点。而且，这里的老师们多么生动！我喜欢他们身上那一点点自命不凡的模样，主编杨浪、编辑部主任杨新连、负责经济新闻的方向明、负责社会新闻的老猫，均为《中国青年报》及《中华工商时报》——当年最酷的两份报纸——的少壮成名人物，我喜欢他们回忆往事、品评人物时，那种"这就是新闻界"的口气。但对我们这样的实习生，他们却没有大多数地方那种庸俗的严厉。

我还记得,"老猫"那时候还留着才子式的长头发,但眼镜架上,已经围上了一条金光闪闪的链子。再没有人,能比他把这两样融合得更好了。他不光撰文亲切,以男人对男人计,也是我碰到的最人道主义的家伙。当我领到去哈尔滨出差的任务,去讨他的交待,他小声说:住好一点。

杨新连老师那时候也不小了吧?他得空的时候就从小办公室里出来,钻到大工作区玩电子游戏。吃饭的时候,他盘腿到椅子上。可他做这些的时候,表情多么严肃啊。他谈工作的时候倒是笑眯眯的。从这样的反串中,我们获得了跟他自己一样多的乐趣。

我喜欢杨浪老师像布置战斗一样布置工作。喜欢他用看"小兵张嘎"的眼神看我们实习生。他令我对社会生活不再畏惧。

我得到那个独自去哈尔滨出差的机会时,大概是6月初,实习进行了3个月。当时该市太阳岛上某家医院宣称对植物人的治疗率超过国际最高水平,编辑部希望我调查其真实性。我以家属身份混进医院,享受着作为一个记者的刺激,完成任务返回北京之前,我向编辑部打了个电话,结果获知《三联生活周刊》休刊了。

"大四"开课后一段时间,《三联生活周刊》又恢复出刊了。但我已经有点意兴阑珊。主编换成了朱伟老师。可能是前面太投入的缘故,对后来者竟然有些小农式的抵触心理。加上有课,我很少写稿了。大多数时候我到编辑部,是陪前面提到的那个女生。

而朱伟老师对我,大体认为是可造的,但终归是"小青年",反过来这又被我当成一种庸俗的成见——到很晚我才意识到,他对我那时候的看法,并没有错。

我认识到他其他方面的好,当然要早得多。我是从他那里清晰地意识到"编辑"这个概念的,他对文本的要求,比我上面的老师们都要严格。他不擅于鼓励每个人,但其直接的风格,却使坚强的人最快提高。

他基本上都穿着浅色衣服,但他西服肘关节的皮补丁,及他的面容都告诉你：他不可能是个花花公子，相反，他像一匹马走到今天，凭的是耐力。后来当我听说他的成长故事后，觉得该跟他更亲近些，可终究没做到。

那时候《三联生活周刊》将定位调整到"新闻文化杂志"，这不仅更符合主办方的资源，也更符合编辑部的人才。当时编辑部留下了很多年轻人，苗炜、王锋、刘君梅……又新来了胡泳、邢海洋、刘怀昭等等，他们在一线采访方面可能不全有独到之处，但都是聪明的家伙。

虽然很少参与他们的工作，仍然很快跟他们熟络起来。这是一个全新的生活周刊，但它保留了不庸俗的空气。因为这些人，我从心底里仍然愿意把这里视作自己职业的"娘家"。当然还有编辑部最善良的三个人——

阎琦，你一听她说话，就知道她永远不会真生你的气；钦峥，他总是安静地待在角落，但需要他帮助的时候，你知道可以指望他；资料室的吴老师，她认为每个进资料室的人，从事的都是了不起的工作。希望《三联生活周刊》永远兴旺，希望你们都过得好。

我进入《三联生活周刊》的时候，是一个学生。离开的时候，是一名实习记者。这本杂志就像是一个通道，我走进了跟过去完全不同的生活。这不仅仅是说我从此成了一个记者，一个媒体人，而且决定了我成为某一类记者和媒体人。

受到那次休刊的打击，毕业后我选择了一张机关大报。两年后《财经》创刊，胡舒立老师呼我的时候，我正在郊外的植物园里闲逛。出门回了个电话就答应了。现在回想那个决定，很大程度上是在《三联生活周刊》实习过的缘故吧？就像小时候的食物会成为一生至爱，我一开头就呼吸到含有职业尊严和职业趣味的空气，就再也不能在另一种空气里工作。其他东西竟没有多重要了。之后到《南方周末》，到现在的《环球企业家》，在职业尊严和职业趣味上，跟《三联生活周刊》仍是可归入一类的。

还有哪一站比《三联生活周刊》对我的影响更大呢？我还在这里守株待兔，等到了我心动的女生。她就是跟我一起实习的那个女生，但到《三联生活周刊》实习之前的两年半时间里，我只是在老师开课前，跟她有过两次搭讪。那不是两次好的经历。是那么多次从学校往返《三联生活周刊》的路上，她慢慢看到了我。无论如何这辈子，是无法忘了这本杂志了。

我在"生活"的五年记忆

::::高昱

1997 年毕业于中国新闻学院，
1996 年 12 月进入《三联生活
周刊》工作，先后任社会部记者、
编辑、主笔；2002 年 2 月至今，
任《商务周刊》主编。

入伙

好在我 8 年前还有记日记的习惯，所以很容易就找到了第一次到《三联生活周刊》的日子：1996 年 12 月 18 日。

到《三联生活周刊》，是比我这个大学学园艺出身的河南农民改行做新闻更小概率的事件。我们那所新华社办的中国新闻学院素来有以实习代替学习的传统，当然这个传统最吸引人的地方不是实践出真知，而是毕业时容易找工作。我在那里的第一年，就开始在《光明日报》、《法制日报》、《工人日报》等当时还牛哄哄的大报发千字以上的所谓"深度报道"，所以毕业实习我直奔其中一家而去。然而我很快就发现，在那个"人情练达即文章"的朱门高院，自己那些"大豆腐块"远没有想象的那般耀眼。

我痛苦，我彷徨，我无聊。每天早上，我和同学们一起迎着朝霞，斗志昂扬地奔向开往京城各大报的公共汽车，主动向售票员出示月票，主动给老大妈让座。然后，我总是提前一站下车，过马路挤对面随便开到哪里去的另一班车。我像个小偷或抓小偷的警察一样，坐着公共汽车，在寒冷的北京城里从早晨6点半游荡到晚上18点半，等其他同学都下班回学校之后才姗姗来迟。那个阴冷的冬天，我就是个骗子。

按照一般电视里否极泰来的情节，太阳终于出来了。那是12月17日，那天下午374路不知道为什么开得那么快，我提前半个多小时到了公主坟换乘站。为了消磨时光，我进了旁边的科苑书城，并在一个书店看到了成摞的《三联生活周刊》。

当时这显然还不是一本好销的杂志，一大堆的旧刊打折3块钱一本。但我马上被吸引住了。我从来不知道中国还有这样的杂志：《奥运会：更快更富更残酷》、《比基尼50年》、《1996年环球第一商战》，更牛的是这样一个长得吓唬人的封面标题《罪恶之花：鸦片·可卡因·冰毒·幸福哲学·政权利益·经济支柱》。我不知道他们在写什么，或者说，这本新闻杂志写的东西是我这个每天看20份报纸的新闻系学生连想都没想过的。当然吸引我的还有很多细节：三联、薄薄的彩色纸、主笔、记者名字后面打上英文，等等。

第二天，在北京城画了半个圆之后，我找到了净土胡同15号那栋红聘小楼。主编是一个文质彬彬的中年人，桌子上还用筷子叉着两个饭盒。大概是刚吃完饭的缘故，他满足地听完了我的求职介绍，翻了一下我那些豆腐块，然后很客气地说，你的新闻操作能力应该是过关的，但《三联生活周刊》更侧重人文性，而且他们不能保证有留京指标云云，最后，

"酒足饭饱"的主编还是留下了我的简历。走在那个长长的胡同里，我想，大概又要继续坐公共汽车了。

接下来的一天是星期四，下午我大概在琉璃厂附近等25路，呼机好不容易地响了。电话打过去是朱伟，让我速去，说他们明年开始加强新闻性，并让我下周一交给他一篇关于春节期间开通电话订火车票的稿子。

这是实习一个月以来我接到的第一个题目，当场忙得我停记了三天的流水账。12月23日我的日记写道："现在算是体味到什么是为生计奔波了。周五一天跑了朝阳取票处、北京站、前门售票处、西客站，下午6点才从北京铁路局出来。好在采访相当顺利，本来只想写个售票的小题目，经过尹长明处长的介绍，题目就扩大为整个铁路体制的改革。写了一整天，抽了两盒烟，4000多字光誊写就抄了4个小时。今天上去送稿子，主编还挺满意，开选题会又再接再厉报了两个选题，通过了一个法律援助的。王锋告诉我好好干，说1996年就进过两个应届毕业生，1997年应该也能争取留京指标的。"

这个王锋，是当时生活周刊管社会的编辑，个子高高的，湖北人，美男子。我试着回忆第一次开选题会时的情景，竟然历历在目。一个椭圆形的大会议桌，王锋坐在靠东的环头，我坐在他右边，我右边是一个皮肤比较黑、身材高大但声音细腻的男人，主编夸他善于在文章中算账；再右边是一个满脸文气的"眼镜女"，在我观察来看，整个编辑部就她最像个记者；她的右边就是主编，主编的位置正对会议室的门和编辑部的门；主编右边大概有两三个人，其中一位戴黑边眼镜的大姐，我知道是编辑部的大管家阎琦；再往右的环头，与王锋遥对坐着的是一个有些洋派的女子，抽着烟，把朝鲜称为北韩，她不报国内的题目，而是逐个介绍分析各外刊都做了什么题目；洋派女右边的男的好像蛮厉害，梳着小分头，表情淡定，说话不温不火，但一开口就是数字化和互联网。再往右，是一个说起题目来有些结巴的男的，找不着词就抽出根"骆驼"点上，但汇报选题却从他第一个开始，我记得他好像说了一个我在逛北京城到处可以看到的人头画的事，我心里还在想这算什么了不得的选题，他嘴里就蹦出来两个让我脑子轰轰打雷的名词：涂鸦和公共空间；"结巴男"的右边坐着一个小姑娘，报的题目是关于教育的，主编对她好像比较喜欢，因为他带着笑容；再往右正对主编坐的是一个皮肤较黑但相当欢快的女士，报的题目都很时髦，好像有夏奈尔什么的；挨着她的也是两个女的，都一根一根抽着烟，年轻的一个比较漂亮，说什么我忘了，年长的一个语言有些粗糙，但一看就是个大家闺秀，讲的也都是艺术的事；她们与王锋之间一个很胖的小伙子，开始比较隐忍，但最后终于被熏得也拿出了一包烟，我注意到，抽烟的有五六个人，就他抽的是国产的烤烟型。

以后我逐渐知道了他们的名号，我右边爱算账的"细声男"是邢海洋，最像记者的"眼镜女"是张晓莉，洋派女子是刘怀昭，梳着小分头的数字化小生是胡泳，爱结巴和抽骆驼烟的是苗炜，做教育的小姑娘叫刘天时，欢快的时髦女是刘君梅，漂亮的抽烟女叫什么我忘了，因为她很快就离职了，爱说粗话的大家闺秀是舒可文，胖子姓皮名昊，他和刘天时都是1996年刚刚毕业的大学生。

这些人当中，最初我和王锋接触最多，一个他是我的直接领导，还有一个原因，他住在我们学校旁边的新华社家属院里，还时常跑到我们的食堂吃饭。过了大半个月之后，他突然出现在我的宿舍门口，告诉了我生活周刊已经拿到了用人指标并决定给我的好消息，我也因此成了我们班最早一个签约者。

但过了不久，王锋就出国陪读了，而且据说老婆去了VOA不再回来了，所以连新华社的房子都要退掉。他走的那一天，我陪他去地铁站，在门口他站住了，突然对我说："人真孤独啊，在北京这么多年，一旦走了，就什么也没有剩下了。"

每个人都需要归属感，连风流倜傥懂得享受生活的王锋也不例外。在这之后的4年多时间里，生活周刊就是我最大的归属。一直到2002年1月的某一天，我从安贞大厦下来，站在马路牙子上突然不知道该往

201

哪里走的时候，我才第一次想起了我那不离不弃的老婆。

穷得只剩下理想

穷得只剩下理想，这据说是王小波对当时的《三联生活周刊》的评价。从我进入生活周刊到王小波去世中间的三四个月里，他好像到生活周刊去了两三次，我都没有碰上，但这句话不止一个老"生活"对我说过。

在整个 20 世纪，生活周刊都是穷的。从 1997 年到 2001 年初，我的印象中，编辑部没有添置一台千元以上的办公设备，记者办公室只有一部直拨电话，分机也只有两条外线，一直到 2001 年初，编辑部里只有一台可以上网的 586 电脑和 3 台只能打字和玩俄罗斯方块的 386。

对记者来说，最重要的是收入。当时生活周刊的稿费标准是，封面故事千字 180 元，一般报道千字 90 元，编译千字 50 元，这个标准一直执行到 2000 年。由于是双周刊，一个记者每月写两篇文章，以 6000 字计算，他每月的稿费收入是 540 元。

我 1997 年 1 月与三联书店签约后也一直按记者的标准工作，但只拿着每月 400 元的"劳务费"。到当年 7 月正式毕业后，老潘（副总编辑潘振平）告诉我，工资增加到每月 1000 元，扣税后是 992 元。我那时正常完成工作后，工资和稿费加起来每个月收入是 1500 元。

现在的年轻记者可能不太明白这 1500 元的月收入是什么概念，让我想想，我 1998 年初买了一台 21 寸的 TCL 电视，当时价格是 1600 元，也就是我一个月收入买不起一台普通的国产 21 寸彩电，当然更租不起什么像样的房子，我是和其他三个人每人各花 250 元，在八宝山附近租了一套简易二居室。

1998 年，我的工资涨了 200 元。而且我从这一年开始写封面故事，每年平均能写 6 篇，一篇一般 1.5 万字左右，能拿 2500 元左右的稿费。这一年，我的平均收入是每月 3000 元。也是这一年，我喜迁新居，和 1997 年 3 月来到生活周刊的卞智洪在原来王锋家的楼上合租了一套 1200 元的两居室,我们都是"未婚同居",两家 4 口人总算过上了家庭生活。后来,小卞搬走,邹剑宇及时搬了过来,让我免受住半地下室之苦。

1999 年,由于表现不错,我的工资据说被连调两级,升到 1700 元,但稿费没有什么变化,每月收入增加到 3500 元左右。这让我终于开始敢打打"面的"了。

有年轻记者可能又问了,收入这么少,不会多写些稿子?我也想多写,但当时在生活周刊发一篇稿子太难了。主编好像从来没有满足的时候,毙稿率惊人,即使不毙掉,我几乎每篇稿子也都要改,我的这种状况一直到 1999 年才结束。最惨的一次发生在 1998 年 6 月初,我写的一篇关于电信改革大论争的封面故事,活活改了 6 遍,每一遍都是 2 万多字,开始的几次是一字一字地在稿纸上重写,最后干脆将其中不用改的部分剪下来贴到新稿上。最后的一遍,主编干脆把我关在老潘的办公室里,把空调打开,不让我晚上回家。那天晚上正好是 6 月 8 日世界杯揭幕战。

不是只有我一个人受此磨难,每到周一交稿子的时候,办公室里大家都神情紧张,等着主编黑着脸一个个叫进——这就意味着稿子不合格。在我印象中,极少有人会在这一天看到主编打开门笑眯眯地走过来说:"你这篇做的不错啊。"现在想起来还是有些奇怪:第一,那么高的毙稿率,一期期杂志是怎么出来的;第二,我们这些记者怎么都能那么准时交稿,好像没人会找各种理由要求推迟交稿;第三,主编怎么能够在那天下午把所有稿子看完并给出修改意见?

有年轻记者可能会扑哧一笑:你们水平太低,我们现在写稿子为什么不用怎么改?错了,今天作为一个杂志的主编,我可以毫不谦虚地说一句:从 1990 年代中后期到今天,媒体行业收入提高很多,但单从文章内容质量看,水平是有所下降的。虽然这么说很多人可能不高兴,但我个人坚信这一点。在我看来,1999 年对生活周刊是一个特殊时期,那时候生活周刊已经到了一个成熟期,内容质量——尤其是写作能力和思考能力不仅在当时全国属于一流的，放到今天也毫不逊色。

说1999年是生活周刊的一个特殊时期，不仅在于生活周刊的内容在这一年达到了一个高度，更在于这一年生活周刊遭遇一次不大不小的危机。前面说了，生活周刊的编辑记者拿着低薄的收入待遇，写着至今都是最好的文章，尤其是还在做着最时髦的新闻杂志，还要忍受着主编越来越高的要求，为的究竟是什么？我想大概是两点：理想和自豪感。

所谓理想，我想从生活周刊10年前复刊时就没变过——做中国最好的杂志，这个目标常常被人们理解为做中国的《时代》周刊。我们每个人都在努力为之奋斗，虽然条件艰苦、环境严苛，但没有人退缩，没有人把自己做的事情当成工作，相反却把每一个选题都当成提高自己并提升生活周刊的一个机会，按刘君梅的话说，我们是在为将来投资。而自豪感，既来自于我们都认为能够在生活周刊生存的同事都是最棒的，也来自于外界——尤其是同行和读者——对生活周刊发自内心的赞誉。在当时的中国新闻界，《三联生活周刊》的地位和《南方周末》是最崇高的。我到外地采访，当地报纸的同行纷纷告诉我，他们拿生活周刊的文章作为记者学习的样本；外地官员对不知名的生活周刊嗤之以鼻，但我一个屡试不爽的办法是，从读者服务那里找当地读者名单，每一个我找上门的读者都用自己最大的能量帮我联系采访并以此为荣；我参加新闻发布会提问，自报完家门身后常常有窃窃私语："啊，他是三联的啊！"记者美女们大胆的红着脸找我交换名片，胆小的则像看偶像一样看着我。

然而，精神的力量在1999年遇到了来自高薪的挑战。当然以前也不是没有，但我想这一年电视行业的繁荣和互联网的兴起，应该给生活周刊和朱伟带来了前所未有的压力。当时的生活周刊发行量和广告仍徘徊在一个较低的水平，迟迟看不到经营和知名度的转机，至少我们记者私底下说起来，认为前景依旧渺茫。而电视台和网站这两个行业，却被认为是最有前途的新媒体形式，并像提款机一样发着钞票，另外一些新办的杂志也用主编的职务来吸引生活周刊的编辑记者。生活周刊几乎所有的编辑记者都遇到过挖角，开的薪水是在生活周刊的两三倍，有的甚至承诺有期权。

这一年，我们的一些战友离开了生活周刊——在此之前的两年里，除了1997年上半年王锋、胡泳和刘怀昭三人出国（前两位回国后又回到生活周刊），我看过因无法符合主编要求而离开的记者不下10位，却没有一个主动离开生活周刊的例子。大多数人还是留了下来，继续为那个共同的理想奋斗。接下来的2000年，幸福突如其来，亏损的生活周刊赢利了。2001年，生活周刊改成周刊，购置了大批电脑，办公地点从胡同深处搬到了三环边上的高档写字楼。在过上好日子的生活周刊，我又工作了一年，2002年1月离开。成功之后的生活故事，大概应该更精彩吧。

曾经加入过一个组织

:: :: 卞智洪

1995年任职于北京市人民防空办公室，1997年5月在《三联生活周刊》任文化记者，2000年5月在北京讯能网络有限公司（TOM.COM）任业务拓展部经理、编辑制作部副总监。2002年5月~2004年初任《演艺圈》杂志主编。现在经营一间文化传播公司。

上世纪90年代初的大学校园，理想主义已经淡漠，物质主义还不够自信，校园空气显得沉闷和稀薄。所谓上进就是考托、考G，所谓挣钱就是买卖小商品，像我这种随大溜的，什么都看看什么也没干，头脑空空两手空空转眼就面临"双向选择"——这是为了跟毕业"包分配"

相对照而发明出来的一个很搞笑的词。现在想来，所谓"双向"更像是：向左走，计划；向右走，市场。

　　向左走留在了北京，深感压抑与荒谬，于是掉过头来向右。向右一片茫然。很偶然很拐弯的一个机会认识了邢海洋——都谈不上认识，只是通了一个电话，得知他们需要人，于是把地址抄在一张纸条上，坐地铁到鼓楼站，拿着纸条在胡同里走了很长时间，来到净土胡同15号的一座小楼。朱伟从办公桌前起身坐到沙发上，翘起二郎腿撇着嘴说：我们杂志关注的是农业社会、工业社会、信息社会这么一个坐标中的中国，你能做哪方面的工作？第二句话是那你报个选题吧，第三句话是你下周一来上班吧。

　　又简单，又兴奋，就这样我加入了一个组织。那时和舒可文聊天，说在生活周刊就像读研究生，朱伟带大家用一种热情而冷静的理性态度研究当代中国这个课题。现在回想，那时的生活周刊更像大革命时期的一个党派，每周一开会，大家正襟危坐，神情严肃，报告一下各自搜集整理发现的社会新动向新苗头，讨论一下目前国内国外局势，"我党"工作重点云云。有时候某位新同志报告一个社会现象，领导截住话头说"那是虚无党的事，与我们有什么相关？"这同志于是面红耳赤，下次开口就谨小慎微了，这算是初步的组织教育吧。

　　既然像一个革命时期的党派而不是和平时期的机关或公司，那么大家的利益和宗旨一致，领域和方式不同，见面既少，相逢一笑，关系单纯而亲切。印象中，苗炜总在电脑前，不是码字就是码俄罗斯方块；舒可文的心思一度在小女儿身上，抱怨主编（这是编辑部的共同话题）之外就是"我们家妞妞如何如何"；阎琦是个严肃的大姐，我总感觉她一个人时会悄悄叹气；胡泳渐渐成为网络界闻人，时不时就消失一阵儿，高昱像写报告文学一样写他的社会报道，每隔两周就换一批不同领域的参考书；邢海洋整天说生活无趣，却讲给我们一些社会底层女青年的段子；刘天时沉默寡言，但文章如散文字字珠玑；刘君梅是唯一时髦的人，从她那里我知道了兰蔻和贝纳通；传说中的王锋从美国回来了，看不惯周刊的一些观点；王珲有对象了；李孟苏结婚了；张晓莉怀孕了；高媛说放心吧我每次给你们算稿费都是往多了算字数的……

如果说谁和谁在一起多些，那就是苗炜、邹剑宇、吴晓东这三个大学同学，我觉得因为他们没地儿去，而凑一起上班可以打联机游戏。他们仨加上邹俊武、娄林伟和我，六选四就可以凑起一桌麻将，打一通宵然后到胡同口去洗个桑拿，吃碗炒肝，是件非常惬意的事。

生活周刊于我，写稿、糊口和认识社会一举三得；与此同时，读书、同居、租房子……生活谈不上丰富多彩轰轰烈烈，但焦虑有时，兴奋有时，彷徨有时，原以为大学之后青春结束了，没想到青春才刚刚开始。

20世纪末的中国，"大革命"不是结束了，而是越来越深入，形势越来越复杂，"党派"林立，口号多多，诱惑此起彼伏。就生活周刊这个组织而言，有掉队的，有"脱党"的，有"变节"的，组织的政策在变化，领导人虽然没换，脾气也不见好转。终于在1999至2000年间，王锋、刘君梅、胡泳等同志先后离去，我最终也踏上了网络快车的末班车。我撤的原因，一是工资可以翻两番，二是感觉组织的发展速度跟不上"革命形式"——主编许诺的"生活大厦"不但无望实现，甚至连许诺也不再许诺了，三是我的业务范围令我扫兴——电影都要死了，报道评论还有何趣味？

我离开后，高昱有次给我打电话，动之以情晓之以义，劝我回去共商革命大计，说可以改做社会方面的工作嘛。我还没来得及动心，他却走了，而且跟我一样，也是以一种骑驴找马、驴马两骑、最终挥泪弃驴的方式。

不过我走以后，逢到坚守的同志犹疑不定向我咨询外边形势的时候，我都劝他们坚持下去。一方面是为朋友很现实的考虑，外边的确越来越不好混，而生活周刊的待遇已大大提高。如果说压力大，哪儿压力不大啊；如果说心慌，那真是社会的通病；如果说主编的脾气阴晴不定，总比市道阴晴不定要好吧；如果说生活周刊的宽松气氛不复当年，等级制度已然形成，那正说明周刊渐渐有势力了，这不正是大家奋力所图之事吗？如果说人心涣散，人心——又何尝团结一致过呢。说到底，生活周刊是一座城，大家只在城墙内外罢了；这城池不大，但石头材质究竟不错，挡风遮雨比一把花伞结实，辛苦恣睢总比走迷了路要好吧。

　　我劝老同志坚持下去，另一方面当然是私心作祟。我曾经在是否离开生活周刊的问题上反复考量，既然当时的我选择了离开，那么留下来的同事，就像是另一个我，我想知道另一个我会怎样，就像你始终关心你的初恋情人一样。

我的编外生活

:: :: 王剑南

1996 ～ 1999 年成为《三联生活周刊》的特约编辑。在此前后都在中国现代国际关系研究院欧洲所工作。

1996 年夏天，我在三联书店工作的同学夏谦打来电话，说《三联生活周刊》的主编朱伟先生想找个懂德语的人做些编译工作，他就想到了我。我在人民大学读法律第二学位两年，结果学非所用，法律的东西在脑子里不留一点儿痕迹，倒是认识了夏谦还算件有意义的事儿。由他而成为生活周刊的编外人员，那段时光也是最让我难忘的。

我来到位于净土胡同的编辑部，发现就像这地名一样，那儿真是一块净土，完全不同于我所在单位的机关气，人是单纯又热情，气氛活泼又融洽。创刊初期虽然有些简陋，但年轻的人和新鲜的一切似乎预示了

210

刊物的远大前程。于是认识了朱伟先生和当时的编辑部主任阎琦女士。我不擅交往，后来联系和熟悉的也主要就是他们两位了。

随即开始干活儿。要求是从德语周刊上选一些有趣的题目，用自己的话顺畅编译出来。再就是"环球要刊速览"的德语部分。记得第一次做的好像是狮子群中的母系社会，还有另一篇的内容不大记得了。当时熬了大半宿，心情无比紧张，毕竟工作经验还很欠缺。看看顶不住了，就逼迫自己一定要坚持下去，只要坚持到底，事情一定有所不同。结果稿子发出去了，主编的反应还不错。那是我仅有的一次迫使自己去干高出能力的事，结果似乎上了一个台阶，在翻译方面有了些自信。后来，我好像再也没了那时的勇气和锐气，所以很多年过去了，一切都还在原地徘徊。不过也有人说，人生能干一件事就不错了。哎，谁知道呢。

后来生活周刊设了专门的科技栏目，编译的工作就固定下来，两周一篇，约3000字。干的次数多了，我就成了编外编辑，虽是编外，但感觉他们没拿我当外人，总是会说："这期咱们做点儿什么呢？"让我觉得挺自在。我中午在他们那儿吃过一次盒饭，听同事们谈论买房子的事儿，说是买在八宝山，买的是那种一格一格的，令人绝倒。还唯一一次参加过他们周一的选题会。那次印象比较深的人有热情爽朗的刘怀昭，还有不苟言笑的才女刘天时。那次跟刘天时借了一支笔用，后来就经常读到她平实而富于情感的文字，先是在《三联生活周刊》，后是在《南方周末》，每到这时，我就会侥幸地想到，自己曾经跟她借过一支笔。现在的副主编苗炜先生那次也在座，记得当时主编说他稿子写得好，可就是踩不准开会的钟点。

一开始稿子是用笔写的，译一遍再誊写一遍，用信寄出去。1997年用上了486的电脑和嗞啦嗞啦的针式打印机。打印出来以后，时间宽裕时就寄过去，来不及了就坐车送过去。有时候也奢侈地"打的"，生活周刊还给我报销过一回打的费呢。我老公替我送过好多次稿子，在北师大读书的弟弟也送过两次，那两次的稿费我都让他补充油水去了。现在的网站总监钦峥曾经到我这儿取送过两次稿子，有一次颇费周折才接上头，我很唐突地说请你吃饭吧，人家自然是谢绝了。后来懒得跑了，就改用了传真，苏州街的邮局是常去的地方。1999年时，总算用上了现在的电子邮件，但我很不熟练，有几次附件没粘上，还得重新再来。

有一段时间一直跟阎琦联系选题。一次中午电话打过去，正赶上她在吃饭，听完我的题目进去找主编汇报，出来后继续吃饭，一边还在说"怎么今天的饭是酸的"，几分钟后突然发现边上有一只电话听筒，方才想起电话还没听完。还有一次，阎琦坚持要做一篇关于德国人哈根斯与人体塑胶标本的文章，可我又不敢看那些标本图片，只得让老公把图片用纸贴住，才算抖抖活活地搞完。周末打电话到阎琦家，把稿子内容跟她细说一遍，于是，她连饭都吃不下去了。又过了一段时间后去那边，主编说阎琦另谋高就去了。还好现在她又回来了，依旧率真而尽职，继续延伸着我对生活周刊的记忆。

后来变成了跟主编直接联系。听夏谦说，主编是位音乐发烧友。前段时间去听了主编跟刘欢关于古典音乐的对谈，感到他这发烧友实在是专业得没话说。一次，我到夏谦那儿去取为三联书店翻译的《擒获未来》样书，刚巧在楼里碰到主编，自然送他一本留念，主编让我签个名，我竟说区区小名就别签了吧，事后想起觉得挺愚蠢。

从1996到1999年，我与生活周刊的缘分持续了3年。以我这样懒散被动的性格，不推不动，推一推才动一动，3年下来，竟也做了一些事情，真是多亏了生活周刊对我的耐心。后来因为要完成人生大事，再加上年轻时的不懂珍惜，我终于错失了独一无二的《三联生活周刊》。可我会一直记得，那时候遇到过一群可爱的人，发表过一些弘扬科学的文字，我的文字还曾跟钟爱的作家王小波出现在同期杂志上。这段经历将是我永远的骄傲和终生的财富，无论何时何地，我的目光都会始终追随《三联生活周刊》的发展，就像关注一位没能终成眷属的初恋情人。

"生活"带我走进科学和媒体

::∷朱 彤

1997 年初～1997 年底任《三联生活周刊》特约撰稿人，此时就职于某高校，任数学教师；现在任《中国国家地理》杂志编辑。

在历经一个个无所事事的冬季之后，我终于对生活开始有了一个隐隐约约的方向感，我试图从科学家那里找到能够窥视人生真理的东西。这源于我认为自己对科学可能真正的不理解和对科学家身上光环盲目的眩晕。这是 1996 年的初冬，我找到了《三联生活周刊》。这之前我是看到了它发表的"澄江化石群"那一期后，认为自己采访中国"濒危"科学家的想法也许可以在这里实现。

我把一篇采访考古学家贾兰坡的文章交给了编辑部，告诉他们我可以做出这样的文章，这篇文章是在我强烈地受到意大利女记者法拉奇的影响后对一位中国著名而年迈科学家的采访。当时的编辑部主任阎琦把这篇文章交给几天后才出差回来的主编朱伟，朱伟约我再去编辑部时，却出奇简单地告诉我，他们可以采用我的这类采访文，并让我以后和阎琦联系就可以了。以后我多次感受到朱伟工作风格的简单明了，并近于无情的高效率。我庆幸自己的写作运气不坏，因为在这以前，自己几乎就没有经历过写作的折磨，也许唯一的例外是考大学之前的写作练习，那段较为痛苦和几乎没有感觉的写作经历甚至让我高考的语文成绩没能及格。

为生活周刊做的第一个采访对象是生物学家邹承鲁，他的傲慢和风度至今我仍会想起来，而身材矮小、90岁高龄的另一位中国著名生物学家贝时璋则会让我感到非常和蔼可敬；理论物理学家胡宁和实验物理学家王淦昌就像他们所从事的专业一样，一静一动，他们俩人都曾是中国物理学界泰斗式的人物，今天都已离我们而去；我后来才知道我曾采访过的中国探险协会主席刘东升，是一位对地质学界做出很大贡献的国际知名院士，但当时给我的印象却是他的近于平庸的谦和。

这一年里，生活周刊还给了我更多的机会，让我可以接触到一些有趣的人物或者是有趣的领域。女探险家李乐诗来北京参加科技周时，我采访了这位很有思想和个性，并很会摄影的香港人，让我感到意外的是她对中国热爱的程度远超过很多大陆人；对广受争议的UFO里的一位协会主席孙式立的采访，是出于我的偏爱，但我也奇怪为什么如此多的媒体没有从UFO研究者角度来关注这个读者颇会有兴趣的话题；对中医研究者李志超和中西医院士陈可翼的采访让我不觉之中暂短地介入了中国中医界复杂的局面里。在对许多科学家采访之后，多少有些失望之余，我希望能够将寻找真理这一领域扩大，于是有了我对中国天主教主席宗怀德的采访。

那一年我的采访文在生活周刊上发表了以上这10篇。这期间我似乎是突然间才知道编辑是做什么的，他们是对来稿进行文字修改的。我也知道我的文章基本都是朱伟来修改，尤其是标题和副标题，有时他会对我的文字改动较大。这也许是因为文中的语言都是被采访者的口语原话，但也有许多是自己文字的把握问题。总之我认为朱伟把我的文章都修改成一篇更好的文章。这也使我对这个上海人产生了许多尊敬。

事实上，阎琦是我和周刊唯一联络的人，也是对我帮助最大的人。让我非常惊奇而高兴的是她竟是我大连解放小学的校友，只比我大几届而已！25 年前，而且是在另一个城市里，这听起来有些不可思议。也许我与生活周刊的这段缘分就是因为阎琦的原因吧，有时我会这样来想。即便是在我离开周刊后，她仍在尽力帮助我在媒体中积累经验、赚取稿费并为我的太太找到一份工作。

在我和周刊合作的日子里，阎琦负责我和朱伟就一些选题的沟通，然后我会骑自行车到安定门的编辑部将手写的文章交给她，那时我们一般会交谈一会儿，她会给我一些空白的周刊稿纸和信纸，有时会按照我的需要给我开封介绍信。起初周刊都是经过她的手寄到我曙光里家里，稿费也多是阎琦骑车路过我家三环路口时，放在一信封里交给我的。这些稿费对于仍在教书的我来说，不算是一笔小数，更重要的是它们让我知道了另一种生活方式，这就是给媒体写作。至今我仍是以这一方式生活着。

在这期间，我渐渐熟知了许多科学门类里的东西，因为在做采访之前我要做大量的知识准备。于是我的关注点，此后都放在了与所谓真理相关的科学、哲学和宗教上。由此激发出的对什么是真理的兴趣又驱使我两年后来到北京大学就读科技哲学的研究生。可以说生活周刊不仅见证了我生活目标的建立，而且是直接帮助了这一目标的建立。我想，这一年对我的一生都很重要。

一人二画三联四年

::::王 焱

1993 年中央美术学院毕业后进入人民邮电出版社，任美术编辑。1994～1998 年任《三联生活周刊》专栏插图作家。1999 年任《FIGARO》中文版《追求》杂志艺术总监。2000 年任《X-GEN 新世代》杂志艺术总监。2000 年成立午夜阳光平面设计公司。个人插图作品集有《手心手背》《关爱动物周历》等。

　　1993 年我从美院一毕业，就把自己许配给了一大户国营出版社。那时年轻心气盛，也曾抢圆了膀子要大干一场来着，可到头总觉得与体制内的人和事不亲，任凭嘴噘得生疼也没呷摸出一丝甜蜜味儿。

命中注定要有一岔外情来丰盈这段了无生趣的日子。应该是1994年，我的"艳遇"来了，这就是我同《三联生活周刊》长达四年的恋情。

当事人自然是我，"女方"是"周刊"，约会地点：《生活圆桌》；约会时间：每月一次；接头暗号：白干四两，插图两张。

"女方"的两个代表人物，一个是阎琦——和风细雨，润物无声型；另一个是苗炜——不温不火，严于律己型。

阎琦人特温和，说什么都是婉婉道来，属特尊重他人空间的那种人。稿子再急，她也会在心理上给你腾出一大段"虚拟空间"，容你在且急且缓之间发挥，再加上她热情有加的鼓励，亦是续写这段恋情和谐、完美的不二法宝。记得她多次为我申请额外的出租车费，也多次承诺要在杂志运转再好一点的时候帮我把稿费提高。四年中，每一次的插图原件她都为我保留完好，无一遗失。我后来像保存情书一样，将它们一件件纳入我的资料册中，每次翻看，都能回味起"恋爱"期间的美好、热情和缠绵。

有一段时间，阎琦离开了编辑部，联络工作交给了苗炜。这个别名"布丁"的家伙还真有本事，文字精彩，视角特各，未谋面已佩服三分。但我们的接头感觉并不太爽，估计是俩大老爷们的缘故，也应了句俗话，没搭配——特累。每次电话珠玑可数，那头一上来便是"就这么多，你看着画吧"，要么就是"我那篇还没写好呢"。其实，在这"速配"的背后，布丁同志拊鱼了很多辛劳，他那会儿已经走上了领导岗位，编辑部里很多杂七麻八的事都得管，并且要负责《生活圆桌》的主要编辑任务。《生活圆桌》能办得这般有声有色，影响广大，直至编辑成册，他绝对负有不可推却的责任。有件事我至今都记得很清楚。一年夏天，我去编辑部，看见布丁腰间紧勒着根皮带，冨余出的部分被剪掉，秃着，便问何故，曰：减肥大限！我顿觉这哥儿们是个有意志、严于律己之人，非吾等所能比拟，心中不由得再生敬佩。

那会儿"伊妹儿"还没大行其道，"小红马"也才刚刚上路，我和编辑部的联络基本靠吼（打电话），送画稿基本靠走（有时自行车）。最早的时候，是先把文字稿用传真发过来，我看了文字后再润笔，后来眼瞅着杂志越办越火，越发时间紧任务重，编辑见我理解能力还凑合，即使有些偏颇也能将就着当艺术形态处理，索性免了fax，改口述了，每次大概齐讲一下文章主旨，有时干脆就一个标题过来，然后，画去吧！透着对我的无比信任。人家有信，咱也得有义，紧着赶活不说，有多大困难也不带撂挑子：明儿一早准给您送过去！

我喜欢《生活圆桌》，这里满眼美文，篇篇生猛，像一道道端上来"养眼、养心"的好菜，绝少"审美疲劳"。我同样喜欢回忆我与这张圆桌四年的恋情，是他们的宽容与吹捧，让我能够自信地在这撒泼打滚，卖弄身上这点花招与技巧。通过这张圆桌，我又遇到了许多人，也与他们中的一些人发生过"恋情"，可物是人非，再也没有寻到那样长久的默契与自如。我想，这一定和人有关，生情不是无缘无故的，就像我们常说的，吃什么饭并不重要，重要的是和谁去吃饭，和谁坐在同一张桌子上。

"三联不错，挺小资的"

:: :: 邹剑宇

1992 年北京师范大学中文系毕业，1997 年进入《三联生活周刊》，任记者、主笔。2004年9月离开。

一

　　1997 年夏天，我找到净土胡同，《三联生活周刊》租了一栋三层楼房，告诉我路径的女同志叫阎琦。

　　到了楼里苗炜把我领到主编朱伟的屋子，朱伟说了几句话就说说当记者先有实习期，工资 1000 元／月。1000 元我觉得还可以（第一个月管苗炜借了几百块救急），1993 年三联书店扛起一杆大旗在北京南城永定门外开始筹备周刊，苗炜介绍起来说北京所有的平面媒体的大腕都在其中，要做一本有理想的杂志，于是年底我托他把我的资料送到主编钱钢手上，钱主编找我聊了一会，说可以春节以后来上班，一个月 400 元。400 元要租房还要吃饭，我觉得在北京生活不起，回老家过完春节后我去了深圳租房开始"扫街"做业务养活自己去了。

两年以后我在九江做了一个声讯工作室，买了一台电脑闲暇时候上网冲浪泡聊天室，陆续给生活周刊写短文以维持文字兴趣。进了生活周刊之后才知道记者都还是"用肉（手）"写字，我每次通过电子邮件发过去的稿子先打印出来，主编改定之后再有电脑录入员重新打字排版。编辑部里也只有两部直线电话，一切都还是清贫又有理想的样子，转正不久编辑部给我配了一个传呼机。

1997 年生活周刊有很多腕了，邢海洋、舒可文、胡泳，刘君梅和刘天时，还有刘怀昭在美国，王锋也快要去美国了，比我先进来的有卞智洪和高昱，王珲和李孟苏和我同时，另外还有在三联《爱乐》上班的王星每天下午到生活周刊来兼职。我获准上班的第一天早上 9：00 进办公室，行政秘书高媛确认我是"田七"（我在九江写《生活圆桌》时的名字）以后知道是新来的记者。办公室里另外只有两个人，一个年轻的姑娘正向一个大胡子请教股票的问题，后来知道他们是张晓莉和方向明。根据王星的统计，编辑部里面 A 型血和天蝎座的人比例最多，朱伟和三联书店的副总编辑老潘都是天蝎座，不知道说明什么。

二

2001 年前生活周刊以半月刊周期做下来，每个人的压力都不小，但是空闲时间也不少，除了干点别的沽，有空还在办公室打电脑游戏，甚至偷空在会议室聚众打麻将。业务上这里是一个紧赶潮流的地方，胡泳在周刊连续做了一年多的《数字化生存》专栏，不但给同事普及了数字化，还让这个行业知道周刊的一个兴趣所在。我听说的最喜欢看《三联生活周刊》的老板是王峻涛（老榕）："每期买两本，看一本存一本。"这个说法跟后来网上流传的富裕市民的生活场景很巧合，生活周刊开始不亏本的时候跟互联网起来的时间也正好巧合。2001年一年算下来编辑部每人平均收入达到了10万元人民币，我则不但赶上了这个好时候，也切身赶上了互联网的兴奋期。

生活周刊有一个口号："做中国的《时代》周刊。"这个口号好像在1993年就隐约听说过，到2000年左右有人为这个口号较真了，"生活周刊跟《时代》有什么关系？"我知道苗炜对这个口号的意思解释为："我们还不是《时代》，但不妨碍我们想做成那样有影响的杂志。"杂志社的记者到2000年才开始觉得打出租车不太费劲，没混到主流的位置。有趣的是张朝阳刚开始做搜狐的时候，生活周刊一些人对他也有看法：一是搜狐凭什么跟雅虎扯关系；二是他真的是麻省理工博士，真的是李政道学生吗？

意见归意见，张朝阳、田溯宁、丁磊和陈天桥依靠互联网着着实实地崛起还是给大家都上了一课，《福布斯》、《财富》杂志的富豪排行榜开始每年给中国人算数了。1993年到生活周刊求职时听说要给每个记者配电脑，后来听说将来要配备汽车。发展真是硬道理啊，这些神话都变成现实简直太妙了。1998年朱伟因为一篇文章《豪华是一种业余生活》夸奖我半天，而我却在文章里把一个牌子Azona（阿桑娜）翻成了"阿佐娜"，生怕别人再提起。

后来我在互联网IT公司采访时遇到的说法基本上都是这样："三联不错，挺小资的。"这个说法朱伟很不同意，编辑记者也觉得这个说法把一个远大的理想给掩盖了，事实上大家又觉得朱伟其实是编辑部里年龄最大的小资——他对名牌迷着呢。当然小资还有点右倾、不喜欢思维管束的意思。

现在生活周刊把读者定位到中产阶级（朱伟的口号也变了"中产阶级是不穿名牌的，穿也是别人看不出的名牌"），其实过去也一直都是。不过以前读者和作者都是偶尔当中产阶级，那么写字的时候就不好无中生有，把自己和大家对中产阶级生活的向往愣编成现实。想法稍微超前的好处是可以创造阅读市场，在其他媒体没写之前做点启蒙的工作。中央电视台经济频道负责人袁正明先生一句话好多年都印在生活周刊宣传材料上："每当有新闻事件出来以后，我们都要看看《三联生活周刊》怎么说……"我暗暗感谢袁先生抬爱，出门采访也常用这句话彰显门面，至今仍然十分怀念那个理想劲头，一心认为生活周刊是可以干一辈子的地方。

三

做启蒙和做《时代》是一个劲道，在现实之外再琢磨点什么，距离感很重要。说到中产，我是说当记者和编辑部接近中产，距离感变小了以后，怎么学做《时代》是个新问题。

我是在《三联生活周刊》里变成一个准中产的，这还要感谢互联网。2000年互联网火热的时候，我找朱伟提出一个方案，就是不拿工资来负责周刊里的一个刊中刊《网刊》，我的收入和《网刊》的收入挂钩。《网刊》一共运转了半年，也就是互联网泡沫顶峰的半年。这个方式在现在看起来其实不是一种常态，但是互联网时代带来的不单是金钱，还有随之而来的商业观念和商业机会，中国的年轻人第一次有机会体验现代商业社会，第一次从现实中学习商业经验，《网刊》是一个随波逐流的小业主作坊。这个作坊的收益让我有了买房的首付款，2003年心情愉快地搬进了新家，结束了一个外地人在北京奔波的日子，从"流民"变成了"中产"。后来有人评价北京楼盘，我住的小区是这么描述的：踮起脚勉强够着中产。

说这么多私事，是因为它也是生活周刊同事们日常的大问题，和杂志报道的生活变化一样：汽车、住房、旅游是中产阶级物质生活的主旋律。2001年元旦，杂志从半月刊周期改为真正的周刊，生活周刊开始了明显的变化：从一本适合文化趣味阅读的杂志向一本新闻报道为主的新闻杂志转变。2000年底，李鸿谷从《长江日报》来到生活周刊，开始组建社会新闻报道组。2001年3月5日，《三联生活周刊》和过去投资方决裂，老的办公地点和设备被投资方收走，编辑部迅速在北三环中路的安贞大厦的越层复式套房中添置了新家当；那一天我31岁生日，到生活周刊快4年了，当着一个文字记者依然自尊而兴奋。

生活周刊的变化引起了很大的争论，喜欢趣味和智慧文字的老读者觉得被戏称为"黄赌毒"的社会新闻报道与己无关而拒绝接受，但是完全迎合这种口味的文字过于分众与做周刊的目的不吻合，做新而不弃旧是朱伟设想的好格局，实际上操作中充满艰难。于是记者在一段时间会听见主编强调新闻材料，另外一个时期又会被要求视角和立场。1999年，高昱报道北京平安大街拆建以及河南张金柱撞人事件的封面故事被朱伟认可：展现现实矛盾双方的合理性，提供给读者评判的充分依据。朱伟总结为：展现事实的复杂性！

我知道像美国《华尔街日报》等有一个记者手册，对各类文章的操作方式有非常详细的规定，类似于八股文。但是生活周刊从来没有把自己的做法形成流程加以规定，实际上这违背了朱伟和苗炜在杂志社内部一直强调的尊重记者个性的做法（但是外界又说所谓三联文风，其中奥妙非编辑部人士可以说清楚），编辑流程上一直是记者版面责任制，主笔是高级记者，协助主编提供版面设想。这种流程下来，只要记者的文章合格，是可以负责自己的版面的。

从生活周刊出来当主编的主笔、记者不少，大概是觉得自己的想法可以从一篇文章放大为一本杂志。朱伟的理想是所有老三联的人都重新集合起来做一番更大的事业，这个想法的难度和目前生活周刊发展的难度遇到的是同样的问题：过去用理念集合大伙力量的方式存在瓶颈，改用商业的思路就是把杂志做大，给记者编辑更大的空间以求发展。

四

我屡屡跟苗炜说要再写《生活圆桌》，觉得让自己感动的生活细节也会让别人接受，但是在2000年结婚以后就没再写过。直接的理由是生活底子没有苗炜深厚，体验也不足够。因为做公司报道的原因，兴趣更多转移到寻找到生意人成功的道理，关心金钱的来龙去脉，逐渐觉得自己的人生也像一个投入产出买卖，关心情趣成了一个奢侈的话题，个人成长也不像过去有主编来呵斥和校正了。

继续操练

::::李孟苏

1997 年 6 月加入《三联生活周刊》，
之前曾在西安两家报社任编辑。
1999 年 9 月进入《追求》杂志任
社会版编辑。2001 年 9 月返回《三
联生活周刊》，任驻英国记者。

被照顾进了"生活"

1997 年 6 月，我拿着《北京晚报》文艺部编辑、著名剧评家解玺
璋写的条儿，找到了朱伟。解玺璋能给我写条儿，要感谢王小波。那一
年王小波去世，在他的追悼会上，朱伟对解玺璋提了一句，说生活周刊
很需要人手。

那年"五一"，我傻乎乎地从西安跑到北京，面试了几家皮包公司，
最后只好让我的表姐帮忙找工作。表姐求到解玺璋那里，解玺璋又想到

朱伟的话，就给我写了张条子。

出得解玺璋的办公室，就在公用电话亭给朱伟打电话，那边说朱伟去韩国了，还有一周才回来。我有些郁闷，也很茫然，就跑到《北京晚报》附近的东单公园，在长椅上睡了一觉。后来才知道，这公园是著名的同性恋乐园。

第一次见朱伟，拿了一堆以前发表的酸文，以为自己还算有实力。哪知朱伟看都没看我递过去的复印件，劈头就问我对新出那一期周刊的封面故事的看法。我前言不搭后语，胡乱说了一通，朱伟对我的表现显然不满意。不知是看我可造，还是顾及解玺璋的面子，他让我回去再准备准备，下一次再来和他谈。

回家后，我没有闲着。先是去《光明日报》下属的《生活时报》应聘，结果，人家听说我没有北京户口，连门都没让我进。正好《光明日报》附近有家大邮局，过期的《三联生活周刊》摆了十几本，1块钱1本。我一口气全部买下，回家仔细研读，有的文章还做了阅读笔记。我不是学新闻或中文出身，在西安做记者时，写的都是豆腐块文章，从没人教我该如何去找新闻点、如何处理采访素材、如何从人人都用的素材中提炼出与众不同的主题。所以，第二次再去见朱伟，我还是表现得很衰。那一天，刚下公共汽车，长筒袜就破了，遮遮掩掩，生怕被看出破绽，更加剧了不自信。

朱伟问我，那些过期的周刊多少钱一本？我怕说实话伤他自尊心，就往高里说了2块钱。也许他看出我是追求上进的好青年，咬咬牙，说，你就留下来干吧，试用期月薪800元，稿费千字70元。我高兴死了！在西安时就看生活周刊，人人都说它有品位。到北京闯天下，能进这样一家单位，足够回去炫耀的了。顶着大太阳，贴着净土胡同的墙根朝大街上走，盘算着这份薪水已经比我在西安时高多了。

学写文章

现在想起来，能进生活周刊，很幸运。如果我去了别的媒体，很可能一年下来就成了报油子，理想完全破灭，热衷于跑会拿红包。朱伟有一套独特的办刊思路，对新闻、新闻写作的理解很新颖，是我闻所未闻的。

在生活周刊的第一篇稿子是在苗炜指导下做的。苗炜说，现在的人迷上了吃药，不是白面儿，而是各种保健药品，比如深海鱼油、褪黑色素（我听都没听说过，真是土啊！），这些东西到底怎样影响了我们的生活？你去采访药店吧。

我借了辆26自行车，找高媛开了封介绍信就去了附近的新药特药商店。星期天，跑到西单百货商场，假装买药，到柜台前鬼鬼祟祟看这些保健品的说明，记录价钱。稀里糊涂写了篇东西，就给了苗炜。后来杂志出来，我一看苗炜已经把我的文章彻底改过了。对照着自己的原文看，才知道，原来新闻可以这样写。我感谢苗炜，他直观地指导了我写文章。直到现在，他的文章仍然是我学习的范本。

在生活周刊，很久，我都没法儿自信起来。周围的同事个个都很聪明，知识面广，对问题有独到见解，文笔更好。而我，深夜里不怕脸红地掰着手指数，也数不出自己有哪些优点和长处。与两位和我同批进生活周刊的记者比，我也显得很弱。精豆子模样的邹剑宇和我是一天来的，王珲比我晚一个多月。之前小邹就给《生活圆桌》写稿子，灵气儿十足。而王珲，面试那天，朱伟和她竟然谈了2小时。刘天时、刘君梅、张晓莉、卞智洪等同龄人的出色，更让我有喘不过气的压力。

第二篇稿子，是和小邹合作"情商"的选题。我们坐22路公交车去北京师范大学教育系采访心理学研究生，那些日后要成为专家的人也说不出所以然。我们只好在校外的书店买了几本书灰溜溜坐车回净土胡同。后来我写了几个案例交给小邹，出刊后，很惭愧地看到文章几乎全是小邹一人写的，而我的名字还挂着。

我独立操作的第一个选题是有关夏令营的话题。我在文章中对各种培训、学习性质的夏令营提出了质疑，朱伟认为角度不错。但现在想来，我当时只是凭直觉，缺乏理性认识和分析。

吃不好星期一的中午饭

我和小邹因为实习期间表现不错，半个月就转正了。没想到，转正后，我就开始遭遇噩梦。先是选题，一个个通不过。礼拜一上午，是开选题会的时间。每个星期天晚上，我几乎都要演练第二天选题会上要说的话。星期一早晨，醒过来就心慌，心跳加速，有时甚至想编个理由不去上班。一次，看到国际学校的校车，就觉得这是个有趣的话题，并准备了一番。谁知，会上只说了个开头，朱伟就打断我：我们的读者谁会关心这个话题？是啊，国家学校招收的是外国人或外籍华人的子女，我们的读者谁会把孩子送到按美金收费的国际学校？还有一次报了个喝咖啡的选题，刘君梅也替我陈述理由，朱伟仍然决绝地否定了。

稿子也遇到了麻烦。一篇写"婚礼"的稿子，改了7遍，最后仍没有通过。那时没用电脑，每一次改，都是在周刊绿色的方格稿纸上重新誊写。不敢偷懒，因为亲眼看到高昱改稿子小小地懒了一下，被朱伟劈头盖脸一顿教训。还有一篇写"丁克"家庭的稿子，改了5遍还是6遍，最后阎琦和舒可文帮着说好话，舒可文又指点一番，才改成了一页的篇幅发了。

我很迷茫，不知道该如何工作下去。只好搬出旧的生活周刊，一篇篇文章看，琢磨老记者们为什么要写这个选题，他们是如何进行论证的，运用了哪些素材，提炼出了什么观点？看这些文章，我就像学生时代学语文，逐句逐段分析，其中苗炜、刘君梅、邹剑宇的文章，给我的启发最大。当年，朝阳门外的丰联广场开业，号称北京最豪华的商场，小邹去采访后做了篇《奢侈是种生活方式》，写了奢侈品牌如何陷白领们于尴尬。这篇文章一度成为朱伟称赞的范文。我认真地看了N遍，沮丧到了极点——我觉得自己永远也提炼不出这种精辟的"中心思想"。而刘君梅的时尚评论，同样让我钦佩。她写女式紧身内衣和男权思想、写纷乱的现代化信息如何催熟了青苹果，当时的报刊上几乎没有这种风格的时尚评论。更不要提刘天时，这个和我坐在一个格子间里、多愁善感的女孩，让我怀疑自己选择记者职业是不是脑子进水了！

经过几个月的煎熬，我写的一篇人物专访让朱伟决定我专写人物。日子好过一些了。从此，我成了包打听，满世界寻找各种怪人：受过良好的教育，本可以成为白领或金领，却放着安生日子不过，要去干匪夷所思的事的人。即便如此，交稿那天仍然心惊肉跳。星期一早上，开完选题会，就是各自交稿。每个人都是闭着眼睛把稿子交给朱伟，然后躲到吴老师的资料室里，生怕在办公室被朱伟逮个正着。直到朱伟找到资料室，通知你"稿子发了"，一颗心才落下来。反正，交感神经活跃，肾上腺激素分泌过旺，内心却又焦虑，星期一的中午饭是吃不好的。

一种压力

那时，生活周刊里星期一午饭吃不好的人是我、高昱、王珲、皮昊。

高昱受过中国新闻学院的科班训练，擅长做"硬新闻"；而周刊当时半个月出一本，追不上热点和突发新闻，所以更偏重新闻事件的评论，朱伟也强调记者对资料的分析和再运用。

高昱进周刊一年多来一直觉得自己发挥不出来，为此很痛苦。1998年春节，河南出了件公安局长张金柱汽车撞人事件，因为民愤难平，张金柱被判死刑。高昱借回河南老家过年的机会，进行了深入采访，写了个封面，提出：审判犯罪嫌疑人应该依照法律还是民愤？并指出，对张金柱量刑过度。当时，全国媒体都报道了张金柱事件，众口一词谴责张金柱，但高昱是第一个发出不同声音的。这篇稿子，让高昱翻了身。5月，他又做了一个平安大街改造的封面，提出了梁思成的旧城改造观点，引起了很大反响。高昱在生活周刊站稳了，也找到了自信，说话、行文的风格也越来越鲜明。

在生活周刊多年，朱伟从没有批评过我，即使我做得不够理想，他也用了一种温和的方式对待我。我想这大概是因为我太愚钝，总是不开窍，他懒得培养我吧。可是，内心里，我总是处于焦虑状态，总觉得自己能力不够、不被重视。

终于，因为朱伟让我停止做人物，改做社会报道，我赌气离开了生活周刊。

那两年，生活周刊成了心中的痛，不愿提及它。从气息上来讲，我是和生活周刊相投的，都注重精神追求，多少带点清高。当时，生活周刊出去的记者很多成了各媒体主编、主笔，我没有勇气经受朱伟的训练。但是，生活周刊的每个细节都让我怀念。我会想起有一次刘天时在电话里告诉某人如何找到编辑部，"进了《北京法制报》的院子，右手边那栋看起来像厕所的贴白瓷砖的小楼，就是"；还会想念舒可文的伶牙俐齿，我总不敢和她说话，她学哲学的，特别容易抓住你话里（也就是逻辑上）的漏洞；还会想念阎琦，她像个大姐，对谁都细心关照，有一次严肃批评我们下班不关空调，但是她会为我们的事情去向朱伟力争。

离开生活周刊的两年，经历了一些事和人，反过头看，生活周刊是相对单纯、平静的地方，就像它所在地的名字"净土"。在生活周刊上讨论的话题，我认为有意义的。而我那时一心想去做的时尚类媒体，就像邹剑宇预言的，带给我诸多的尴尬。我开始怀疑我追寻的那些奢侈品牌会带给我什么样的享受和快感？它们是不是我生活中最重要的？

还在锻炼

2001 年 9 月，因为个人原因，我去了英国。临走前，打电话向朱伟道别。他热情地说，做我们的驻外记者吧！我想也没想，连忙点头答应。我解不开"生活"情结。可是，到了英国，三个月之内，我不敢提笔。我不知道提笔写了第一篇文章后，会不会又一次遭遇瓶颈？

2001年圣诞节，《哈利·波特与魔法石》的上映在英国掀起了狂潮。我写了《哈利·波特》为英国带来的旅游经济增长，以及英国人因美国文化入侵的精神失落。圣诞节早晨，收到朱伟的回信，他对文章很满意，又一次提出让我回生活周刊。我很激动，那是多么好的圣诞礼物啊。

好景不长，顺利写了几篇后，我的稿子接连通不过。我拿出驻法记者王星的稿子，又像分析语文课文那样分析，甚至模仿她的选题和文字风格，仍然被否定。我挺不住了，几乎有两个月没给朱伟写信。

朱伟来了一封信，问我为什么不联系了，是不是他说话太重，伤了我的积极性？我很惊愕。朱伟是个性很强的人，我从没有听说过他对谁这样说过话。我客观地反省被他毙掉的稿子，发现它们确实写得不高明。首先选题太大，自己思路不清晰，又缺乏宏观评论一个社会现象的能力，写出来当然很空泛。而王星，她的风格和我完全不同，她的机智和文化趣味适合当专栏作家，我做记者是比较合适的。

我调整了思维方式，写了篇喜剧演员 ALi G 的稿子，得到首肯后，眼前豁然开朗，从此才算真正明白文章该怎么写。读了大量英国专栏作家、评论员、记者写的文章后，我惊异地发现，朱伟就是按照西方国家媒体从业人员的水平来要求我们的。他不要国内媒体上司空见惯的文体，不要轻描淡写的报道，不要居高临下的议论。

朱伟要求独特的思维，思考时能暂时超然物外。在为生活周刊做稿子的过程中，我必须拼命读各种资料、书籍。做一篇3000字的稿子要看10万字的资料——英文的，对自己是怎样的锤炼？而你在顺利了一段时间后，遇上朱伟的"刁难"，未尝不是件幸运的事。人都有惰性，只有天才才能克制自己的懒惰；我不是天才，靠了朱伟的鞭策和压力，才每天都有进步，才不至于庸庸碌碌。因为这种压力，在英国我必须去关注这个国家发生的许多事情，必须去了解这个国家的历史和文化背景，一段时间后，我发现自己有了极大的提高，眼界开阔了，思想活跃了，而且养成了思考的习惯。

最近在写一篇关于英国作家格雷厄姆·格林的稿子时，如何看待格林混乱的私生活，着实让我困惑了很久，迟迟无法下笔。从女性的角度，我不敢苟同格林的情欲观，很抵触去写这样的登徒子。但是我最终理解了一个人的爱情，理解了格林同时和几个情人交往，与道德无关，他对每个人的爱都是真诚的，人性有那么多的方面，我为什么一定要用婚姻制度中的各种观念来分析爱情？心态为什么不能宽容一些呢？从一进生活周刊就听到"人文关怀"，这时才真正理解了。

就这样，笨人李孟苏终于形成了自己的思维方式。

梦想之旅

::::王　珲

1995 年 7 月在富国北方文化公司任图书编辑，1997 年 8 月任《三联生活周刊》记者，2001 年 4 月进入新华在线，任新华传媒工场秘书长，总裁助理，媒体咨询部经理，2002 年 9 月任《体坛周报》社《玫瑰周刊》主编，2003 年 10 月任中国轻工业出版社《都市主妇》主编，2004 年 10 月离开。

　　1996 年，由朱伟接掌的《三联生活周刊》开始以每月两本的规律出刊。我于 1997 年 8 月加入到这个让我敬重的集体，从此一次极为重要的人生之旅启程了。

　　现在想来，要感谢生活周刊的真是很多。最为幸运的是，自己在迈入社会后不久，便遇到一个严师，一群同道。在我看来，大家之所以在那么清苦的环境下接受挑战、为之努力，皆为热爱。你热爱一个梦想，你就会对很多东西视而不见。

当然，梦想的注入既有早期生活周刊创办时的各种传奇，更有朱伟强有力的执行力让梦想着地，变得日渐清晰可感。在这一点上，我们曾被朱伟的严厉搞得疲惫不堪，可最终却成了严厉的受益者。

西方的传媒都有编辑手册一说。就像"奥美"喜好将所有经验性的东西总结成文一般，那些经年累月被验证被修订而成为圣经般的标准，成了确保其媒体品质的基准。但上世纪90年代末我们对于周刊的标准，处于揣测之中。那种可意会的东西，是在一次次谈话和一次次的毙稿中被感觉出来的。

举例来说，生活周刊非常有特色的选题会，每一个人要用有趣又有说服力的阐述，来表达自己对于一个题材的关注，为什么是这个而不是那个，是这个了又想怎么做。朱伟不感兴趣时，有时会生硬地打断发言，赞许时会"嗯，挺好"这般简语，但嘴角会自然溢出上扬的线条。

截稿在即，很怕接到他的电话。因为越是时间紧，稿件不理想，他就越可能暴躁。但绝大多数时候，他都保持一种超常的耐心，非要将稿件表达的最终目的明确到底。他宁可让稿子弃用，也不让一篇不合要求的东西登上台面。

可想而知，一篇稿子被肯定时是多么开心的时刻。那个时候，生活周刊的人都有点疯，即稿子一通过个个亢奋，用高八度音说着没个正经的疯话，发出顶破墙皮的笑声，仿佛要把一个多星期的沉默一扫而尽。是对稿子甚至包括人的高淘汰率，确保了《三联生活周刊》无法复制的核心竞争力。

我常想，自己在"三联"的前两年，因为笨拙和固执，可谓是费朱伟口舌和心力最多的人。因为哲学思维的缺乏和知识面的狭窄，看问题常流于表面。朱伟却是最不能容忍这种非此即彼、非白即黑的二元对立。他要求的质疑精神和在最充分占有资讯之上的缜密、理性分析，成了我在"三联"最丰的收获之一。做一个有思考能力的人，是一件多么快乐的事情啊。

在"三联"近四年的时间，是我的内心点起一盏明灯的重要阶段。这之中，朱伟对我影响甚深。他针对我对人性好奇的特点，建议我有深度地探索人与人之间的关系。是啊，人性是如此复杂，终极意义上的健康人格有没有呢？如果没有，是什么让它发生了扭曲和变形？是自身的缺陷，还是社会、文化所致？

我兴致益然地进行着探索，捕捉着生活中交杂的各样悲喜剧。如果借我的笔，一个个细小的故事可以让阅读者的心灵有所启悟，真是一件幸事。

让内心热切而持久的力量，更来自于那一时期的"三联"同事。一种适于让梦想专注的氛围，产生于每个人都孜孜以求的精神磁场。

阎琦，大姐式的耐心卓绝与宽厚；舒可文，言词犀利，句句见血，却一派天真；刘君梅，举止俏皮、时尚，人却格外热情、坦率，无所保留；王锋，时尚青年的行头与做派，内心却深沉而充满睿智；苗炜，散漫于形体上的嬉皮与满不在乎，总是会被眼睛里一闪而过的聪慧击破；胡泳，被尊称为大师级的人物，写些哲学与技术的思索，人却低调；邢海洋，外表拙朴，语言搞怪，以写童话为乐；高昱，大家公认的"愤青"，因为有着真诚的愤怒，所以让人尊敬；刘天时，一个清淡的文人，大爱藏于内心。

我和邹剑宇、李孟苏、卞智洪是同期进入"三联"的，一起见证了1999年之前"三联"的这些个性人物。文如其人，因为他们每个人鲜明的风格，好看的文字，让生活周刊在很长一段时间内，保持着对这个纷繁的世界充满趣味的深刻丰富的探索。准确地说，我之所以会闯入这里，就是抵挡不住他们的吸引——先是被他们的文字，进而被一个个鲜活的人。

在成为他们中的一员的那段日子，"三联"人不吝于敞开资源、全力支持的善意，敏于发问的知识分子气，彼此影响，形成了一种良好的风气。笔在手中，以文立身。更重要的是，仿佛有一种力量，让大家在成就一个美好梦想的过程中，全情投入，不计得失。

如此的富有新意

:: :: 许知远

2000 年毕业于北京大学计算机系，1998 年曾在《三联生活周刊》工作，2001 年至今任《经济观察报》主笔。曾出版《那些忧伤的年轻人》、《纳斯达克的一代》、《转折年代》、《这一代人的中国意识》等作品。

　　1998 年初夏，我第一次穿过那条悠长而又悠长的净土胡同。那时我 21 岁，是北京大学计算机系一名成绩糟糕的学生，对未来抱有某种病态般的幻想。像年轻的托洛茨基一样，相信唯有记者、艺术家、革命者才是值得从事的职业，因为他们能够激发起隐藏在世界麻木表皮下的活力。当然，像所有志大才疏的青年一样，我对于未来拥有光辉的设想，却没有一张路线图。那天早晨，我心情喜悦。从北大南门乘坐 302 路汽车到达安定门，再转 108 路到北兵马司，就可以看到高高的河北饭店，而顺着河北饭店所在那条胡同一直走下去，就最终能看到净土胡同 15 号，如果能在 10 点之前，便有机会参加《三联生活周刊》的全体编辑与记者们例行的选题会，这是王锋在电话里对我的嘱托。一次偶然的机会，我认识了这个富有热情，并固执地富有热情的编辑。

忘记那一天会议的情景，只记得身边都是一些面目亲切的人，他们散漫的谈话与迟缓的行动方式，跟我想象中的记者编辑们一模一样，我也喜欢那间狭窄与零乱的编辑部，接近傍晚时，夕阳会穿过那种老式的窗户，照在那些漫无边际的谈话者的脸上。那时候，还不了解《时代》或是《华盛顿邮报》是怎样紧张而职业化地运转的，以为大片慵懒的时间和偶尔的心血来潮是记者生涯的主要构成。

当时在会议室里，意外地发现了大量堆积的过期杂志，它们黯然神伤地躺在那里，证明了这份杂志仍发行量甚微、影响力不足。但在一瞬间它却令我情绪激动。1997 年在风入松书店第一次看到《三联生活周刊》，它的印刷效果与高达 8.80 元的定价，在当时杂志堆里卓尔不群，更重要的是，它所关心的内容如此的富有新意。我在学校里听够了教授与自以为是的才子们谈论鲁迅与尼采，我们对于世界的理解主要来自那些死去了太久的人和被过度谈论而必然僵化的思想，我们充满极大的热情，方式却极为单调。但现在，有人告诉你新兴的互联网和加州精神紧密相联，法国上演的一幕戏剧，性与人类历史的联系，而且这些写作的方式也很好玩——作者们似乎普遍不会好好说话，似乎这一切都是翻译过来的。某种意义上，在没有机会上网、看不懂英文杂志的 1997 年，《三联生活周刊》成了一个年轻人通往陌生的外部世界的重要窗口，它激发起他被迫沉睡的好奇心。

那天下午，我满脸汗水地抱着几十本旧杂志，重新穿过悠长的胡同，在一家汽水店门口，一边喝可乐一边骄傲地对店主说，我是来这家杂志实习的。我为这份杂志只工作过三个月，但这段经历对我影响却无法估量。它的资料室储存了那么多外文杂志，它们是我对新闻业乃至我的人生的入门教材。

在判断一个新闻机构的影响时，我们总是习惯掉入新闻原教旨主义的影响，它最先报道了哪些消息，影响了哪些政策，迫使哪些公众人物丢脸……但时至今日，我仍顽固地相信，如果一份媒体能够挑逗起年轻人的好奇心，激发起读者探索外部的热情，让他们学会从另一个角度来思考，才是最值得尊敬的。在某一个短暂的时间，《三联生活周刊》的确做到了。

无法抹去的片段记忆

::::皮 昊

1996 年 7 月武汉大学新闻系毕业后成为《三联生活周刊》经济部记者。1998 年 10 月，进入中央电视台广告经济信息中心，为撰稿人。

记性实在不好，现在怎么也回想不起 8 年前自己是怎么走进净土胡同那个小楼的了。只记得，是 1996 年 7 月的一个中午，我刚下火车还背着大包小包。初来乍到，这时候最着急的，是赶快找一个晚上落脚之处。就在这种慌慌张张、懵懵懂懂中，我走进了《三联生活周刊》，开始了我的第一份工作。

后来在生活周刊的两年，似乎自己一直处于这样的状态，混在京城。现在对那段时间的记忆，也都被杂乱的生活分割成了一些片断，凑不成一个整章。不过，这些片断留下的印记，我无法抹去。

这里面最深刻的一个，是生活周刊里向学的氛围。其实，走进生活周刊之前，我在学校并不是一个勤奋的学生，所学全凭兴趣，全无体系。到了这里之后，见识了大家的言谈文章，才知道自己还缺这么多，要恶补的还有这么多。就像一个体质虚弱的人，临到了要参加运动会，才担心起自己原来气血两亏，手脚无力。还好，生活周刊给了这种压力，但也有宽容，有老潘、方向明、朱伟这些循循善诱的良师。我以前曾经买过一套布罗代尔的《15 至 18 世纪的物质文明、经济和资本主义》，三大本囫囵吞枣地看完，一头雾水，中间很多关节点不甚了了。有一次和老潘说起，他告诉我，布罗代尔还有一本《资本主义的动力》，是其观点的集成。后来这本只有 100 页的小册子，让我受益匪浅。当时"生活"还常有集体学习的时候，有一次是李陀给大家讲后现代。讲课的内容，现在已经如数交还，只记得朱伟那时候的神情：坐在李陀身旁，记着笔记，专注的像一个课堂上的学生。只有讲到关键处，朱伟脸上才会显出会心一笑。

方向明对我从事新闻职业帮助尤其多，到生活周刊他第一次和我深谈，是他刚当记者时犯下的三条错误。只可惜，我愚笨如此，后来把他所说的三条，一条不落，重新犯过。到这时，我才知道，说的事尽管浅显，可他的告诫中却另有一层苦心。还有一次，我记得是 1997 年的 2 月 20 日，好像春节假期还没过完，凌晨 5 点多，我给一阵电话吵醒了，迷迷糊糊中，方向明告诉我邓小平逝世的消息，他还叫我马上打开收音机，听听各方的反应。新闻似乎总是在你最不经意的时候发生，对一个记者来说，吃着这碗饭，你就得时刻保持着紧张状态。在生活周刊的两年里，方向明没给我讲过什么大道理，但他身上随时都表现出一个职业记者的素质。

1997 年初，巨人集团债务风波，正闹的沸沸扬扬。为了建一座当时号称中国第一高楼的巨人大厦，这家有名的民营企业，把自己赔进去不说，还欠下了 1 个多亿的楼花款。当方向明和我一起去珠海，找到巨人集团老总史玉柱的时候，处在风暴中心的他，对我们戒心重重，一开始每句话说出口都非常谨慎。在我看来，这场有一句没一句的采访，好像挖不到什么东西，就要打道回府了。这时候，方向明突然把话题转到史玉柱的办公室上。屋子将近200平方，只摆着一张办公桌和几把椅子，很平常的一个办公室。但有一点被方向明一提，我也注意到了，屋子的每个窗户都被拉上了厚窗帘，帷幕低垂，密不透光。可以想象，一个整天把自己装在这么一个昏暗的、空荡荡的房间里的人，他的内心会是什么样子。这个细节，决定了史玉柱的生存环境，也决定了他的公司的生存环境。其实，在当时国内很多民营企业，也像这间办公室一样，封闭、孤独。它们想要得到外界的认可，换取外界的资源，但付出了昂贵的代价，最后只落得内外交困。触动了史玉柱的痛处，他滔滔不绝说了一个下午，和盘倒出了巨人大厦崩盘的过程，说到激动处，从不抽烟的他，甚至从方向明的烟盒里，拿出一根点上。据说史玉柱看了后来生活周刊的报道并不高兴，因为揭了巨人集团和他本人太多的内幕。不过，如果他不计较一时利害得失，我想他应该能认可报道的公正，毕竟，那篇封面故事里的史玉柱和巨人集团都是真实的。

这些点滴，放在两年的时间里看来，都是一瞬间的小事，可今天回忆起生活周刊的时候，最先冒出来的，还是它们。因为类似这样的片断，在我后来的经历里，再也没有出现过，它们只可能发生在生活周刊这样的地方，只可能发生在这些人的身上。这话说得可能绝对，但在我，的确如此。离开生活周刊6年，后来编辑部几次易地，我再也没有去过。对我来说，《三联生活周刊》依旧是那幢僻静胡同里的小楼，一不留意，就会走过了。

"生活"的别致景观

∷∷任 波

毕业于江西大学经济系，1998年在《三联生活周刊》任经济部记者，2000年进入《财经》杂志，任记者。

初时的兴奋与惊奇

1998年夏天，生活周刊进入我的生活。

北京大学三角地的一则手写广告吸引了我。大意是，《三联生活周刊》需要经济学专业女生兼职协助记者采访并整理资料。寥寥数语，居然还诡异地强调非"女生"莫属，哼，这是一帮什么人啊？

那一年我刚跟清华大学与北美15所大学合作的对外汉语培训项目签约为汉语教师，暑期对签约教师的培训期间经常到三角地转转。虽然从没看过"生活"，基本不知道那是什么东西，但作为《读书》杂志的狂热爱好者，我对"三联"两个字极有感觉。出于对新闻工作和三联书店的崇拜，鬼使神差一般，就按照广告上的联系方式找了去。

广告出自一个名叫许知远的数学系学生之手。此人常以文学青年自居，毛遂自荐到生活周刊实习。贴广告是奉编辑邢海洋的命令。

许知远布满青春痘的脸从宿舍双层床的阴影里探出来，给了我一个呼机号码。很快，在北大物理楼附近，我又跟推着一辆破自行车胡子拉碴的邢海洋接了头。几天后，穿过国子监附近若干幽深曲折的胡同，参加了编辑部每周一次的选题会。

那时候国内几乎没有彩印的新闻杂志，外刊也难得一见。第一次去编辑部之前，临时在报摊上买了本"生活"，一见到就被彻底慑服了。那一期的封面故事是方向明和邢海洋合写的《遭遇过剩时代》，视野之广、分析之独到以及文笔之大气兼而清新是以往在国内的任何报纸刊物上都没有见过的。漫画的封面也令人耳目一新。细看里面的各个栏目，无一不是别开生面。在公共汽车上一口气读完，用手捏一捏，就连纸张的质感也高级得很。

编前会上，编辑部的各色人等再次令我兴奋莫名。编辑记者们围着会议室的长条桌坐了一圈，按顺时针方向就各自领域发生的新闻轮流发言，有所谓的社会、文化、经济、时尚、科技等板块，内容令人耳目一新。对我而言，完全应接不暇。一个人说完，大家七嘴八舌地讨论，讨论激烈时，主编朱伟就满意地大大咧嘴。那次，负责时尚报道的刘君梅介绍了一个家伙合成各种自然声音做成的音乐。据她汇报，其中还包括"做爱的声音　　"，朗朗然话音禾落，我赶紧四下乱看，发现大家表情都自然镇定，就放心了。然后就此讨论一番，究竟属于什么文化现象之类。这群穿着打扮简单随意，甚至看去不无懒散的人和他们关注的话题赢得了我的喜欢。

当然，能不能当记者，还要靠主编朱伟的一句话。第一次见面，朱伟莫测高深地咧咧嘴，算是微笑了，但是不置可否。不过似乎从此可以兼职。邢海洋跟我单线联系，给我分配任务，编译外刊的稿子，也逐渐包括采访。生活的节奏一下子非常紧张。清华项目不久跟我解约。于是经常在编辑部晃荡。晃了一个多月，劳而无所。一天，朱伟在办公室做巡视状，当时周围并没有什么人，走过我旁边，特地咧嘴示意："你的稿子发了。"生平第一次知道自己写的东西将成为铅字。

于是有一次跟朱伟比较正式的谈话。回忆起来，印象最深的有两句。第一句，"你对新闻很敏感，文字也不错，希望能够留下来工作"；第二句，"作为记者，你将学会思考，这对你的一生都会有好处"。这一切最终成为我记者生涯的起点。

"批判"的启蒙

初入周刊的日子里，当时几期封面故事留下的印象相当清晰。有一个关于北大百年校庆，还有一期是《人民教师孙维刚》，也包括《遭遇过剩时代》，都是充满对现实生活的各种矛盾冲突中人的生存状态、行为方式和精神追求的理性思考。编辑部会议室的地上沿墙根堆着一摞摞的过期杂志，联系到朱伟所说的"学会思考"，我更是兴高采烈地抱走很大的一堆回去潜心学习。也禁不住开始幻想自己激情创作此类文字的美好未来。不过，接下来面对的，却首先是每一篇文章背后的痛苦折磨。

第一次报选题，胡乱汇报了一个当时关注度比较高的事情，似乎是企业家定价，知识产权之类。虽然还算激起了一些讨论，但对此究竟应该怎么判断，自己没有想法。也许是注意到了我散乱游移的眼神，副总编辑潘振平在会上当场指点："你要做的，是对这些事情进行批判。"

"批判？什么？"不知哪根神经短路，当时我马上联想到大字报，做出一副张口结舌的样子。老潘赶紧耐心解释一番，何谓"批判"，要我好好体会。关于"批判"精神的启蒙教育由此便开始了。

然而，了解"批判"的概念是容易的，"批判"的实践过程却很艰难。选题被认可后，在激情中写完了第一篇稿子，兴致勃勃地拿去见人。邢海洋是我的编辑，看完稿子之后，沉默半晌，先是想出了几句鼓励的话，然后才告诉我，这样写不行，要推倒重来。当时的感觉，几乎就是当头一棒。

所谓推倒重来就是强迫自己从完全不同的角度思考，据此调整思路，重新组织文字，限期整改。由此，我认识到，要学会批判，必须先自我批判，这尤其难。如此反复了三四次之多，加上连续熬夜的折磨，自信心简直濒临崩溃。好在每一次修改都更接近编辑的要求。

编辑部里有一个小柜子，里面塞满纸张和印刷都很粗糙的方格稿纸，任凭大家自取，取之不尽，用之不竭。这种稿纸如今大概已经绝迹了，但当时，大部分编辑记者就是往这上面"码字"。每页纸400字，一篇3000多字的文章，要"码"10多张。每一次修改，需要走笔如飞，连夜完成新的10多张，认识的自我拔高也往往要在一夜之间完成。

后来才知道，同事们为了应付频繁的改稿，"土法炼钢"，竟发明了剪刀加浆糊的手艺活。一次目睹高昱改稿，只见他利索地抄起一把剪子，把需要删去的部分咔咔去掉，对新写好需要替换的段落的稿纸动作灵活地加以裁剪，调整顺序，前后对齐，用浆糊固定粘牢，反复几次，最终形成一张非常厚实，形似奏折的巨长无比的稿纸。虽然有些原始，但也初具Word软件的功能。

所幸自己不是唯一受折磨的人。所有的稿子最终都由朱伟把关。自己的同伙们经常苦着脸，捧着一叠稿纸从朱伟的办公室走出来，这也成为《三联生活周刊》的别致景观。朱伟美其名曰"开掘思路"。夹杂其中的，还经常有资深记者的面孔。每逢如此，办公室的秘书高嫒就幸灾乐祸地念叨："嘿，又难产了。"临到截稿期，更频繁听见朱伟在电话里咆哮，声色俱厉地催逼。

尽管总被批得体无完肤，但每一次从朱伟的办公室里走出来都是有收获的。稿子不能通过有很多原因，朱伟会一一分析，并提出修改的建议。我的头几篇稿子写得磕磕绊绊，直改到绝望。有趣的是，每次濒临绝望的时候，朱伟就会和颜悦色地通知："你的稿子行了。"回想当时的心情，如同坠入幸福的深渊。

此情可待

1998年夏天是一个五味杂陈的季节。通货紧缩。互联网兴起。编辑部里有人在看布罗代尔的《历史》，捧着盒饭挤在破沙发里三言两语地谈论余杰的《火与冰》。人多的时候，轮流用仅有的一台电脑上网。懒散的下午和黄昏，窗台上的一个卡带录音机沙哑地播放罗大佑的恋曲。阅览室和会议室的窗外，浓荫的绿叶和低矮成片的胡同民居参差交错，小贩悠长的吆喝偶尔传来。多亏有这一切，让最初紧张惶恐的记者生涯和年轻单纯的岁月在充满温情的背景中展开。

同事们来自五湖四海，各行各业，不少人没有北京户口，没有新闻工作背景，但这里没有门户之见。朱伟说："唯一的评价标准就是稿子。"稿子写坏了，朱伟就拼命地"开掘思路"，办公室里愁云笼罩，记者直呼"不想干了"；稿子写得好，朱伟会咧着嘴从办公室里兴奋得冲出来表示祝贺，一时幸福四溢。

一次编前会上讨论稿子，我支支吾吾没有主见，朱伟登时当众恶狠狠地说，我看你该好好看书学习了。我几乎立时羞愤而死。没几天，轮到我交稿，那是受了巨大刺激之后完成的，也是我非常满意的一篇，等待我的自然又换成一个朱伟专利式的咧嘴。写了好稿子，事后记者还能激动地发现稿费比平时有所增加。那时的工资很少，和其他媒体一比较，大家也发发牢骚，但只要一有进步，就会发现工资单上的数字悄悄地增加了。

对于采访和写作上经常遇到挫折的新记者，编辑部有时组织业务学习，说文解字。主讲主要是朱伟，此外由资深记者或者比较成功的新记者介绍经验。文章如何开头，如何把握结构，如何抓住矛盾冲突的核心，如何捕捉细节，等等。某年年底，编辑部在京郊租了一个别墅供大家吃喝玩乐，庆祝新年。结果朱伟整晚都在跟我们几个新记者谈稿子，谈写作，直到天明。

阅览室是编辑部的闲话中心，吴老师以前在大学工作，退休后成为这里的"总管"，大家也称她老太太。每次来上班，同事们都要先到这里猛翻一阵报纸和杂志，跟老太太说说自己的秘密和烦恼，听她的开导和唠叨，控诉朱伟的恶行，然后继续采访、写稿、受折磨。

回想起来，那时候的生活就像学校生活的延续。编辑部是一个充满孩子气的集体。我还记得：邢海洋的敏锐和洒脱，高昱的勤奋和热情，苗炜的幽默，胡泳的深刻，舒可文的爽朗，王珲的真诚和坦率，王锋的优美文笔，刘君梅的时尚，钦峥的懒散，商园的前卫，邹剑宇的贫嘴，高媛的善良，张晓莉的认真，刘天时的柔弱和执著……将这些人凝聚在一起的是某些抽象的追求。

记得最后一次跟《三联生活周刊》的同事庆祝新年，也是在一个郊外的"腐败"场所，百无聊赖之际，大家发现宾馆的床垫弹性很好，于是，一大堆人，刘君梅、舒可文、高昱等等都狂欢地在床垫上一下一下地蹦了起来，那一个夜晚，我们放了很多的烟花，还有火星烧着了我的裤腿，在夜晚的星空和草地间，尖叫和笑声传得很远。

这一切的记忆也远了，同事们先后离开了"三联"，熟面孔少了，新面孔多了。高媛曾经伤感地说，我们这里真的就像一个学校。然而，这也许就是它所能包容和倡导的。也似乎没有更好的比喻能够对我的回忆做一个生动的脚注，并把我们热爱的杂志的启蒙精神如此地概括了。

"生活"作坊流水账

::::李　伟

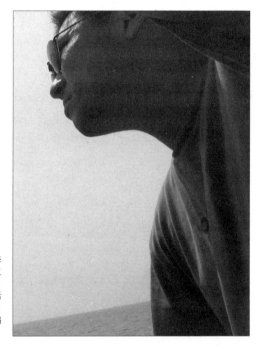

2000 年复旦大学哲学系毕业。1998～1999 年进入《三联生活周刊》实习，2000～2003 年正式成为《三联生活周刊》社会部记者。2004 年，供职于一家地产媒体，为编辑部主任。

　　1998、1999 年的夏天特别热，动不动就到了 40 度。我还没有毕业，暑假在家热得待不住，就跑到"三联"找点事儿干。最早在旧报摊上看到"三联"，很便宜地买回来，上课很无聊正好可以看。那堆杂志里记得住的封面是《吃药走进新世纪》。

　　那时候"三联"还在净土胡同，见到苗炜，我说我知道你，在《足球报》上写"京华新村"；估计苗炜有点不好意思，他应该觉得自己的影响力不止于体育圈儿。苗炜大概问了问我学什么，英语好不好之类的。我的目的特别单纯，就是找个事干，最好忙得要死，对付第一次失恋后的空虚。

当时的"三联"还处于前工业时代，基本上"通信靠吼、治安靠狗、出门靠走"。编辑部只有一部电话，在高媛的桌上，有两三台康柏电脑，极其老式，唯一的用途就是中午玩"俄罗斯方块"等弱智游戏。这类游戏苗炜总是乐此不疲，后来有了手机就在开会的时候玩"贪吃蛇"，打下"三联"最高分。当时一起在"三联"混搭的还有许知远同学，许同学现在是《经济观察报》的主笔，"青年思想家"。1998 年他休学了一年，旅游归来，整天也是无所事事。许同学酷爱看书，"一天不读书就赶不上许知远"，也是苗炜自我激励的榜样。好几年后，许知远中午到我现在的单位蹭饭，还是背了一个硕大书包，刚刚从北大图书馆借书出来。我们一边吃盒饭，一边扯淡，突然许同学特别认真地说："你觉得生活有意思吗？"这种对价值观和人生意义的追问，让我很惭愧。

办公室总是空荡荡的，只有星期一，各位大爷才纷纷露面，在会议室东倒西歪开个会。这样的选题会对我来说是上课，总能上升到世界观教育。朱伟是老师，每周要给老师"交作业"。在我待的几年里，"三联"一直是个作坊。所有选题堆在主编朱伟那里定夺，连同最后的生杀大权。主笔们带着各自的兵开个小会，"孩儿们"拿到"令箭"就可以散了。潘振平先生与朱伟比是另一种风格，总能给人长者般的关怀，这种教益并非来自一条稿件的解说，有时候你看到老潘在，你还会觉得自己在干着"知识分子"的事情。

我的第一篇稿子废话连篇、狗屁不通。那天中午苗炜喝了点酒，红着脸把我叫过去，喝斥："不要过高估计读者的获取信息的能力，也不要过低估计读者的智商，你把这句话重复一遍。"后来我也带新记者，也有机会让别人再去重复这句话。

老同志们的收入不高，1998 年的时候好像给配了一个传呼机，

1999 年个别同志才用上了手机。大学时拿过一次稿费，好像 3000 字的稿子 200 多块钱吧。2000 年春节前，我基本定下了在"三联"工作。第一天过去，编辑部刚开完会，任波（现任《财经》记者）过来跟我说："你赶上好时候了，第一天上班工资就改了。"记得当时主编朱伟撇撇嘴说，"要是一个月做一个封面就一万多元了"。当时取消了底薪，按页数和版面给钱，完成任务的话，能有四五千块钱。我第一个月挣了 6000 元，这相当于读书时一年的生活费。我拿出 3000 元给父母换了一台电视，剩下的钱"十一"到广西玩了半个月。

网络时代来了。虽然《三联生活周刊》还窝在小胡同里，但已经被网络春风忽悠得晕晕乎乎。有一小撮同事去了网站，很长一段时间选题会总被"张朝阳"、"王志东"等人把持。直到后来做了一期《偶像的黄昏》，这拨人才算退出主流话语。记得网络最火的时候，许知远在办一本杂志，跟我约稿，做一篇"网路时代的年轻人"，等我把稿子写好了，那个杂志已经垮了。

很多同事都会怀念在净土胡同的生活，那时还是双周刊，一周开一次会，胡同里异常安静，"三联"的小楼后面是一片一片的院子，深秋可以看见院子里的柿子树结着红色的大柿子。有一次下午几个同事要去打联机游戏（流行"星际争霸"），出门就往小网吧飞跑，为了能在"一中"的学生下课之前抢到位子。

我在"三联"的四年里，几乎被所有的领导领导过，最开始在邹剑宇处做 IT，网络泡沫后又跟随高昱搞"宏观经济"，高昱走后李鸿谷又把我收留，做着通俗易懂深入浅出的社会新闻；离开"三联"后还被吴晓东领导。每位领导都有独门功夫。邹剑宇很早就是 IT 名记，我去"跑会"经常被介绍是邹剑宇那里的；而给我深刻印象的，倒是邹剑宇的很早以前采访孟京辉的一篇专访，还有一些署名"田七"的《生活圆桌》。

宏大叙事这种"文体"在高昱离开后就没有人能操练了，开山之作是《谁能审判张金柱》，这种风格像练气功，讲求的是吐纳顺畅，笔意横流，体会到"大象无形，大音希声"就到了最高境界。高昱大学本科学的是"园艺"，毕业论文好像是《论马铃薯在黄河以北的种植》，但老高的学习能力极强，基本上是全能选手，从完全不懂股市到半个月后就写下封面《做多中国》，这种人才实在少见。

第一次见李鸿谷还是在净土胡同，瘦瘦高高有点驼背，印象最深的是手机带套，还别在腰里。李鸿谷有一套自己的新闻观。"三联"的人都是野路子出来的，李鸿谷也是，大学里练的是体育，搞短跑出身，但新闻的理论水平很高，尤其是能够系统化。有幸借过李鸿谷的一本书——《掌权者》，讲的是美国新闻史上大人物，此书购于十几年前，李鸿谷还是新闻青年，书间扉页就已写得密密麻麻。2002年北京车展，我和李鸿谷去做《中产阶级与汽车》的封面。天气特别热，展厅里挤得像沙丁鱼罐头，5点多钟展览快结束了，李鸿谷还在人丛中挤来挤去，不放过任何一个可以采访的人。一般人身上的惰性，在这个中年人身上看不到。受教最深的是和李鸿谷去广州采访"九运会"，虽然不便出去花天酒地，但从早到晚都在讨论新闻的理论与方法，从电话怎么打，到文章怎么结构。最后一天是在广州的新体育场看台上采访一个胖子，胖子坐在中间，我们分坐两边侧着身，场下正在进行田径决赛，噪音很大，为了听清楚我们俩的脸都快贴在胖子脸上了。我喜欢和李鸿谷争论，他总是先说"我做了14年记者"（现在不止了）。我胡乱想，如果"三联"拍一个广告，可以请李鸿谷出镜，对着镜头模仿周润发嘿嘿一笑，说"其实我才刚刚出道"。

"新闻只有一天的生命"，是我在入学里曲受到的教育。在"三联"的几年里，我一直虚妄地认为，这上面的东西可能命更长些。但实际上每天都有更多更重要的事情、人物，被追逐、访问。而我能回忆的不是新闻本身，记住的仅仅是一些生命体验，那些好玩的事情、走过的地方。前些天看一个半自传的网络小说，叫《一头大妞在北京》，里面有个情节是说作者的一对模特朋友在网吧被烧死了，后面跟了一个链接，打开竟然是我和几位同事才做的"蓝极速网吧"纵火案的报道，里面那对模特恋人劫人的照片还是我从她绝望的父母手里借来的。我才有了一点点成就感。

　　"三联"十年，我在其中四年。杂志做了 300 多本，每一本都显示出对知识、观念和艺术的强烈诉求，那种意欲以知识分子姿态行事的冲动每每令人感动。当然，这终究是一种"知识分子姿态"，或"知道分子"的经营策略。

漫画作者，1999年毕业于中央美术学院，当即开始为《三联生活周刊》工作至今。现任《北京青年报》子报《北京科技报》艺术总监。

圆桌旁边一坐五年

∷∷谢 锋

1999年8月某日，乌云密布，电闪雷鸣，这是北京典型的一个夏日的雨夜，我一个人走在酒仙桥的大街上，背着一个巨大的行军包，里面装着我的一些顺手的装备。

这一天是我从中央美术学院毕业的日子，我在这里摸爬滚打了四个春秋，练就了一身技艺，早就期待着闯荡江湖了。出来的时候匆忙，除了必要的装备以外，只带了一部手机，还是两年前的阿尔卡特旧机型，勉强能用，就是经常没电，它是我与外界联系的重要工具。

我在这个雨夜出发，也是为了掩人耳目，因为干我们这行就是不能太招摇，江湖凶险，说不定敌人就躲在暗处，随时取你性命。

夜色越来越深，雨越下越大，我加紧步伐赶到了第一个联络站。这是一个仅有8平方米的小房间，里面很简陋，除了一张单人床以外，就是一台旧的台式电脑，上面布满了蜘蛛网，一看就是好久没有人用过了。我进了房间，关门时习惯性的向周围看了看，确定没有人跟踪，就锁好了门，放下沉重的背包然后开始擦拭起电脑。

当我正挑起第8缕蜘蛛网的时候，突然寂静的空间里"嘀"的响了一声，很刺耳，吓了我一跳，赶紧关上了灯。定睛一看，原来是电脑自动开机了，屏幕上泛起了绿莹莹的光，我想这时候我的脸一定被这绿光映衬的很可怕。屏幕上出现了一个小信封，尽力克服了内心的激动，我知道，任务来了。这是毕业以来我接到的第一个任务，就要大显身手了！迫不及待地点开了信封，果然是一封命令信。发信的人叫商园，鬼才知道是不是真名，干我们这行，为了不暴露身份，大都用化名，就像我有时候不叫谢锋而叫山羊胡一样。从信上我知道这次的行动代号是"生活圆桌"，它是一个大行动的一小部分，商园是我的直接联络人云云，还有这个任务是如何如何凶险。布置任务的人只给我提供文字描述，没有过多的资料，执行任务的要求是下手要快，切入点要准，而且狠！还要发挥自己的创造性才能把任务完成好。具体作案工具不限，只是完成后的社会效应要大！最后还强调了时间紧迫，星期一上午10点以前一定要完活儿，我看了一下电子钟，NND现在都星期日凌晨两点了，给我这么短的时间，看来又得熬夜了。

我从附件里下载了任务要求，刚下载结束，那封信就自动删除了，乖乖，安全工作做的真是滴水不漏呀！好，打足精神，开始干活！我打开我的工具盒，我的作案工具一应俱全，有沾水钢笔、毛笔、水彩笔、油画笔、自动铅笔……都是我最顺手的，当然了，还少不了纸。纸是A4的复印纸，旗舰牌的，我只用旗舰牌的，纸面幼滑，不紧绷！是我的一个上班的朋友帮我从他们公司顺的。

工作一开始就不太顺利，发给我的任务是什么呀！文字行云流水，东一句，西一句，说评论不评论，说散文不散文，有的还满篇酸话。果然挺难！不过，再难也难不倒我，我就前后左右的读，从上往下读，嘿！有了，总算让我总结出来了！他写得行云流水，我也得想得流水行云，脑子越乱，任务完成得也就越好，有时候，从后往前读也许还有特殊收获。就这样任务顺利完成。抬眼一看，天已大亮。这才想起来，我已经30个小时没有吃饭喝水上厕所了。不过，第一次就把任务完成得让自己满意，值！

　　这时候，手机突然响了起来，里面是一个男人的声音：“你好！我们的活好了吗？”我吃惊地问：“你是谁？怎么知道我的电话号码？”他说：“我的代号是程昆，以后由我来和你接头，至于电话号码，告诉你，干我们这行的，没有什么不知道的！”我倒吸口冷气，看来这伙人是老手呀！他接着说：“请把干好的活儿放到三联书店往西的第二个垃圾桶下面，自会有人去取，注意不要被人跟踪！”“那我的报酬……”这是我最关心的，“每个月结一次，会直接打到你瑞士农村信用社的账户上！”

　　啪！电话被挂断了，我长长出了一口气。我知道，我的江湖生活就此开了，从此，我就在笔尖上混日子了！

　　如今，已经过去了将近五年，当时的经历记忆犹新。现在，我已经取得了这个组织的信任，我知道了商园是真名而不是化名，她和一个叫邹俊武的人是组织里杀人不眨眼的枪手，精通各种武器，什么AK47，M700，MP5……都不在话下，每次玩CS都杀人无数，双手沾满了鲜血。那个叫程昆的是组织里负责催债的，听说有讨债公司专门花重金想把他挖走，但是没有成功。代号“生活圆桌”的这个任务的直接负责人是叫苗炜。但据我所知，他的背后有更大的指使人，但是，总是神龙见首不见尾，我只知道组织里的人都叫他“朱老师”。

一张小画

∷∷陈　曦

从 1999 年秋起为周刊工作 5 年，为特约美术插图作者。参与《三联生活周刊》工作前是中央美术学院设计学院的学生，现在中央美术学院设计学院第十工作室工作。

　　记得前些年，一位央视编辑为了制作节目，约我闲聊中国漫画的发展现状。他问我："画插图对于你来说有什么重要意义？"我先是很诧异，然后思索了片刻，回答道："只是一张小画儿而已。"

　　确实是一张小画。每次收到《三联生活周刊》编辑部寄来的新刊，我总是习惯性地从后面翻起：掀开封底，再翻过一页，右边是朱德庸的《涩女郎》，左边是沈宏非的《专栏·思想工作》，左页中央大约 10 公分见方的插画，就算是"我的地盘"了。周刊即将 10 年，我给她画这样的小画竟也有 5 年了。除了感叹时间的快逝之外，我常常引以为豪。

　　1999 年秋，我读中央美院"大一"，开始给周刊画插图。当时没有电脑，也不会上网，每次都是手绘完成，然后快递给周刊编辑部（那时的稿费也是通过快递或是邮局汇款）；到了次年夏天，硬件全面升级：手绘线稿，通过扫描仪输入电脑完成填色，直接发电子邮件传回编辑部；后来，就连稿费也直接打进银行账号——工作效率日益提高。现在，从收到专栏文章，到完成插图发回周刊，最快可在数小时内完成，即使很忙的时候也不超过两三天。就这样日积月累，电脑里留存的插图文件已近 300，把所有收到的周刊摞起来也有两尺来高了。朋友们都戏言，我上大学这 4 年，最认真的作业是给生活周刊画的插图。女友也开玩笑说，要把现在画的线稿保存好，等以后有了孩子给她当画画书填色用——如此说来，这一幅幅不起眼的小画儿还真是"意义深远"了。

　　对于这样的"小品"，我却不敢懈怠。由于专业是平面设计，我会特别在意插图的创意与视觉传达效果。谈到创意，还得感谢沈宏非先生，他的文章睿智风趣、广征博引，常常是一个巧妙的题目就给我提供了准确的创意点和生动的视觉元素。在表现手法上，我日渐摸索、尝试，追求一种朴拙的幽默感和洗炼的语言表达。应该说，是周刊使我逐渐形成了相对固定成熟的"风格"。除了作品之外，在周刊的工作方式也算是一种"小品风格"。悉数下来，5 年内亲临编辑部不过 10 次，平日多在网上交流。由于生性羞涩，几年来只和周刊的几位编辑有过屈指可数的谋面，以至于将要忘记他们的容颜了。还有沈宏非先生，更是只见其文，未闻其声。上半年，一家出版社给沈先生出书，他向责编推荐了我的插图。这份由衷的感激，至今还未来得及致意。我想，可能就是一种"默契"，让大家能够继续着这种"风格"吧。

　　有一件事，我还记忆犹新。前些年的一天，路上邂逅中学校友，于是共忆往昔。谈及各自阅读，同学说最爱《三联生活周刊》，多年订阅不辍，我心中暗喜。然而，他却说自己从未关注过插图之类，对我的名字自然也是视而不见。自那以后，我就一直认为：画插图无非就是做"配角"，唯有自得其乐罢了。所以，当我面对央视编辑问及的"重要意义"时，实在无言以对。如今，这些把玩于指尖的"小画儿"已成为我的偏食。至于能不能摘得"最佳男配角"奖，那便是评委们的事了。

作者：李钺

我曾荣幸地为王小波五周年祭画过一张肖像，后来作为那一期周刊的封面，能为他画一幅肖像很是荣幸。有时打开电脑，看到这两年来为《三联生活周刊》画的几十张插图，会由此产生莫名的成就感。这些作品能通过生活周刊让各地读者看到，我为此心存感激，并在这本杂志创刊十周年之际，祝《三联生活周刊》更加成功。

（1995年中央美术学院版画系毕业，1995年至今任《今日中国》杂志摄影记者。2002年开始为《三联生活周刊》专栏文章配插图）

外省青年进北京

:: :: 李鸿谷

1987 年任《长江日报》体育记者，1998 年任《武汉晨报》编委，
2000 年进入《三联生活周刊》社会部，任主笔，现为副主编。

　　2000 年夏天，朱伟到武汉，事先跟我打了个电话，约我见个面。
他的目的地是广州，选择的路径是先飞武汉，歇一夜，然后再飞广州。

他告诉我生活周刊明年准备改成真正的周刊，问我愿不愿意去北京干活。

当时我正在武汉做一份报纸的编委，天天上夜班，似乎也顾不上与朱伟更详细地讨论什么。第二天早上我起个早，带着朱伟去老通城吃热干面和豆皮。看起来，朱伟对这两样他喜欢的武汉早点，没有太多的热情。或许他的那本《考吃》是一个文字操练，而非贪吃者的心得。

认识朱伟，是同事王锋的介绍。在离开《长江日报》前的那段时间，王锋有个经典感叹，"唉！快奔'三张'了。还待在武汉。"所以，在他30岁之前，《三联生活周刊》创刊招聘，他就到了北京。我是他找来的写稿人，因稿件而与朱伟发生联系，后来到北京出差，拜访净土胡同，见了朱伟真身。当时阎琦也在，她热情地建议朱伟请我吃一餐。果然吃了一餐，他们当时讨论如何操作戴安娜之死的封面，问我有什么主意？结果让我感觉与"三联"的差距真大。所以，"外省"不是一个地理上的距离，而是话语上的强弱。

大约9月初，朱伟打电话来，说已经确定了要改周刊，让我考虑考虑给他一个回信。稍后我决定利用当年的国庆假期，到北京一趟。现在回想起来，这一行程的主要目的，是想知道我究竟能在做周刊的三联做什么。其实朱伟来武汉，我之所以感觉没有谈什么，恐怕主要的问题是我对三联的周刊未来并无明确的方向感。当然，这趟北京之行的目的也非仅此。到了净土胡同，与朱伟谈话总共没有超过半小时。当然同样也没有明确的答案。

人在变化之际，对于未来期待有更多的信息与更明确的方位感，是一种本能。但令人遗憾的是，这种不安全感虽然普遍，却并无可解脱的良方。在我后来面试记者时，我体会到我曾经希望别人对自己明确定位那种强烈的需要，所以总是会用一种虚辞而应对：一本杂志的伟大有赖于每个人的伟大，你要考虑的不是这本杂志要你做什么，而是你能为这本杂志贡献什么智慧与天才。

技术是核心

漂亮话说起来容易。我到三联上班，为了应对未来的周刊之变，朱伟把每周的计划会变成了未来方向的讨论会。因为新人，我被要求发言，我开口说，"记者最大的梦想是做独家新闻……"结果，哄堂大笑。这实在令我窘迫。直到现在，朱伟经常还说，"我们不是报纸"。或许"独家"是个太过报纸化的思维。净土胡同，生活周刊的那个院子，在雪后的楼上张望，确实可深深感觉这座城市的风水与文脉。所以，在这个院子里，可能容易生长的植物叫文化。显然我是个妥协的人，"独家"不再是我要说的那个词了，但我后来用了另外一个词：核心信息源。它成为这家杂志思想基里重要的概念之一。和《纽约时报》评论员埃莉诺·伦道夫（Eleanor Randolph）坐在那间据说电影里总出现的海安咖啡室，说起鲍勃·伍德沃德及美国的好记者标准，她给出的标准很直接："你能不能敲开别人（被采访者）的门。鲍勃能。"这是否太简单了？但这就是这行的行业标准。有次我采访前驻美国的中国外交官，他的国际政治观很奇妙，"就是腊八粥"——其实不分你的国家大小，就是看你是不是那一"味道"，能不能坚挺着。所以，你如果是一种异质，你就把命运交给时间，让它来选择。

唉，把命运交给时间，又是一句漂亮话。

在香港大学见到朱学勤，我虽然尽量用平和的声音，但刚一见面，我就说我不喜欢你们文化人，尽说虚词。未料他大获同感，说着说着两个半小时就过去了。后来又约着聊了5个多小时。我的牵强的解释是，他是聪明人，聪明人有理解力。我一般的经验是像他这个年龄的，基本上已经觉得自己掌握终极真理，因而也失去了对当下最基本的理解力。这次聊天我才知道，朱学勤也曾出任过这本杂志的主编。他为他最终没能主编下去而给出的解释是，理念的部分很好谈，几分钟大家就说到一起了，但在具体的问题上，往往谈不拢，甚至冲突。我们坐在港大仪礼堂楼下的吸烟区，彼此感慨：技术问题才是核心问题。

文化人要跟你讨论真实是否存在？这让我焦虑。到了三联，当你以为找到信息源而自得之际，"你们新闻说报道的是真实，真实存在吗？"昏！在港大演讲结束后，有位传媒教授问："在大陆你觉得你们能发现真实的事实吗？"又昏！但这次醒得快，我问："你需要跟我讨论的是哲学意义上的真实，还是具体新闻的真实？"当然，需要解释的是，这位教授的问题，实际是一种包括深情怜悯的"自我价值确认"的姿态，但要正经解释这其间的曲折，又无趣了。研究思想史的汪晖用一个长长的注释分析"事实的真理与价值的真理"，容我引用一下："自然知识与道德知识的区分逐渐地成为现代思想的基本原则，并延伸出事实与价值的区分。""自然就像是工匠制作的产品，它表现了制作者的能力和技巧而不仅是他的形象。"简单地说，新闻工作是一门技术一个手艺。

永远的好奇

我到北京来见朱伟，除了为那份不安全感寻找方位之外——这毕竟是我工作 13 年第一次尝试变换单位——另外，或许更重要的原因是，我不知道我跟这座城市能不能和谐。

当时我在报纸里的角色，相当于教练，指导球员踢球，经常会脚痒痒啊。我一直觉得自己没有做够记者，这里面可能有一点很私人的理由。在有截稿时间的压力下，不是每个采访与报道你都能完成的。这有点像站在起跑线前，你不可能知道自己会第几个进入终点一样。这点未知感，会刺激你的肾上腺素。或者这很病态，但它确实是令人上瘾的东西。在三联，星期天是"漫长的一天"，最后截稿时间，但无论怎样，这一天总归会过去。当然，采访与纯粹的竞技仍有分别，它的结果不是名次，而是求知，自己好奇心在时间压力下有多大程度上的满足？如果更准确地说，它混合了好奇心与好胜心。因为最终的一个事实是，你能不能发布你的发现。

容我再扯远一点。你能发现什么？这或者就是一个记者终极的问题。它的前提是你有什么样的好奇心。这其实已经很个人了，所以所谓好胜，是你能否胜自己。标准是知的多与少。钱钢曾问我是不是新闻原教旨主义者，我想了想，答案是我不是。新闻只是一种认知世界的工具或用它来养家糊口的职业而已。所以，别跟我谈底层与时政，告诉我你发现了什么。

在脚痒痒的时候，朱伟说："来吧，来我这里做吧！"

北京有历史，所以平和。但是，新的问题是，让我认识三联的王锋很疑惑我的选择："现在到北京，你是不是老了点？"这里又要谄媚一下朱伟，他没有嫌我老。这样，我就到了北京，开始我第二份工作。

外省青年进了北京之后的故事，不是我而是我们的故事。我一直以为，真正做新闻，是需要团队的，需要有共同经验的人的相互慰藉。无论城市还是乡村的奔波，那点孤独、惶然与自得，甚至似乎永远看不到尽头的无助，是需要分享与共担的。

有段时间，《三联生活周刊》被称为"法制文学"，这都是我的罪过——我认。不过，其间的精彩并没有被注意，金焱跑到郑州做银行劫案的稿件，她注意到了那座停摆的钟以及它最后定格的时间。这不是可以被训练出来的能力。所以，她是我到社会部后唯一一个没有在记者名字前挂上"实习"字样的人。在她未到三联之前，是《南方周末》曾经报道过的人物。后来王鸿谅有过同样的光荣，她成为一份青年励志刊物的封面人物。但是，她俩以采访别人为职业，却从没有说过她们被别人采访是什么样的感觉。低调当然容易被忽视，但背后所包含的高贵，即使惊鸿一瞥也是可以让人记忆深远的。北京话里有个词叫"不吝"，用来形容最初的金焱比较恰当。三联决定做张军的封面——这是这本杂志第二次决定做这个人物了，金焱飞到重庆，她被要求的任务就是采访到张军，她几乎要完成这个任务，但牵涉到中间人的费用问题，我考虑再三拒绝了。这可能是未来新闻要面临的矛盾选择，给钱还是不给？在这个问题上，我自认有道德压力。不过，金焱采访到了专案组长、重庆市公安局副局长文强与公诉人谷安东，他们都是第一次面对媒体。那个核心信息源的概念，在我后来跟同行的一次次讲演中，张军、文强、谷安东正是依次排序的信息源。在你没有足够硬度的材料前，你选择一个叙述角度，这是一个聪明人的做法，但绝不是一个伟大记者的做法。我在做"调查李真"的案例里，曾找到一份当时金焱采访的名单与电话，那些名字让我感动莫名。

巫昂比我更早是三联的记者。很失敬的是，我们共事相当时间后，她送我一本她们"下半身"的诗集，我才知道她是诗人，后来当然也知道了她也是美女作家。她跑到湖北乡下调查一桩投毒案，至今我仍认为是她为三联贡献的最好的报道——她提供了对一桩单纯案件报道的空间感。依循同样的思路，她后来又做过"被害人的二次被害"。那桩投毒案，后来受到新闻原教旨主义者的狙击，因为那些被认定为投毒者的犯罪嫌疑人，是否有罪成为一个疑问，最后他们因证据不足而被判无罪。巫昂后来有几次申请再去调查，结果这个想法没有实现，她已经离开了三联。我一直的感慨是，与时间竞争的新闻，如何更精细地评估事实与如何更平衡地叙述，永远是一项智力上的挑战。而巫昂的投毒案调查或许也是一个样本。感动的是，离开三联后，巫昂发表对三联的意见，我看到她责问"为什么这么软？"新闻的硬度！巫昂在提醒。让我感谢的是在我们人手最紧张的时候，巫昂帮我找来了曹立新与郝利琼，缓解了我们不少的压力。复旦历史硕士曹立新有心向学，却被赶着去追问为什么中国酱油会被欧盟拒之门外，以及酱油制作与成分的标准问题。后来曹立新果然回到大学去做他的"先生"职业了。有心向学的还有程义峰，到北京半年多，他告诉我他要去读书，老实说我特别意外。也由此来反省自己，对社会等级与晋阶程序，是否太过轻视。郝利琼让我经常会想，她如果还在这里工作，会是什么样呢？她最终也选择回了上海。像她一样选择离开的还有秦翠莉。

永远喜庆的李菁是个非常有职业使命感的美女，她代表三联第一次将自己的脚跨出了国门。后来她又去了巴厘岛与巴基斯坦。简单地看，这个团队对陌生国家的恐惧感，也因她个人的努力而打破了。在可能有些犹豫的氛围里，甚至不是勇气，而仅仅是李菁从没有被污染过的好奇心让她说："既然大家犹豫，要不就我去吧！"——这样她和吴琪去了巴基斯坦。记者这个职业，整体而言，最本源的动力是什么？这是我曾经思考长久的问题。米兰·昆德拉解释摩西十诫的"汝不可说谎"——这一戒律，使提问者拥有了权力。以公众之名的记者，也因此获得职业合法性的证明。好玩的是，我的经验，在中国，不是提问者的权力，而是有权力者的提问。记者那审问式的采访，便是明证。这或许是法拉奇那个经典采访的误导，只是想不到它如此悠久漫长。记者与被采访者、媒体与公众，仅仅是一种权力关系？我反对。所以，我会经常问记者："你好奇的是什么呢？"李菁回国，你要快快请她顿饭，否则她那一肚子奇遇不说出来会憋坏她的身体。

三联的新闻化，或许去到韩国、巴厘岛以及巴基斯坦就是一种象征：拓展疆土。开始是"法制文学"，我的界定更直接，"黄赌毒"——想想这些东西我们什么没有做过报道；接下来，是贪官，是对权力及其运作的观察；再接下来，是娱乐，饶颖赵忠祥！然后，体育。当然还有未来。当记者的脚走进我们未曾到过的领域与国家，你才可以说，我们能够强大。

朱文轶第一次走到最远的地方是广西南丹，调查一起矿难。据说矿主黎东明爱闻花香，所以卧室有一个长长的管子通向他的花房，这真好玩，我希望朱文轶告诉我是不是这样。前段时间，吴琪、王鸿谅经过"严肃研究"，报告她们的发现："朱文轶是个文人！"是啊，他来三联实习时，我的疑惑正是这里，他能做记者吗？那段时间我跑到云南调查毒品，朱文轶独自去了山西运城，描述关公脚下的权力故事。我在昆明接到他在运城的电话，惊讶半天。他实习完了回学校，杂志为了希望他快回三联，把他的名字径直写到记者栏里了。相信在学校里的朱文轶看到杂志上自己的名字，一定有不短时间的得意。后来有很长一段时间，朱文轶被我称为"附文先生"，到了星期五，找来朱文轶，让他补写两页文章，因为他是快手。如此一而再，朱伟说我压榨得太厉害。想想也是。

与李伟共事时，他已经过三联众多高人调教，早已满腹经纶。三联能够发出响亮笑声的人本不多，更少像他那样笑得无邪与单纯。和他合作过两个封面，我总是觉得有采访不完的人，而李伟却一直胸有成竹的模样，这让我一直心生惭愧。后来李伟也有经常被逼急的时候，一堆采访名单电话一个个打过去，逐一被拒绝，如果这会儿你去问他进展如何，他会用北京最脏的土话骂骂，但是你看着他一脸的无邪，会帮着他一道痛恨那些拒绝者。后来大伙一道吃饭时，我经常会想起李伟的笑声与笑话——他总是别人没笑自己先笑得不行。而且这个时候的饭局我也没了酒友，庄山也走了，"两小二（锅头）"只剩下一个。自此，三联"斗地主"运动，就没有再在三明电信开展起来。庄山、李伟去开创更具挑战性的事业去了。在稍早一些时候，雷静也走了，他的理由是爱情。所以，更容易让人发出一点感叹。离开的故事，多少是令人生发伤感的，但想想我自己离开《长江日报》，或许每个人都是在按自己的命运往前走。

王鸿谅去到重庆开县调查井喷，是一个有传奇色彩的故事，只是这个故事由我来说太无趣。如果按照文学研究的叙事模式理论，是这样一个结构：一个还没有毕业的女研究生，去调查一起井喷事件，她失踪了。与她同行的其他媒体的记者，还有当地政府都在找……这个故事的背后是，她为了比别人找回更多一点的信息，竟独自离开记者团队，重回现场。麻烦的是，她的手机没电了。她的男朋友最紧张，说第二天一早就飞重庆。结果呢？当晚午夜，王鸿谅自己打来电话报平安，她说她要在那里住一夜，她奇怪"大家为什么这么紧张？"

吴琪带着一肚子如何做杂志的主意到了三联，被我喝住，就像你在《南方都市报》那样去做新闻！去找事！刚到一家新单位，又被如此不客气，后来吴琪、王鸿谅又分析发现我有打击新人的本能。她们共同的疑惑是，"过去我们都是挺自信的人啊！为什么现在这么没信心？"好在她俩也很快成为"老人"。吴琪去到河南调查黄勇案，学校、村庄都一一被她扫荡过了，但她仍觉没有找到核心的信息源。在电话里，她无限沮丧问我可否订票与什么时候回北京，我建议她再回村里一趟，结果这一趟她找到了她想要的东西。这次经历，使她再去昆明调查马加爵案，没有任何恐惧。所以，自信是自己找一个个信息源、写一条条稿件逐渐建立起来的。吴琪最喜欢感叹偶然，在巴基斯坦，"如果没有那天进入大使馆，根本就找不到那么多的材料"。如何进入大使馆的，你们可以去问李菁与吴琪，太奇怪，确实配得上偶然这个词。

在社会部阴阳失调，女记者成绝对主导后，新记者的参与，使李菁的八卦爱好终于找到知音。这使这个团队又重建了一种集体放松的可能。也正因为阴阳失调，朱文轶在内部八卦演义里，一大半的时间成为主角。他被太多的女同事宠着了。

祖籍福建，先后毕业于复旦大学和中国社会科学院研究生院，为文学硕士。2000～2003年在《三联生活周刊》社会部任记者，现为自由作家。

生是三联的人，
死是三联的鬼

∷∷巫 昂

一

2000年6月10日到2003年9月10日，我的生活跟这本杂志联系在一起。

此为我之幸。大概多少年后，也可以说是这本杂志之幸吧，居然养活过我这么个人。

我的记性本来是很差劲的，居然还记住了这两个日期，简直是奇迹。

2000年6月10日，我从望京倒了几趟车，去安定门内大街寻一个叫净土胡同的地方，走了死久，到了一栋小楼里边，在二楼走廊深处，隐藏着主编朱伟，他负责面试我。

借用新闻报道的叙述模式：这个嘴巴略微有些歪的、肩膀略微有些斜的、戴眼镜的、小个子的、文化气息浓厚的上海男人，坐在一堆古典音乐CD里，好像他办的是个音乐杂志，他的办公桌上养了一小盆不用土的观赏植物，我在此后三四年间，数次想掐死那丛植物，以示自己的愤怒抑或知遇之恩，未遂。

"你没有新闻从业经验。"他拿着我的简历，从眼镜片后边观察了下我，我心虚了起来。

…………

"噢，你的硕士论文写的是什么？"他。

"小说家路翎。"我。

"你喜欢这个作家嘛？"他。

"不喜欢。"我。

"那为什么写他？"他。

"因为还没什么人写他，我可以胡说八道。"我。

然后我就被录取了。那时候，正好三联在酝酿从半月刊变成周刊，由一个圈子化的泛文化半月刊，转型向一个大众化的有硬新闻的周刊，所以需要许多能跑新闻的记者，尤其是时政社会口的。我本来呢，是很想干文化的，但文化并不缺人，只好临时去弄社会，结果，就没能再文化回去了。

社会部一口气培训了12个新人，半年之后，真正留下来的似乎只剩下了我，这并不是在强调说我有多牛，而是，好像整个非体制内的新闻系统就是这样，大家都在不遗余力地寻找一个合适自己的地方，为此东挪挪西挪挪，我的优点是不懂得该行业规则，不知道挪了以后能去哪里。但多数去三联的人，有如下准备：理想主义，觉得这是个挺不错的杂志，进不了这地儿还有其他若干地方可去的"护记符"，想混一阵子到别地儿当主编，不想到别地儿当主编但最终还是硬生生被挖走了……

我有一个缺点，对自己待过的地方向来并不待见，虽然里边混杂了一段类似于婚姻的复杂情感。而我不只一次跟更新的新人传授经验，开始的时候，要把自己当孙子看，像张爱玲说的：低下去低下去，低到尘埃里头，吃灰。

二

培训的内容，主要是请资格老的记者来跟我们新人谈话，实际上，最后只有高昱、邹剑宇跟吴晓东跟我们正经讲了，他们三个，在当时的我印象中，都是非常青年才俊的，年龄适中言谈飞扬，虽然肤色深浅略有不同。我分给了高昱那房"管帮带"，他每两周"幸"我一次，稿子传过去，过一两个小时，那边就打过来一个急切的、痛心疾首的电话："巫昂啊，你，你这样写不行，你知道吗？"

然后哒哒哒说了一通如何如何不行，该怎么怎么写。这边厢，我听得心如刀绞，悲观绝望。

"这样吧，时间也太紧了，我还要出差，我帮你改了，下不为例下不为例，啊？"高善人最后扔下一句诸如此类的话，突然挂断了电话。高善人眼下在《商务周刊》当主编，不久前接受了一个外国记者的采访，采访稿是英文的，我没耐心看，但人抵说他是个"左派"代表，"左派"为何物？是他的平民思想和宏大叙事吗？是他的宽边眼镜和一小时两三百字的写字速度吗？

后来培训不了了之。三联的各种政策一向具有鲜明的不持续性，大家都习惯了，所以，每当快发钱的时候，上边便开始修改发钱的法律条文，但你不要着急，过不了几个月，这个条文就会失效。我在的那段期间，起码还有如下短命的制度：轮班接听读者热线（实际上一天也没几个读者打过来热线，他们宁可给《京华时报》打），打卡坐班制，新闻突击攻坚小组，主笔轮流当主编，记者轮流当主笔，等等，等等。

三

第一次去外地出差，是采访山西一个被误会为艾滋病病毒携带者的女人，这个新闻有一个怪拗口的名字：国内首例艾滋病初筛结果泄密案。故事女主角是一个从浙江远道到山西忻州那样一个很小很封闭的小城镇去做生意的，她去当地医院做腰椎间盘突出的手术，被做了下HIV检测，结果居然是阳性，但这是初筛实验，照理应当到省一级的指定实验室去做确诊实验才能算数，但是，如我们所知，在一个小地方发现一个艾滋病病毒携带者，哪怕并不是确诊的，那都是很轰动的新闻，这个消息很小道而迅速地从医院流传到社会上，一路影响了她的生活，她很快成为当地名人，上街买把瓜子，小贩都不敢接她的钱，我采访的时候，她为类似的遭遇哭了几次。

回北京后，我写出来初稿，自己觉得采访扎实各方都有说法，看起来四角俱全挺那个的，但没有中心思想，也就是说，任何文章，三联当时的习惯是要提炼出来一个主题的，文章的结构大抵都是三段式：第一部分讲事情本身；第二部分，让几个矛盾方在那里冲突冲突；第三部分，就得升华了，升华的手段实际上很有限，多数人想到的就是找些专家来胡扯，这个专家说两句那个从另一个角度再说两句，所以每个记者实际上都有自己的御用专家，万金油也似，但当时我还没有，只好求助于高昱。

当时升华出来一个很牛的主题，叫做：个人隐私与公共安全的交锋。我记得好像就是这个报道，导致我转正的。所以，高昱是我的贵人。他也是我在三联期间非常佩服的一个人，爱思考有理想，保持了一贯的平民主义立场，而有时候，主编会把这种立场说成是农民思想，高昱有若

272

干著名报道，早期对我有很大的影响。

四

三联的 G 点，一是讨论权力与权利问题；二是追究一个人的经历，和他成为新闻人物之间的古怪关系，三是新闻事件中的知识分子立场，四是对所谓的新兴中产阶级一厢情愿式的讨好跟迷恋。最后这点，也是时代风尚使然。好些新媒体讲自己的办刊所针对的读者群体，往往说是白领和中产阶级，为了这个东西，发了疯地讨论来讨论去，跟傻冒差不多。

权力问题实在复杂，世无英雄，遂使权力得英雄之名，分析一个新闻事件中各色复杂关系的结果，往往为了偷懒，落到权力这叠干稻草上。权力，成为万金油，某样方法论某种思维方式，也系一个人见人爱百发百中的词儿。在我亲历的 2000 年前后，半月刊转成周刊的初期，三联热衷的是知识分子化的权力问题，大约是 2000 年，讨论警察权、大熊猫的特权、一个班级的权力体系……

后来，大概就是李鸿谷做社会部主笔以后，社会新闻跟封面故事趋向于硬朗，跟时效性强，本来泛文化的办刊方向走向了硬新闻，我们这个部门的记者，为了新闻的硬，开始奔走于各种事发现场，但去的时候往往也还是并非第一时间，三联的强项是做后点报道，因为先发制人自然是赶不过日报跟各色网站的，唯有在后边跟着，拿只冷眼看这看那，最后总结出来一个很三联的立场跟观念来。

个人体验上讲，做硬新闻需要一个人具备对新闻无条件的热情，甚至于善于遗忘类似事件。但作为一个喜欢发明创造的人，我是无法忍受重复的。所以第一年，大概是 2001 年，我还热衷于第一轮硬新闻，比如自然灾害、案子、腐败事件等等；第二年，我就开始为新发作的空难和投毒案怎么做出新鲜感费脑子；到了第三年，许多类型的报道，都开始无法刺激我的神经，而新鲜的形态，在很短的时间内，也无法一一建立。

但是当时，我做得还是很有些乐趣的。这些乱七八糟的想法，都是后来总结出来的，一切过去的，都容易变得不怎么美好。在灾难现场，接触死难者家属，去跟当地政府部门纠缠跟斗智斗勇，想尽一切办法，找到关键采访对象，说服他们接受采访，这些都能够调动出一个人的潜在能量，我才发现自己身上，有极端冷静甚至近乎冷酷的一面，我从不在工作场合，因为某个悲惨的场景动容。也绝不为了显示敬业熬夜工作，这可能是我这么多年，对写东西能够保持体力与精力的一个要点，晚上一定是娱乐时间，假如朱伟深夜来电话，我就会装成点灯织布的骗子应付之，通常，早起工作效率更高，也不至于造成作息上的恶性循环，最后把自己弄成一个疲乏万状的中年人。

五

有一回，Frankmw（苗炜的 ID——编者注）在吃饭的时候跟我说："你这个人怎么能分裂得这么好，一边写小说，一边当记者？"

我私下里觉得自己很傻，在很多问题上，一个具体而卑贱的人爱怎么分裂怎么分裂，对局面是起不了任何作用的。当个记者，特别是社会新闻的记者，整天哀伤哪愤怒哪着急上火哪，还往往得不到任何真相或者说真理。记者嘛，永远生是事实的人，死是事实的鬼，但是多数情况下，大家都在欺骗你，因为谁也不知道什么是真的，所以临到头了，只好绕来绕去，写出一篇安全系数较高还能交差的啰唆报道。

我的记者生涯，因为一场官司的开庭，到达了转折期。我甚至不知道哪个环节出问题了，从以前连屁股上被蚊子咬了一口都要哼哼半天的小青年，变成了一个坚强而僵硬的新闻战士。一个人做点啥总要有那么点目的的，那么除了谋生之外，我可要在三联这本杂志的小温床上，长出那么点经验的虱子，在此之前，我一直不想当个职业作家，也一直劝周围的朋友参与火热的社会生活，但我现在发现他们过得都比我好，整日里饭局来酒吧去，周日傍晚还包了车去郊县party。

当记者跟当文艺工作者毕竟是两回事，一个作家可以是封闭矫情虚无的，一个记者却注定要牺牲自己那点审美趣味，变得功利无耻冷得有点漠，我常常提醒自己要跟上次帮了我忙的某采访对象保持终生的联系，但是下礼拜就忘光了，直到下回有事又去骚扰他们。

我看到美国老牌记者麦克唐纳在70岁时做的一篇翻案文章——《也许这个案子中还有一个女人》，他的工作方式像个侦探，独自调查到了一个陈年旧案的元凶：一个律师因为有外遇，精心谋杀了他的老婆孩子（他那么大年纪了还在当一线记者，要在我们这里，准当主编享受特殊津贴了）。读这种报道，其实跟读小说也差不多，他在那里不温不火津津有味地讲一个关于残酷人性的绝妙例子，我们在这里享受破案过程带来的阅读乐趣，如果有什么新闻能跟像世上硕果仅存的几部小说那样永垂不朽，这样的稿子就是。

但是，哪怕我有天大的耐心一直活到70岁而且继续当个记者，谁愿意听一个中国老大妈讲述她拼着老命颤颤巍巍搞到的故事呢？在我国，很少见到白发苍苍的记者，中国的记者到了40岁上还不能当上主编，那就是很没面子的事，因为记者在很多人看来，与JI类似，都是青春饭。大家觉得，假如到了中老年，还去参加新闻发布会，还去跟那些人套瓷还去挖空心思采访别人，而最终还要写稿子，这都是做人做得很不成功的标志。

六

我为什么离开三联，这个事情说起来颇有些复杂，最大的原因大概是我渐渐感到了身心的分裂。自由写作的力量拉扯着我，到了我当记者的第四个年头，逐渐成为一个很干扰我的事。主编朱伟经常在谈话中，用海明威的例子来教育我，让我跟这个时代保持密切关系，并成为一个兼具记者与作家身份的人才。

但是，我所在的，并非美国。并不是报报名就可以去报道美伊战争，也并不能在杂志文章中展示我脑子里那些近乎反人类的、疯狂偏激的想法。我不得不收敛自己，尽量做到克己为人，为了大局，和一种跟我并不合适的知识分子趣味，而工作。

而契机，就是众所周知的"三联事变"，还改革了稿费制度，猛地说要裁掉一半稿费，居然工资变少，文章又要被改得非常标准，某日早起，心血来潮，我便发了一个很简单的辞职电子邮件，把自己给自由掉了。

三联不是一个媒体集团，像南方报业或者时尚集团那样，一个记者在业务能力上上升了以后，他想当官了，可以去孵化一个新的子媒体，不想当官了，也许可以做里边的自由人，因为媒体集团里头人多，可以躲藏一些自由人并不至于招致别人的反感。但三联不同，它的小作坊气味与缺乏人才上升空间的客观条件，一直都阻碍着它挽留住一批批成熟的记者，所以，社会上流动着一大批从三联这个鸟巢飞出来的孤魂野鬼，他们身上有类似的气质：不甚合群、孤傲而精英、比较热爱精细生活、在关注新闻的同时对文化有研究、怀疑主义、自由主义、自嘲反讽、在有些事情上有点儿怯懦。

说的并不是我。我这种东西，另当别论。一个素有反骨的人，是上不了台面的。

但最最起码，对我而言，假如并不倡导自由也不张扬个性，不与某些东西保持距离，不知觉或者有意识地去跟风，去做清客和代言人，这个杂志将毫无魅力可言。

一本杂志和它改变的生活

::::金 焱

1997～2000 年在《哈尔滨日报》做记者，2000 年进入《三联生活周刊》，任社会部记者。

我的"暴力"生活

这和我第一次看到这句话时的感受天壤之别。应该是四年前的这个季节，我在迷宫一样的胡同中转了一个小时，终于在苗炜的指点下，发现我路过的那个很像农村村办加工厂的大院就是三联的办公地点，而得到确证就是看到了那个三层砖楼的楼裙上刷着很有文化的"蓝色",三联的标识也立刻使这栋楼不再像一个挂牌的村办企业,仿佛陋巷里躲着的一个文物古迹一样,让人顿时屏息凝神。

然后让我记住的第一个词也那么不同凡响,苗炜结束和我的谈话时说:"来听会吧。""听会"两个字让我琢磨半天,觉得这个词真是妙趣横生,用现在做多了新闻的话说,里面包含了无数的信息指向:我没被喝令滚蛋,而是被允许参与到更进一步的工作中,但是这个参与只是"听",而不是"开",我的角色被规定得多么简单明了。

在听会之前,我见到的第一人是朱伟。为了能在角落里找到好位置倾听,我提前了半个多小时到达。来得太早只好无聊地看二楼几乎挂满一面墙的所有封面招贴。朱伟见我晃来晃去,就问我找谁,我抬头回答时,立刻断定他大大小小是个"官员",一方面是在党报见人见得多了自有心得,再就是,他是我在走廊里瞥见的唯一一个穿西服的人。那时的三联,无论男女都休闲得一塌糊涂,我已经很不正式的服装也很异类,等于宣布我是"公家那儿来的"。

关于朱伟的官衔大家有过讨论,最后的定论是"处类",显然朱伟的文人气质盖过了官气,这也是当时我对三联顿生好感的一个原因:等级观念充分地被淡化,朱伟的权威大多体现在要交稿时的咆哮中,他的情绪有规律地变化,现在星期一交稿,他的脸也在这一天铁青到最大值。

不过在当时我还不知道朱伟何许人也,也没人影响我听会的心态——我估计再也没人比我的心态更好了。见过苗炜后,我打电话给一个朋友,他开着车带我在北京城里城外四处兜风,因为我告诉他,我决定到另一个城市的另一家媒体去工作,和三联的机缘也只局限于去听会,把我熟知的名字和真人对对号,然后离开北京。

这个决定一方面是答应到那里工作在先,更主要的是第一天的三联经历让我意识到,过去读"三联",对那时远在边疆省份的我来说,它提供出一种生活的样本,这种生活后来被泛化做"小资",但从字里行间,每个人的收获不能用"小资"一言以蔽之,我当时决定离开我工作的党报的理由就是，原来生活还可以这样过。

但是加入三联，去倡导一种生活，我就迷糊了，我还没找到可以冠以"倡导"二字的生活。所以当苗炜在我听了一整天的会后让我去找李鸿谷，做我的第一篇稿子《城市上空的炸弹》时我就更迷糊了——这么没文化的事，居然要去说什么炸弹啊、爆炸啊。

没想到这些东西一说就说了四五年，范围也扩大到抢劫、谋杀、黑社会、毒品、走私、偷渡、非法买卖枪支、绑架……我好像比公安部的人更有热情去追随犯罪者的足迹，但是我承认自己很失败，我花了这么多时间写犯罪，也没成为一个精通各种犯罪手段的通才，以致朱伟和李鸿谷从来不认为我不好惹。

我后来想，还是三联出招怪异，这一类的稿件都派女记者去做，反倒在全是男性的采访者中不容易被注意，是采访成功的致胜法宝。最能印证的就是那次我去做石家庄爆炸，当时三联的特别优势在于，别的报纸都由宣传部一纸禁令封杀后，反是三联有更大的自由空间。当然这个局面也没维持太长时间。

爆炸发生当天，同事黄河在河北媒体的朋友打电话告诉他此事，正好下午开会，那时关于硬新闻的强调使这条新闻成为必做的题目，我开完会就上路了。当时全国各路记者云集石家庄，我坐最后一班火车到石家庄已经晚上21点多钟了。当时我并没意识到石家庄爆炸事件对于中国的标志性意义，但是全城恐怖的气氛已经能感受到了。

最恐怖的还是当我卷到这里面时，晚上马不停蹄地采访了一些人后，发现已经半夜23点左右，我打了一辆车，告诉司机拉着我到5处爆炸地点都看一看。被拒，理由简单：都戒严了，什么都看不到。我一直坚持，甚至答应给他高出一倍的价钱——截稿时间在即，我第二天必须赶回去交稿，实际的采访时间只有一上午，把工作分散在夜里做压力才会小些。

司机拗不过我就先把我拉到"棉一"立交桥下，那里的市建一公司宿舍已经被炸得面目全非，这里变成唯一可以直观的现场是因为这里地处交通要道，又临街，无法封路。在中国，人们的情绪永远被控制在最低点，像这样一起以平民为目标的爆炸所引起的恐慌以一种被压抑的状态存在，而公众得以表达他们的情绪，也只是围拢在事发现场，传递一些或有或无的消息，犯罪带来的震动远没有警方威严带来的震动大。

我让出租车绕着"棉一"立交桥走了几遍，但出租车因为怕戒备森严的警察有所注意，车子开得飞快。我脑子里这时想起一个主意，一个很危险的想法，把现场照下来。有这个想法一方面是当时三联的人做稿子都会考虑到图片的问题、版面的问题，最主要的是，这样的场景在心里引起的震荡，照下来几乎成为第一冲动。

我坐在后排坐上，车子以同样飞快的速度转第三圈时，我按动照相机的快门，闪光灯闪的一刹那不仅惊动了大群警惕的警察，连我自己都吓了一跳。早春寒冷的石家庄，在近午夜时城市几乎都黑下来了，加上爆炸的阴影，这个城市更是早早就陷下沉寂，连救护车、警车的持续了一天的鸣叫也渐渐消失了。就在这个时候，我成为疲惫的警察的新目标。

几乎在闪光灯闪亮的同时，怒喝声也在车窗外响起来："干什么的，抓住他！"事后那个出租司机告诉我，他当时吓槽了，第一反应就是猛踩油门，疯狂地向前开。而我那时候只想把照相机藏起来，可是除了我那个装一个相机就再装不下别的东西的皮包，再找不到合适之处，急得我恨不得把相机从车窗扔出去。

警察见我们疯狂逃窜，就开着警车包抄过来。司机再一次把车开到了"棉一"立交桥上，我们后来再说起当时的惊心动魄，他说："我真的腿都软了，我好像连停车都不会了。"比起他来我勇敢得多，只是不停地在想怎么把"罪证"消灭掉，怎么想都想不出来，这时候警车已经从三面把我们逼停在那里，几个警察冲下来，前面的司机被毫不留情地拽出车子，一个趔趄差点摔到地上。另外的警察冷峻的目光盯着我，"把照相机交出来！"然后我也被狠狠地揪出车子。对警察的愤怒始终是我想象的一种情绪，想想自己在党报当记者时，一直是警察的坐上嘉宾，当时心里就恨恨地想，过去没有一定头衔的警察还轮不上和我说话呢，你们居然如此对待我！其实我已经算幸运了，因为是女性，没遭到暴打，想想自己当时真是不知足。

司机和我被分别押上两辆警车，出租车则由另外的警察开走。即使是围观者都在街道的另一面，我仍然可以听到人群中不时发出的议论："抓到了，抓到了！""胆子够大的！"

在警车里，我的包被拿去检查，他们先搜出我的采访笔记，问："这是什么？"一看到采访笔记被找到，我沮丧得要命，想想没有笔记怎么写稿，回去交不了差就恨不得把笔记抢回来。过去三联的人是"穷得只剩下理想了"，我是"傻得只知道写稿了"。

不过最初的穷困在关键时刻帮了大忙。那时候采访没有正式的笔记本，就东找西找凑足没用的废纸，用背面记录。当时那个警察根本没注意到纸背面密密麻麻的记录，只是盯着正面不知道什么时候打印的内容看，看了半天也没看出所以然，我的罪行得以减轻。当我从车上被押下来时，围观者一阵骚动："抓回来了！""噢，还是个女的！""炸弹就是她安的！"

那一期杂志出来时，我照的质量不高的照片也被登出来，不过不是晚上照的那张，当时胶卷并未被强行曝光——当时的警察解释说，我幸亏是女的，前面几家报社的男记者不但胶卷被曝光，身上也没少被踢几脚。性别优势只能保证不受身体伤害，而最主要的是我临危不乱，关键时刻出示我过去所在的党报记者证，编了一大串"少女无知"的故事，而三联派我来采访半个字都没敢说。

媒体的力量只有在这种时候才有分野。党报在更多的时候连带的是一个行政系统的支持，而它提供的安全感是三联永远做不到的。三联在倡导生活的同时，得到响应的只是相当少数的一部分，"三联"过去得到最多认同的是它的文化领导权，也因此在2000年底，"三联"改成周刊，除了最本质的市场考虑，也是希望能对社会生活有更现实的影响作用，无形中记者出身的我就自然地分担起关注市民社会的稿件。不过希望与现实的距离是采访中最大的困扰。

2002年"十一"前内蒙古丰镇发生塌楼事件。我得到消息时早于其他媒体——公安部工作人员与我在长期的采访中建立起对"三联"的肯定，因此权衡后他"报料"给我。我动身时，网上也有了这条消息，因此采访变成了全国媒体的一个竞赛。我在丰镇找到了一个租用学校校舍开买卖的老头，老头眼睛狡黠，大口喷烟，说了几句后突然停下问我，你是哪个报社的？听我报完名号后，他烟喷得更勤了，"没听说过，我跟你说有啥用"。一个小时后，我混进医院采访遇难学生家属，一个孩子妈妈哭诉完之后，怯怯地看着我说："中央电视台怎么不来人啊？麻烦你回去把我的话转告给《焦点访谈》，他们一播，这事就有着落了。"来自农民淳朴的无奈在某种程度上是一种羞辱，但这就是我们经常要面对的现实。

石家庄是我不喜欢的城市，不只是面貌上没有特色、意识形态积淀太深，甚至连饮食都乏善可陈。但算下来，除了每年都要回哈尔滨做稿子或探亲外，石家庄是我去得最频繁的城市，后来两次都是为了做李真案。

从暴力事件到灾难报道，后来我的主打领域是贪官系列——按照权力资源的解释，公共权力、魅力、知识和暴力都是其组成部分，最后又都归于暴力层面上，所以我这个"暴力"记者也没有偏离轨道。前几天我做深圳市委副书记女儿妞妞的时候，和王鸿谅两个人说起来李鸿谷就是用他的知识权力支配我们。

给"李大人"当属下

李鸿谷是一个不容易让人有亲近感的人，他有时候会和我交流他的采访进行得不是很愉快，我相信被采访者只有在思想层面上认同他才会更愿意和他合作，而李鸿谷太看重知识就是力量了。

我最初与他的沟通也不能说是双方在友好愉快的气氛中交谈，我记得他把我晾在一边，然后与另一个实习记者沟通后突然回头问我："你打算怎么做这篇稿子？"我语无伦次地说了一堆，没有在他眼中看到任何回馈，有也应该是不很满意。随后他突然就讲课一般地说起来，我忘记他是否画了路线图——这是后来他思路形成过程的一个必然程序，他和我们谈稿子时，一般情况下手里有三样东西：烟、笔和一张白纸，纸正面不够画再画反面。

相信李鸿谷对于三联记者的威名确立大多是在讲稿子时，我记得"听会"后不久朱伟找我谈过一次话，我就诚心地说李鸿谷真是挺厉害的，朱伟颇有同感的回应说："他是个聪明人。"不过在净土胡同时，李鸿谷画路线图的几率不高，那时我印象深刻的是他在二楼，我在三楼，他会在一小时内用电话吩咐我若干次，虽然语气并不强硬，但也由不得你拒绝。每次他吩咐完，我就觉得在当时的语境下，我一定要有所呼应，才能使他的吩咐画上完美的句号，当时最合适的可能是"小的知道了"，或者是"属下遵命"，但只能在心里说，所以这个句号还是没画上。

在三联工作的四年间，我眼看着他在我们面前一步步地实现他听起来那么可笑的理想，而他理想的可贵之处在于，他是在引领一个集体，而不只是独善其身。

受李鸿谷潜移默化的影响，我们会耗尽自己所有的私人资源去做一篇一页的稿子，只是为了采访到最核心的人，获得最核心的资料。如果说三联做贪官报道有可能受到最大多数的认同，相信这种出发点起到重要作用。

我在石家庄做李真的稿子时，获得的第一个帮助是做石家庄爆炸时采访到的幸存者娄明。之所以和他有联系，是因为稿了发出后，他写来一封信，说他同时经历爆炸的几个哥们想要我拍的现场照片做纪念，附一句话说："文章比较真实。"娄明现在也是我要好的朋友之一，他结婚时我还跑去参加了他的婚礼——我总是感激这些可能冒一定风险帮忙的人，毕竟非亲非故，何况我们做的稿子都是那些个不受人待见的题材。

不过娄明只是我的通讯录上的起点人物，那个名单最后的几个人就已经到了省部级官员甚至更高。这就是在中国做政治报道的必然。只有涉身其中的人才最知道官场的真实操作，也只有在这个层面，才是最有效地规避风险、接近真实的途径。

今年夏天我回黑龙江做马德案时，在采访最艰难的时候，我终于得到马德的一个同级官员的联络方式。他的价值在于，他不但一直与马德搭班子，同时也是没有被牵入案的少数清白者之一。当我在他临下班20分钟终于见到他时，他显然不打算说任何东西。后来他的司机下班时进来示意他需要出席一个活动，那时我足足不停地说了20分钟的话，这时候他说，晚上我会给你打电话。

我们约定的时间是20点，对我来说这个赌注下得风险太高。算下来他实践诺言几乎是不可能的；像他这个量级的官员在当地出席活动想必不是那么随心所欲；最主要的是，马德案所引发的震动不只是马德一个人的失意得意，而是整个黑龙江政坛的动荡甚至在更高层引发的变动。在所有的变动还在进行中，所有的势力还在角逐过程中，闭口不言是最好的选择，每个人都是个人利益的最大维护者，他又何必为一个从没见过的小记者，一个没太听说过的刊物而冒仕途的风险呢？

出乎我意料的是他打了我的电话，而且和我一直聊到22点多钟，是我不争气，四处奔走的疲劳使我先哈欠连天，采访才就此打住。当他晚上用车把我送回宾馆时说，他做了所有这些都是因为，没有人提供一个真实具体的马德，他希望我能不让他失望。马德的稿子采访还算可以，后来又采访到了几个马德的不同时期的上级官员。但这始终是我问心有愧的一个稿子，因为我还是没有提供一个真实具体的马德，在权衡一个真实的马德重要还是一个杂志的生存重要时，我们还得选择后者。

被改变的生活

"三联"改为周刊已经整四年，我来三联整四年。当初挤在实习生的队伍中"听会"，一晃已经成为经历"净土"、"安贞"和现在的三朝元老了。"三联"四年中在文化和新闻中游移，现在杂志倡导的生活倾向于"中产阶级"了。

想想过去在那个市民气息浓厚的净土胡同中，三联的三层小楼已是一个至高点，那时候常在三楼的窗子眺望，一片灰色的屋檐尽收眼底，总觉得"三联"有些不食人间烟火。那时候的采访没有人或公司邀请，在很有些傲骨的支持下，我们得意于自己可以不受任何人或红包左右做稿件，在清贫中守着清静，常常惦记着楼下灶厨的师傅会在大瓷碗里添些什么菜。

进入到"安贞"，在更具"小资"情调的木质地板和套来套去的房间中，三联的自由主义情结也得到更大限度地发挥，当时一直在说要在阳光倾泄的厨房里煮咖啡，但直到搬出来也没闻过煮咖啡的香气。

现在可以惦记的东西少了，每天上班第一个映入眼帘的是一排排排列得如小学生课桌般的办公桌，过去大家说从"安贞"的27楼看过去，我们的楼房真整齐，现在站在极度缺氧的大厅可以一眼望尽三联，发现我们的桌椅真整齐。在倡导生活时，总是会被生活改变。

我在生活周刊的日子

:: ::陆新之

2000 年 11 月加盟《三联生活周刊》，任主笔，2001 年12 月离职。此前在深圳任职某日报的财经版负责人，之后历任《中国证券期货》月刊主笔、《经济观察报》财经主笔、驻华南首席记者。现为上海东方早报《全球财经观察》首席观察员，编委。出版著作有《王石是怎样炼成的》、《魅力之城》和《巨商是怎样练成的》。

入伙

2000 年秋天，我误打误撞加盟《三联生活周刊》。当年 10 月份，我正式认识了网上交流已久的三联旧人邹剑宇，刚刚结婚的他住在安定门内的菊儿胡同，算得上是很小资的住处。我那时候正好闲居北京等候出国，常常去他家搅扰。其间他和访客常常说起《三联生活周刊》正准备正式改为周刊，版面选题如何如何。我听了技痒，于是也忍不住插进去臧否褒贬一番，结果邹觉得我有时说的还是有几分道理，说经济那边还需要人，你反正有时间，不如一起来搞。我想想也对，于是便跟着邹剑宇，走进那条长得看不到终点的净土胡同，然后看到了刚刚装修未久的小楼。

记得去之前，还专门问过邹剑宇："三联"也是一个老牌子刊物，招人有什么程序？我要做什么准备吗？"

答曰：没有什么特别的程序，就是做一篇稿件，合适就留下了。

我心想，这样也干脆，不合适也就马上知道了。

到了那栋小楼所在的院子，还没有进入大院，旁边有个店面，邹剑宇指着说，这就是我们的饭堂了，还有大师傅专门做饭的。我心想，这个地方，倒是很有人文关怀啊。

上了二楼，看到新装修后的办公室搞成了格子间，有点写字楼的感觉。再上三楼，转到一间小屋子，里面一个平头的北京小伙子，邹剑宇介绍说这就是苗炜，主编助理。我脱口而出，我知道啊，这就是著名的布丁啊。苗炜那时候正在电脑上下围棋，见我停了下来，没什么表情地攀谈了几句，说欢迎我来入伙。当时我心中暗道，好酷啊。后来熟悉了才知道，他就是这么一个喜怒脸上看不出来的人。

于是就像打网络游戏一样，邹剑宇把我引荐给苗炜，苗炜又把我带到下面去见主编朱伟。这又是一个我在上世纪90年代看《人民文学》就听说过的大腕啊。朱伟在办公室非常严肃，匆匆跟我谈了两句，就扬声道，那就先做一篇稿件看看再说吧。我想，爽快！

于是出来外面的大办公室，找了一个格子坐下，写什么呢？苗炜和邹剑宇商量了一阵，说刚好不是出来一个富豪排行榜嘛，你就根据这个写一个吧。我想了想，说这么短时间，好像不方便采访，写个评论如何？苗道，你就按照你觉得合适的路子写吧。

我看看表，大约也10点多了，说好吧，我就吃饭前交稿吧。于是在电脑上噼里啪啦地写将起来，大约半个小时，搞了1000多字，跟苗炜说完了。苗有点吃惊，说打印出来拿给主编看吧，你就先回去。邹剑宇也说，我得忙着写稿了，中午你就自己照顾自己吧。我便徐徐踱步出胡同，那天正是秋日，阳光明媚，这一条肮脏的胡同也分外安静，感觉有些奇妙。

到了下午，我跑去另外一个朋友的公司闲聊，接到邹剑宇打来的电话，说稿件主编挺满意，而且了解你的财经背景，你就算是正式加盟了啊，第二天就来上班吧。我说我可是什么证书都没有带来啊，要什么手续吗？邹剑宇说，你就赶紧人到就是了。

第二天，我起个大早赶去，结果被拉到朱伟的办公室，七八平方米的房间，挤进来了9个人，那就是朱伟、方向明、苗炜、舒可文、李鸿谷、邹剑宇、高昱、吴晓东和我。第一次参加编委会很新鲜，大家谈的选题构思都很独特，和我以前六七年做的方向大不一样，我看到大家慷慨陈词，也给感染了，神神道道跟着摆划。

例如把编前会的时间提前，用周刊的节奏来处理选题和稿件，尤其是经济部门训练新人培养记者的一些做法，好像都是我想出来的，似乎也有点效果。

于是，在那一个号称是北京历来最多雪的冬天，我开始了在三联火红的媒体生涯。

大干

入伙杂志之后，除了工作，偶尔也有娱乐。其中主流的集体娱乐只有两种，其一就是互相联网打星际，其二就是一起去吃烤串。

那时候杂志由双周刊改为周刊，而人手只是加了两名主笔数名见习记者，而且那时候市场上也没有一本成功的综合周刊，因此真是摸着石头过河，虽然内部气氛很好，但是真的落实到版面的时候，很多东西就很不一样了。真正是应了那一句笑话:"有困难要上,没有困难创造困难也要上。"好在大家的斗志都很高昂,64 页的全彩色杂志,排版加印刷就要三天时间,留给记者的采访写稿时间,不过 4 天。这本杂志又坚持记者亲自采访写作,很少外稿,结果每期差不多 40 页,5 万多字,就是靠 10 个左右的记者撑着。那时候改版正是新年,北京的那一年冬天号称是雪最大的,由 11 月下到转年 3 月,一场连着一场,大家就常常在冬夜里写稿到整个城市都安静下来,杂志社之中单身汉很多,加上美术和制作人员,于是几乎每天晚上的编辑部都有七八个人。然后总有一个人提前嚷嚷起来,不写不写先歇歇,于是大家纷纷响应,一起开打"星际争霸"。大多数时候是我们联合着一起对战电脑,主要是大家都觉得干活太辛苦,自己人互殴的话那就太不人道了。有时候实在心情好也会相互交锋。记得在那个冬夜里面,先后和我们对战的有专栏作者、漫画作者、其他同行以及闲着没事路过的出租车司机。所以,即使星际争霸怎么激烈,怎么刺激神经,但是对于我们来说。都是难得的放松了。

原来,世界上最血腥和不人道的游戏,很可能就是让人去办一本有理想的周刊。

所以,那时候打完游戏和做完一期杂志之后,和两三个疲惫的同事,踩着肮脏的雪,走出胡同口,在那一家无名的小店,吃上四五串羊肉和鸡胗,偶尔加上两只大羊腰,那就是莫大的乐趣。一口气吃完了这些物事,不过十多二十元结账,然后大家懒洋洋地出门,往往已经是两三点辰光,吸一口凉气,踏着掩盖了垃圾的大雪,隐约觉得深夜的北京,竟然有着一种别样的魅力。

2001 年时,生活周刊里面的人大都极有个性,主编就不消说了,连很多新来的年轻人,干起活谈起内容来都特有主见,杂志里面一派干劲。

记忆之中,招来的两位女翻译,一位姓纪,一位姓甄。本来只是希望他们做好编译就是了,但是没有想到,她们虽然不是记者出身,但是却很警醒，拿到外电资料，还能配合着做采访，搞出来的报道还很有二联风格。还有一位经济部我们招来的年轻女子张姑娘，那时候她才刚毕业，有干劲但是确实不懂写稿，更加不懂写三联味道的稿，所以一度我们觉得她不行了。按照三联的游戏规则，如果一个记者老上不了稿件，就意味着除了底薪之外没有其他收入，也就基本上呆不下去。不料张姑娘韧性十足，即使经常和我们的意见不一样，但是总能隔三岔五写出一些有特色的报道，硬是坚持下来了。给任何人机会，这样也是三联的好处。到我离开时，她已经是蛮成熟的财经记者了。这两年也在一线财经媒体历练，现在已经是一家杂志的副主编了，也是佳话。

编辑部最大的牛人是苗炜。他是很典型的北京大老爷们，很少见他生气，脸上也没什么表情，但是总能够突如其来一句把人噎住。一般的新同事都有点怕他，不是怕他骂，而是怕他眼光"毒"。哪些题目做得水了，在编辑会上，他常常会很不屑地对太多的题目一扬眉毛，半天憋出一句话来，"这事情没啥意思，你丫咋这么多话。别做好了。"

苗炜的文笔有口皆碑，脑子也活。他最喜欢做的事，就是翻着《时代》周刊琢磨杂志应该怎么做。隔三岔五的，就看到他吭哧吭哧地写关于国际化科技化以及人文类的东西，换了很多笔名，不过总能看出是苗氏出品，好生抒情和显着机灵的字里行间，很有点渴望国际大同大家发财大家都能找到女 fans 的良苦用心在里面。我后来常开玩笑，说他的《生活圆桌》类文章是"心灵星巴克"。

和他的文章不一样，苗炜平时很少说笑话，但是喜欢听笑话，一起工作的时候，我常常用"前中年期"来形容我们几个主笔的尴尬年纪和心情，他每回听了都嘿嘿一咧嘴笑笑，大摇大摆地踱回他自己的小办公室去打游戏了。

自称"布丁"以及使用无数武侠小说人物名字的苗炜，这个和《三联生活周刊》血肉相连已经七八年的后青春期才子，2002 年提了副主编，也出了一本《有想法，没办法》的黄皮书，不过十几万字。

想来也有点让人感慨，这么几年积累下来的《生活圆桌》随笔，也就是这么薄薄的一册，和街上老是认识不过来的 N 个青年小说家一篇篇的大部头没法比。不过，布丁的这些透着机灵和犬儒色彩的东西，可是某一批年近三十在北京读大学的女生成长过程中的贴心小棉袄和生理星巴克，里面充满了某一类人的情感代码和心灵暗号，好多女生看他的《生活圆桌》文体的时候，脸上那种满足的神情怎么看都有点像雪夜闭门读禁书的味道。

2002 年，婚后的苗炜买了房子，装修了好几个月，又买了车，让老婆开着接送上下班。小日子过得甜甜蜜蜜，所以，《生活圆桌》上就少了他的东西，不知道有没有人为此而感到遗憾，或者说窃喜？

因缘

2001 年的头两个月还比较顺利，大家慢慢适应了周刊的节奏，广告也慢慢好了起来，大家春节之后刚刚歇口气，又有新的变故，就是要搬出净土胡同原来的办公室。

因为事出突然，那一期已经基本做好的杂志，还留在原来的机器里面，因为一时间没有找到机器，所以 3 月份的第一期，是在美术编辑邹俊武和商园家里面完成的。当时大家苦中作乐，说有点搞《挺进报》的味道。

记得当时搬家时候比较乱，气氛也比较紧张，但是生活周刊的员工们都很负责，大家自发地想方设法把最有价值的资料转移出去了。然后在新找到的安贞大厦 27 楼办公室，很快进入角色，采访的继续采访，制作的继续制作，财务也有条不紊，刊物基本上正常运作，这是很不容易的。

那时候在生活周刊工作，最大的欣慰是你会感觉到自己是一个团队作战，永远不是孤单上路。具体来说，就是和你有关的上下游各个环节的同事，总能够多做一点，很少有互相推诿的时候。记得有一期封面的版面刚出来，标题上多打了一个字，结果一晚上，几乎路过会议室所有看到这个错误的人，包括实习记者，都主动联系责任编辑，想错都没那么容易！那时候很多年轻记者做一个选题有什么问题，心里面也不会很慌，因为他知道总能在编辑部里面找到人求助。当然，这种感觉也是放大了的。实际上没有哪个媒体的成员那么厉害，但是，那种相互之间的信任是非常难得的。

这几年我在各个城市跑来跑去，工作也一直和媒体有关，因此，很多三联现在和过去的同事，也总会联系。最多的是李伟，他是很年轻很能跑的，所以总有做选题的时候互相找的时候。现在他也成了主编，很动力澎湃。还有 MSN 上长期见得到的尚进，他堪称媒体圈里的"百晓生"。谁谁谁收了多少红包，某某某又要跳槽了，这些消息他那边总能够第一批知道，而且细节生动，非常过瘾。他说，写北京媒体史作者非他莫属。

离开《三联生活周刊》之后，我和黄河在深圳有一段时间还是同事，经常一起开会讨论选题，也一起出去揭黑"打老虎"，非常过瘾。不过他生就闲适的性格，不太愿意回到铁马金戈的一线媒体生涯，现在成家之后，每个月写一两篇宏大叙事的长文，间或写读书文章，真个是乐在其中。而大约一年见上那么一两次的时候，总是难免讲起彼此的三联岁月，分外唏嘘。

我加入媒体行业已经 11 年，但是真正觉得自己登堂入室知道怎么做选题写报道，还是来了三联之后。这也是我这几年来，谈起媒体运作经营的时候，有意无意总要援引三联的经验和例子的原因。那几个月发生了很多事情，我有幸参与其中，能够和一群优秀的媒体人合作或者交锋，因此也有幸能够琢磨出一些门道。人的一生很多东西真是有际遇的，如果不是 2000 年秋天去了生活周刊，我可能就已经读了 MBA，然后做企业。又或者做了其他什么五迷三道的职业。说不定已经发迹了，也说不定混得很不怎么样。但是可以肯定的是，我一定不会像现在一样专注在财经新闻领域，也不可能写出两三本这样的书。说白了，直到今天，听到别人谈起《三联生活周刊》的时候，我总是会不由自主地多关注一些。因为我实在觉得和这个刊物有一种莫名无形但又冲不淡的联系。我相信这一种感觉会在未来维系很久。

一种是活着，一种是"三联生活"

:: :: 郦　毅

2000 年 10 月～2002 年 3 月进入《三联生活周刊》，任社会部记者。此前在中国新闻学院国内新闻专业学习。离开《三联生活周刊》后任《北京娱乐信报》社会新闻部主任助理，北京泛华汇讯科技有限公司内容总监。

　　我的第一份正式的工作就是在《三联生活周刊》做记者，如果把生命里的一些时段和人比做星星，这段历时 1 年零 4 个月的日子无疑是一颗 Super Star，所发出的光和热从一开始就没减弱过，即使有时忽略了，但她就在那里，你躲不开。

　　从进入三联之前的道听途说开始她就让我好奇，到现在也是如此。最近偶然看到美国人柯林斯和波斯勒合著的《基业长青》，比照书里对

18 个卓越非凡、长盛不衰即所谓"高瞻远瞩"公司（通用电气、3M、默克、沃尔玛、宝洁等平均创立日期是 1897 年）"是什么使这些真正独特的公司有别于其他企业"的回答，我对三联的大多疑惑在另一种逻辑框架下找到了一种解释。

柯林斯和波斯勒说，首先，高瞻远瞩的公司们几乎都在他们还没变得巨大其实是还很弱小的时候就提出"胆大包天的目标"，比如当 IBM 在 1924 年身为一家肉摊磅秤的中型厂商即由"计算制表记录公司"改名为"国际商用机器公司"而且真心希望如此。

每周一下地铁走在小胡同里去开选题会的时候我的心情都很激动，在那个小二楼里主编朱伟带领的十几个编辑（那时还不叫主笔）和记者在为他们心中未来的"中国的《Time》"而努力，而我是其中的一员。"目标本身已成为推动和激励的机制。"

柯林斯和波斯勒又分析说，胆大包天的目标来自支撑这些巨大公司的"核心理念"，我总结的这些理念的两个显著特点是无限宏伟和无法做操作层面的指导（也许这本来就不是理念该做的事）并且让我联想到了的"为人民服务"。例如惠普的"我们公司存在的目的是要做出贡献"，福特汽车"产品是我们努力的终端成果（我们以汽车为业）"，美国运通的"英雄式的顾客服务"……《三联生活周刊》的是"一本杂志和他所倡导的生活"。

与这些成功公司的第三个相似之处是，"几乎像教派一样"，这类公司"对本身的主张、对本身希望达成的成就极为明确，根本不容纳不愿或不符合它们确切标准的人"。这几乎是三联的写照，如同这些公司一样，"只有极度符合公司核心理念和要求标准的人，才会发现那里是他们绝佳的工作地点。到这种公司工作，你不是觉得胜任愉快、前途光明、再快乐不过了，就是像病毒一样被排除。这是两极化的问题，没有灰色地带。"

如果把符合三联标准的人分为两类，一类是天生的适合者，一类是经过后天的努力达成的（前者不是不需努力而是说他们的秉性、思考和生活的方式和三联这本杂志比较天然契合，比如苗炜），我是属于后者的。这可以解释，为什么在按主编朱伟的说法，当我"找到了自己在'三联'的位置（包括一种叙述方式和报道的独特领域）的时候却跑掉了"。

和这些伟大公司的第四个也是最后一个相似之处是，把"我们明天怎样比今天做的更好"的问题"看做生活方式，变成思想和行动的习惯"。在我的眼中三联从没自我满足过。《财富》的创始人鲁斯第一个把"甘特图"（Gantt Chart）引入杂志编辑，在净土胡同的时候，主编的脸色就是我们的甘特图。随着结稿日期的临近，主编的脸色会逐渐晴转多云至阴天下雨。

那是一个三联在人力上青黄不接的时期，一些老人离开了，高昱带着我和另外两个女孩支撑社会报道。我还清楚地记得到三联的第一个春节前，编辑部去郊外聚会，第二天早上在餐厅，高昱手里还拿着一摞稿子在改字，他见到我说："你的稿子通过了，回头看看我改的地方，想一想为什么改成这个样子。"我猜那从根本上是一种关注并善于刻画细节并融合个人特色（包括思考和叙述方式）的报道方式，同时制造一种阅读阻碍而带来的快感，并用这种文字服务于"这本杂志和他所倡导的生活"需要关注的方面。

类似于登雪山，三联从事的是一种"团队新闻作业"，登顶是每个队员的共同目标，同时又有所分工，只是这种分工在我所在的那个阶段还不很明显，我感受到的更多的像是一个孤独的登山者，尝试从前人留下的登山日志中摸索前进的方向和方法。

和基业长青的公司们并没有吻合的地方主要在于（仅能以我在三联的感受为判断，也许这些问题现在已解决），如何制造"一种制度化追求进步的驱动力"，使这些公司"能够持续不断地提供优越的产品和服务，原因在于它们是杰出的组织，而不是因生产优越的产品和服务才成为伟大的组织"。"只要这家公司具有组织的力量，超越任何一个领袖，年复一年，经过十代百代，都能继续保持高瞻远瞩和活力，公司就不会衰败。"

原谅我用大段的引述来表达对三联的思考（虽然这种引述似乎挺符

合三联的叙述习惯），凭我自己的能力实在很难理解的，柯林斯和波斯勒用一种分析企业的方法得到一种奇特但却是合理的解释，谨借此寄托我对曾经工作的三联的思考和祝愿。此外，在我眼中，生活周刊的角色和工作在其中的很多人像极了彼得杜拉克《旁观者》中充当的"旁观者"，"站在舞台侧面观看的旁观者……能见人所不见者，注意到演员或观众看不到的地方；毕竟，他是从不同角度来看，并反复思考——他的思索，不像是镜子的反射，而是一种三棱镜似的折射"，而且，"旁观者没有个人历史可言"。

1996年毕业于北京国际关系学院，先任《中华英才》记者，2000年加入《三联生活周刊》，2002年3月离开，现就职于信息产业部外事司。

离不开的"三联"

∷∷甄芳洁

　　我最初是抱着挣一些零用钱的想法找到《三联生活周刊》的。此前，我是在报摊习惯性地翻"三联"，知道它要用人消息的。

　　闻着浓重的油漆味，穿越横七竖八的施工架，我见到了朱伟主编，一个成熟的中年文人。在他并不豪华的办公室里，端着一个有竹子图案的朱砂茶杯，自信而又优雅地和我闲聊着天，这时我才知道他们要的是全职人员。朱主编邀请我参加他们的一次例会，感受一下，我答应了。

　　星期一的早上，我很早就来了。开例会的人陆续也来了，印象深刻的是第二个，拿着个大瓷茶杯，晃晃的就进来了，坐在桌子的一个拐角边，不说话，不笑，斜躺在椅子上，留着平头，有点凶，有时看你一眼，大多数时候不看你，只是缓慢而很酷地抽烟，后来才知道他是一个不小的人物——苗炜。

一会儿，长桌子边就坐满了人。印象中全是新派人物，有衣着不俗、长相不俗而颇有观点的王珲女士，有两位光头女士，让我觉得自己一下接近了时尚生活的最前沿。有几位文雅的青年男士，点缀式的坐在那里。几乎所有的人都吸烟，不仅是那两位光头女士，还包括所有在座的淑女。讨论的话题与观点，新颖又年轻，会议结束后，我产生了激情，决定留下来。我是一个做事很犹豫的女性。但这次我很干脆，没有拖泥带水。

后来短短几周之内，我又陆续认识了两位后来对我很重要的同事，一个是金焱，一个是李鸿谷。金焱白脸红唇，不是特别漂亮，但气质自信又刚强，还有些传统的谦和，忍不住多看了她几眼，觉得自己挺喜欢她。李鸿谷几周后才看到。朱主编曾说："一位《长江日报》的编辑很快就要来了，他很不错。"语气中很是期待。碰巧他来后是我的邻桌，他比较严肃，不多说话，干活拼命，吃饭很多，尤其爱吃辣椒，我当时一直在办公室放"老干妈"，其中不少都被他要了去。但对他的业务并没太多的印象，甚至还有些怀疑，他的"地方性思维"能否适应三联的时尚精锐？

日子初期过得很快，也很愉快，我的第一篇文章写得不错，得到了朱主编和苗编辑的认可，自己越发愉快。记得当时买来一盆粉红的海棠花摆在桌上，买来一只漂亮的陶瓷杯子，精心地布置起了自己位于国际部区域的办公桌，准备好好开始新生活。国际部区域的办公桌共有四个，我坐在第一排的左侧，后面坐的是吴晓东。吴晓东是国际部的编辑，我的领导，最初给我一幅学生模样的印象，后来才知道了他诸多的人生故事和非常有趣的性格。另一个很重要的同事是李三。李三的履历让人肃然起敬：十几年的旅德生涯，曾经的德国中国留学生会主席，某跨国公司的主管级人物。没有一点记者的经历，却突然跑到三联来做记者，他的海归味十足，任何时候不和自己过不去，工作是种享受，每次休息的时间，经常看到他拿出酸奶和各种质量很好的水果如中南美香蕉等享用。也许是常年在海外孤身生活，非常会照顾自己。他的一些做派也很海派，比如绅士和遵守社会公德，每次开会结束，他都会把椅子回归原位。谢谢他，我从他身上学到了这个好习惯，而且保持至今。他还有一点欧美人的习惯是，以非常开放的姿态对待世人，在安贞大厦的同一架电梯里，有人跟你谈论一些共同关心的问题，或者大声向你问好，请不要躲闪和产生敌意，那是李三的一个好习惯。唯一不太喜欢他的地方，是觉得他有些偏激。后来，逐渐适应了，现在自己也表示理解了，尤其是亲自去过德国之后。

后来，我又认识了经济部的邹剑宇，一个IT圈子里已小有名气的记者，聪明和脾气好，后来又认识了他的夫人，一位可爱又直爽的小女士。李伟，复旦大学哲学系的毕业生，一个最初有些羞涩的男生，后来却非常快成熟起来的一个颇有实力的年轻媒体人。巫昂是我认识的最年轻的文化人之一，年纪轻轻，却听说出了两本诗集，例会上，她简单朴实的气质，谦和的微笑，让我几乎有了些敬意。她的形象日后有些放荡不羁了，但我喜欢到社会部的办公室看她桌上的小东西，非常精美别致，让人想象她细腻的内心和情感。当然无论如何，也忘不了高昱，和高昱共事的过程中，确实让我产生了敬意。他是一个有理想的人，也是一个很勇敢的人。他的执著与顽固，经常让我心中浮现这样一种画面：高昱在新闻学院的破旧楼房之间，背着一个褪色的黄书包，阅读着伟大记者的伟大篇章，沉思于中国新闻事业未来的发展问题。

最散发文人气质和人文精神光辉的就是文化部，很长时间都是清一色的女性，后来了一个男性音乐评论家。他们是时尚、前卫艺术、新生活、小资、精灵等的代名词。除了舒可文、邢慧敏等前卫又优雅的女士之外，和我们最熟悉的就是小于了。小于几乎是三联最具亲和力的人。她性格温和，不急不躁，长相可爱，经常在夜深人静时，在我们孤寂的加班时，播放一个沧桑异国老男人的歌声，品位独特，还曾带来一只白色小猫，跟行在各个办公室里，经常到"宜家"淘货，很多人追随，搞得一段时间三联人人用着宜家10元钱3个的造型特别的大玻璃杯子。小于还是一个坚定的环保主义者，一次在街边偶遇，怀中抱着一堆东西，却拒绝使用商家提供的塑料袋。至今，还是很想念她。

体现三联拢聚人才的力量，可能就是陆新之这种天才人物的加入了，当然他是属于有争议的天才人物。小小年纪，资历傲人，二十八九岁，清华经济系研究生毕业，《南方周末》曾经的撰稿人，加拿大公民，据说每年为保住这个身份，需被迫在当地闲待上三个月。说他天才，是因为我从没见过像他这样厉害的说家。插科打诨，妙语连篇，能与任何人顷刻之间达到零距离。至今想起他，还会想到他时常说的"都是坏人呀"及"洗洗睡了"的话语。

最初是不太明白，三联如何在这么短的时间，网络了这么多优秀的人才，随后慢慢明白了。首先是在这样彰显贫富差异的时代，我们有了一份体面的薪水。当我第一个月领取薪水时，除了惊讶，就是巨大的鼓舞和个人价值被尊重的感觉。计算着这样自己不久就能够买到车，多长时间能买到房时，我第一次体会到了钱给人带来的满足感，它彻底改变了我从小淡泊钱财的观念。应该说对钱这个东西理解上的升华，是从三联开始的。后来，业界颇有名气的"三联"稿费在各种压力下下调，陆续走了一些人。总之，三联当年敢于率先采用市场化的原则管理杂志社，把广告完全外包给广告公司，再用高薪招纳人才，无疑是它成功的一个很重要的因素。

三联更核心的吸引力，在于它所提倡的理念。三联书店几十年来的时间都用来引进西方先进人文思想和知识，《三联生活周刊》得天独厚获得了这个适应时代的视角。自由、民主、平等、权利，这些东西与"三联"的每篇文章都血肉相连，再加上朱主编自己个人的一些成熟的理念，如新奇、趣味，也感谢他竭力追求完美的个人性格，保证了每篇文章的质量。我自己曾亲身验证了"三联"文章的地位。一次在做一篇国际器官贩卖的文章，搜索Google，看了近20个网页，没看到一篇好东西。突然一篇文章的标题吸引了我，再往下看，内容更是充实新颖，直在那里叫好，到了文末，才发现原来是一两年前刊登在"三联"上的李伟或巫昂的文章。正因为如此，"三联"成为一本受人尊重的刊物。离开三联已近三年，我总是很愿意告诉别人我曾经是"三联"的记者。虽然后来深入到社会漩涡中间，认识到一本杂志和它所能起到的作用还是非常有限，但谁不希望有一个精神家园呢。

在被"三联"吸引的同时，不少人都经历了一个考验和蜕变的过程，包括我。"三联"的工作节奏是非常紧张的。用二三十人的力量做每本75页的周刊，所有人都处在持久的压力下。另外，在追求第一手材料，和快速新闻反应能力上，"三联"不断提出新的目标，那时我基本工作状态是每天工作到22点左右，每周有一夜熬通宵的。最辛苦的一次是做柬埔寨审判前红色高棉领导人的文章，因为选题很有意思，领导期望值很高，三天两夜没休息，最后却没有成功，这成为我三联生活中的一个小挫折。在这种体力和心力都消耗很大的状态下，也有不少人保持了很好的状态，像是金焱（当然后来她也休息了一段时间），经历了这种压力很大的生活，我事后总结的经验是，要坚持自信和顽强的精神状态，同时日常要多多思考和读书。因此要感谢两年的三联生活，让我认识到生活读书新知是永远走不完的路。

还要再记录一下苗炜和李鸿谷两位。因为他们后来远不像我文初所写的那样，所以第一眼印象往往不是不对的，也是肤浅的。苗炜的人文知识和思考在他的同龄人中间是很少见的，因此是一个天分型人物，而且远不像他给我的外表印象，他很善良温和，是个有吸引力的人。李鸿谷，是我一定称为老师的人物，他用自己的执著和思考在三联创造出了新的天地和独特风格，还是青年人的良师益友。

"三联"最糟的记者与"三联"

∷∷张春燕

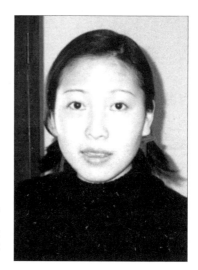

2000 年 10 月任《三联生活周刊》经济部记者，此前于 2000 年南京师范大学新闻与传播学院新闻系毕业后在《英才》杂志工作，2001 年在新东方教育集团任校报主编，2002 年 11 月任《中国经营报》记者、编辑，现为《投资与合作》杂志副主编。

  我想我是《三联生活周刊》历史上最糟糕的记者了。对三联来说，我的存在过程是制造一个失败记者的过程，对我来说，在三联的经历是劈开我混沌状态的重锤。

  2000 年 6 月，还没有完成大学毕业的仪式和手续，我就迫不及待地从南京跑到北京。在我心中，只有北京才是能够实现我梦想的地方。在北京，我最想去的地方就是《三联生活周刊》。

  2000 年 10 月，正值"三联"进入从双周刊向周刊转变的准备阶段，当时与我同在《英才》杂志的甄芳洁好心地告诉我《三联生活周刊》正在招聘，她已经面试过了，而且打算过去。我立即向朋友要了主编朱伟的电话，跟他说我希望到三联去工作，并约好了面试的时间。

我记得我那天的样子。我挎着一个"红英"帆布书包昂首挺胸地走进了"三联"，我毫不怀疑朱伟会录用我，我也毫不怀疑我将成为《三联生活周刊》最优秀的记者之一，我也毫不怀疑我和这个地方有天然的心灵默契。

在净土胡同三联二楼的主编办公室，我接受了简短的面试。印象比较深的是朱伟问我读过什么书——回答这个问题很容易，我过去十几年的成长过程也是阅读书籍的过程，文学是塑造我心灵的最重要力量。

在那次和三联的初次见面中，有一句话我一直记得。面试完之后朱伟领我到楼上见苗炜。苗炜问我："为什么来三联？"我回答说我想学到东西。然后苗炜说："没人能教别人什么。"这句话让我感到困惑。我懵懂地想了一会，没有明白。但这句话和以后朱伟和苗炜所倡导的"主人翁精神"等等一样，包含了尊重个体的自由主义者态度，这一方面令初到三联的我备感愉快，另一方面也让无知无畏年轻浮躁的我更加藐视权威怀疑定论目空一切。以后，我大概理解了这句话的意思：我必须自己去学会一切。

不出所料，我被破格录用了——破格是因为我当时其实什么也不会，找的选题通不过，也不知道三联的报道应该怎么写，这和朱伟的实用原则是相背离的。

然而关键的问题就在这里——我连写出一篇及格报道都很困难。事实上，我当时并不具备当一名好记者的基础性能力：我不知道汽油、鸡蛋的价格是多少，不知道汽油、鸡蛋的价格变化和新闻选题有什么关系，不知道新闻写作和文学写作的根本性差异，不懂媒体的属性，不懂人与人的关系、不懂几乎是所有社会问题更不要说是中国社会发展进程中的症结性问题。

总之，我就在困惑得像一桶糨糊中开始了我的《三联生活周刊》之旅。这导致我在幸福之巅和痛苦之谷来回奔波。

我觉得无比幸福。因为我找到了我的家。在我过去的 20 多年里，我从未有过精神家园，学校从来也不是，书本则培育了我自由独立的精神和意志但让我孤独。对我来说，在三联，人与人之间不管具体的行为特点有多大的差别，多数人们都热爱自由民主、友爱互助、懂得尊重和保持距离，都热爱王小波喜欢罗大佑推崇哈耶克。

我们还对同一句话有各种有趣的表达。我记得那时我们经常上三联论坛，换了各种马甲灌水。还是在安定门的时候，我有一次发现苗炜灌了一口水说：我爱这操蛋的《三联生活周刊》！不久，三联搬到了安贞大厦，高昱、陆新之、李伟和我在一个办公室，高昱和陆新之是当时经济部的主笔。有一天晚上，高昱、陆新之和我都在加班，高昱突然拍案而起："我他妈的热爱《三联生活周刊》！"这样的话我从来也没有说过，我觉得一个不能为三联做出贡献的记者没有资格这样说。但那个时候让我的心最灼热的一句话就是"我热爱《三联生活周刊》"。

有天堂里的幸福就一定有地狱里的痛苦。我是那么想写好我的一篇报道，想成为三联的一个好记者，然而却屡战屡败，屡败屡战，然后继续屡战屡败，直到耗尽最后一缕力气。有几次，我几乎快要战胜自己看见胜利之光。大约在 2001 年四五月份，在我的同事李伟非常耐心的帮助下，我写了一篇大概题为"某某干扰素的贫民化运动"的报道，朱伟大为高兴，把我的已经崩溃的信心重新凝聚了起来，并在与主笔们的会议上表扬了这篇稿子。遗憾的是我没有亲自耳闻这罕闻的表扬，对他的斥责我却总是亲耳接收。那段时间，我似乎已经找到了写报道的感觉。但我那时太苍白无力了，当有其他事情涣散我的心神时，我又一次面对电脑痛苦挣扎。在无数次挣扎后，我终于无法写出一句完整的话。2001 年 7 月底，我的同事也是朋友巫昂在帮助我失败后说："你应该知道进退。"我恍然大悟，原来世界上不只有"进"，还有"退"。我于是决定离开，虽然我从未想过要这样离开。离开《三联生活周刊》的时候，我像一堆碎玻璃或飘在地上的一张纸。我经历了我人生中第一次也是到目前为止唯一的一次败，很是彻底。此后的三年我都不敢见《三联生活周刊》的任何人，见到他们，我的灵魂就委顿在地。

在三联，我很奢侈地浪费了同事们的帮助。坐在我对面的李伟和我同一年毕业但工作十分出色，我永远记得他对我的帮助。他经常对我说的一句话就是："你要想想主编想要什么。"我虽然努力听这句话，却丝毫不明白这句话的实用性。而朱伟经常对我说的一句话就是："你要想想读者想要什么。"我理所当然地不明白这句话的含金量。幸运的是，虽然我在三联未能运用这两句威力无匹的内功心法秘诀，但这两句话却牢牢刻在了我心里，成为我后来安身立命逢凶化吉的法宝。

就这样，我或许是永远地离开了《三联生活周刊》。我从没有后悔我当时的决定，我只是把在《三联生活周刊》不到一年的经历看成是我人生弥足珍贵的宝藏。

离开后的那段时间，我想起《约翰·克利斯朵夫》中的一段描述，这段描述宽慰我的失败。书中有一段话描述约翰·克利斯朵夫的特点，大意是说有的人面对事物能迅速敏捷地反应，对别人的话能立即反唇相讥，而约翰·克利斯朵夫则是混混沌沌地全都吞下去，虽然看上去迟钝，但他会更充分地慢慢消化吸收其中的养分。这让我不断安慰自己，我出奇的笨拙并非不可救药，我也许是像克利斯朵夫那样学习得慢一点而已。

"三联"与区区的故事

:: :: 于彦琳

笔名小于。2000 年毕业于中国电影艺术研究中心，获硕士学位。1999 年进入《三联生活周刊》文化部实习，毕业后成为正式记者。现在供职于《中国电影报》。

开始

我到《三联生活周刊》的时候是光头的。

2000 年夏天，我还在中国电影资料馆读书，"研三"的生活非常松散轻闲，就给一些媒体写稿子。我的朋友，现在《虹》杂志主编朱芸当时还在《世界都市》当编辑，她说我可以去那里找个小工作干干，我去《虹》与人力部人见面，很不成功。但就是那天碰见朱芸的校友，当时三联的记者王玤。王玤与朱芸百年不遇，就遇见了这么一回，把我引进了《三联生活周刊》。

那个时候写电影的卞智洪刚刚离开周刊，好像去了ＴＯＭ，王珲知道我是学电影的后，就问我愿意不愿意去《三联生活周刊》。在这之前我根本没有听说过这份杂志，我关心的问题有两个：第一是不是可以随便上网，王珲说可以，每个人都有电脑。第二是收入如何，王珲说两三千。这些钱，对我一个学生来说真不少了。我就答应了。

现在四年过去，我也不在《三联生活周刊》了。回头想想，能进生活周刊真是觉得不可思议的机缘，如果我去了别的媒体，如果王珲没有一回头看见朱芸，如果她只看到朱芸而没有跟她回办公室，现在我在哪里只有天才知道。

几天之后，我就光着头去了周刊编辑部。净土胡同真的很难找，我在鼓楼一带转悠了至少一个小时才摸到周刊。我摸索着上了二楼，舒可文老师接待了我。舒可文是我在《三联生活周刊》拿到的最大的"红包"。我不知道她怎么看待我：一个老结不了婚的贫嘴？

但当时舒可文见到我的时候一点都不吃惊，仿佛女的光头很正常。她穿着黑色长裙，点了支烟，我们俩人坐在老式破旧沙发上。她简单问了我是学啥的，问我知道周刊风格吗？我老老实实说："不知道。"她就弯腰不知道从哪里掏出来几份杂志，让我回家看看，了解了解。舒可文说我可以先写两篇文章看看。我就走了。

舒老师和我，我们俩的记忆一向有偏差，所以舒老师看到这里请不要与我争论，探讨即可。

那时候三联的办公室，跟《编辑部的故事》里差不多，灰扑扑的很旧。我非常怀念会议室那个怎么也擦不干净的大圆桌子。中午大门外头周刊食堂打了饭，有人留在食堂吃，有的人拿到会议室，边吃边讨论，说什么的都有。后来周刊搬回三联书店，大家也在会议室集体吃盒饭，但会议室的桌子上少了什么。少的是当年在净土胡同时开会的气氛。

做经济报道的谢衡说她刚来时，被周刊开会的气氛震住了。她每次说这个，我就跟她说原来在净土胡同开会的情景。任何一个记者提出选题，几乎都会引起全部成员的讨论，讨论得非常详细，每个发话的人都能从自己的角度提出建议，并补充部分材料。那段时间我受益匪浅。

这会儿写回忆文章的时候，我忽然有点怀疑，我是不是过度美化了自己的记忆，当年真的就那么好吗？也许当时所有的人，包括周刊都在急剧的成长期，自然有那样一股气势。这么多年我经常想起那时，真有可能被这种气质影像修改了自己的记忆。无论如何那时候真好，上班的时候穿过胡同，到单位，看见同事都非常高兴。作为新来的人，对其他记者，我有敬仰之情，仰视之。所以我觉得当时办公室的同事不乏神人，越琢磨他们越有意思。我记得郦毅，她平时闷不出声，偶尔说话却常常语出惊人。有时开会，她手机响，居然是警报一样的声音。

交稿

2002 年，我换了一个手机，可以自己录铃声。我录的铃声是"该交稿子了！该——交稿子了！"舒可文故意在开会时打我手机，好让所有同事听听这"骇人的呼声"。

主编朱伟说这话的时候，听起来跟紧箍咒似的，让人头疼。每个记者听了都心惊肉跳。所以新鲜了两天之后，他们呼吁我把手机铃声赶紧换了。

在三联，写稿子是最大的事情，无论你有多痛苦，到交稿的时候必须把稿子交出来。尽管大部分稿子都写得非常难，但看合刊的时候还是吓了一跳：这么几年已经写了这么多东西了。还有些文章都忘了自己曾经写过。

我写的第一篇稿子，是关于藏酷的。舒可文跟我说北京新出了这么一个地方，让我去采访设计者林天苗王功新夫妇。我跟他们约了，他们派了司机到国贸接上我，去了他们在通县的家。

林天苗他们家非常漂亮，但院子里蚊子多了一些。初次采访，我还是免不了紧张，问的问题也丢三落四，林天苗不禁提醒我："你这句话其实是两个问题啊？你想我先回答哪个？"

回宿舍后，我写了一篇文章，第二天拿去给舒可文看。过了一会儿，朱伟让我去他办公室，舒可文也在。至今我都认为，这是我在周刊听到的最有用的一次指导。从此我知道有文必录和单纯描述性的文章不是周刊要的，如果一个事情成了事件，背后定然有别的东西，把这个东西写出来才是重要的。在此后四年里，我不论写什么文章，总会记起这个。

四年里，我的进步非常缓慢，至今我还不是很能把握要写的一些东西。但在周刊，我仍然有所得，就是能隐约看到仿佛有些东西在那里，等着我把它写出来，不然面前的东西仍然是不透的。

最痛苦的一次，应该是2000年我回洛阳采访圣诞节那场大火。我是洛阳人，但接近灾难真相仍然非常困难，家属几乎不愿意再回忆过去的事情。我通过父母的关系找到一位幸存者，谈到那天晚上的经历，她还是忍不住颤抖。参与救援的公安再三推脱，才终于接受了很短的一次采访。更多的时候，我知道采访对象就在门里，但我只能在门外转来转去，无法得到他们许可，带我去的人跟我说："家人可难过了，都不好意思说这事。"

冬天我很绝望坐在自己家，想着难道这关过不了了。后来我很沮丧地跟朋友说："你看看我，都内分泌失调了。"老实说，我无数次面临交稿时，都有失调的感觉。

跟我一起去洛阳的，是当时主笔高昱，我写大火，他写洛阳这座工业城市的失落。鬼都不会相信，高昱比我还小两岁。他比我老练有把握得多了。

回北京后，我把近万字的稿子写了三遍，最后一遍是主编把我关进他屋子，排除任何打扰写出来的。杂志出来后，我自己看了也不是很满意。这次事情让我面对社会部记者自觉不如，也看到能力的界限。我还是集中注意力写电影好了。

这原来也是个故事

三联乡周刊村是个移民村，人口变动不居，变动的两个原则是适者生存与意兴阑珊。由于各种原因，周刊村从净土胡同，搬到安贞大厦，最后落在乡政府边上。

周刊村分大大小小的生产组：李鸿谷，社会组的人惯称李大人，领导成员最多的社会生产小组；国际组，退伍军人蔡伟二进周刊后领导了这个让周刊村放眼世界的战斗集体；其他还有经济组什么的。不过这个已经是过去的结构了，现在为了促进生产发展，一切都在调整。

有一阵周刊村要实行末位淘汰制度，文化组的小于连眉毛都不动——那个时候该组两位主笔，只有她一位属下每日放羊，如果开除了她，只剩下领导了，世界上哪有这样的可能。一旦下属过少，那么一定是领导更需要下属，而不是反过来。

两位领导风采各具，有腿短到"劈叉不过像稍息"的王小峰，还有周刊几大"定海神针"、被昔日经济组组长高昱概括为"抽烟、说脏话、相夫教子"的舒可文老师。

在小于来之前，还有钟和晏，被传她几乎不吃饭，大家这么说是有道理的：第一，她非常瘦，比得上孙燕姿；第二，她反对单位聚餐，认为不如组织大家去看展览。很快周刊数一数二的美女邢慧敏也来了。

几个性格各异的人，组成了一个绝对称不上色彩缤纷的生产小组，因为大家都爱穿黑色。即使小于后来移民到其他乡放羊去了，也时常会想起来这个集体，太有趣了——四位妇女，和一位"妇女之友"王小峰。但奈何生产力低下，加上大家都对每日放羊产生了疲劳，来来回回就剩下两位领导和小于。饶是如此，几位牧民妇女经常见面交流放羊心得，谈来谈去还是周刊——只要有一个人还没有移民，情况将永远如此。

后来经常一脸无辜的孟静来了，她擅长放一种叫做"电视剧"的羊，一时颇得村长青睐。老师说让孟静单单放羊太浪费了，她几乎是八卦写得最好的人之一。

后来轮到小于移民了。她去香港，没及时去给羊打草，村长生气了，呵斥了几句。小于也生气了，跟几个同事说了一声"再见"就走了。

之后就是别人的回忆了。

2000 年，那真是一个 快乐的春天

∷∷钟和晏

2000 年 4 月加入《三联生活周刊》，任文化部记者，2002 年初离开。之前在法国欧莱雅公司公关部工作。2002 ~ 2004 年曾在《虹·Madame Figaro》及《时尚财富》杂志担任编辑、执行主编，2004 年 10 月重回《三联生活周刊》工作。

　　回忆或者谈论任何与《三联生活周刊》相关的话题，在我是一件略感恐惧的事情。

　　自从 2002 年初离开周刊，这两年多来，它似乎还一直占据着我的生活。平日里和我一起聊天、逛街、吃饭、去酒吧的一定是生活周刊的人，或者和我一样曾经在周刊待过又离开的人，彼此所谈论的话题也一定和

这本杂志相关；我上网一打开 MSN，马上上来和我打招呼也是这些人；当然，我当编辑要找人写稿子时，我能打主意的也一定是周刊的人。所以，我去三联书店楼上的周刊办公室时，他们就会说——那个想抓壮丁的人又来了。

我进入生活周刊文化部当记者，是在 2000 年的春天。之前一直在外企上班，做着一份既不太忙碌又有些乏味的工作；到了午休时间，就在国贸的地下商城里走来走去，听自己的鞋跟笃笃地敲打着光洁的地面，有点像伯格曼的《野草莓》里那个老头的噩梦，是没有指针的表盘和空空荡荡的感觉。

一下子从喧嚣的 CBD 转到安安静静又狭长得惊人的鼓楼净土胡同，可以骑着自行车去上班，让我觉得又快乐又新奇，甚至那幢简单朴素的旧砖楼，看着也觉得舒服。

2000 年，那真是一个快乐的春天。

去生活周刊的办公室，大都是为了开选题会。会议室不算太小，所有的人都以朱伟为中心围坐在会议桌旁，有人坐得东倒西歪的，也有人把开会前抓在手里的报纸翻得哗哗直响，期望能找到条选题搪塞过去。苗炜还在会议室里放了张钢丝床，有时开会时他也在上面躺着，听到他感兴趣的就支着脑袋和耳朵听一会儿，不感兴趣了又翻身躺下。

那时候，生活周刊大概是对所有人都敞开大门的。每几个星期，总有新的面孔出现，过一阵也许因为不适应就消失了。我记得有个女孩个子不高，头发剪得短短的，有时头上还扎着块布方巾。偶尔开会到晚了，她就猫着腰从后楼梯闪进来。后来，她很快就从周刊不见了。过了两年，我才知道她成了一位维护女同性恋团体权益的活跃分子，据说还可以拿一份国外给她的以美元计的工资。

连着会议室的那个后楼梯，我后来看到过一张照片，是朱伟带着他那些年轻的编辑记者们一个挨一个地坐在楼梯上。那是一张很美的照片，上面的每个人都眼神明亮，脸上的笑容也一样地明亮动人。

我在净土胡同度过了春夏秋冬。冬天以后，周刊因为发生了一次"事

314

变"，匆匆忙忙地搬到了北三环边安贞大厦27层的一套复式公寓里，很有几分 SOHO 的意思。

舒可文到现在还很怀念安贞大厦的办公室和那种氛围。在高昱的一次经典描述中，对舒可文的形容是"我们这里唯一的女编辑，爱抽烟爱骂脏字，喜欢相夫教子"。在我的印象中，舒可文大部分时间总是开开心心的，一边抽着烟一边大声嚷嚷地说着话，喜欢直言不讳地发表自己的意见。

最开始，我们文化部在公寓上层的楼梯和露台之间一块不大的地方，两张从"宜家"买的黑桌子拼在一起。开完选题会，我们就围在那里晒太阳、聊天。那时候，新出一本卡尔维诺的小说对我们似乎都是要紧事，小于会急急忙忙地跑到书店去买，顺便帮我们带上几本。

我从外企转到媒体，收入减少了，求知欲却空前高涨起来，当然多少也是被周刊的大环境所迫，现在家里满墙壁的书、CD 和 DVD 就是从那时开始聚积起来的。不过，现在回想起来，我那时是个多么差劲、多么缺乏职业训练的记者。

记得有次因为《理查三世》去采访林兆华，一上来就对"大导"说我觉得那部戏不好，把老头气得够呛。还有一次是采访贾樟柯，他谈起他的青春梦想和经历，讲述得非常细致动人，又暗含着隐隐的伤痛。我只在一旁呆呆地听着，心里却很高兴，回家后把他说的话一字不落地整理出来，加上些标点就成了篇不错的人物特写，投给了一家人物杂志，文章题目叫《我难受我现在的生活》。后来，贾樟柯说他在机场看到买了一本，在飞机上，居然把他自己给看哭了。

当生活周刊从双周刊改为周刊之后，我的生活也越来越难受起来，大部分时间都在焦虑，苦于找不到可写文章的内容，老是盼着死个人或者有个什么周年纪念的事好划拉点东西。到了2002年初，我既不想让自己再那么难受下去，又不好意思老要赖让同事填补我的"空白"，只好从生活周刊跑掉了。后来，当时文化部的邢慧敏、小于也陆续地离开了，只有我们的"头儿"舒可文还在，说自己快熬成了生活周刊的木乃伊。

记得有次邢慧敏开玩笑说,只要在生活周刊待过,就不怕以后会失业,因为总会有从那里出来要做新杂志的旧同事来找你。我觉得她说得不差,离开周刊后,这样的事我就碰到过两回。还有位旧同事开玩笑说,只要离开了周刊,(没准在朱伟看来)总会有几分落草为寇的感觉,即使是"巨寇"那也是"寇",我觉得他说得也有道理。

为了不让人觉得再"寇"下去,2004 年 10 月,我又重新回到了生活周刊,重新回到了每周以朱伟为中心开选题会、听舒可文嚷嚷的生活。当然,现在的会议室比较狭小,苗炜是放不下他那张床了。

"生活"：不容易的四年

:: :: 李　三

1988 年毕业于西安外语学院后留校任德语教师，1990 年到德国
自费留学，先后在基尔大学、图宾根大学和汉堡大学就读。刚到
德国时，有治国理想，选修政治学，后因手头拮据，经半年犹豫
改学社会经济学，获专业文凭，通过考试获德国高级法院颁发的
翻译资格证书。先后在多个德国金融公司学习工作，主要研究中
国 20 世纪 90 年代保险市场发展状况。2000 年 10 月，遵从母愿
回国，进入《三联生活周刊》任公司报道记者。

2000 年底从国外回来，准备找一份工作，看到《三联生活周刊》一则招聘广告，说是要招聘一个懂德语的人，就来与生活周刊的主编朱伟先生交谈，与他的谈话持续了没有几分钟，他告诉我可以来上班。

当年的生活周刊在北京一个非常偏僻的胡同，这个胡同有一个非常幽雅的名字，叫净土胡同，办公条件比较简单，但是同事们的热情非常高。因为从 2001 年开始，生活周刊准备改成周刊，我在这里发表的第一篇文章是翻译的奔驰公司与克莱斯勒合并的故事。

回想起来，在生活周刊工作已经整整四年，它已经成为在中国非常有影响的刊物，我再也没有发表翻译的文章，作为报道公司新闻的记者，我也是生活周刊影响逐渐扩大的受益者之一。世界上非常有影响的大公司的总裁开始接受我们的访问，我甚至有机会坐在总裁的专车里进行专访，最近一段时间，我们的记者纷纷被邀请到国外进行采访，这样的机会在 2000 年时是不大能想象的，我本人也有幸多次到国际跨国公司总部进行参观采访。

我有这样的感觉，生活周刊是一个很好的媒体平台，很多刚刚毕业的大学生研究生来到这里，也有一些已经成名的记者后来加盟，当然也有一些干得不错的记者离开，人员的流动基本在正常范围。与其他媒体交流后知道，走过这么多年，从来没有耽误过一期刊物的出版，在期刊行业实在是很了不起的。我觉得，只要大家用心来经营，每个人都有机会找到个人发展的空间，但是有一个原则，大家都要遵守，那就是认真做事情，用文章说话。

《三联生活周刊》作为一本走市场化道路的杂志，在过去几年中应该说是成功的，作为经常报道公司新闻的记者，也时常听到一些企业界人士的反映。2002 年，生活周刊 200 期的时候，杂志社举办了一个比较大型的活动，参与这个活动赞助的企业都是世界 500 强中排名比较靠前的企业，例如：SAP 公司、摩托罗拉、空中客车以及美国的安利公司等等，企业的积极参与，显示出这本杂志在业界的影响，现在打开《三联生活周刊》有一种厚重的感觉，除了文章之外，精美的广告也贡献了一些版面。

在汽车公司的报道方面，生活周刊虽然没有专门的汽车版面，但是从公司报道的角度，还是做了一些比较深度的报道，例如奔驰被砸事件、宝马进入中国、豪华轿车宾利和劳斯莱斯的身世等等。

经常报道公司的一些新闻，难免要与公关公司打交道，他们中间的很多人说：《三联生活周刊》很难打交道，上稿子特别难，有一些公关公司甚至把责任归咎在报道公司的记者身上。其实，我的理解是：一本权威的杂志，应该有自己的个性，特别是在经济报道方面，如果总是赞扬的话，杂志可能离关门不远了。在这个方面，我特别欣赏一本叫《明镜》的德国新闻周刊，一旦有重大的公司新闻、特别是丑闻，《明镜》总是不遗余力地报道，主编也是经常出马亲自参与。这些报道并没有影响所有德国乃至世界上最大的公司都在这本杂志做广告。

关注工业、商业、金融巨头动向，分析中国市场发展趋势已经成为《三联生活周刊》公司报道的一条主线，磁悬浮技术能否成为解决中国铁路交通的关键，西气东输工程能否解决东部能源紧缺问题，中国石油的出路在哪里，外资银行和保险公司进入中国的目的和意义在哪里等等，所有这些重大宏观经济问题的背后都有国际大公司的身影。通过采访这些公司，我们想给读者一个直接了解经济生活的机会。《三联生活周刊》现在 10 岁了，应该说还是个孩子，公司报道也还处在摸索和成长阶段，欢迎读者经常地批评，也欢迎有兴趣进入经济报道的同行或者说同志加入。

我要做中国最好的记者

∷∷黄 河

2001 年 2 月进入《三联生活周刊》经济部任财经记者，此前任职《凤凰周刊》记者，2001 年10 月任《中国证券期货》主笔。

2001 年 2 月的某天早晨，我提着大包小包，站在客厅中央，不知是第几次向着似乎还睡眼朦胧的爸妈宣布："我要走啦，去北京，中国最好的杂志做最好的记者！"

老爸喃喃地说着什么，我没听清。直到许久以后，我才知道他们在那前后为我担过多大的心，"比送你上大学还揪心"。老爸后来说。可是，Who take care！我那装满幻想的脑袋已经再没有一丝多余的空间了。

在到《三联生活周刊》之前，我已经在《深圳特区报》下属的《深圳周刊》做了三年记者，我与同事们在茶余饭后谈得最多的是《三联生活周刊》。虽然它那时还是双周刊，但它对新闻深刻的观察力与精辟的评论，都让我们看到一本理想中的周刊的轮廓。我不止一次在酒后大放厥词："在中国当记者，不到三联就算不上好记者。"——颇有几分"平生不识陈近南，便称英雄也枉然"的遗憾。

陆新之已经告诉我，三联眼下缺的是财经记者，你进去后多数是做财经报道。我在《深圳周刊》一直做的是社会报道，对"财经"的概念了解得大概还不如我那炒股票的老妈多。"三联"的诱惑让我硬着头皮答应了这项我当时觉得是"临时"的选择，想不到的是，时至今日，我竟然还真做了一名像模像样的"财经记者"——这可真应了那句话："我猜到了开头，可我猜不到这结局。"

短暂的运气

到三联写的第一篇报道是关于联通黄页的，基本素材已经在深圳采访完了，但究竟该写什么心里却没底，快到交稿时间了，没办法磨蹭了一篇先给陆新之看。他看完后觉得还行，但我自己心里总觉得似乎没写到点上，便抓着他讨论。

聊着聊着他突然冒出一句："徐迅（我们的一个记者朋友）当时跟我说过这个选题，他说这个黄页到底是媒体还是商品根本就定义不清……"这下我可抓到"救命稻草"啦。赶快回到电脑前，花半小时重头改写了一遍，标题就叫《黄页：媒体还是商品？》

接下来的事情极为戏剧性。稿子交上去了，我正忐忑不安地等待"宣判"，突然朱伟主编一阵风般从他的办公室冲出来，举着一份稿子冲着大家嚷嚷："这篇稿子谁写的！"我一看正是自己的那篇稿，心里不由一阵冰凉，完了，不知道哪儿捅了娄子，这下得打点包袱回家了。陆新之也懵了，底气不足地往我这边点了点手，闷声问道："怎么啦，有问题吗？"

朱伟冲到我面前，手里依然举着那篇稿子："好，这篇稿子写得好，以后大家都得这么写……"后边他再说什么我都听不见了——姥姥哎，这么夸奖人会搞出心脏病来的！

后来的日子里我才知道什么叫做"撞大运"，以我当时那点浅薄的财经知识，假如没有徐迅的那句指点，恐怕真得当场卷包袱"下课"了。然而这种"大运"毕竟不是天天都能撞到的，高高兴兴地进了三联没多久，我就开始愁眉苦脸了。

不久前跟一位朋友谈到财经报道与普通新闻的关系时，我蛮横地甩出一句"财经报道不是新闻！"这话乍听起来有些无理，财经新闻怎么不是新闻啦，新闻的五要素财经报道就不要？新闻的从采访到写作的一系列规则财经新闻就可以不遵守？如此等等。但我要说，作为一名记者，假如你只是按新闻（尤其是社会新闻）的套路，按"眼勤、腿勤、手勤"什么的去做财经报道，铁定会栽跟头——至少我就是这样。

有那么一段时间，写稿对于我简直就像苦役。不是我不愿意去采访，也不是不愿意去写，而是写了就通不过。每篇稿子交上去后，我便像老鼠一般缩在办公室角落，听着楼梯口的响动，那段日子里我练出一项特技，分得出每个人不同的脚步声。每当朱伟的脚步在楼梯上响起时，我的心里便是一片冰凉——这次又死了。

朱伟的批评很有意思，他拿着稿坐在你旁边，一句话也不说。于是我便低着头找有没有可以钻的缝，一边在心里嘀咕："快说快说，早死早超生。"果然声音响起来了，没什么起伏："这篇稿子不能用。"好，宣判结束。花两天时间转世投胎等下一个轮回吧⋯⋯

成长的烦恼

为什么稿子老被毙呢？

有一段时间我以为是自己的文笔不够好（三联讲究文笔是出了名的），于是每逢动笔便搜肠刮肚找一些自以为有文采的词句下进去。那可真叫折磨！你想想，前有《声音》、《圆桌》，后有《文化》、《专栏》，哪个不是文光四射得让人睁不开眼，再加上一个从《人民文学》出来的主编，多少大小作家的作品给他横删竖改，哪看得上这点鸡毛小菜——跟他玩文采，不等于是给自己刻七杀碑吗？

不行，不行转路子，开始往采访上打主意。多找些学者名人，问什么不重要，重要的是唬得住人。谁知朱大主编不吃唬，硬生生把俺磨破脑袋钻来的一点访谈内容大卸八块，甚至"弃尸门外"。写到这里，我要向那些曾经被我打扰过的学者们深表歉意，特别是一件令我至今内疚的采访，我要向盛洪先生道歉。

当时为了写一篇关于反垄断的文章，我想请盛洪谈谈这方面的情况。想到要见这么一位著名经济学家，口未开心先怯——这么随便找人家发表意见，人家答应吗？于是自作聪明编了个借口，说我们准备做一个专访，请盛教授就垄断问题谈谈看法云云。

盛洪答应得很爽快，但在电话里提了一个要求："别人常常在文章里曲解我的话，我希望在发表前给我看一下。"在见面时他又强调了一次，我自然诺诺。采访进行得很顺利，稿子也写出来了，自然不是专访。硬着头皮给盛洪发过去，他回了几句话，让我至今想起来依然惭愧不已。他的回复保存在我的电脑里，里面写道："黄河先生，我记得你是说搞个专访，不是（知）记录何在？这篇文章里，你引用我说的关于企业内组织成本上升会抵消规模经济，不准确，望再对录音修订。"

现在回想起当时的心态，真是有意思——老板不是要求要多采访吗？好，那我就扳着手指头数到底稿子里写了几个人，不够再凑两个；不是要写利益冲突吗？好，那我就刀枪剑戟十八般武艺轮番上阵——可是，不行，还是不行！

有一段时间找甚全在想，是不是老板对我有什么成见？但平时又不见他有什么不客气，那副平平淡淡的面孔似乎对谁都一样。直到离开三联后的一天，我才突然发现，原来自己错了——写错了！

有趣的是，那几乎也算得上一次"撞大运"。

离开三联，我到一家新的财经杂志所做的第一篇报道，关于科龙并购案。跟过去一样，我开始忙忙碌碌四处找人采访，上网搜集资料。一切就绪后开始写稿，又出现了刚到三联时的情形：情况和素材似乎都掌握了，但写出来的东西总觉得缺了点儿什么，"软软的立不起来"。

新老板是一位有着深厚经济学素养的上市公司老总，看完我的初稿后，他问了一个在我看来很奇怪的问题："收购科龙的这家公司（一家香港上市公司）在收购时，是在内地独立注册新公司，还是母公司收购的？"

在我看来这是个细微得不足以关注的问题，当我提出这个疑问时，老板摇摇头："我们做企业的都知道，如果他是在内地注册新公司收购的话，那么就可能……"随后给我讲了香港证券市场上此类公司收购的操作手法，足足讲了两个多小时。听完后我的第一个感觉是狂喜，原来真实的经济世界可以这么精彩！回到家后我扔开原稿，花了个通宵写出一篇完全不同的报道。那是我的财经报道的第一堂启蒙课，我至今这样认为。

当我在随后的日子里用这种眼光再去看三联时期的报道时，突然得到一个新的领悟——那就是在过去的报道中，我能看见自己笔下纷繁复杂的种种现象，却看不见自己对于这些现象的理解与判断，在我的报道中没有"我"！

这又是一种有悖于基本新闻原则的价值观。新闻不就讲究一个"客观"吗？处处把自己的偏见和感受带进去，不如改行去写小说。但我依然坚持认为，在财经新闻报道中，记者如果不能加入由自己素养和观察而来的"独断"，就不可能真正有效地组织起复杂的现象，写出有深度、"有骨头"的报道来。

其实在新闻学里边，早有"调查性报道"和"解释性报道"之分，在我看来，经济报道就是一种典型的"解释性报道"，其精髓就在于记者自己要"想得明白，说得精彩"！说来简单，做起来可不容易。张五常教授说经济学就是要"解释真实世界"，短短一个"解释"，穷尽了多少像张教授这样"天纵之才"的毕生之力。

苦中的乐，乐中的苦

说到这里，似乎离三联有点远了，还是回头来看看三联的趣事吧。

当时的经济部说不上人丁兴旺，高昱因为做专题常常在外边跑，陆新之也神出鬼没三五天见不着面，每天在经济部"值班"的往往是我跟李伟。李伟是复旦哲学系的高才生，跟我同病相怜，日日面临"三苦"：一苦找不到选题，二苦采访不到人，三苦交不出稿或稿子被毙。

苦里作乐大家便发明些"术语"，拿来调侃自己的糗事。其中我印象深刻的一个是"苦苦哀求"，因为不容易找到适合的采访对象，一旦找到一个往往死缠烂打，誓要从"老虎"嘴里拔下几根毛来。于是办公室里便常常听见某人"软语哀诉"："我们有这么个题目，您是这方面的专家，能不能跟我们谈谈……出差，那大概什么时候回来？要不我在电话里跟您谈谈也行……"一来二去，两人看见对方拿起电话就会会心而笑："又要苦苦哀求啦，哈 哈……"话音未落自己也抓起电话"苦苦哀求"去了。

苦苦哀求完就该干活了，说干活其实不确切，应该叫"想活"——那几行字半小时就可以敲出来，问题是究竟敲什么呢？于是进入"望天发呆"的阶段。记得有一次社会部的巫昂跑进来，东张西望了半天，对着正在发呆的李伟说："你们这儿真像座庙。"

是的，当时的经济部既没有文化部那样丰富多彩的活动，也没有社会部那惊险刺激的采访，倒真有几分像修身养性的寺院或道观——虽然里边的两个"小和尚"六根不净，杂念丛生。

转眼离开二联已经二年了，面对着自己写下的这堆拉杂琐碎的回忆，一种说不清楚的情绪漫延开来。想起三年前离家远行的那个早晨，我忍不住低低咕哝了一句："我还是要做中国最好的记者——也许是财经记者？"

Who take care!

1990年毕业于中国政法大学经济法专业，1995年在《中国百老汇》杂志做编辑记者，1997年成为《中国资产新闻》编辑，1999年，任法国桦谢菲力帕契出版集团《搏》和《Air China》两本杂志的总编辑。2001年10月进入《三联生活周刊》后任文化部主笔。

晃晃悠悠来"三联"

∷∷王小峰

从专栏开始

我是 2001 年国庆节之后来三联的。两年后，有很多朋友见到我，总要关心地问上一句："你现在在哪里？"我说："还在三联。"对方的反应是很吃惊："你怎么还不辞职？""怎么还在那里？""这次你倒待得塌实啊！"

有这些反应的人基本上都是特了解我跟我多年的朋友。在他们眼里，我是个不安分的人，在什么地方待的时间都不长，三天两头就换工作，一些朋友常常给我介绍工作。是的，在来三联之前，我对待工作的态度是无所谓，做什么全是凭着性子来，任何单位的履历表对我来说空间都太小了，大大小小的工作换了 20 多个。那时候有一个想法，就是趁着自己年轻，还能折腾的时候，多做些事情，积累些经验。但同时，我也在寻找适合自己的地方。所以，就这样，我晃晃悠悠地来到了三联。

其实在来三联以前，我只看过一本《三联生活周刊》，从来没有买过，我记得是 1995 年，当时的周刊记者张晓莉采访我，然后给我寄了一本杂志，那期杂志我看了半天没看懂。所以对"三联"的印象并不深刻。再后来，我无论在街头还是机场，看到"三联"都会想到这是一本让我看不懂的杂志，那里肯定有一些说话都让我听不懂的人，从来没有想过有一天我也成为其中的一员。

再后来，我认识了苗炜，当时正是网站泡沫鼓得五光十色的阶段。1999 年，在苗炜喜欢的星巴克，我见到了他，见他的目的就是想把他介绍给一家体育网站当内容总监，双方谈得很好，我为能完成这笔拉皮条的勾当而感到欣慰，但是就在苗炜即将奔赴新的工作岗位那一瞬间，他做出了明智的决定：留在三联。也正是因为他这次明智的决定，也为我去三联工作埋下了伏笔。

2001 年，当时的文化部记者邢慧敏给我打电话，说"三联"想开一个音乐专栏，问我有没有兴趣写。虽然"三联"我只看过一本，但我知道，给"三联"写专栏的人，都是很了不起的，比如王小波、王朔。我给"三联"写专栏，心里直打鼓，但后来一想，可能三联只找姓王的人写专栏吧，估计实在找不到姓王的人了，就把我给拎出来了。

在此之前，我一直在网站工作，日常工作内容基本上是复制和粘贴两个动作，很少考虑去写什么文章，但也就是在网站工作这两年间，我离开了音乐圈那种环境，听音乐变成了真正的兴趣，不用去想每天写什么，可以耐心去听，去思考一些音乐的问题。所以，刚给"三联"写专栏那段时间，是我状态最好的时候。

虽然不了解《三联生活周刊》，但是对"三联"这两个字一直怀有一种崇敬，当年逛书店，三联书店是必到之处。再加上当初看到那本《三联生活周刊》后产生的印象，感觉给她写专栏压力很大。邢慧敏说："要不你给苗炜打个电话，问问他怎么写。"于是我给苗炜打电话。

"你是苗炜吗？我是王小峰。"

"我是。"

"想跟你说说写专栏的事，我不知道该怎么给你们写。"

"就那么一写，1000多字。"

"噢，别的还有要求吗？"

"没了。"

"没了？"

"没了。"

"好吧，没了就没了吧。"

就这样开始给"三联"写专栏了。说实话，最开始我真有点战战兢兢，生怕写得不好，给"三联"丢人。每次我都选好几个题目，然后反复论证哪一个更适合三联的风格，有时候要准备一周的时间，才敢动笔。因为以前没有写过什么专栏，也不知道该怎么去写，更主要的是我不知道"三联"现在办成了什么样子，这种感觉实在不好找。

写了几期之后，我问邢慧敏，这样写行吗？她说行，于是我踏实了点，也有了信心。几个月过去了，我发现我一直没有收到从三联寄来的样刊，便打电话问，问了半天也没问清楚究竟谁给我寄样刊，总之，我看不到样刊了。

怎么可以这样对待一个作者呢？虽然我跟王朔没法比，但我也姓王啊。在几次催问无果的情况下，我做出一个重要决定：去三联工作。因为只有这样，我才能看到我在"三联"上写的文章。

于是我又给苗炜打电话。

"你们'三联'还要文化记者吗？"

"要。"

"那我能去吗？"

"我不是早跟你说过吗，有兴趣就过来。"

"我哪知道你们不给我寄样刊啊，早说不寄样刊我早就过去了。"

还是想做个记者

其实，我最终选择到三联工作，是我有一天忽然发现，我毕业后虽然大部分时间在媒体工作，但一直没有记者的感觉，因为以前基本上没有处在第一线。做记者一直是我在上学时向往的职业之一，晃悠了很多年，也算积累了一些经验，也许能适应三联这份工作。其实给不给我寄样刊倒没让我放心上，呵呵。

到了三联之后，我才发现，自己真的很不了解三联。以前做报纸、杂志，策划选题很容易，不用太动脑子，可在三联，每个人在报选题的角度上都和以前我经历过的媒体不一样。第一次开选题会，人黑压压聚了一屋子，那些大都是陌生的面孔让我油然而生出一种敬畏，当时给我印象最深刻的是高昱，在三联论坛上我们都喜欢叫他"高日立"，因为这样能体现出他男人的特征，这个酷似李大钊的人，在对一件新闻的分析时说得很有启发性，我听出了一点门道，原来三联是这么做新闻啊。

在进入三联的头 3 个月，我一直找不到感觉，或者说，以前自己写评论写惯了，写着写着就开始在那里议论上了，终于有一天被主编骂了一顿，主编瞪着眼睛对我说："人家说什么你就写什么，你老自己在那里瞎议论什么！"我心想，那些人说的还不如我想得明白呢，用他们的话一点意思都没有。在主编的"要挟"下，我重新写了一次。这件事对我触动很大，同时也渐渐进入了记者的角色。

几个月过去，心里塌实了，不再晃悠了，而同事告诉我，我来得真是时候，之前三联的条件还不是很好，我一来，条件就好啦。舒可文语重心长地对我说："三联挺适合你的，你就在这待着吧。"结果，这一待就待到现在。

其实，我到三联，不仅仅是赶上三联的好时候，也赶上了中国进入真正的娱乐年代，文化变成娱乐，娱乐日趋大众化，娱乐在今天已不是一个单纯的娱乐，它甚至延展到社会的方方面面，成了反映这个时代的一面镜子和标志。与此同时，文化与娱乐的分水岭也日渐明显，文化就是文化，娱乐就是娱乐。进入21世纪，我发现很多报纸悄悄地取消了文化版面，代之以娱乐，原来文化版面的花絮被放大的花边新闻所取代，很少有人去关注文化自身的状态，而是通过消费和市场来判断文化的价值。介入市场的文化有时候必须要娱乐一下，因为它面向的是大众，唯有这样，文化才能生存。

我喜欢从公众心理的角度来判断文化娱乐事件，这样能看清楚很多本质问题，所以做起来心里便很塌实了，从前做的是纯粹的文化、娱乐，在三联，能有更宽的空间。

我可以轻易把这些国宝偷走

来三联之后，采访中给我触动最大的一件事是我采访北京音乐研究所，当时在美国的朋友袁越回北京，跟我聊天中提到了"音研所"的事情，说那里有很多音乐资料得不到很好的保护，我觉得这是个选题，因为在此之前有关"音研所"的事情就知道一些，所以决定去采访一趟，看看那里究竟是怎么回事。去之前，我大概掌握的情况是：一、"音研所"有很多录音资料，它的保护情况堪忧；二、"音研所"曾经把版权卖给台湾的公司出版，这件事的来龙去脉是怎么回事；三、非物质文化遗产的保护情况在中国是怎样的。

采访很顺利，管理员带我在资料室里转悠，把一些资料保护情况介绍给我，就当我在资料室里转的时候，我猛然发现，这个保存着中国乃至世界上最丰富音乐资料的地方，竟然连最基本的保护措施都做不到，恒湿恒温就不提了，连最起码的安全保护都没有做到，如果从窗户进来，易如反掌。但凡有个贼喜欢中国民歌，要是让他惦记上了，这些国宝可能就会遭殃。可遗憾的是，不仅贼没有意识到这些音乐资料的宝贵性，连政府有关部门也没有意识到，很多资料确实很珍贵，比如那些录在钢丝和蜡筒上的资料，在世界上也就仅此一份，保存它的环境可能还不如一个学者家的书房。看着这些，我想，中国本民族的文化，尤其是非物质文化，很少被当成国宝去保护。是因为我们有太多这样的东西？还是因为今天中国走向现代化后感觉这些没有市场的东西不值钱了？

以前，我更关注西方音乐，但关注来关注去，毕竟这些都不属于自己的，我从来不相信"音乐无国界"这一说，如果无国界干嘛外国人不听中国音乐呢？当我逐渐了解到民族民间文化在今天的现状十分令人担忧之后，我便把更多的兴趣放到这方面上。有些事情，你不站出来呼吁，就不会有人重视。之后，我又写过几篇跟民族民间音乐有关的文章。后来，我遇到一些喜欢民歌的朋友，他们说我很了解民歌。我说，我不了解，但我知道这些民歌需要更多的人来关注，现在中国的传统文化消失的速度太快，我手里就这么一点话语权，能做到的就是让更多的人知道。当然，我听到更多的是那些以前看我写摇滚评论的朋友说我背叛了摇滚。笑话，我又不靠摇滚活着，有什么背叛的。

因为三联给了我这个机会，让我能有意识地重新认识中国民族民间音乐。这可能是我来到三联之后在兴趣上最大的转变。

我挺对不起仨鸣的

那是一个周末，下午开完选题会，我上楼收拾东西，准备早早离开，周末一般是不干活的，脑子想的是怎么跟朋友聚会吃饭。就在我收拾差不多准备离开时，舒可文从楼下上来，见到我说：

"你先别走，有个选题你得做。"

我说："这都下班了，还做什么选题？"

舒可文说："'人艺'建院50年了，这么大的事咱们得做。"

我说："我不懂话剧，人艺的人我一个也不认识，没法做。"

我本来想几句话把这事推掉，毕竟我对话剧不是很了解，做起来心里没底。

舒可文说："我们几个都要做广州的专题，就你没事，你不做谁做。告诉你，主编定下来了，不做也得做。"

主编就爱搞包办婚姻。

我问："什么时候交稿？"舒可文说："星期天。"

我一惊："就两天时间？"

舒可文说："废话，要是下周末你再交稿子，人家该庆祝51周年了。"

我说："那我们就写一个庆祝人艺51周年的专题报道，谁也想不到我们会如此独辟蹊径……"

显然，争辩是没有好下场的，只好硬着头皮上。

最开始，定下的选题思路太专业化，好像是将来人艺是走导演制还是剧本制，对我这个不太了解话剧的人来说的确有点难度，凭着我对人艺仅有的那么一点了解，我觉得不能这么做，但怎么做，我也不知道。我脑子一片空白，话剧我有生以来只看过三场，其中有两场在看到中间睡着了，让我来做这个选题，主编也真放心。

我翻看着近期各大媒体对人艺50周年的报道，最多的一个词就是"辉煌"，以我的了解，人艺好像在最近10年就没干过几件像样的事，有什么辉煌的？辉煌的都是过去20年前的事情，那最近这10年到底怎么啦？肯定有问题。

"人艺"是个老字号，如果她是个"瑞蚨祥"或"全聚德"的话，这么一比就清楚了，一个烤鸭店连续10年烤不出几只好鸭子，那肯定是经营不善。想来想去，还不如就从这个角度下手，一方面可以避开其他媒体的"辉煌"报道，另一方面可以避开专业话题，谈文化经营我还是比较擅长的。但我吃不准人艺是不是像我猜想的这样，这时我想到了一个人——《北京晚报》的戴方，他跟了人艺10多年了，肯定对人艺了解得比我多，跟他一通电话，说明我的意思，戴方说："你算找对人了，我对人艺太了解了，我也给你写一篇。"这家伙很快就写了一篇《给"人艺"50年一杯苦酒》。有戴方的证实，这个选题的方向就定好了，于是我要采访这么一批人，一类是人艺的人，还有一类是人艺以外的人，最好是导演。这些话剧导演中，我就认识孟京辉，他有人艺情结，但在国家话剧院工作，说话比较方便。可是找到孟京辉后，他一听说谈人艺的问题，便断然拒绝了采访，他说："我现在不想谈人艺，如果要谈我就要谈问题，我就要骂，可人家50年大寿，我这么说不合适，这不是给人添堵么。但是我又不能说违心话，所以我不谈。"虽然他拒绝了我的采访，但他这几句话更坚定了我要谈人艺问题的决心。孟京辉把话都说成这样，可见人艺现在有点让人爱恨交加。

于是又采访牟森、张广天，他们谈了很多问题，说到根上，人艺的问题还是一个计划经济向市场经济转型过程中出现的问题。局外的人都采访完了，该采访局内人了。由于那几天人艺在搞大型庆祝活动，根本就抓不到人，本来想采访院长刘锦云，质问刘锦云还是一件比较有快感的事情，但是找了一天也没找到，已经是星期天的下午了，要是找不到人艺的人，这个采访的分量就打折扣了，即便谈问题也谈不透。后来，终于抓到了副院长任鸣。

任鸣说，他今天非常忙，要到机场接各地来的演员。我说，只要你给我一个小时的时间就行。任鸣这个人很爽快，答应了。因为之前有关人艺的问题跟别人谈论过，但都是局外人。采访任鸣基本上是向他求证这些问题的答案，问题设计的都很尖锐。实际上，这就好像事先给任鸣下了一个套让他钻进去。任鸣倒是个很实在的人，有问必答。因为有了院里人的采访内容，这个选题就显得厚实了很多。

大概是在星期一的凌晨，我终于把这个专题写完。对我来说，好像完成了一个不可能完成的任务，但我没想到的是，这个专题给人艺带来了巨大的震荡。一个在北京文化局工作的朋友告诉我，当时单位的办公桌上人手一本"三联"，那几天大家都在谈论家丑怎么外扬的，本来50周年是件挺喜庆的事儿，结果被这个报道给弄得灰头土脸的。

　　再后来，我听说刘锦云下去了，任鸣也因为这篇采访受到牵连，我觉得挺对不起他的，人艺在相当长一段时间连个院长也没有。一次，我们记者打电话采访任鸣，他一听说是"三联"的记者，马上就说："上次我就让你们的一个记者给害了。"

　　其实，不管谁批评人艺，都是希望她比过去更好，都希望她有再度辉煌，我们也是，不希望这个老字号从此黯淡下去，但愿这次人艺的阵痛是走向新的辉煌的开始。自从那次做人艺的话题后，我看话剧就再也没睡着过。

《三联生活周刊》科技记者，负责"科技"与"好消息·坏消息"栏目。1999年毕业于北京大学法学院。曾任职于清华大学出版社及搜狐公司。2004年2月，因在《三联生活周刊》的工作，获美国科学促进会首届发展中国家青年科学记者奖。2004年8月，作为唯一一名中国记者受邀参加首届欧洲科学开放论坛。

在这战斗的岁月里

∷∷鲁 伊

2001年11月26日，星期一。我背着当时在北京几乎全部的家当，披头散发，人模狗样，来到安贞大厦楼下。素未谋面的文学女青年偶像苗炜同志从27楼下来，带我去楼下的吉利餐厅吃饭。两菜一汤刚端上来，他就招呼着服务员开发票，随即摆出一副资本家嘴脸，说：别废话，赶快上去干活。

后来我才知道，原来在生活周刊，每个星期一，所有的人都会患上一种周期性的疾病。高层的症状比较明显，表现为频繁走动，频繁打电话，狂喜狂悲，音调凭空抬高八度。普通记者则是表情严肃，目光呆滞，紧盯电脑，十指在键盘上以光速跳跃。这种病从周日下午便开始初露端倪，在周一下午到达发作的高峰，过了晚上 12 点就不药而愈，直至下一个轮回。通常来说，我们把它叫做截稿综合征——Deadline Syndrome。

我来"三联"之前有过两份不当真的工作，生活中最重要的事是把有限的精力投入到无限的谈情说爱中去。在论坛上瞎混的时候无意中看到从前大学时一个朋友写的帖子，顺藤摸瓜，就到了当时新浪的"三联"论坛。

在这之前，我看到的第一本也是唯一一本生活周刊是 1995 年的创刊号，在海淀书城新开张的国林风书店。我那时才上"大二"，对一切我看不懂的东西满怀敬畏之心。直到后来，开始有人对我说我写的东西看不懂，我才明白，原来写让人看懂的文字是比让人看不懂困难若干倍的事。

即使是在三联的论坛上混着，我也没想过有一天会和这本杂志发生关系。以至于有天莫名其妙收到三联编辑部寄来的 500 元稿费，还不知道这飞来横财从何而来。后来才知道，原来论坛上化身千万的法兰克苗先生在杂志上用了一篇我写着玩的帖子，作为反小资倾向的反面典型。这位《上半截与下半截》的主编未经我同意，就砍去了我论坛上 ID 的下半截，还把我写的东西狠狠地乾坤大挪移了一番。不过，因为三联一贯不寄样刊，而我又从来不买，这些事我到三联很久之后才知道。而当时，那 500 元早化作若干顿水煮鱼香辣蟹，五谷轮回去也。

学习干活

2001 年 11 月 26 日那一天，我晃晃悠悠地坐着 302 路公车，来到安贞大厦，对自己能做什么，要做什么，完全是一头雾水。上到 27 楼，苗炜把我移交给国际部主笔吴晓东，就躲进里屋吞云吐雾听崔健去了。吴晓东给我找了两本杂志，指着他背后的电脑说，坐这儿，看看这个栏目，《好消息坏消息》，照着做，明早之前交稿，别忘了把图找好。交待完，吴晓东就端起他那可以洗脸的大茶杯，掉头干自己的事，酷得让我五体投地。

很久以后，吴晓东才告诉我，我坐的位置，用的电脑，甚至干的活，都是接替那时刚刚出国的王星的。王星姐姐是三联有名的才女，号称是头三杆笔之一。吴晓东说，当时他很有点看热闹的意思：你是谁呀，也敢坐王星的位置？

结果是，王星姐姐在法国乐不思蜀，而我也从论坛上的陌生人1999，变成了《三联生活周刊》记者鲁伊，一做，就是3年。

三联用笔名的人不少，但笔名反而埋没了真名的，好像只有巫大美女巫昂和我。很多人问我为什么用这个笔名，视心情而定，我会给出各种各样的解释，比如我爱鲁伊科斯塔，我爱范尼斯特鲁伊，我爱陆毅，等等。其实真相远没这么复杂。刚来三联的时候，苗炜跟吴晓东开玩笑，说王星走了，周刊少了个能干活的驴。正好此时，美编程昆来问我的署名。驴的切音不就是鲁伊吗？那就叫鲁伊好了。

从这个笔名上，你也能看出，最开始的时候，我并没觉得自己会在三联做很久。毕业两年，我跳了两回槽，觉得工作就是个养家糊口的工具，对得起自己，对得起月底的工资袋，也就足够了。我从没想过，在我走进安贞大厦顶层那间阳光灿烂的房间时，我的生活将就此改变。

在生活周刊的第一个月几乎是在稀里糊涂中度过的。我大学时的专业是法律，毕业后当过翻译，当过网编，都和新闻没什么关系，更别提科学新闻报道。怎么起承转合，怎么突出重点，怎么划分段落，怎么拟定标题，完全不知道。我写的第一篇科技文章是《克隆人生于2001》，说是写，其实就是苗炜拿来一份《美国新闻与世界报道》，让我把它的封面故事翻译过来。在大学出版社翻译计算机教科书练出来的快手神功这会儿派上了用场，一下午就翻完了8000字。拿去给吴晓东看，吴晓东笑而不语，再拿给苗炜看，老苗也不评价，只是说，你再琢磨琢磨，再看看，然后给我一篇吴鑫的报道做范文。

那篇文章最后还是没怎么改就发了。现在回头看来，语言的生硬和那股不懂装懂的劲儿是很可笑的。可更大的问题还在后面呢。交稿的第二天就是三联著名的选题会，乌压压坐了一屋子的人，朱伟、舒可文、邹剑宇、王小峰，这些从前只在江湖传说中听到的人物正襟危坐，侃侃而谈。转了一圈，轮到我，刚说一句"克隆"，既怒又威的朱伟主编就把我堵了回去，"那个不是已经做完了吗？现在讨论的是下一期的选题。"

这时候，我才明白了"周刊"二字意味着什么。

做采访型记者

在我的印象中，7月的某一天，这时早已通过电脑游戏和我结下深厚"背对背"战斗友谊的吴晓东端着大茶杯，开完编辑小会飘然上楼，传达当年曾响应毛主席号召上山下乡的老知青朱伟主编的命令："别一天到晚坐在办公室里对着电脑，出去出去，做采访去。"

"去哪儿？"

"出国。"

有道是"一封朝奏九重天，夕贬潮州路八千"。诸位大人们一声令下，我这个平常半步不出办公室的"坐家"，转眼就飞到了比潮州还远"八千"里的泰国曼谷，采访在那里即将举行的首次艾滋病疫苗人体试验。

去泰国采访，是我迄今为止生命中遇到的最大挑战。在那之后，也有过很多非常困难的时候，但只要一想起，那一关都过去了，也就没什么再可怕的。

因为当时整个周刊弥漫着一股要走出去、要做自己的好文章的劲儿。这次采访，无论从选题的确定还是我的成行，都带着点仓促的味道。只是行前打了个电话给联合国艾滋病规划署驻泰国办事处的一个官员，确认消息，就匆匆确定下来作为下一期封面，订机票，签证，飞过去。到了之后才发现，本来照计划有 5 天的采访时间，结果接连两天都是泰国的"佛日"，政府机关不办公，一下子，连头带尾，就只剩下紧巴巴的 3 天。

困难还不止于此。一下子到了个陌生的国度，无人接应，电话不通，没法上网，所有问题都要自己解决。艾滋病规划署的官员给我一份可能与这次人体试验有关的组织机构名单和联系方式，说他能帮的忙也不过如此。一个一个打电话约采访，泰文对我来说无疑天书，而我要采访的对象几乎没人会中文，双方只能借着英文交流用汉字写下来都要看上半天的深奥技术问题。朱伟临行前下达任务，一定要采访到泰国的艾滋病人，可就算这里的感染率高达 1.79%，我也不能走在大街上随便拉个人问他是不是艾滋病吧？同中国许多地方一样，那里的政府机关、大学、研究所、医院的办事效率低得可怕，到处需要请示、批准、出示证明，让一向在国内对新华社、人民日报、央视不太放在眼里的我顿时觉得大树底下好乘凉。这么一来，许多事情推来推去就变成了无头公案。

第一天采访下来，回到宾馆，已经是晚上 21 点多了。万分沮丧地坐下，打电话给国内的男友，还没说话，就极没面子地哭了鼻子。一向躲进小楼成一统的我，这辈子什么时候说过这么多话，吃过这么多闭门羹啊？

哭是哭了，眼泪可当不了稿子。睡一觉，醒过来，眼睛还肿着，可该干什么，还得干什么去。政府机关不上班，就找非政府组织和民间团体。顺着名单打下去，总有被我找到的，一个两个，就寻到了泰国最大的艾滋病人免费医疗中心。包辆车到了那里，耳闻目睹，又通过介绍，联系上了朱拉隆功大学的疫苗研究人员。非政府机构和大学这一关突破了，再使出软磨硬泡大法，卫生部、疾控中心，不是预约起来没个头吗？找上门去，一个办公室一个办公室地蹾，有时间，说两句，没时间，我继续等。回想起来，连自己都很难相信，居然可以修炼到如此铜头铁臂的地步。从泰国回来后，我有很长一段时间沉默得要命。据说所有动物的心跳次数都是大致相同的，心跳得越快，寿命就越短。我相信人的话也是有定数的。透支了，得慢慢地找补回来。

另一种表述方式

做一件事，时间长了，就会疲下来。都说做科技好，因为它是常新的。但世界这么大，也不能够每年都是爱因斯坦奇迹年，每周都有克隆人。一年52期，每期一篇，到现在，早已是随便出条新闻，它的前世今生差不多已了然于胸。最开始的时候，是那一点对不知道事情的好奇，想要把它们弄清楚、表述出来的冲动，让人追根究底，上穷碧落下黄泉。但3年后，对着一个选题，不由自主想到的第一件事，却是怎么避免重复自己以前写的东西。到最后，有时的坚持，只是为了生活，养家活口，买房买车。

这是一个两难的选择：要么，你自筑高墙，越来越脱离读者，要么，则是最终被自己的絮叨烦死，枯竭掉。我一直以为只有这两条路，直到今年，在美国的时候，遇上了一个写了25年科学报道的德国同行。她说，事情永远会自我重复，但加上人，就像10的n次方中那个n，它的值越大，可能性就越多。

是她的话，让我再一次走出了办公室。这一年，翻越秦岭追随熊猫的脚印，横穿戈壁探访亿万年的生灵，走进岷山倾听生物与人的交融，是这些在路上的故事，让我又找到了科学的另一种表述方式，让我越发相信，人可以为好奇与理想而活，也可以凭好奇与理想而活。那天，跟一个朋友提起，他的回答是，就凭这一点，你还能在三联做下去。

在生活周刊，鲁伊的正式身份是"做科技的"，可兼职打的零工，那就从《读者来信》到《生活圆桌》和《声音》，从艺术音乐到电影体育，甚至国计民生，样样插一杠子。听说，在我之前的许多老三联都是这个样子。在安贞的日子里，最怕周一，楼梯上传来朱伟趿拉着布鞋上楼的响动，人未至，声已闻："×××，还少两页，能不能下班前赶出来？"

这样的声音，随着编辑部搬回三联书店，不大能听得见了。无论是一个机构还是国家，当它开始进入健康常态运行中时，最重要的事，就是把临危受命的几率降到最低。好多当初三联的元老们，或多或少，因为这种被倚重感的消失而隐去。高昱，吴晓东，邹剑宇，邱海旭，巫昂，小于……我一向不是一个消息灵通的人，很多人走了一阵了，才蓦然惊闻。然后，就会觉得很悲哀：本来以为，这么好的这一群人，是可以长长久久的啊，怎么就散了？哪怕在一起时，也不过是守望。

1962 年出生于上海，现居广州。1984 ~ 2000 年在广东、北京、
香港、台北等地从事电台、电视台、通讯社、报纸、周刊及网络
等媒体工作。现为《三联生活周刊》专栏作家，凤凰卫视《娱乐
串串 show》节目策划人。著有《写食主义》、《时间是皮，时髦
是毛》、《发现广州餐厅》、《食相报告》、《思想工作》、《饮食男女》
等。2003 年获选《南方周末》"年度中国杰出专栏作家"。

一个专栏和它消解的生活

:: :: 沈宏非

　　有人告诉我，很多《三联生活周刊》的老读者都把这本杂志的最后
一页看得很重，因为那里是王小波和王朔曾经战斗和生活过的地方。听

到这个消息的时候，我的第一反应就是立马歇菜。后因朱伟先生以"一时也找不到人"这样的恶言相劝，这才厚着脸皮勉强坚持了下来。

王小波和王朔，二位爷都是我敬重的人物，能继二位之后在《三联生活周刊》写专栏，是我特大的荣幸，更是巨大的窘迫。那种感觉，就像一个本来正在瞻仰名人故居的游客，突然就蹿上了故居卧室里的那张牙床并且恣意地滚了起来。论写字，论品质，文学大师跟一个专栏作者的差别，前者是在长安大戏院开戏的，后者是在天桥撂地的。二位"王爷"的"玩"，乃是文学玩累了随手玩一把专栏，权当清一清嗓子，饮一饮场；我的"玩"则是没本事玩别的，就只好玩这个了。唯一可以一比的，就是跟王朔比脸皮厚，跟小波比命长了。

另外，生不逢时，我还比他们多了一个有利条件，那就是"最后一页"的重要性现而今已没过去那么重要了。就报刊的版面而言，上世纪六七十年代报纸头版右上方被称为"报眼"的地方，一直是毛主席语录的专用位置，因此我恳求地希望各位在那个重要位置上读惯了毛主席语录的读者，今天在同样的位置上读到各种广告的时候，能保持应有的清醒。

关于《思想工作》一名，我也想借此机会认真做一下交代。它本是我的朋友小宝在《南方周末》"新生活"用的专栏名，后来小宝不写了，朱伟找我写专栏，于是就顺手牵羊地借了过来。虽然当时没有征得同意，不过事后还是当面取得了小宝老师的追认。我不太清楚小宝当年为什么给他的专栏起了这么个名字，大概和小宝早年的确在一所很严肃的学校里从事过思想教育工作有关。《思想工作》这个名字完全是出于偷懒以及好玩，也有一点跟小宝开开玩笑的意思。

名不正者，言不顺也。既然连《思想工作》这个名字都是"顺"来的，名下内容之不堪、之"不正"，大体可想而知。这个专栏里的内容，都是游戏之作，也就是说，在一个"宏大"的名词之下煞有介事地玩玩琐碎无聊的文字游戏而已。更没什么观点，有你也别信，那完全是我假装出来的，逗你玩儿，也逗我自个儿玩儿。有时我确实也提出某种观点，但那些都只是为了搭建一个安全的外壳，外壳里面，玩的还是杂耍，引经据典，都是用来玩杂耍的道具；煞有介事，只为反衬出事情本身的无聊。无论是嘲笑什么，鄙视什么或者倡导什么，都只因那些事情（更多的是它们的文本）里面碰巧有个词或词组在技术上很适合用来充当杂耍的道具而已，并不表示我对那些事情本身有任何判断，有什么兴趣。没有思想，只有工作。各位就当是在家里看国产电视连续剧好了，都别认真，否则你我都受不了。

最后，谨借葡京赌场入口处告示牌上的那首五言绝句，祝《三联生活周刊》生日快乐，并与《思想工作》的各位读者共勉：

赌博无必胜，轻注好怡情；

闲钱来玩耍，保持娱乐性。

"三联"三年

:::蔡伟

1997 年毕业于北京外国语学院法语系。毕业进入海军工作,做过排长、参谋、翻译。曾经前往非洲援外,2001 年 7 月转业,8 月进入《三联生活周刊》任国际部记者。此后曾前往广州《南方日报》参与创办《21 世纪环球报道》,2002 年底回到《三联生活周刊》任国际部主笔至今。

2001 年我刚从部队转业。那是喜忧参半的一年。

我的运气总是出现在夏天。在和大学同学的聚会中,我成了王星的采访对象。当时她正做一个走私象牙的报道,而我一年前刚刚走出非洲。采访结束后她告诉我,他们单位缺人。在她的形容之下,周刊简直就是自由的天堂。我对《三联生活周刊》几乎毫无印象。不过我知道王星在"北外"号称才女,这让我心存犹豫。不过最终我想起存折里剩余的数字,在 8 月末的一个下午的两点(在上班的时间里,我分析那是人思想最松懈的时候),来到安贞大厦 27 层,走过红色实木地板的曲折办公室,一个像运动员一样剃着板寸、高大精神的人接待了我。他将穿着阿迪达斯运动鞋的脚从桌子上放下，点了一根中南海香烟，开始看我带来面试的那本印刷得像盗版书的著作，以及登过我的文章的《环球时报》，当然，还有在上面我被称为"专家"的《兵器知识》等军事杂志。

当时我看来，这个职称为主编助理的家伙估计相当于办公室主任，在这个知识分子云集的地方，他桌上的电脑可能也就用来玩空当接龙，那是我在部队唯一能玩的游戏。带着部队的习惯，我一直叫他苗助理。很久以后当记者邢慧敏告诉我，"苗炜说，'蔡伟叫我苗助理'"，我终于直呼他为苗炜。我慢慢知道，这个"运动员"其实缺乏运动细胞，但却绝对是三联最能写的人！

部队5年，从北方到南方，从国内到国外，我对周刊人员的惊讶，肯定不亚于他们对于我的。这里的人专注于工作玩乐而不是别人的家长里短，这里的人有话直说而不是拐弯抹角，女记者多抽香烟，男记者不穿西服。最让我惊奇的是，当我得知坐在对面的经济部主力记者李伟只有24岁，而经济部的主笔高昱居然和我同龄，这让27岁才走上社会的我压力重重。

也难怪，在周刊第一次选题会上，大家坐得东倒西歪，各人似乎轮番自言自语，在烟雾缭绕中，只有一个衣着全无特点的中年人勤奋得像一个书记员。有人告诉我，他就是主编。对于苗炜的介绍，主编似乎毫无兴趣，对于与我同来的科尔沁夫却兴致盎然。科尔是蒙古族人，高大可爱。即便现在回想也无法忘记当年的尴尬形象。据说报选题中气十足，惹得大家像看外星人。"北外"的老师说，翻译一定要声音洪亮。而我当排长的岁月，操场上绝对不会"说"话，因为你不用吼绝对无法驯服那些时刻想偷奸耍滑的城市小子。尽管那个时候偶尔我也回想起来，自己曾经是个"知识分子"。

找不到选题是第一个问题。这个问题我和N多同事研究过无数次，心得无数，却至今无解决办法。如果不是本·拉登，我也许早已离开周刊。在上班两个礼拜都没有写稿后，一天早上多睡了一会，起床后就有人告诉我——美国大楼被飞机撞了。这简直就是天方夜谭,我的军事素养想象不出哪个国家敢向美国宣战。赶到办公室已经10点,那里已经像是"二战"德军总部:所有人都蹦上跳下兴奋莫名,朱伟正急促地发出一道道指令。杂志要提前出版,"我需要思想!思想!"朱伟重复道。

我没有思想,只有茫然。在2号房间的复式楼梯上,朱伟对上不上下不下不知所措的我严厉地下达指令,下午14点之前写出一页稿子。

上个礼拜我才刚刚看过《没有任何借口》,但那个时候,我的确把这当做长官的命令和一场身边的战争。如果写不出来,我想,我也许明天将会和这间漂亮的屋子说再见。网络上已经是一片红色!虽然有过出书写字的历史和搜集资料的经验,但那在这里已经被证明是前工业时代的方式。为了那三本书,我一年中搜集的资料有一人之高,但使用网络却只有私下有限的几次。说是私下,因为当时的部队严禁上网。我曾耗费半月工资在一个部队服务商购买了上网卡,但实在没钱再买一个"贺氏"的猫。唯一知道的就是新浪。当王星在11月出国前特地告诉我有一个很好的网站叫Google时,我慎重的把它记在笔记本。

不过在那天14点钟之前我按时交了稿!那是一个小小的一页的稿子。登在《星条旗落下》那一期上。拿到那期杂志后的我早已忘了当天中午胃酸灼烧胸口,以及空前的紧张让身体微微颤抖的感觉。在后来的日子,这种感觉无数次反复提醒我。在2003年第10期,这种紧张达到顶峰。同样是因为另一场突发的战争,我在一个紧急会后从下午18点开始写作,第二天下午18点交出封面故事,中间看了一纸箱的书,睡了两个小时。

你永远踏进不了同一条河流,这就是周刊的生活。每当你希望河面能够平静下来,但感受到的却从来只有风浪。我所在的国际部需要关注地球上一切好玩和有趣的事。从时髦到厚重,从生活到战争都由此负责。面对刚刚成为周刊不久的生活周刊,每个礼拜都是一个全新的开始,无休无止。熬夜似乎是记者的必修课。在安贞大厦的岁月,仅此一点与部队生活完全相同。那是在当兵回到北京后,一个人经常在单位看书到深夜，每每在午夜离开装备论证中心办公大楼，回首往往还依然会看到儿盏灯光。那是和我一样的年轻单身汉吧，他们对生活一定怀有和我一样的梦想。让灯光漂白了四壁，这是那时周刊记者真实的生活。没有切身体会，飞阁渡流萤，人们只会以为那不过是浪漫的风景。

国际部就像一个温馨的网吧，一群好玩的人干着好玩的事。我在这里开始了很多次经历的第一次：第一次和网友见面并吃麻辣小龙虾；第一次去酒吧，当然，是和同事；第一次打联线游戏，那是和吴晓东和程昆玩《荣誉的勋章》；就连第一次也是唯一一次喝醉酒也在这里，当然，那是后话。

温馨的网吧富于生活的气氛。在我座位的另一端，王星通常抽着"大卫杜夫"，她后面的吴晓东常常是咬着一根大雪茄，然后是打电话时经常说着流利德语的李三——生活中我只有在电子游戏"DOD"里面才能听到同样的语言。李三总是有各色不同品牌的洋烟换来换去，而在最里面的小间，苗炜永远只用"中南海"和他们遥相呼应。吴晓东是我的直接领导，他和苗炜还有王星似乎有读不完的书和打不完的游戏。我边上的美女记者甄芳洁和张美则有做不完的采访，李三有打不完的外国电话。他打电话似乎说德语的多说中文的少。当他一串串冒德语时，我就在想，我的法语单词还剩多少了？

这也难怪，李三是我们的首席记者。他的工作是每天和各个跨国公司总裁打交道。按他的话说："亚洲区总裁以下我不负责。"想到全球有500强，你可以知道他有多忙。比如他要去上海坐在贵宾席上采访F1，我得利用他闲置的昂贵球票前往同时举行的中国网球公开赛，在北京的秋天直面心中的青春偶像莎拉波娃。

相比之下，我在部队见过的最大官是北海舰队司令，我给他当翻译，顾不上面前的龙虾和香槟。那是法国海军太平洋海区司令来访。现在张司令已经荣升海军司令了。更多的"外交"场合是在驱逐舰上，和法国技师跑上跑下，修理导弹和雷达。现在我终于能够以平等的身份采访法国总理和美国四星上将迈尔斯。看着迈尔斯和他的手下穿的军装，让我回忆起过去穿军装的岁月，一切似乎是那么的美好。"世上的男子汉，都穿着军装。"老歌儿是这么唱的。

三年的时间有多快呢？一转眼，除了李三，我已经成了国际部最老的员工，苗炜还坐在我最远的对面，朱伟没事还是老来转悠，新来的年轻人和我当年一样干劲十足。许多资深的记者已经离开，在别的地方继续着理想。李伟，巫昂，吴晓东，邹剑宇，小于，邢慧敏……周刊的变化，就像他的人员变动一样，似乎永无停止的时候。我总是在思考，什么样的人能够在周刊长期生存？朱伟的思想像水银一样好动。每个礼拜，你总要提醒自己，不要被这个年过半百的人抛在后面，不要找不到让他产生兴趣的话题，不要让他告诉你因为缺乏材料毙了稿子。

如果你没有苗炜的阅读判断能力，如果你没有巫昂的写作天才，如果你没有李三的采访资源，如果你没有李菁、金焱的采访突破能力，你靠什么留在周刊？这个问题，我至今也找不到确切的答案。不过从李鸿谷身上容易找到可操作的启示。这个永远对事物的真相存疑、永远自信、永远在寻找核心信息源，并且对于提醒他驾校考试即将增加难度而不屑一顾的中年人，他身上透着一个周刊人或者一个记者的生存本领，那就是顽强和不服输。在很多方面，这也许和军人有着同样的气质吧。

2001 年 5 月进入《三联生活周刊》，任社会部记者。此前，1995
年 7 月在中国国际信托投资公司任编辑，2000 年 10 月，在《中
国青年报》报业发展中心任记者、编辑。

我的"女民工"生活

:: ::李 菁

　　大学毕业后，我在一家名头算响的大公司扮演御用文人的角色，但
养尊处优的生活过得越久，心里越没来由地空虚。奉献了 5 年的青春之
后，毅然决定投入"围城"外火热的生活。

我所在公司的上司是个酷爱读书的文化人，每周到三联书店扫书。因他的发现，办公室便多了一本《三联生活周刊》。那时工作清闲，每期都看得极为细致，连那两页的美国图书排行榜都一字不落地看完（编辑部后来有过一次是否继续保留这个栏目的争论，我斗胆支持了一下，但也没挽回它的命运）。2001年4月在网上偶然看到生活周刊招聘社会部记者时，我心里怦然一动。

也许是看走了眼

见面那天李鸿谷大人谈话的具体内容我已想不起来，只记得在他那一句紧似一句的追问之下，我内心一腔悲愤，早有了拔腿便走的冲动，觉得从上学那天起，就没被如此刁难过，暗下决心与三联就此了断。但李大人好像浑然不知我对他的咬牙切齿，没过几天，打来电话问我何时再来，我支吾半天，终是不好意思凛然告之"不想去"。"再去看看吧。"我给了自己一个台阶，谁知就这样稀里糊涂地待了下来。

我至今仍对见面那天所受到的精神折磨耿耿于怀，以至现在每有机会我还跳出来控诉他。李大人像个无辜的孩子一样喃喃自语："我真的有问题吗？"偶尔也会不无委屈地解释，是想借此知道每位应聘者"认知的边界"。后来经常能看到来自全国各地的三联信徒，怀着无限向往走进办公室，跟李大人谈话过后人仰马翻、痛不欲生的场景，难免心生同情。虽然经李大人确认，我是目前在职的社会部记者中唯一被正式招聘进来的，但我始终认为那是他一时昏头看走眼的结果。

与社会部众多"好孩子"出身的记者相比，李大人是个后进青年变先进的典型。我常开玩笑说李大人之所以对新人百般刁难，很可能是自己做学生时是常被好学生告状的坏孩子，虽然后来一不小心变成好人，但看到"好学生"，潜意识仍有挑战和征服的欲望。

与李鸿谷相处久了，发现他其实算是宽厚的人。社会部的头头，有时是个两边受气的角色，一面要率领麾下寡男众女（目前社会部只剩下朱文轶一男丁）承担"硬新闻"的那一部分，在"国泰民安"的时候也要搜肠刮肚地找到足够"硬"的东西；另一方面，还要兼任"指导员"一职，应对我们周期性的工作低潮、思想波动，承担我们不敢对主编发泄而转嫁到他身上的怨气。每个新来的记者起初莫不是对李大人唯唯诺诺，不敢造次，时间一长便知他当初的"刺"原来只在业务层面生长。平素在办公室里，我们经常当众编排他的笑话，李大人也不急，说多了，他顶多无奈状地长叹一声："你们这帮坏人啊！"不过偶尔，他还是有几分怀恋地讲自己当年当古惑仔、一脚（还是一拳，记不清了）击落对方两颗门牙的辉煌，每听到此，我总倒抽一口凉气，暗自提醒自己最近不要欺他太甚，但没几天，便又蠢蠢欲动。

行万里路识万般人

　　我到三联正经做过的第一个稿件是关于"大舜号"海难的审判。之前对发生在家乡的那场海难印象深刻，于是主动提出做这个报道。后来家人帮助找到一遇难者家属，我暗自庆幸运气好，在电话里一口气和他谈了三个小时，听筒从左耳换到右耳，再从右耳换到左耳，听他讲他的哥哥在"大舜号"沉没之前一直和他保持通话、冷静交待自己的后事、托他照料年迈双亲的细节，以及他们对海难营救及处理方式的不满。他讲得悲切，我记得详尽，直到两耳和太阳穴都神经性地疼痛起来，才挂下电话长舒一口气。我强按心头的喜悦向李大人做了汇报，想就此动手开写。不料李大人面无表情："很好，不过一个不够，继续找，至少要采访8个家属！"

　　我一听就懵了。采访一个尚且不易，还要再找7个！茫茫人海哪里去找？心里千万个不满，但初来乍到，也不好发作。只得硬着头皮拿着电话本把大连的同学、朋友悉数打一遍，真是七大姑八大姨都用上了。

在我的逼迫下，他们又在周围发动了"地毯式搜索"，勉强搞到7个人的电话号码，其中两位幸存者又冷冷地拒绝了采访要求，待辗转联系上这5位家属、采访完他们后，我觉得快要虚脱了。

很长一段时间，都是这样的日子。为了一个3000字的稿件，可以找到十几人、甚至几十人。名单列了长长一串，一个一个地骚扰，真有宁可错杀千万，也决不漏掉一个的感觉。那段时间心理压力极大，连晚上做梦都在打电话找人。醒来暗想，这样的日子可不能久过。但我后来意识到，这种采访方式几乎成了每个社会部记者的入门训练。扛过这一道关口之后，面对一个新的选题时，就可以有效率而准确地切入，不再会有茫然无措之感。

到三联后听说社会部记者要经常出差，我心里一阵暗喜。小时候有不少抄在小本上的名言警句，其中最喜欢的一句是：读万卷书，行万里路，后来又加上一句"识万般人"。那时整天幻想着像三毛一样，背起行囊四处周游。长大之后方知道，平庸如我，只能和大多数人一样过着柴米油盐的生活。借出差之机实现我"行万里路"的心愿，是我那时一个小私心杂念。

我很快就知道自己的想法是多么可笑，我的第一次"崩溃"也就是来三联半年后的一次出差。2002年春节之前，我被打发到四川写一桩冰毒案。

"出差"——一旦坐上飞机离开北京，很大程度意味着"只可成功不许失败"。后来我不止一次被问到"万一"采访不到怎么办，我不知该如何解释我们的压力正在于如何绞尽脑汁不让这"万一"发生。

南方冬天的阴冷潮湿让我这个北方人极不适应，我一边咒骂着小城宾馆没有暖气的房间，一边满脸堆笑地与推说"敏感"绝不应承采访的警方软磨硬泡。直到星期五的中午，我还在掩饰自己的心烦意乱，照例做淑女状和刑警大队长周旋。这边，李鸿谷的电话已催过来，告诉我合刊截稿日提前，必须周日一大早交稿。

我跑到路边阴暗又烟雾缭绕的网吧里，在又脏又粘的键盘上恶狠狠地戳出几个字——"警告信",将"我警告你,不要再逼我,否则我要起义了!"发给李鸿谷后,再冲出去,继续与警方纠缠。也许是我眼神里的绝望还是誓不罢休的纠缠精神打动了他们,最后一天晚上,终于有人坐在我的对面,踏踏实实地跟我讲故事。

第二天,匆匆搭上回北京的飞机。到达时,天色已晚,我坐的那辆富康在机场高速路上出了小差错,一头撞向路边护栏,万幸的是,虽然车头撞得稀烂,我和司机除了吓得说不出话来,都没受什么伤。后来回想起车撞向护栏的那一瞬间,我竟不无恶意地想,如果我真出了事,李大人和主编大人第一个心疼的肯定不是我,而是那几页稿子。

连夜赶到办公室,没想到办公室比平时还热闹,采访偷渡事件的雷静也刚从福建回来,都准备在此熬夜。以往的雷静少言寡语,安静得像个女孩,但那一晚,他显得焦躁不安,不时站在窗前,一边看远方的天空一点点变白、三环路上的车由少增多,一边喃喃自语:"不想活了!这样的日子没法过!"雷静被逼要跳楼的段子也由此诞生。回武汉过了春节,任李鸿谷怎么劝说,雷静还是毅然抛下了我们,不肯再回京。

那时最怕李大人看到稿件后哀叹:"没材料啊!"经常觉得自己已经黔驴技穷搞到这点材料却被他轻薄,顿时万念俱灰恨不能立即上去和他拼命。但时间长了,也能慢慢体会李大人的一番苦心。在社会部的稿件上,主编大人也坚定地支持"李鸿谷路线",我后来经常能发现这样的改动:"×××感到很欣慰。"被主编改成:"×××(跟记者)说他感到很欣慰。"

在三联几年,收获之一是培养了很多"线人"。但有时很内疚地发现自己很功利,经常一忙,便无暇与朋友联络寒暄;但如若采访需要,即便10年没联络,最终也能将人家挖出来。直到后来我经常骚扰的几个线人,一接电话便一把将假笑撕下:"又什么事,说吧!"时间长了,我也不再假模假式,电话一通便直奔主题。

我曾跟李大人说,我们的工作就像特工,经常被"空投"到一个与自己无任何关联的地点,短短几天之内完成任务。李大人冷冷打击我:"你也太美化自己了！"不过后来真的有机会采访一个身份类似"特工"的人，短短几天"交手"，他半开玩笑地慨叹："你们完全可以做我这一行了！"

初到三联，时常觉得这份工作是"高消耗"型的，不易久留。三年，顶多三年！我暗自给自己定下期限。一晃眼，已超过这个"大限"半年了，无数次想过放弃，但最终又留了下来——或许就是那种永远无法预料明天会出现在哪一个地方、和什么样的事件发生关联、与什么样的人打交道的感觉让我留下来的吧，这种奇妙的感觉的确令我迷恋！

忐忑着跨出国门

2002 年 4 月，"国航"在韩国釜山发生空难。周二上班，李鸿谷或是苗炜试探着说了一句，"韩国那么近，我们可以去一趟啊！"然后目光在社会部里巡视一番，落到了唯一有护照、游过新、马、泰和日本的我身上："李菁，你试一试，行的话，咱们就去一趟！"

我开始狂打电话。查号台查出使馆电话，拨过去永远是语音报读"签证须知"，好不容易有人接听，却说这类事情不知该找谁。又打了 N 个电话后，终于误打误撞地找到一个签证官。当天简短的英文面谈之后，他让我第二天再带齐所有证件等签证。

签证搞定，兴奋不过几秒，便又立即陷入接踵而至的诸多细节：到那里住在哪里？上哪儿找翻译？……实际上，等到我第二天中午从使馆里拿到签证，我只有半天的时间便要启程。丝毫找不出头绪，只能拿着电话本一个一个打电话试运气，但是辗转找到的留学生都在汉城，我努力克制自己的焦躁心情，继续寻找——我戏称这样的举动为"撒下漫天大网"，不知哪条线上会有鱼上钩。

二三个小时后，有好消息传来，终让我心情稍些放松。姐姐帮我联系到釜山一家商社的会长——柳富烈，只是在来中国谈生意时由我姐姐为他做过英文翻译，由此"不幸"而无端地要为一个他从不知道的中国杂志服务。据说姐姐刚刚联系到柳会长时他还莫名其妙："中国记者到釜山采访，找我干吗？"后来才明白这算是私人之请。

周四一早，当我坐上了去韩国的飞机时，心里满是对未知世界的惶惑和恐惧，外带不知如何完成任务的压力。三联的一贯作风是：任务派下来，到时只等着收活，该花的钱花到，至于怎么申请签证、到那边吃住行的问题怎么解决、如何展开采访，则一概不管。

因为承担着三联第一次自费派记者出国采访的重大使命，到釜山的前两个晚上我住在 Motel（汽车旅店）里，并非有多高尚，思想动机只是怕花钱太多，万一任务完成不好，反倒给自己增加心理负担。Motel其实也是情人旅馆，灯光昏暗，门口散了一地搔首弄姿的色情广告，各路神色暧昧的人进进出出。晚上一回去，我立即将自己紧紧锁在房间里，捏着鼻子躺在艳俗的粉色床上，直到第三天柳会长看不下去，慷慨地押下自己的信用卡，把我请进了四星级宾馆（连续三天，柳会长的司机开着豪华车拉上会说韩语的中国员工，和我一起奔波于出事现场、各家医院、政府，提起他们，我永远感激不尽）。

到釜山的第二天，我到一家医院寻找幸存者，接待处的护士小姐很友好地查阅住院名单，说医院里有两个中国人并告诉了房间号。我兴奋地推门而入，两个中国幸存者是吉林某公司劳务输出韩国做船员，都是朝鲜族。瘦的姓吴，见到有中国人来意外之余由衷地兴奋，不待我细问就迫不及待地倾诉他第一次出国、第一次坐飞机就赶上的遭遇；对面床稍胖一些的姓朴，也许是劳务输出之前对"外事纪律"之类的概念印象深刻，一直警惕地看着我，盘问我为何不同大使馆的人一起来。我觉他事多，便不与纠缠，专心询问吴某那一瞬间的诸多细节。吴某谈兴正浓，对床的朴某突然吐出一长串朝鲜话，我虽听不懂，但大致猜出对方的意思——不让吴跟我讲。很朴实的吴迟疑了一下，又陷于他生平第一次坐飞机就赶上的灾难的回忆中。

此举没奏效，朴某掏出手机，拨了一串号码后毫不避讳地大声说："喂，是大使馆吗？我们这儿来了一个女的，自称是记者……"我一边在采访，那只耳朵却在捕捉他越来越低沉的声音，心里越来越恼火。"好，你放心，事故原因我不会说的！"朴的声音突然又提高，然后郑重其事地挂下电话。

"国航"的第一次空难发生在韩国，使事件陡增许多复杂，尤其在事故原因上面，韩方抓住中国机长不放，中方则认为釜山机场控制塔台存在失误。双方各执一词，当时的确十分敏感。但是，一个普通的幸存者会知道事故原因吗？即便他能对我说上什么，我还未必引用，我也要对我写上的话负责呢！朴某大约把我当成女特务了，我恼火的同时也在心里无奈发笑。

虽然觉得被人这样当面"检举"很伤自尊，但我还是尽力不受他干扰，专心于对吴的采访。但那边突然又猛喝一声："喂，你的证件呢？！你有证件吗？"那一瞬间，我觉得一股热血涌上脑门，再也控制不住自己，扭过头对他："你有什么资格看我的证件？！我跟你说话了吗？我根本没有采访你，你也没有资格看我的证件！"

我后来想，这个小"刁难"若在平时，我也不会在意，但在那种情境下，从决定派我去韩国的那一刻就积蓄的压力一下子到达顶点，肆意释放出来。虽然我知道朴某看到这篇文章的概率比他再次遇上空难的概率还小，但我还是想借此机会向他道声歉吧！

凭心而论，这次采访完成得并不好。毕竟经验不足，到达现场没有针对性地四处出击，很多信息和国内已有的报道相重叠，很多有价值的细节又被忽略掉。回来后，李大人毫不客气地说我采访不够细致，印象最深的是，我好像对他漫不经心地提了一句：在釜山一下飞机似乎就能闻到海水的咸味。李大人说我采访中没有好好地利用"嗅觉"，经他提醒后，我才回忆起现场的那股消毒水和许多物体烧焦的味道混在一起，是多么刺鼻。

我后来将社会部划分为两个阶级：脑力劳动者和体力劳动者。李大人是脑体皆可，我们则清一色的是体力劳动者，当然我们的"猪宝宝"朱文轶后来也曾一度由体力劳动者晋升，专攻国家政策，从诸多小事探出背后的宏大意义，但最近又不幸重新返回苦力大家庭。由"体力劳动者"而演化为"民工"，而社会部又以"女民工"居多，凡遇杀人放火、风吹草动，拿包就走。出差回来大家聚在一起，各自把一路上受了气的遭遇添油加醋地传播一下，泄了私愤后第二天"又是一条好汉"。

生命是一场经历

我们可亲可敬的庄山大哥离开之后，一次社会部聚会上，李鸿谷痛心疾首地说对不起屡被打发到矿难或洪灾现场的庄山，两个大男人都有点喝高了，有点泪眼婆娑的意思。我们几个阴阳怪气地嘲笑他们，但心里都有些酸楚和沉重。出去采访时，经常要费力地解释三联——一二三的"三"，联合的"联"；对方经常一脸困惑地问："'生活'周刊？那写我们这些事干什么？"或者干脆还以鄙夷的目光。后来看到有人批评周刊前半截"土的掉渣"，未免心生沮丧，觉得做社会部记者实在是出力不讨好。从不敢说社会部的记者做得多好，但"敬业"二字我想至少是配得上的。

李大人经常用"伟大的媒体"或"伟大的记者"之类的说辞，让我抛掉招之即来的犹疑。去年深秋，和金焱受命采访"神舟五号"。和一拥而上的诸多"中"字头"大媒体"相比，生活周刊显得太微不足道，前去几次都被拒绝，编辑部这边选题已定，没有退路。被逼无奈，只好一次又一次去航天城。直到一天被暂时安排到一个办公室等人，一下子在办公桌玻璃板下发现了关键人物的联系方式，心头一阵狂喜。趁人家回来之前，赶紧掏出纸笔一个一个抄下来，情景活像当年电影里的女特务或女地下党。这一招果然奏效，当你直接把电话打到对方家里时，他们的戒心就小了许多，由此才算打来一个突破口。

记得拖着一身"斗智斗勇"后的疲惫从航天城出来，远远看见庞大的 CCTV 的电视转播车，悻悻地想："人家这才叫记录历史呢！"垂头丧气地回来，又忍不住和李大人理论，但李大人用他毋庸置疑的口气告诉我，我采访到的那些诸如杨利伟戴"尿不湿"升空、早起来三兄弟喝红酒的细节，其实有着同样的分量。对此，我一直将信将疑。或许要等到20周年的回忆录里再做评断吧。

如今，精明的上海人朱伟、典型的北京大爷苗炜，再加上中国的"肚脐眼"武汉来的李鸿谷，成了三联的三个支点，精明粗疏，细致散淡，软硬兼施，倒也有趣。男人们喜欢从事件中看出宏大以显示其对时代的把握和参透；而我，犹自喜欢大背景下小人物的命运，觉得悲天悯人才是最有力量的东西。

经常想，自己是个生性懒散的人，如果不是这份工作，我这辈子都不会写这么多字。之所以做了记者，一是我对一切新奇的事情都有兴趣；二是喜欢和别人分享我的感觉。少年或学生时代，唐德刚、陈香梅、王赣骏或者何振梁，这些名字与我而言曾是另一个世界，但后来终有一天他们都成了我的采访对象时，我由衷地感觉到那种叫做"奇妙"的快乐。"国航"空难、巴厘岛爆炸、神舟五号升空、巴基斯坦人质事件——这些于我，成了刻录我生命宽度和厚度的标尺。

我一直相信，生命就是一场经历，扩大足下的界限，与扩大脑中的疆域一样，都是一种快乐。三联的三年，赐予我领略别样风景的独特机会。对此，饱受"女民工"之苦的我，却永远心存感激。

哦，我曾在那儿！

:: :: 郝利琼

2002～2003在《三联生活周刊》任
社会部记者，此前在上海一家公司做
广告文案，离开生活周刊后为自由职
业者。

　　《三联生活周刊》每年都会出一本台历，黑白的，很朴素，上面选
录的都是一些言论：从爱因斯坦到索罗斯，从福柯到珍妮·古道尔。每
个月，我翻开新一页，就会看到一页新的言论。2003年4月，我已离开"生
活"回到上海家中。就在那个月的那一页上，我看到这样一段话：

　　"……人道促使我们，事无大小都要听从我们心灵的启示。通常我
们更愿意做那些我们的理性认定是善和可行的事。但是，心灵是比理智
更高的命令者，它要求我们去做符合我们精神本质的最深刻冲动的事。"

　　说这话的是伟大的法国人道主义者阿尔伯特·史怀哲（Albert

Schweitzer）。我在读到这句话的时候，如受天启。其时我正彷徨在我人生的诸多选择之中，这句话成了我一切选择的精神向导。它还是一个分界线，从那以后，我终于走出了我30岁以前笼罩多年的迷雾，而走进了澄澈丰满的岁月。

我至今不知道做这些言论的编选工作的是谁，不知道是不是还有人像我一样，因这本小小的台历的这些短短的言论而受益终身。虽说生活周刊在国内久负盛名，可我在其位时，并没有感受到它的"精神"，它所倡导的"一本杂志和他倡导的生活"的含义，反而是在离开之后，在这些点点滴滴的地方，才感受到"三联"的精神。

选择"三联"

我想我是一个很蒙昧的人。2002年4月份的时候，我在一间广告公司写文案。那年头最流行的东西是保健品，从头到脚的每一个部位，都是保健品要进攻的目标——在那些肥胖的暴发户的假想中，现代人的每个部位至少都有潜在的毛病。我们干广告的，就是要添油加醋、春风满面地对人们说，你的器官如何地处于危险状态里，你必须要补脑、补心、补肝，当然，最重要的还要补肾。有一天正咬破笔杆写广告词的时候，我的大学同学巫昂给我打了个电话。如此如此的云云之后，我说我不想干广告了。她马上说，你来"三联"吧，这里缺人！

从我进到安贞大厦的那一刻起，就感受到那种摧折性的压迫。这种压迫，是对你整个观念和价值的重新整顿和清洗。"生活"有一道无形的门槛，要跨进那门槛，你是需要被修理的：在碾米机里磨一磨，再在高压锅里蒸一蒸，再用削刀削一削。类似新兵训练的这种磨练，能使你很快地进到一种"生活"的体系里面来。在那里，你自觉地清除掉你自身的可能不被"生活"认同的个人信息，自觉地进入到一种大概一致的话语体系里来。这过程就如一枚贝，他必须忍受痛苦磨砺它自身，当你经过了这个过程，你再去看你自身，你会发现，你这枚被磨过的贝壳，确实光彩熠熠，然乎新生——在人才市场上，你的好"卖相"会使你身价倍增！

在"生活"短短 10 个月，那些日子一直像狂风暴雨一样席卷过我的生命，那样的凌厉粗糙，匆促慌张，疲惫疯狂。大多数时候，心里面都是痛苦的，而且，最痛苦的是，这种痛苦看上去没个头。你在这个杂志社一天，你就要一天不停地磨练自己的意志和思想，尤其对于社会部的记者而言，没有熟手，没有固定的可以效仿的路子：每一个选题都是一个挑战，每一次写作都和以前不同。就像社会部主笔李鸿谷这样久经沙场的老将，面对一个新的选题时，也会像新手一样愁眉不展，毫无办法。

我在的时候，我们社会部最懒的家伙是庄山，这老兄颇有老庄风范，行事慢慢腾腾，眼见着天塌下来，他也难得跑上两步。他平日最喜在电脑上打牌，只要没事，从早到晚，叼着根烟，不紧不慢地打牌，几乎没有厌倦的时候。他写稿，经常到了周一还不动笔。我们上午催他，他说，哎，急什么，下午写。到了下午，他说，哎，还有晚上哪。到了吃完晚饭，见他在那里整理笔记本了，似乎要写了；可是一会过去看，这老兄又玩起牌来了。可是，神的是，也没见过他落稿子。想必他的稿子全是在周一晚上的下半夜磨完的。弄完稿他就地躺在凳子上睡大觉，早上我们来上班，人家已经起来又开始打牌了，那姿势和昨天见到的一样。这功夫真厉害！该打的牌人家全打，该上的稿子人家也全上。我实在是很佩服庄山的慢和他的临事不乱的大将风度。

可是，老庄同志也有失手的时候。有一次，他从外地采访回来，搁下包就打上牌了，似乎这么着打了好久也不曾动笔写一个字。主编大人有一个隐疾，如果到周一还没见到让他称心的稿子，他就心急，一急自然就没好脾气。庄山那次不幸撞到刀口上了。我的办公室是在楼梯口，如果主编上楼来，我会有直觉是他来了（这或许是一种内心里深层的心理保护装置）——纵然他在办公室里穿的是那种圆口布鞋，无声的。我见他快速上来，直奔庄山的房间，然后就听到很激烈的声音传来，他脸发青，撂了一句话，怒气冲冲地下楼了，布鞋把楼梯踩得嘭嘭响。我们都为庄山捏了 把汗。

主编骂起人来不留情面，但你一旦写了个好稿，他又把你夸得跟花儿似的。久了，我们也摸到了他这个脾气，不那么怕他骂了。他是只认稿子不认人——他爱你，是爱你的稿子；他恨你，是恨你写不出好稿。这样的"势利症"，恐怕是天下主编的通病吧。或许也因为这样严厉和"势利"的主编，生活周刊也才有今天的成绩和荣誉。

我在"生活"没被主编骂过，却也终究没有成器。我只是在那里受着痛苦，却没有历经化境，进入那个看上去很高的门槛里，成为一名出色的记者。从杂志的角度来说，我是个失败的记者。从我自己的角度看，在"生活"几近痛苦的工作经历，却也是我一生的财富。

选择生活

普遍地说，生活周刊的记者是相当辛苦且单调的。在媒体高度压力的生活下，记者的生活退化为：工作，睡觉，玩牌／喝酒。我记得有一次周五的例会上，主编说到杂志的风格问题，忽然问到，我们杂志在提倡一种中产阶级的生活，可是我们的生活很不"中产阶级"（大意如此）。他的意思是，我们记者们的生活方式和我们杂志所倡导的生活方式相差很大啊。底下的记者们低头不语，似乎对主编这么久才发现这个问题感到不可理解。有人小声说：我们的生活不是中产，而是悲惨！其实，就我们的观察，主编的生活也不那么中产，一天到晚都黄世仁催租似地催着我们稿子的人，估计也不大会有好心情去喝杯英式下午茶吧。

对于那些时日生活的回忆，就是选题，采访，稿子，为一个选题百般斟酌，为找到一个人打几十个电话，为与出能顺利过关的稿子绞尽脑汁。如果不出差的话，我们常年累月耗在电脑前，脸色苍白，疲倦不堪。

三联内部的气氛是沉闷的。你在任何时候进到很多部门去，都只见一排排的电脑，和电脑上方浮现的人脑。我们所在的安贞大厦附近，娱乐设施实在乏善可陈。有时吃够了安贞大厦的自助餐，就跑到三环边上化工学院对面的小四川饭店里。那个地方提供全北京城最便宜和在这个价位上最可口的川菜，菜量大得惊人，味道也很正宗。我和谢衡在那个饭店很消磨了些时光。我们有时发了工资——那时发现金，揣在口袋里，很厚的一叠，跑到那个店里去，点一两个菜，海吃一番，结账时只有二十来元钱。我们都觉得特赚，于是叫了车去三里屯，找个安静的酒吧坐下来痛快地喝酒；或者揣着钱去附近的华联商厦逛街。那时的华联，天天都在搞活动，让人感觉每时每刻商家都在让利的样子。我们于是发泄似的大肆采购一番，然后大包小包地提着纸袋回家——那就是我们劳动一月的报酬：纸袋，购物时的快感，以及一个人在出租的房子里，面对这些出于冲动而购买的物品的后悔，和更深的空虚。

我最狂热的购物癖在那时发展到高潮。"生活"提供较高的稿费，除非你太懒，"生活"的记者都不穷。我们的生活没有慰藉，那些稿子能提供给我们以价值感和成就感的时间相当短促。我们成了有思想的码字工人，我们把文字换算成钞票，再换算成华联商厦的香水和皮鞋。

一年多后的今天，我终于走出了那样狂风暴雨样的生活，可以安静地去回想，客观地体味"生活"这家杂志的细节和味道。我开始怀念那些日子和那里的人。"生活"真正的核心人物，如今都三十好几了，他们现在大多喜剃平头，穿布鞋，感觉上渐呈老态。当"生活"的男人们在职业重压之下意气消磨，或者酒量大减时，他没准也会像李鸿谷那样，在酒桌上浩叹："唉，年纪大了，衰了！""衰"了的一个个离开了，无数新人又进来了，带着敬畏和期待的眼神。于是，旧的传言和新的黄色笑话、新的香烟味道和旧的布鞋，又一起在如今的美术馆东街的二层楼里流行了吧。不管怎么说，不管喜不喜欢，我还是要去想到这样的人，对他们的文章、生活以及流言蜚语感到兴趣。

在北京的北部，安贞大厦是一座浮世的孤岛，湮没的尘世的桅杆。

我总觉得，它对我来说，有一种说不出含义的象征。如今的生活周刊，蛰伏在三联书店里。我数次经过那里，像从前一样，坐在书店地下一层的楼梯上看书很久，却都没有想进去看看的愿望。对我来说，"生活"是那个在高楼上的"生活"，我曾在那里过；站在那里，可以眺望远方，审视自己。

安贞岁月

:: :: 邱海旭

2002 年 7 月毕业于北京大学新闻传播学院，获硕士学位。2001 年 12 月进入《三联生活周刊》，任国际部记者，2003 年 12 月到《华尔街日报》北京分社，任研究员。

在生活周刊工作两年，待过两个地方，比较起来我还是更怀念安贞大厦。也许是因为公寓式的环境比较随意，符合我对"三联"的想象。

不过真正赋予想象的空间应该是安贞之前的净土胡同，对那段日子我无从企及但心向往之。主笔们最美妙的回忆之一是上班打麻将而朱伟在一旁观战，我听了眼前便晃过小资文人俱乐部的影子，而后感叹美好的时光总是一去不返。

我加入时，"三联"已经移师"安贞"，同时也进入了"拼新闻"的时期，但"净土"的遗风犹存。选题会上吴晓东肆无忌惮的笑声，舒老师脱口而出的国骂，每每让我这个刚刚顶起《三联生活周刊》光环的无名小辈感到莫名的欢喜。

我和三联的缘分始于一次新浪上的中奖经历，得奖条件是填写个人资料。那时我还在学校里混日子，没甚顾虑，从身份证号码宿舍电话到月收入为零都是据实填写，后来果然中了奖，全北京才中 100 个，奖品是送一年的《三联生活周刊》。

读三联和读报纸不一样，看完舍不得扔，一期期攒着，半年下来便有了厚厚一叠。等到杂志占满半个书架时，我女朋友突然问我干吗不去那里应聘当记者。我俩学的都是新闻，而她已然下定决心背叛当初的理想，为求心安，便想留我做个学以致用的火种。面试很简单，想象留下印象的是走过安贞大厦顶层那套七拐八绕的公寓，最后到达苗炜那个幽暗的小单间。此后很长一段时间，我在这套公寓里面都会有迷路的困扰。

在安贞大厦，周刊每个部门都有自己的单间，互不干扰，自得其乐。我在其中的三间想象过。刚进去的那个月要我的国际部没空桌，暂时把我搁在社会部屋里。和我背对背坐着的是高昱，我想这就是大名鼎鼎的"高日立"呀，可惜没过多久他就离开，去办《商务周刊》了。我在三联第一次写报道便是向高昱请教，他歪着脑袋跟我说起某些地方政府的腐败，义愤填膺。

后来在国际部和吴晓东面对面坐，他嘴里斜叼根雪茄，审稿的时候摇头摆脑，遇上不理想的文字就嘟囔一句"这不行啊"。时间紧迫时他会亲自改稿，边改边念叨口头禅："该上就得上啊，否则要编辑干吗？"

我一直觉得在三联遇上的最有趣的哥们是陆丁，他总是拖着脚在地板上走路，第一次这么走进来时引得所有人都抬头望他。苗炜后来搬去了大间，把那个小间给了陆丁，陆丁便经常在里面熬夜，清晨交稿时留下无数根烟屁。听过陆丁唱歌的人都觉得他很有摇滚的素质，那次在昌平九华山庄，半夜喝完酒唱完歌他突然想女朋友了，多远的路也非得连夜赶回北京。

上面说的三个同事都在我之前离开了周刊，不知怎的，我所以为的三联的气质——那种散漫的、怀疑的、执著的态度——在他们身上却能最真切地感触到。我对"安贞"的回忆尤可避免地与对这种气质的欣赏绞合在一起，以至我常把他们的离去视为"安贞岁月"真正结束的标志。

在安贞大厦的顶层，我常常爬出窗外，站在露台上极目远眺，天气不好时也能看到远处的京广，我女朋友那会儿就在里面上班。说这些很容易被斥矫情，但我要强调的是，北京城里有几个白领能有这么好的待遇，上班时可以随便爬到写字楼外面休息脑子？

那时甚至常常有这样的担心，对一个还未离开校园的人来说，这份工作是不是过于惬意了？等到毕业的时候，我已经在"安贞"想象了7个月，我的名字也早已出现在周刊的记者栏中，对一个刚刚跨出校门的人来说，这是个再理想不过的开局。离校那天我把手头所有的周刊搬出来，大概有100来本，在艺园食堂的门口铺了一地，然后我就跳进搬家公司小卡车的车斗，在正午的阳光下驶离了我的学生生涯。那一刻，我竟没有太多的感伤。我正沉浸在"安贞岁月"最优美的时段里，丝毫想象不到它也会有逝去的一天。

许多做记者的都会得一种通病，那就是不看自己所在的报纸杂志。我算是染病较重的，到后来病入膏肓时，连自己写的东西都懒得瞧，当然《生活圆桌》还是每期得看的。在我的记忆里，进三联后仔仔细细读过的"三联"文章真是不多，印象最深的都出自"安贞时期"，包括"青基会"、"王小波"和"李真"几篇。

王小波那期后来听说是当年的单期销量冠军，其实那是一个阴差阳错的结果。如果不是那周先前排好的封面文章临时出现变故，本不会出现这样的一期经典。出现变故的时间是一个阳光灿烂的周五下午，大部分主笔消失在外，急得跳脚的朱伟把能找到的七八个人全都揪到会议室里，试图临时拼凑一期封面。

会议争执的焦点是做王小波逝世5周年还是做英语学习的现状，很不幸，以后来的事物发展看，我当时站在了历史错误的一边。出于对"英格力士"本能的感情，我充分行使了在两年周刊生涯里仅有的一次决定封面走向的投票权，支持做英语学习。当时朱主编竟然还破天荒地发起投票表决，结果以他为核心的"王小波派"以绝对劣势惨败。"英语派"的洋洋自得仅仅持续了30秒钟，朱伟便通过一票否决制粗暴推翻了刚刚确立的民主成果，决定舍英语而做王小波。

2002年11月5日的那篇封面最后逼得朱伟不得不亲自操刀，对他"是我害了王小波"的历史做自我清算，但"三联"读者持续至今的津津乐道充分证明"暴政"有时亦会指向真理。王小波那期的成功也反映了生活周刊在中国杂志界享受的卓然的地位，只有三联可以在那个时候，以那样的一种方式，做出一本纪念王小波的专刊。

我在怀念"安贞岁月"时，"王小波"是必不可少的一幕。那时，"一本杂志和他倡导的生活"和周刊的Logo形影不离，我对这句话有自己的胡乱解释，那就是"三联"要倡导一种有思想的生活，也就是人不仅要舒舒服服地活着，而且应该做些白日梦。王小波说过，人应当培养幸福的能力，我在安贞大厦那个镶着绿色玻璃的顶层公寓里做着白日梦时，真的觉得自己离幸福很近。

"三联"和我的社交恐惧症

::::孟 静

2003 年初加入《三联生活周刊》，任文化部记者，此前在《中国新闻周刊》任文化部记者。

　　当我还在一个地方媒体工作的时候，《三联生活周刊》是一本在我们选题会上传看，作为借鉴的杂志，那时候我还准备在这个中等城市待上一辈子，完全没想到今后会和它有什么纠葛。

　　2001 年初，我有一个机会来北京培训。一个同乡在《三联生活周刊》工作，那时我对首都、对战斗在首都的媒体前辈怀着一腔崇拜，虽然只通过电话，我还是不管人家乐不乐意，就来看他。当时周刊还在安贞大厦办公，我们以前开玩笑时常说："共产主义是什么，就是楼上楼下，电灯电话。"电灯电话不稀奇，不过在有木地板、有浴缸的复式住宅里办公，我是第一次见到，心里艳羡得紧。我们还在楼下的餐厅吃了一顿饭，不过，我压根没想过以后也会在这里工作，那时我觉得我离这里还很遥远。

那次培训没结束，我就有了一个留在北京的机会，那是《中国新闻周刊》——一个和《三联生活周刊》定位几乎一样的杂志。在一次云南行中，我认识了王小峰，他后来反复在QQ上游说我加入三联。揣着对"楼上楼下"的向往，我来到了这里。可是没过俩月，我们就搬家了。

我有一点点的社交恐惧症，开会发言、与很牛的人面对面交谈，都会让我紧张。《恋爱中的宝贝》放映前，我去采访李少红，之前听说她比较情绪化，我就设想先问几个平淡的问题，后面再开始尖锐一点。当时她打扮得很女性化，还围了一条丝巾。可是听完我的第一个问题后，她的脸色沉了下来。她说："我认为你还是应该先看完我的电影，再问我问题。我现在没有心情回答这些常识性问题。"之前我采访姜文时碰到过同样的情况，不过在我的坚持下，他渐渐有了点兴趣，后来接受了一个半小时的访问。我试图说服李少红，让我继续问下去，但是她很决绝，坚持让我看完她的电影，她说："我们没有记者场，你要自己买票去看。"然后我灰溜溜地走出她的办公室，那天小风刮得飕飕的，我的心也瓦凉瓦凉的。当时我给一个好朋友打电话，他请我吃了一顿好吃的，我才缓过劲来。我觉得自己给三联丢人了，于是买票，准备看完电影卷土重来。我看完后，决定不再采访她了，因为我不是个好记者，没法对一部很不喜欢的作品给予赞美。我也找出了那天失败的症结，也许是她觉察出了我内心的对抗情绪，自然就激发了她的反感。其实她是个很坦率的人，换作别人，可能会勉强地完成访问，但她就不。

这个机会我给了另一个同事，她回来后写了稿子。我有些疑惑地问她："你怎么能顺利地采访完呢？"因为我知道她也不喜欢那部电影。她讲述了当时的场景：原来许戈辉和杨澜的节目排在她的前面采访，许和我一样不幸，两句话就激怒了李少红，李少红哭了，不再接受她的采访。在工作人员的劝说下，她开始和杨澜交谈，杨澜几句话就让她开心起来。这就是为什么你、我、他和许戈辉都发不了财，而杨澜就能的缘故。后来她们都用了杨澜采访的素材。

我在事后反思，大多数采访者比我地位高，处在强势，我在弱势，所以他们先在气势上压倒了我。我不应该表现得像个受委屈的小媳妇，这样他们更会气势如虹。但我也不能咄咄逼人，他们可以起身就走，我就无法完成任务。有一次活动上，我见到了杨二车娜姆，她给了我启示。当时她坐在我对面，我们素昧平生，但她的眼光只要落在我脸上，就会绽放极为灿烂的微笑。说实话，以前我对她没什么好感，可是在这样的微笑下，我忍不住检讨自己是不是先入为主了。

也许我该用她这种态度去应对采访对象、应对人生，我决定先对我们主编朱伟微笑，因为我一向有点怕他。可是他每次呼呼地走过去，那微笑还没在我脸上聚积，微笑的对象就不见了。没多久，在一次小会上，朱伟对我说："孟静，你怎么一看见我就贴边走？"完蛋了，我的实验彻底流产。

2003 年在华中理工大学新闻与信息传播学院获文学硕士学位，2002 年进入《三联生活周刊》，任社会部记者。此前曾在《长江日报》和《武汉晨报》实习。

一次理想主义的邂逅

:: :: 朱文轶

上篇：形而上的三年

我和"三联"的相遇还得从李鸿谷这个主笔说起。

第一个叫李鸿谷为"李大人"的好像是金焱，后来大家觉得这个称呼既不像'老师'这般拘泥，又能在某种程度上衬托出李大人的权威，就这么慢慢叫开了。最后，连主编也这么叫，尤其在稿源紧张的周日下午，主编呼唤"李大人"的声音也分外亲切。2001、2002年我刚来周刊的时候，社会部的同事经常凑在一块出去喝酒，往往是李大人三分醉意之后，点上一颗烟，接着必定要有一个类似"很久很久以前有座山"的故事。这是每个刚进社会部的人都要经历的"爱部传统"教育洗礼的一课。故事内容大致如下：他刚来三联，社会部离散得只剩下金焱和巫昂两位女将，接着，三人如何在逆境中"直挂云帆济苍海"等等。故事讲多了，有滥情之嫌，于是在一次又一次的讲述中，故事的结尾逐渐增加了大量升华新闻理想和新闻情操的篇幅，继而声调逐渐高亢，最终演绎成为一部关于中西新闻史的史诗巨制。后来社会部的酒局和饭局频率有所减少，和李鸿谷酒后这种无节制的抒情多少有关。这是笑谈。

"李大人"谈理想确是万分认真的。如果说上个世纪90年代中国媒体有一批被理想主义情绪所激荡的人，李鸿谷肯定是其中之一。我在武汉读大学那档子认识李鸿谷的时候，他已经算得上是地方的资深报人了。那个时候李鸿谷身上还残留着少许青年时代的印记：长长的中分发，散漫地挎着一个蓝色的布包，经常趿一双懒汉鞋，生活做派很波希米亚那种——当时他是某报"时尚版"的编辑。几年间变化之大，当时的这些印象和一起工作时的这个周刊主笔竟有些大相径庭了。没变的是，他始终是个风格化的人，在人群中很容易突出来。

说实话，李鸿谷是一个适合于交谈和交往的朋友，但不能算是个有趣的人，他严肃得近于乏味，有的时候过于紧张。他很容易进入新闻的操作状态，而且不知疲倦，这些是一个职业记者的秉赋。他那样坚定地相信，新闻所要恪守的一个最简单的信条——不断寻找核心信息源，不断接近真相；他相信，只要呈现出更多真相，事情就会朝好的方向发展。有一次，我出差和他打电话的时候，他和我说，他到三联来之后，最为真切地发现，我们被太多的文化所污染，同样，他觉得记者这个行业到目前为止并没有标准可言，他坚信，他可以树立这个行业标准。这是他的梦想，就是要为生活赋予意义并依靠这个职业获得荣耀，在李鸿谷看来，新闻是一种真实、亲切的理想，也是一条宽大的通道。在一个人们的心态普遍紧张、焦虑和急功近利的商业社会里，这个中年男人的梦想看起来多少有些孩子气。而我一直奇怪的是他的眼神。我在三联工作的三年来，他似乎从来没有过犹豫、游移、困惑或者动摇。后来我和李菁分析，这和他大学的体育专业有关，一种绝对的竞技性人格，中间又包含着爆发力和耐力。他的职业性专注甚至让他不太注意自己，一副架了十几年的沉重眼镜，在李菁的强烈要求下，最近刚刚换掉。

"新闻本身是很贵的。"理解这句话并不难，但在任何一个资本统治下的媒体，对无时无刻不在权衡投入与成本绩效比、考虑成本最优化的媒体掌舵者而言，任何一点变化都无比困难。"谈判其实是由一系列看似微不足道的协议构成"，我做"长春人质劫持事件"的报道时对这句话印象深刻。没有哪个媒体领导者一开始就知道，成本投放的最优边界在什么地方，它需要记者在一次一次的操作中，不断谈判，不断突破决策层的心理底线。客观地说，对朱伟，对李鸿谷，对周刊决策层的每个人，这种变化都是相当残酷的考验：它要彼此试探，这是一种心理的博弈。需要胆量，需要判断，需要智慧，更需要信心。

我到三联的第一年，真正的周刊运作刚刚进行了一年，大量的稿件仍都是通过长途电话采访，那个时候整个社会部只有一部直拨电话，其余的都得用IP卡。我的第一个采访是和李菁合作，报道"野牦牛队队员因偷卖藏羚羊皮被捕"一事，10个电话找到一个采访对象是不错的成果，电话通常一打两个小时，一天采访下来，往往是脸颊发烫、耳鸣眼花。李菁是个注重细节，眉目精致的女人，每次采访回到小公室也累得面红耳赤，这让她更见巾帼娇艳之气。三年间，三联记者女人居多，男记者却一直处于稀缺状态，这样经常出现像李菁这样的小女子奔突在一线的情况，让我等很是惭愧。

第二年，出差在社会部日渐频繁，哪儿有事故，哪儿有灾难，几乎没有任何商量的余地，记者在得知消息的第二天就会到达现场。能不能到现场？能拿到多少核心材料？事件性新闻和作为记者起码的职业采访习惯基本上在这一阶段养成。这也是李鸿谷对社会部之初的要求。

这种倾向和追求很容易让人陷入某种对新闻无限可能性的沉湎。在美军打击阿富汗"无限正义"军事行动展开后的一次社会业务讨论会上，李鸿谷很严肃地提出一个可能性："你们说，要是当年菲律宾人质案出来的时候，我们派记者去，会是什么样的情况？"半晌没人做声，接着听到，巫昂接茬说："会被绑架呀。"大家一时哄堂大笑，李大人附笑之后，又接着问："再比如，这次我们要派个记者去阿富汗的话，又会有什么效果？""会死呗。"巫昂乐坏了。这个段子后来被这个美女作家用做了她某则小说的素材。

也就半年之后，"国航"空难，李菁作为特派记者去韩国采访；不久，巴厘岛爆炸，李菁再一次去了一线；今年10月，李菁和吴琪两名记者实地踏访巴基斯坦，报道中国人质王鹏之死。无限可能性或许的确是一名记者的"原罪"。那一瞬间，你会真地被李鸿谷这个中年男人所苦苦秉持的理想所感动。

人总是念旧的，安贞大厦的那个小阁楼是个让人想起来始终觉得温暖的地方。《追忆似水年华》有个著名的段落，男主角写他在弯腰系鞋带的时候，想到曾经的亲人，泪水布满面庞，很少有人能像普鲁斯特那样，保持着对日常的无意义生活的记忆能力，我当然也没有能力去还原追述在周刊工作的每一天。三联三年给我记忆与其说是125篇稿件，不如说是夜晚阁楼里的一束灯光，那些由陌生到熟悉面孔的一个表情，或者那些与新闻相关的每一个姿势，有点像一幅印象主义作品。我已经记不清第一次走进安贞大厦的具体时间，但我得承认，那个地方当时肯定有种与众不同的气氛使我着迷。许是因为看到巫昂光着脚丫子在不同的房间中穿行让人切实感到了这个空间的自由，许是因为那个有客厅有卧室有厨房不像单位更多点像家的办公室，也可能是那天格外优雅的中午阳光让我对这个杂志身上弥漫的中产阶级气味有所向往，又或者是办公室坐着的几个长发飘飘、笑颜盈盈，让人好感顿生的美女记者所散发的吸引力。那样的环境中，内藏着丰饶的生命力和用之不竭的新闻冲动，工作其间，人很少感觉疲劳，哪怕每天16小时。事实上，在"安贞"的两年里，无数个通宵达旦、熬夜写稿的夜晚是和同事庄山、金焱相互陪伴度过的。

朱伟在随和亲切的多数时间外，偶尔也会流露出"资本家"的面孔，强调一下作为生产制度秩序性的一面。三联书店的副总编辑潘振平先生有一次闲聊时说："从范用老先生起，三联的历任总编都有很强的个人作风和内部控制力。"朱伟身上也有显著体现。记得有段时间，他坚持办公室的办公桌要按一个方向放置，这招来自由主义分子巫昂的"反抗"，结果一个不高不矮像茶几一样的桌子被当做"反叛者"的旗帜，从办公室的这个角落，变幻到那个角落。这张桌子后来不知去哪儿了，它的主人巫昂女士也离开了"三联"。后来，周刊回归书店的母体。搬家的那一天，我突然恍悟，小阁楼让我着迷之处，在于在那里所进行的接纳所有个人主义的集体主义生活，它跟传统报馆里的那种脉脉温情如此相似，充满了古意十足的墨油香，却又不乏激情。

至于我，在这三年中的绝大多数时间里是疲于奔命的，很少有时间静下来思考所得和所失——对新闻业务而言。不得不承认，就现在，对我们中的大多数，新闻还只是作为一种谋生的手段，它负荷不了更多的东西，我们要养房要养车要养老婆，这些已经让我们的胸脯紧紧地贴着土地，喘息是困难的。写字、挣钱，养家糊口，绝对没有人有理由指责。我这么说有多半是在为自己表现得越来越明显的疲惫和懒惰开托，但这同样不会湮没我与"三联"的这次充满理想主义的激情邂逅。

下篇：做性感的新闻

我同意李鸿谷"我们被大多数文化所污染"的说法。片面的认识论和寡淡的程序化语言长期以来让新闻变得面目可憎。调过来说，这也是生活周刊所给的这个平台的优势所在。它能让你主动思考，你完全可以不被单一线性思维所困扰，而有可能去发掘种种可能，完善你的新闻文本。

"我们所知道的世界不是这么简单的样子，它是大量纠缠在一起的事件。"我认为福柯有句话应该作为新闻"原教旨主义"，就是"对任何结论的默许都说明我们被收买了，而我们付出的代价就是伤害自己的体验"。当然偏执新闻的代价还要伤害真相、伤害知情权。

因此"新闻应该是性感的新闻"，这是我这几年的新闻实践的体验。新闻首先要呈现一个真实世界，在这之上，又要表现复杂事件的多元展现。写实是新闻的灵魂，但你光这么想，一辈子也干不过电视，技术这种东西有时是没办法颠覆的，你必须承认。杂志的生命和韵味永远有一半在于头脑之力、文字之美。具体对于一个报道者来说，我们要从尊重新闻事件的真实性出发，在力所能及的范围内尽可能寻找到生动、精致、具体而完美的细节；所有这些真实元素一旦组合起来，它又不应该只是一张照片，照片所表现的内容是平面化的、是局部的，它应该更像印象派作品，你用不着用线条来勾勒边线，也能感受到明显的空气感，茁壮的个体欲望和打动人心的主观感受。

当新闻不是被当做一种了解世界的工具，而完全成为人们所面对的世界时，新闻的受众才能感受到生活在这个世界中的每个生命的欲望、每一种极端的无奈的哀伤，血肉分明——让人感动、让人恐惧、让人痛苦。这才是有力量有美感的新闻，才是"性感"的。

这也是我决心要去报道"长春人质事件"的原因。它包含一个好的新闻成品的所有要素：它有人和故事，一个家庭的灾难在众目睽睽之下表演性地发生并且谁都没有预料到事情的演变，这有充分的悲剧性在里头；它有可能影响制度形成，我知道香港20世纪70年代宝生银行旺角分行人质劫持事件曾轰动一时，直接促成香港飞虎队和谈判制度建设（现在看来，当初的这个判断是成立了，"长春事件"已经被公认为中国警务谈判建设的分水岭）。

我2004年7月8日晚上到的长春。从以往采访的经验看，这么大的事情在很长时间内都会是这个城市持续的议题中心。确实如此，当晚搭乘的每个出租车的司机都能精确地给你指出，那辆被劫持的宝来车当时的位置，当时拦住劫持者的出租车的位置，甚至那棵树下当时围了大约多少人。不过街头巷议获得容易、离一篇报道却相距甚远，直到我找到遇害者的丈夫和父亲，坐在那个让我至今难忘的被突如其来的灾祸震击得万劫不复的家里，我仍然困惑不已。在悲剧面前，深陷悲剧的每一个人往往沉湎于自我之中，他们内心深处是闭合的，他们的情绪激动表情真切眼泪控制不住，他们话少却充满力量和愤怒——"我要是个电视记者就好了，光这些就已经是个好作品。"我倾听着这个家庭的苦怨，心里却想着明天回北京要完成的长达万字的封面报道，这真他妈残酷。后来我明白，你所精心追求的细节从来不是被采访者拱手奉上的，我们看惯了电视新闻，以为记者只用摆上一个美妙的身体造型，余下的工作就是在被采访者滔滔不绝的谈论里去剪裁——这样的采访在现实里百年难遇。

挖掘细节，对采访者和被采访者而言都是种苦难。在7月9日和这个家庭的第二次谈话时，我改变了提问方式，问题琐碎到近乎残忍："平时从家到现场要经过哪些路？""这些路边有哪些场景？""那天郭晶（受害人）穿的什么衣服出门的？""这件衣服是什么时候在哪儿买的？""那天的早餐吃了些什么？几点钟做的？""前天晚上夫妻间谈论过什么？"……在沉闷缓和间或寂静的气氛里，被采访者的记忆里最柔软的部分被触及，细腻而繁茂的时间线被打开，许多次采访中，我意识到，在采访时记者更像心理分析师，你的提问有如一种催眠手段，去激发、唤起讲述人记忆深层的兴奋处。那天，我听到下面这个细节的时候，我是有成就感的：郭晶的父亲身为退役警察的郭顶义回忆中谈到，当时维持秩序的干警里有个他的老同事，20年前，郭晶10岁的时候到他办公室去玩还叫过他"大爷"，这个老战友后来把郭顶义单独领到了警察划定的警戒线以内，并向他一一介绍现场附近身着警服的警官：那个20出头的年轻警员是第一目击者，是双阳人，"也是你的老乡"；站在我身边的一个人块头小伙子是省厅的警员，"你嫂子的亲侄儿"，接着他向那个同事打听对方家人的身体情况，又问起他们以前的老领导、现在是省公安厅厅长的某某近状如何。"太真实了！"我想，有了这个素描般的段落，我几乎有身临其境的感觉：一个普通得不能再普通的早晨、一个不大不小的意外、一群熟悉得不能再熟悉的人、一种漫不经心——我期待的原生态终于出现了。

接下来，就是要考虑，选择谁来当事件的主体叙述者，选择什么样的细节做导语。郭晶的父亲有着目击者、受害者、旁观者、参与者（退役警察背景）的多重背景，肯定是比郭晶丈夫更合适的第一视角人选。为了避免行文的乏味，我尽量让主人公的过去和现在、幸福和紧张、家庭和现场交叠再现，这是一种迂回叙述的手法，顺叙的同时又不断地插叙，与之形成对比从而清晰地再现了故事的完整。另外，叙述时以郭晶为主角、郭父为主体叙述人，不断转换感知主体，从不同人物、不同的感情角度去展开事件的进程，来突出叙述层次的可感觉的转移。当然局促的经验和截稿时间限制也给最终的报道留下不少遗憾之处。

这篇报道和更早的《运城黑金的台前幕后》和《南丹审判》等等几个报道，给我的重要经验之一是，镜头感在平面新闻中的使用。文字媒体在形象表现力上先天弱于电视，但这并不意味着，一个文字记者不应该具备好的镜头感，你到了一个陌生的地方，哪些景象、哪些东西是先声夺人的，你应该用文字给出一个特写，它要依赖记者感官敏感度。新闻不能"合成场景"，但对同一个场景下的不同物体，你必须有一个空间感，让它们有层次地在你笔下展开。比如，刀郎封面故事的报道，我配合文化部做一个公路考察，来发现"刀郎流行"是在怎样一个乡土生态里发生的。10月20日那天，我在北京良乡的城中心逛荡，不断找人闲聊，我闻到空气中隐隐约约飘荡的烧秸秆气味，看到了影剧院的小黑板、在商场门口卖小柴狗的小伙子。这些视觉和嗅觉碎片一旦你用一种带有镜头语言的叙述把它们串连在一起，它们就有了指向性，能在有意无意中传达真实的信息。

我一直希望文字和感官游走的结合在一种新闻文体中成为常态——这种操作方法在一些缺乏强烈新闻性的地方性调查里应该被更多地尝试。去年底，一个关于春节民俗的封面操作，我被派去贵州安顺采访"傩面"，出发前，我告诉自己切记不能把民俗写死了，写成一个浸泡在福尔马林中的文化标本，那不是记者要干的活。我相信，一个传统能存活几千年，它就应该有它生生不息的逻辑链，它必定依附于某种生产关系或者组织结构，而这套体系是如何运行千年的，这才是记者要去考察的东西。我在当地找到老年人协会主任（一个不同于村委会的权力组织），找到一个写村志的秀才，找到演傩戏的戏头，我和他们吃住在一起两天时间。

几天中，我发现他们吃水的算计，资源在当地的紧迫，这和傩戏有无关联？我发觉在他们中间仍然根深蒂固的宗族观念，以及影响下的氏族力量。那么，一个演傩戏的戏头拥有怎样的权力？在这种村落政治框架下起到怎样的平衡作用？商业化和城市化对一个传统的现代化形式施加了什么样的真实影响？找到这些问题的答案，你会为真相心折。那么多谜一样的缘由和谐地共生在一个诗一般的村落里，它让你感动。

我在村里采访的一个叫宋修文的老人，已经手脚颤巍，神志迷离了，可这个老秀才执著于一个事业，他从1989年开始根据寻访和记忆撰写他们村的村志，每年重新誊抄一遍，至今手写了上百万字。临走的时候，他把《九溪村志》早些时候的一手抄本送给我，那上面字迹清晰刚劲，可是纸张泛着经年累月的蜡黄，已经有点破损。这厚厚的一本书我小心翼翼地收在办公室的书柜里，似一神物，沉甸甸，岁月深深。

所谓"忤感"的新闻，也是放在历史和时空下观照的新闻。我想，对于新闻的阅读者，许多的地方和城市，我们仍然是陌生的，它们有别于我们日常的经验世界。每个地方所延续的文化和习惯也成为一个偶然性新闻事件中的内在纹理，也是这个地域的宿命。这种陌生感的好奇和探究同样是记者的使命所在。走得越近，就离真相越近。

现在许多的媒体从业者最常用的两个推卸责任的对象是政府控制

与市场需求，这成为他们对于写不出好新闻和新闻庸俗化心安理得的理由。但生活周刊不容许有借口。一个新闻成品的好与坏，只有方法论和认识论的问题。面对一个事件，如何寻找角度，如何写出有史诗感的文章，这成为一个周刊记者要胜任这份工作必须努力去琢磨的东西。

我，《三联生活周刊》 门下铅笔头

::: 尚 进

70年代后期出生，从大学开始写IT评论和文化杂谈，从而印证了托儿所阿姨的评价："这个孩子很复杂。"1999年起担任ChinaByte专栏作者，2000年在广西师范大学出版社任编辑，2002年任新浪科技编辑，2002年底进入《三联生活周刊》，任经济部记者。

每次听披头士《黄色潜水艇》的时候，总会不自觉地对那首《当我64》有感而发，也曾经思考过什么时候写写自传。正如同席勒所说的那样，人们是如此热衷于为历史下定义。

"一代人的标志是符号，但历史的内容不仅仅是普通的符号。一个时代的人们不是担负属于他们变革的重任，就是在它的压力下死于荒野。"这是哈罗德·罗森堡在他那本《荒野之死》中的呻吟。很有幸，我成为了这样一代人之中的一个，尽管这些人中年龄大的足够跟我叔叔称兄道弟，但是我们依旧是有标志符号的一代人，一代试图书写点什么的人。1994年，当第一批精挑细选的生活周刊种子们穿过众多等待维修的冰箱，爬过锈迹斑斑的铁楼梯到净土胡同的编辑部时，我肯定正在附近操场上跟一群人围着球瞎跑呢。如果净土胡同时代的选题会上，大家争吵的声音再大一点的话，估计我很有可能会在教室里面也跟着思考起来，甚至有可能跑过去跟那些"大人们"说："你们探讨的问题太差劲了。"我来到《三联生活周刊》的时候，大队人马早已经把安贞大厦附近的大小饭馆吃腻了。不过净土胡同依旧留下了我诸多的记忆，要知道那条安静的小胡同过往的自行车都很少，最适合跟女同学放学回家路过。

如果不是我年龄小，也许在《三联生活周刊》写字的日子比2002年底还应该早一些。最早认识的《三联生活周刊》的人是王锋，1998年他去跟着于简办《PC LIFE》，我给他写专栏，他第一次介绍自己，以他原来在《三联生活周刊》自居。许知远那时候负责编辑我的专栏，也口口不离生活周刊如何。此后又陆续认识了邹剑宇和陆新之，以及诸多介绍中可以用"前《三联生活周刊》"做前缀的人。

谁是中国的亨利·卢斯，这是我没来《三联生活周刊》以前曾经闪念一过的问题，这位20世纪上半叶的新闻老工作者，几乎可以说是《三联生活周刊》这类杂志模式的先驱，正是他创办了《时代》、《生活》、《财富》、《体育画报》，这些曾经的模仿对象。后来有人写了本《亨利·卢斯的遗产》做回忆总结状，这时候我才发现亨利·卢斯坚信新闻应该教育大众，并且自认为是资本主义价值观念和宗教信仰的捍卫者。那么我们这些《三联生活周刊》的门下笔杆子们在捍卫什么呢，这个问题我曾经与很多老周刊人交流过，以"左派"思想著称的高昱告诉我："我们在捍卫公平和社会的根基。"又有"海归派"刘怀昭灌输我："我们始终应该追求一种自由，向所有不公正比中指。""当然还有很多启蒙"说。

实际上我对亨利·卢斯的崇敬并不是非常强烈，但至少我认同他的好奇心理，以及他能够在1941年就写出《美国世纪》这样的文章宣称美国充当世界警察的未来。而这种好奇心和大胆判断能变成白纸黑字，对于我所面对的现实世界，却并不是那么简单和容易。曾经有一部电影，讲两个房屋外装修材料供应商抢客户，其中一个经销商会拿着部135相机，支起三角架佯装《生活》杂志拍房屋装修对比图片，房屋的主人为了不让自己的旧房子上杂志，会为此购买装修材料。这俨然对于采访问题的笑侃，却深深地激发了我。

在来《三联生活周刊》之前，我在新浪网也做过一段时间的编辑，对于1999年就开始在ChinaByte专栏涂鸦、后来被猛小蛇强迫册封为108虾之一的人而言，坚信网络的话语力量，始终是我们不能放弃的本能。但是当我看到约瑟夫·布罗斯基写道"倘若我们认定人类智慧应该停滞不前，那么此时文学就应该使用大众的语言，否则大众应该学会用文学的语言说话"，此时此刻我终于明白我们这代人没有经历过的20世纪80年代，以及文学青年的复苏到底是怎么回事。当《光荣与梦想》这本书在2003年再版的时候，我曾经在写给生活周刊的稿件中流露出我对于文字写作的怀疑。要知道自从1958年开始美国国家档案馆就开始收录电视片来记录档案了，文字工作者们已经被他们的传播语态抛弃了。而我却又回到了比网络文字更"原始"的杂志写作之中。

很多时候，唯一经历"三联"10年的苗炜同志被视作《三联生活周刊》的青年导师，从早年在生活周刊晃悠的许知远到新一代的主力"圆桌腿"困困，都把苗炜列入青年导师的行列。实际上《三联生活周刊》的历史上能够充当青年导师的老同志大有人在，从毕熙东到胡泳。有一次跟胡泳通电话，具体说的什么放下电话就都忘了，唯一记住了一句："你如此年轻，真不错啊。"这种感慨也许在10年前生活周刊创刊时，很多老老老同志们也抒发过，当然是对着10年前的苗炜之流说的。

王小峰始终试图给其他男同事灌输一种理念，在《三联生活周刊》工作等同于搬进了忠忠胡同。在最初的日子，我认为朱伟同志就是有组织有策划地让你失语的，这对于以前写野字和酷爱评论的我很是难受，不让议论，不让写字的直接发言，这可算是写作技巧上的新要求。我心想，那些所谓要被采访的人，表达的还不如我想的明白。即便我现在也认为，采访这个事情很大程度上就是借用某人的一张嘴，在国内目前的新闻和言论环境，语不惊人势不休是很难的。所以我更相信《纽约时报》退休文字工作者恰克·卡斯伍德所说的，"电视台出名的就是只有嘴没脑子全天候念稿子的播音员，报纸则是各色专栏作家风光十足，而杂志呢，除了铁杆读者，没有人记住你是谁"。没错，我就是那个只有铁杆才记住的铅笔头。

像怀念大学生活般
怀念三联生活

∷∷程 磊

2001 年毕业于中南财经大学法学专业，曾任《中国经营报》记者，2002年 9 月在《三联生活周刊》任经济部记者，2004 年 3月任《地产新闻》杂志社编辑。

感觉像是又上了一次大学，走读的。三天两头的同学们就凑一块儿胡说八道、天南海北地侃，间或抨击一下"校方"和"执政党"。在相互促狭与打击中结识了一帮老在一起海吃海喝但又不是酒肉朋友的朋友。毕业了，分配了，跟着开始怀念大学生活——如此这般地怀念"二联"生活。

那时候，我也小康了

毕业三年，"三联"是我的第四份工作。虽然待了两年不到，却是工作服役时间最长的地方。其实这段话就很三联了，生活周刊在文章操作上以技巧见长，这段话的目的是点出"生活"于我职业生涯的重要性，连写文章都深受其影响，包括现在。不过没学到家，之后的文字炫不起来也就将就着看吧。

去三联之前，知道有这么一本杂志，还知道是个文化人聚集的地方，不太适合我这样利欲熏心的人。在媒体圈里有个共识，从周刊报纸到周刊杂志，后者对工作能力的要求显然要高出许多。所以，当时很是胆怯。为此我得找到精神上的支持，于是我跟我爸打电话说，我会去《三联生活周刊》试试。我爸激动地说："韬奋先生的这本杂志可好啦，就去追随韬奋先生的步伐吧。"我爸是个文化人，一听说我即将子承父志，当下拍板表示强烈支持。只是，他哪里知道，其实我并没有信心去胜任生活周刊的工作，只不过当时的情况已经让我不能再去花时间选择。

9月22号，在中华传媒网上认识不久的一位美女网友介绍我去生活周刊经济部，主笔邹剑宇热情地接待了兜里只有37元人民币的我，一位美丽的少女还给我倒了杯茶叶很丰盛的茉莉花茶。在那个北京媒体圈里数一数二小资的办公室里，邹开口跟我说的第一句话是："咱们收入虽然不是很高，最大的特点就是稳定。"被蛇咬过的人见着绳子都颤，我图的就是个稳定，心中窃喜。同时，从我爸那里继承来的政治敏感性提醒我，他也姓邹，该不是邹韬奋先生的亲戚吧。跟着邹开始给我介绍生活周刊的情况，我也听不进去，我的思绪飘得比较远，甚至还想到了，生活周刊会不会是家族企业……当然后来知道了，他们只是500年前的亲戚而已。

"……三联不实行坐班制度，但是鼓励坐班。对于在规定时间内上下班的同志还会给予奖励，按时打卡者每月奖励1000块大洋……"那时候但凡邹剑宇说到的跟钱有关的，我都记得。但有一句跟钱没直接联系的话我也记得："你明天就开始来上班吧。"就这样，我算是有一只脚踏进了三联。

9月23号是我上班第一天，一个洒满阳光的三面落地窗的一角的办公桌成了我专用的搞稿子的地方。让我感动兼唏嘘不已的是，生活周刊每人都有一台专属于自己的电脑。以前待的编辑部电脑很少，一到发稿时间，跟牢房放饭似地蜂拥而上……

我的主人翁意识比较强，尽管还在实习，第二天上班，一名神色诡异的中年男子先后有两次在我们部门探头探脑引起了我的高度关注，为此我甚至在心里设计好一套完美的将之一举制伏的工具与出手角度。在伤亡发生前，谢衡告诉我，这名中年男子是副主编，叫苗炜。一听名字，顿时觉得耳熟。跟谢衡旁敲侧击地一打听，此苗炜就是彼苗炜，立马肃然起敬——大学时看《体坛周报》上经常有他的球评，是个腕儿。那时候我将苗炜作为我的假想敌，老觉得他占用了本来该上我稿子的版面。那会儿我经常给《体坛周报》投稿，但稿子在编辑枪下无一活口。忘了是第几天的一早，我领到了几十张安贞大厦地下一层食堂的饭票，无比感动。三餐有了着落，于是干起活来特别带劲。我甚至觉得，就是在饭票的作用下，一个多月后，顺利转正；再过仨月，解决所有债务重见天日，还添置了电脑；又过俩月，添置了一进口的咖啡机，租了个步行10分钟能到编辑部的小资房子方便上班打卡，同时还生平第一次成为"万元户"；再以后，开始到处放债，每天有事没事打电话跟朋友催债过债主瘾。

让我妈津津乐道的是，生活周刊逢年过节另有现金发放。就这一条，就让我把同样做媒体的杭州的朋友鄙视了几百次。他们报社过年时给每人发一双活鲜鲜的大母鸡，发鸡当天，报社一地鸡毛。最痛快的是月初发工资，接近月底发稿费。也可能我记反了，总之是月头月尾都有钱领就对了。这样最大的好处是方便理财：月初发的钱属于日常开支范畴，月底的钱则是预算外资金，是变成固定资产还是进行精神文明建设，或是直接进入银行存款，随意处置。

就这样，为了解决糊口问题到的"生活"，却意外地奔了小康，心里头那个美啊。我至今都不清楚引领我走进小康生活的那位美女网友跟邹剑宇算不算是好朋友，但我知道，邹剑宇认识的都是美女。

郁闷、焦虑、惊喜，一个也不会少

我能在生活周刊待下来，那只是一个笨鸟先飞的老套故事。需要一提的是，在"生活"的日子并不好过。

在"生活"，我的第一篇稿子是写"东风"和"日产"合资的，因为原来一直做汽车行业报道，没怎么费力气就写了出来，上了国庆合刊的那期杂志。之后连续写了三期稿子，我一直盼望的主编找我谈话的这天终于来了。朱伟那天来我们部门，跟邹剑宇进行了一次愉快的会晤，末了指着我说："这孩子挺踏实的。"又扭头眯眼微笑着跟我说："下期你要还能上一篇稿子我就给你转正。"我虽然不知道"踏实"二字是指我的体格还是别的什么，但我以为，我离稳定的生活仅一步之遥。跟着，一篇《转基因食品的美国说客》使我成为我爸盼望已久的"正式工"。转正以后没几天的中饭时间，在电梯口碰到一位衣着前卫的女人和邹剑宇，邹剑宇给我介绍那是文化部的主笔，舒可文老师。同时给舒老师介绍说这是我们部新来的……下电梯我跟舒老师一起，舒老师问我在"生活"干的感觉如何，我回答说：还行，挺轻松的。舒老师一听，声音高了许多："轻松？"之后一脸正气，不再说话。那语气包含了"不可能、你还没有深切体会、日后你就知道厉害了"等含义。

其实，转正以后约一个月的时间里，我认为我该做的事其实和从前区别不大，所以觉得轻松。之后，噩梦降临，且持续了很长一段日子——

稿子经常被批评或者直接枪毙掉。那时候一到周五熬夜写稿,一到周一提心吊胆地等待或死缓或死刑立即执行的判决,一到周三跟无头苍蝇似地找选题,找着选题后又用尽办法找人骚扰。如此循环。有一天朱伟冷漠地跟我说:"你要是解决不了选题太硬、稿子不好看的问题,我想你在三联待不了。"这时候我才明白,舒老师那简洁的反问的含义。

我不知道是否每位新人进生活周刊以后都会经历这样的过程:转正以后,信心满满地认为自己能够适应工作时,主编经过观察之后发现你不擅长的地方并马上针对此让你做出改进,为此你疲于应付。有时候我在想,是否主编不希望记者所做的事情仅仅只限于某一个领域,所写的文章也不仅仅只是一种文风和叙述方式。后来得到朱伟亲口证实:"我希望我们的记者都是全才……"

有次选题会上,朱伟发飙:"上期稿子我很不满意,而且最近的稿子几乎都让我没有欲望去看……"

在后来一次周三的选题会上,就成功找到了一个"欲望":在上海,李鸿章的宅子丁香花园被卖掉,是件大事。家乡有事发生,朱伟绝对不能坐视不理,遂决定做个封面声讨之——"勾引"朱伟成功。

选题会完后,朱伟马上决定要派记者去上海,当天下午,我、李伟和摄影记者陶子立马赶回各自家中收拾东西去机场会合,晚上22点到达上海虹桥机场,到酒店住下来已是23点多,接着开始讨论操作方向并分工。周四清早就各自出门开始按计划进行,中午我跟李伟碰头交换早晨的收获,得到一个噩耗:丁香花园的正楼依旧是上海市委老干部活动中心,附属于丁香花园的对面的那一片被卖掉并开发成丁香别墅,而开发商背景不详,无处查找。

采访继续进行,一直到周五下午我们仨再次碰头时,都开始觉得恐慌,我们只采访了一些不够权威的对象,拿到了一些外围的材料,比如一些市场交易情况和历史情况,无法形成重要性,更没有一条主线去串起全文,而且当时留给我们的时间已经很少了。那时候我们还讨论过新一期杂志的封面上会不会印下5个大字:"本期无封面。"

就在我们绝望到开始准备去接受朱伟的咆哮甚至是更坏的结果时，在湖南路上闲逛看洋房的我们碰到了一群正在"扫房"的中介，一番交谈之后，发现这家中介公司是上海第一家从事老洋房生意的公司，公司的老板也正是操作丁香别墅的开发商。难以想象的是，此"最权威"竟然是在街上遇见，我们开始欣喜若狂。采访完毕，晚上还接受了刚来上海出差的苗炜的慰问与丰盛的晚餐。

这次采访，我真正感觉到，做记者的最大的满足就是去享受"柳暗花明又一村"的乐趣，无论是采访某个难搞定的人还是去挖掘某一事件的真相。

其实我对生活周刊的记忆，大部分都停留在编辑部还在安贞大厦的时候。没想到，那个轻易就能让人心情很好的办公室我只待了8个月——杂志社搬家了。

搬家那天，我记得很清楚，我跟邱海旭正准备去上海采访车展。打算收拾完东西后直接到大厦大堂等机场巴士。编辑部里人不多，都在收拾东西，陆丁是例外，他还在赶稿。见我们来了，就停下来聊天。我一直以为我是全周刊唯一在被主编枪毙稿子的记者，那时候我才知道，原来国际部的陆丁和我同病相怜。那天我们聊了很多，印象中，我很惊诧这个身高1.84米的北方汉子居然有非常细腻的情感，有非比寻常的精神家园。那天，在陆丁的带领下，我第一次知道原来国际部和文化部的洗手间隔着的那堵墙壁是有道门可以穿过的，我们还爬到了编辑部所在的27层的窗户外，站在没有栏杆的天台上说了一些伤感的话，吃了几口拿波里的比萨——就这样记忆犹新地度过了生活周刊在那座小资的复式楼里的最后一日。

写在最后

我感到自己好像一个寻找宾语的动词，努力将过眼的一切转换成语句留在记忆深处。真不想就此打住，若甩开了膀子写，那么多有个性的人和那么多有趣的事，哪能一下子写完？

离开生活周刊后，我经常梦到这样的场景：在后海某个小资酒吧里，几位共事过的好友手拿扎啤，有心事愿意说的，群策群力，不愿意说的，都在酒里。酒至酣处，说笑声产生的声波由后海微微的湖波传至皇城根，那些个几百年前的古人站在城墙上用羡慕的眼神远远眺着我们，并侧耳用心听着我们的每一句谈话，直到清晨……散会后的清晨里，我走在有些冷的街头，雾气在天边弥漫，空气中带着前夜的露水，星光迷蒙，早起的人在公园里唱了几嗓子西皮。醒来时，发觉那些跟大学时光一样绚烂的日子就这样仓促而幸福地刷过去了……

经济部简笔画

想写写这些朋友时，我开始有因不是中文科班出身而在叙述上受到诸多阻碍的遗憾，连文章结尾也只能借用北大中文系出身、学者孔庆东先生的一段话，希望可以躲避掉因"揭私"可能带来的恶劣后果：我讲讲他们的一些无伤大雅的隐私，不是为了笑话他们，而是以此深深怀念我们共同奋斗、共同忍耐、共同享受、共同消磨过的那段岁月。

首先说说我见到的第一位三联人，邹剑宇。经济部主任，我的顶头上司，长相颇像"一休"。那时刚成立战略发展部，招来一个小姑娘叫小蔡，那个部门组建完毕还需时日，小蔡就暂时由邹剑宇来管着。刚出校园的小蔡管邹剑宇叫"邹哥哥"，《聪明的一休》里小叶子也叫一休"一休哥哥"，所以，外部环境上也使邹剑宇更像一休。"一休"是位很会激励人的领导，不时会跟我们沟通，俩眼发亮展望未来，那种激情极易感染每一个人。我很奇怪他怎么每天都能保持那么喜悦的状态。让男人眼红的是，他是生活周刊里老婆开车接下班中的一位。他与苗炜、庄山、吴晓东三人以前念同一所大学住同一间寝室，我觉得这是个传奇。有次 K 歌，他们四个一起合唱李宗盛的《像个孩子似的》，令我感动不已，也让我羡慕得很。

我一直找不到合适的字眼去形容老邢给我的感觉，不温不火？和蔼可亲？深不可测？都可以用吧。老邢绝对算是个异类，爱好很广泛，尤其喜欢画画。他有一个专门用来画画且方便携带的本子，开选题会时都会拿出来画些什么。有一段还经常在网上跟美院的学生交流作画经验，为此我们还逗他，说他是"醉翁之意不在酒"，老邢也就象征性地抵抗一下。相信很多同事都会记得，老邢写的那篇发在"个人问题"栏目中的文章看哭了好几个同事，在选题会上，这篇文章把许多同事拉进了一种奇妙的情绪之中，温暖而伤感。

谢衡曾在很长的一段时间里是我们部门里唯一的女性，她总在抱怨办公室里阳盛阴衰，经常强烈要求邹剑宇一定要招个女性。她在宏观经济和金融等方面知识的扎实功底是我所欠缺的，从她那里确实学到了很多。刚认识她时只觉得是个"工作狂"，每天都在打电话联系采访，每天都在电脑上专心敲着键盘，每期都写很多的稿子，每月都挣很多的钞票。熟了以后才知道，她那时正在努力存钱买房，拼了个面黄肌瘦。我问她："不就是买个房吗，这么拼命写是否扛得住？"谢衡一副有志女青年的模样回答："我只要想着这篇稿子写了，我家的马桶就出来一半了；那篇稿子写了，我家的窗户也差不多快齐了，也就觉得没什么大不了的了。"大家一致认为这是个令人绝倒的回答。后来，每期截稿时，我们会跟谢衡开玩笑，"又写了两平方米的圣象地板出来了吧？"或"TOTO的浴缸快搞到手了吧"。生活周刊有个公认的好男人在经济部，说的是小邱。高大而帅气，彬彬有礼，声音有如黄莺出谷泉水叮当，能说会道，业务能力扎实又深得主编赏识，在他身上几乎找不出缺点。而且做生活周刊记者的，能像他那样早睡早起的几乎没几个人。令女人羡慕的是，他对未婚妻呵护有加，上班陪着去，下班准点去接，还养了只狗以证明其还拥有高格调的生活情趣。而令我羡慕的是他那接近国语水平的英文能力和对待工作的执著。其实，我对小邱非常不满。据小邱说，他跟我一样喜欢踢足球。我几乎每周都邀小邱一起去踢球,他每次都说争取去,结果是一次也没去,根本就不给我机会在足球场上灭其威风。而且,每次不去的理由通常只有一个,要陪未婚妻游泳或逛街或其他什么事——再一次凸显其好男人作风。

尚进在经济部里年龄最小,但嗓门却最大。时尚的青年,对当今高科技产品了如指掌,追逐新兴技术潮流。是个生活在时代浪尖上的人又是传统的北京人,他喜欢吃面条的嗜好曾经让我非常鄙视,可后来我也开始接受面食了。接触久了,尚进总让我想起电影《甲方乙方》里的那位"打死我也不说"。比如他会突然凑过来小声地告诉你:"知道吗,主编要去泰国访问去了。"对方回答:"刚才不是在会上说过吗,大家都知道啊。"这种类似的场景常有发生,久而久之,大家也就都习惯尚进的冷幽默了。

寄居三联

:: :: 朱步冲

2002 年毕业于北京大学历史系，获历史学学士、硕士学位，当年进入《三联生活周刊》，任记者。

2002 年 5 月 23 日，晴，有风，冲虎煞西，宜出行开市，忌伐木造屋。早上 9 点整，我仔细地从北大 27 楼 1027 的硬板床上爬起来，一丝不苟地洗脸梳头，剃须修面，打开了一瓶平时轻易不用的玉兰油润肤霜——任何所谓的狗屁成功学巨著，不论它们的名字如何千变万化，都会教导你留给对方一个好的第一印象。在仔细研究了一番北京交通图后，虽然我们知道有无数路公交车都可以从海淀通往目的地安贞大厦，但我还是毅然坐上了一辆标价每公里 1.2 元人民币的夏利出租车，迅速地汇入了这个都市消化不良的交通干道上氤氲的交通尾气中。古龙小说里牛辦的主人公，不都是一个个在决战前要保持体力，处于好整以暇的状态么？的确（这个词已经快成了我的口头禅，并且在我的每篇报道中至少出现 1.7 次，暂时按下不表），自打一个月前被全球最知名的垃圾食品公司鸟巢，也就是我递交简历的第 14 家，也是最后一家公司冷酷地拒绝，止步于第二轮面试（很可能是由于看到我在等候时过多取用了大厅冰柜里用以飨客的可爱多）以来，我的心情就跟自己的偶像，阴郁黝黑的《离别钩》主人公杨铮一样，属于"破罐破摔，nothing to lose"。

到了地方，在保安的无情盘问与川流其中的白领上班族的诧异目光中，我战战兢兢地走进了 27 层。主持面试的苗副主编跟无数武侠小说中的名宿或电子游戏里的关底大 Boss 一样，稳稳端坐在一张枣红木的大桌后面，悠然地从嘴里吐出一口烟雾，似乎是中南海 2.0，在这决定生死的一秒内，我迅速扫视了一下办公室的非洲檀木地面，看看有无纸屑，烟蒂乃至被踩死的小强等可回收物资，以便及时将它们毁尸灭迹。据说有个跨国大垄断企业，忘记了是 IBM 还是波音，或者沃尔玛，就以这种琐屑的方式考验它们的未来员工是否专注于每个细节。"平时都读些什么杂志？"老苗轻描淡写地出了第一招，我惊慌地做了一个脸部痉挛动作权当微笑，赶紧寻找答案，本来以为面临的要么是"你如何看待周刊在这个社会环境下的使命与操守"这样规模宏大的必杀技，或者是微软"海盗分金"式的刁难，没想到却是平淡无奇的一夹，有如陆小风的两根手指；在结结巴巴地说出了从《体育画报》，《瑞丽》，《视觉 21》，到《读书》，《纽约时报书评》，《泰晤士报》文学副刊等一系列莫名其妙的答案之后，苗少爷脸上出现了一个可以被翻译为宽容的表情，就把我领上了复式结构办公室的二楼，交给了面貌极像《乱马二分之一》里早乙女玄马大师的国际部主任吴晓东，说了一番类似"从现在开始你就是华府的低级下人，9527 就是你的终身代号"的教导。随即，我的新领导下达了第一个工作指令，找出从每届世界杯举办年中这颗星球上发生的大事，面要宽，要有趣，天黑之前交差。在揣摩了几本过刊后，这位椅子还没坐热的新人好歹对这种中产阶级式的关怀和半遮半掩的幽默前卫感有了一点分寸，再借助我们一刻不能离的网络朋友 Google，好歹在日落西山时交了差使，接下来的第二期，我又抱着一股变爱好为动力，扮肥猪吃老虎的莽撞勇气完成了一个粗糙不堪的特别报道《2002年 E3 娱乐展》，让自己有了一点"谈笑惊破曹公胆，初出茅庐第一功"的感觉。

加菲最讨厌星期一，身在三联的我也是。每个星期一对我都是一种挑战，好比隆冬腊月刚刚跳出被窝，唯有奋勇向前，决无畏缩不前之理。午后一点，会议室内总是衣冠济济，剑佩锵锵，平日里只在纸面上活跃的大名，都现出了隐藏在汉字后面的鲜活面孔，所有的规则，也就在一片烟云缭绕中逐渐在脑海里深刻起来，新闻即时性，可看性，深度评述与起承转合，变成了我最常跟自己絮叨的东西。"找到选题了吗？"是这个时候大家的通行问候语，让人不禁想到诸如"今天你有否亿唐"之类蛊惑人心的洗脑口号。写字对我来说绝对不是个轻松任务，当自己老被文字功底深厚的同姓主编斥责为"不会写"时，就在悲凉之余开始胡思乱想：据说美国有个缺德家伙发明了个电脑软件，把从爱森斯坦到王家卫的所有套路都分析了，并量化成了一个个声音，场景，灯光，台词与色彩运用方面的模块，所有用户只要自己闹个故事大纲当骨骼，把模块参数什么的当肌肉往上一搁，成了，人人可以当电影大师，而且想当谁就当谁，拍出来的东西保证真假难分。在无数个精神便秘的写作之夜，我都在狂想哪天把这个软件弄来，分析出"三联体"，然后用之，或者干脆弄一个机器猫的时间漫游机，直接飞到下周闹本现刊抄一抄。

说到码字生涯，当然不可不提的就是出差。有的人一听这两个字，想到就是腐败，然而正如前国军上尉黄仁宇所说，抽象的道德批评虽然容易，但不能解决实际问题。刚入周刊不久，我就领得一个小题目，前往湖南湘乡调查一起不良贷款清收风波，一开始激动万分，以为终于能和《南方周末》一样激浊而扬清，在全无联系准备的情况下居然就兴冲冲地离京启程，结果在那片炎热的南方红土地上折戟沉沙，被一双双戴着礼貌外套的大钢手迅速而敏捷地在各个衙门口抛来掷去。虽然最终没能跟社会部的大拿们一样拨开云雾见晴天，但也有了跟一群当地老乡与活鸡活鸭挤在超载面包车上旅行的"草根"经验，也觉得算是不枉此行了。

混迹了那么久，自我感觉在三联写字的最大好处，除了应付维持劳动力再生，就是以几何级数在各个自己以前完全白痴的领域都插一脚。记得有一次写个千把字的小东西，是关于非洲乃至世界上最古老的语言吸气音弹舌语言的，当初报选题的时候纯粹是为了好玩，结果才发现一头扎进了一个深不见底的泥潭，好像全球专攻这个项目的大家就二三个，统统聚集在约翰内斯堡，人家倒是挺热情，又是回答问题，又是寄论文的，我看着一片黑压压，连金山词霸和 Google 都束手无策的陌生单词涌来，不仅心头一阵酸楚，以程门立雪的姿态再发一次伊妹儿，向远在万里外的两位老爷子请教个所以然，还要同时赞叹人家礼贤下士。在半夜做困兽犹斗之季，迷迷糊糊之中随手翻出一本纽约时报百年史，上面写到哪个老编辑教训手下的"菜鸟"，言"做记者不会让你们名利双收，但绝对会让生活丰富多彩"云云，才觉得有自己所做的也许并非无用功，于是就一直释然到今日。

两年之痒

::::曾 焱

1991年武汉大学新闻系毕业后进入长沙《今日女报》，任编辑、编辑部主任，2000年赴法国巴黎第八大学信息传播系读硕士，2002年回国进入《三联生活周刊》，任国际部记者。

　　我对所有纪念日的感觉都迟钝，所以也没有记住自己到三联的具体日期。大概是2002年10月，或者是11月，反正已经向两年逼近了。在记者名单上，我的名字原来在最末，现在向前移了数位，有个朋友读刊无微不至，问我是不是升值了，我说不是，排位靠前是因为前面的人都离开了，朋友对三联喜新厌旧的速度表示吃惊。我告诉她，据前"三联"

人的经验之谈:和"三联"的"恋爱期"在前两个月,"蜜月期"约摸半年,此后磕磕碰碰时有起伏,若是两年下来感情尚未破裂,继续共同生活的可能性才有了七八成。当然,自己有外遇的情况不在此列。

不少同事说他们在进三联之前很少看"三联",相比之下我比较经不起小资的进攻。我曾经是上个世纪 90 年代中后期盲目忠实的"三联"倾慕者,那时候"三联"还是半月刊,我基本上每期都买,一方面自己附庸风雅,虽然不是文学青年,但喜欢"三联"的那个调调,看不懂的文章非想看懂不可,一本杂志为此可以反复阅读,性价比觉得很好;另外也是工作偷懒的需要。我那时在长沙一家报社做相当于生产队长性质的工作,周复一周的选题和审稿令人痛不欲生。我一向是买椟还珠的那种人,在阅读趣味方面的表现就是,稿件的标题、开头和结尾一定要好,中间写得稀松一点没有关系。至于好的标准,我向本部记者强买强卖"三联"的报道,而且允许模仿和结构上的抄袭,这样我改稿的时候就省了不少麻烦。大家看出了经验,总结"三联"文章模式如下:总纲领是"出读者之意,攻读者之备"。具体说来大致有三条:1. 如果想说 A,一定先从 B 开始;2. 文章写好之后,拦腰抽出一句,放在前面就是标准的"三联"开头,有醍醐灌顶的效果;3. 没有结尾,就是结尾。我那时候印象比较深的名字,一是方向明,我对经济报道本来没有兴趣,但他写的好几篇长文气吞山河,我以前从来没有看到过那么理直气壮的经济报道和记者名字,记住了;还有卞智洪,因为我喜欢看电影。布丁的圆桌老看,但我不知道这个人和苗炜有关系。李鸿谷在"三联"某期上写过武汉一个中学生跳楼自杀的事情,可能是因为叙述方式有点特别,我印象很深。那时候他还没到三联,是武汉一家报纸的记者,后来为了关于"武汉王海"张什么的事件——那两年正是打假英雄王海最火的时候,和王海沾边的都是新闻——我曾辗转找到他的电话约稿,还寄了不算菲薄的稿费。等我到三联工作的时候,李鸿谷已经是社会部主笔李老大,说起约稿的事,他完全不记得了。

在去法国的两年半时间,再没有看过这本杂志。等再有关联,就是在此谋生的人了。如果没有朋友推荐我到三联工作这样一个诱惑，也许我会安心回到原来的单位，升职做个比生产队长更忙乱的人，然后按部就班该干嘛干嘛。那将是和现在完全不同的一种生活。两年前我对安贞大厦 27 层的三联一见钟情，大家躲在小楼成一统，哪里想到我去了不过半年它就搬家了。身在国际部，写和文化部更有关系的话题，居然快100 篇了。朋友们笑话我以如此高龄，迈进到写字的第二高峰期。

2000～2001年任《南方都市报》新闻部记者，2003年毕业于武汉大学新闻与传播学院，获硕士学位。2003年2月成为生活周刊实习记者，毕业后正式进入生活周刊，任社会部记者。

社会部的女人和男人们

::::吴　琪

　　翻开美国的新闻学教本，有两个对入门者的基本原则被反复提及："一是和一群智商比你高的人　起工作"；第二去那些地方性的小报，因为和大机构相比，每个记者的机会更多，你能接触到几乎所有重要的新闻报道。这样说来，"三联"的好处在于，你既可以和一群智商高于平均水平的人共事，也可以因为人手紧缺包揽若干天下大事。"三联"先小资后中产的格调前后出产了若干优雅的文化名人，而我们几个在社会部"靠天吃饭"、老是担心天下过于太平的"女战士"，回想起来好像很是缺乏女性优柔的雅致与矜持。

据说李鸿谷大人在很多次喝多了二锅头，还没有开始大讲美国新闻史之前，会先满怀深情地提起社会部打拼之初，他独自领导金焱、巫昂两名女战士悲壮而自豪的情景。我来得晚，并未亲历这样的场景，每每听朱文轶的转述，眼前就不自觉地出现两只孔雀骄傲自信地撒开羽毛的样子（虽然我知道雄孔雀才能开屏）。金焱和巫昂是两个站到哪里就能成为那里的中心的女人。巫昂的脸上始终轻微荡漾着一种属于文人的、自恋而沉醉的表情，这种相当有蛊惑力的姿态会让人即使没来得及记清她的长相，也已经嗅到她的气息。

记忆中巫昂走起路来一直是昂着头的，脸微微偏向一方，带着荷叶边或穗带的裙摆晃动得人的心也一颤一颤的。有她在的时候，开会的氛围永远是闲散而自由的，即使李大人眉目紧蹙地威逼大家严肃起来，短促急切地要大家"快去摸、快去摸（新闻事件的情况）"，巫昂总会睁大无辜的眼睛、一脸天真地问他："要我去摸谁，摸哪里？"大家便在哄笑声中结束了又一次开心的会议。热闹起来的巫昂动静相当大，在安贞大厦顶层的复式楼里，只要楼上的巫昂开始讲笑话或听笑话，哄哄的笑声便会螺旋状地向上猛烈蹿起，仿佛要掀翻屋顶。席卷到楼下后，让不明就里的人也开始傻傻地跟着乐。我在楼下一天多次听到这样的笑声炸弹，让人心生羡慕地揣度楼上的日子过得鲜活滋润。在笑声中来去的巫昂也就永远不显疲态，几天没见，已经轻松地完成了一篇出差采访的文章。文字对她来说是空气，无处不在，呼吸自如，灵动而趣味盎然，就像写稿时吐出的一个个烟圈。而内心的巫昂，从她的小说和诗歌来看，也许孤寂而伤痛，让人生出她在一遍遍对爱情和亲情的嘲讽与解构中舔舐自己伤口的联想。张扬开心的巫昂与陷在文字里悲戚的巫昂就这样分裂地结合在一起，很不容易弄清楚到底高调乐观是她真实的本性，还是她掩饰孤寂内心的一个旗帜。只是随着她的辞职，性格如她这样传奇而有传播力、让人有探究欲望的人在三联又少了一个。

金焱则是一个标准的高效率记者，干脆、理性、沉静。她在相当长的时间内好似一台动力十足的发动机，在那些熬夜写稿的寂静黑夜里，长时间一动不动地坐在电脑前，"噼啪噼啪"地敲着键盘，坚定而自信，让旁人顿感压力。金焱似乎很少有情绪波动的时候，脸上也从来没出现过忧郁惶惑的表情，总有种对什么事都见怪不怪的淡定。接下一个任务，拿起电话就开始找人采访，没有通常的犹疑，经常一篇小稿子也会找上几十个人。几年前她只身去广西暗访野生动物走私、枪支走私等也不觉得危险，今年一个人跑去采访俄罗斯大火，回来也轻轻松松，这个外表娇小的东北姑娘却是一个典型的女铁人。李大人屡次提及，金焱有着让人吃惊的采访能力，只要他划出一条稿子的逻辑线索，金焱就能在线段的各个点上提供极其翔实的材料。讲究穿衣细节的金焱永远是一身正装出现在办公室，自持、冷静。

2003 年春天我刚来三联时，社会部人员已经大大扩充，正处在一种阴阳协调的状况下，这让以后长期处在"阴气过盛"阴影下的我们回味不已。那时社会部四位男同事：李大人、庄山、李伟、朱文轶，四位女性是巫昂、金焱、李菁和我。庄山是一个颇有大哥意气的河北男人，圆圆的脑门衬得人一脸和气，微腆的肚子使整个人看上去重心极稳，特别可以依靠的样子。就没见过他情绪不好或发脾气的时候，这个 30 多岁的男人总是一手摸着肚子或脑门，乐呵呵的。朴实温和的庄山对人有相当的亲和力，所以他在的时候也基本包揽了社会部辛苦的基层采访，矿难、洪灾、地震。2002 年的鸡西矿难他下到了井底，那篇对矿工生存状况饱含同情的文章让人感动，他对穷苦之人的描摹倾注了真实的个人感情，在一向宣称小资或中产的三联尤其可贵。后来大家自嘲是四处出差的"苦力"，可庄山从来没有说过自己辛苦，因为采访各种灾难，他对地质、水文状况有了相当的专业知识，我们也开玩笑说他从技工变成了高级工程师。有庄山在的日子，大家的心情总是愉快而平和的，在那些为了憋稿子快急得哭起来的夜里，庄山总还是平和地坐在座位上，当我们回头望他一眼，他就说："没事，等到明天天一亮，稿子总会出来的。"他离开三联后，大家只要想起他，心头总有一种亲人般的暖意。

活力派的李伟是个冲劲足、容易为生活的趣味兴奋起来的小伙子，和我一般大，阅历和见识却超越大多数同龄人。我刚来的时候，看见他虎头虎脑的样子，脸庞永远激动得红扑扑的，猜想他年岁很小；可是他一开口谈观点和见解，老到得很，让人想称呼一句"李老师"。所以在很长一段时间里，他都不肯告诉我自己的真实年纪，怕我知道后失去了对他的崇敬之情。李伟是一个永远对世界保持着好奇心的人，做什么选题他都兴趣浓厚，脑子里积攒了一堆问题。凡是有可能去拜访的采访对象，他都争取见面采访，说这样收获会比电话采访丰富很多。我在做《第五起性骚扰》的时候，由李伟带着去见性骚扰案件的女主角，他的提问细致而有策略，也非常有趣。感情丰富的李伟喜欢玩，也特别喜欢发起集体活动，在李菁被我们非官方地选为部门工会主席的时候，李伟无可争议地当上副主席，第一个活动就是在2003年"非典"肆虐的时候，组织我们跑到圆明园去划船，拣了一个闲散的白天，两条船男女搭配，笑声中载着大家的惺惺相惜之情在水上飘过。

2003年夏天李伟、巫昂、庄山相继离开三联，又来了新女战士王鸿谅，社会部的男女比重也就一下子失调了。每次李大人都嚷嚷着要招男记者，女同事们也想在狭小的空间里多增添些异性情调，顺便借此改变一下朱文轶因为男性稀缺被称为"猪宝宝"的尴尬局面。但是至少在从那时至今的一年多岁月里，除了颇有庄山遗风的程义峰到来，女战士们一直继续着更加硬性的新闻采访。

更多需要挑起大梁的李菁是个热烈、不安分的幸福女人，因为和她非常地臭味相投，我曾笑称她是我的MBA（Married But Available）。李菁长相酷似新疆姑娘，深眼高鼻，多次怀疑自己祖上有外族人的血统，她开心起来说话像机关枪接连发射，手舞足蹈，生活趣味极浓，身体力行地对大家进行环保主义、健康生活理念的改造。李大人称她是一个直觉保存得特别鲜活的人，所以她开始了在对采访对象同情、感动、厌恶、喜欢的各种情绪中融入自己。到河南艾滋村去采访，印尼巴厘岛爆炸、韩国空难都只身前往，她擅长的人物报道细腻而感人。这次我跟着她去巴基斯坦采访中国人质被绑架事件，才亲身感受到出国采访的不易。在新闻事件没有任何预兆发生的情形下，迅速办好护照、机票、兑换货币，到了国外也不明了具体的新闻现场在哪儿，只能一次次在厚着脸皮的尝试中捕捉信息。李菁对现场总有一种来自本性的兴奋感，冲出去，碰到各式各样的人与各种场景的生活，感动或愤怒，记录与描摹。有时候我们在疲惫中互相安慰，"想想那些自己报道过的大事件，作为亲历者，在某种程度上我们可以用新闻来记录自己的职业生涯"，这或许是对新闻记者最大的诱惑与犒赏。

王鸿谅和我一样都是人高马大的健壮姑娘，即使做了苦力，我想从外表上也很难激起别人的怜惜之感。李大人第一次把王鸿谅领进办公室的时候，我瞥了一眼，就感觉这个长手长脚的姑娘是把运动好手，适合在社会部生存。果然，她一来就与苦难的火灾结缘，就像我刚来专门赶上爆炸一样。早年她狠心的爸妈催着她在凛冽冷风中练冬季长跑的时候，肯定没想到结果是为"三联"培养了一个好苗子。所以在以后的衡阳大火、吉林大火、大兴安岭大火报道中，这个姑娘特别能吃苦。有一阵子我们互相逗趣，她是"王大火"，我是"吴杀人"。从河南黄勇残害男生的报道开始，我就和杀人案件较上了劲，四川凶杀小镇、马加爵杀人案，各自都有了自己的"专长"。有时出差在外，吹着乡间冷风，为了未可知的报道结果而感到孤寂时，我们会互发短信以取暖。

回想起社会部的成长，大家在嬉笑中感慨万千，当初的两名女将壮大成了一个坚实的群体，大家在互相体恤中一起迎风浪。而李鸿谷大人这个操舵手，始终为我们把握着前进的方向。

2004 年毕业于中国人民大学新闻学院,获硕士学位。2003年 9 月进入《三联生活周刊》实习,2004 年 7 月正式成为《三联生活周刊》社会部记者。

感触"三联":
身体力行的文字煎熬

:: :: 王鸿谅

　　进入三联说起来是一个很俗套的过程。2003 年 9 月我还没毕业,因为对这本杂志心生仰慕,盘根错节寻找到一名新闻行当里的前辈牵线搭桥,希望得到实习的机会,只是没有想到即便是这样,也经历了一次颇令人沮丧的面试。李鸿谷打量了我一番，几个简短的问题之后，迅速做出判断——"我们不是在一个对话层面上的。"然后他叫来了朱文轶和吴琪，给我做"同一层面"的入门指导。末了，还反复强调："三联，是有门槛的。"

"三联"的时间表以一周作为分隔，而这七天的生活可以被浓缩成两种进行时——"采访中"和"写稿中"。直到现在，我依旧会将之恶意称为"身体和精神的双重折磨"。矛盾的是，我也在这种真实的折磨中，对这本杂志和它坚持的新闻理念心生敬意。李鸿谷对于采访的要求永远只有简短的两句话："去拿材料，拿回尽可能多的材料。"在他的感召之下，很长一段时间我都疑惑身边的同事们似乎安了发条，只要一有事情，就能迅速进入工作状态，于言谈嬉笑之中端正面容，在地图上确定陌生的奔波路线，然后绞尽脑汁地搜索自己所有的亲朋好友、社会关系可能的"利用价值"，再然后，就头也不回地奔向那陌生的地方，经历事态不可知的下一步进展。这过程听起来的确激动人心，最初的时候也让我羡慕不已，而等到自己也有了这样的机会，并且逐渐成为自己生活的常态，才深刻明白什么叫"上了贼船下不来"。

每一次的未知之旅都是在两种情绪的作用之下——对事件的原始好奇心，和对发稿时限的真实焦灼，而后者的压力会让我们忘记所有恐惧，心无杂念地投入到采访中，在有限的时间内任何线索也不放过。以至于每次任务完成之后，回过头来想想，心底突然就蹿起一阵后怕，如果当时没有能够接触到最核心的信息源，如果当时没有找到那个最关键的采访对象，如果……事实上，在三联根本不允许你有这样的"如果"，等待中的版面容不得任何意外。同事们闲谈之间会戏言，在三联接受李鸿谷"洗脑"的结果，首先就是要确信，没有什么是不可能完成的。也许在这样高标准打磨之下的职业本能和素养，才是三联社会部的战士们最值得骄傲的财富吧。我们可以安慰自己，经过了三联的磨练，即使更换任何一个工作，我们都不会畏惧，且有足够的"行动力"。

只是并没有想到，初到三联就与灾难结缘，碰到的净是些杀人放火的事情，尤其在开县井喷的采访意外之后，弄得每次出差前连地点都不敢跟家人细说，要等稿子写完回到北京，这才打电话报平安。说实话，现在都特别不好意思别人跟我提起开县的事情，那是一个很有些"丢脸"的故事，总不能一开口就跟人说，"我把自己弄丢了"吧。

开县井喷是目前为止我经历过死亡规模最大的灾难事件，那时候的身份还是三联的实习生，周五晚上到达开县，距离截稿时间只有两天。一点也不夸张地说，当时的感觉，真的是急得要发疯了。问题是现场距离县城颇有一段距离，而且路途艰难，我因为采访安排上的关系，与当时同行的记者错开了行程，独自一人赶到现场后，很不凑巧手机没电了。等我结束采访，在井场工地找到插座充电，已经是晚上23点多。打电话给李鸿谷汇报进展，才知道同行的记者因为跟我联络不上，以为出了什么意外，结果开县当地的宣传部门和许多媒体的同行都被惊动了，在从县城到现场的途中搜寻我的踪迹。紧接着手机上陆续显示出陌生人的短信，全是问我"在哪里，是否平安"，陆续打过来的电话有四五个，全是素未谋面的同行们。那个时候大脑好像已经不能正常思考，我就那样木木地坐在工棚里的长凳上，握着手机，泪流满面，倒是把那个好心领我进工棚找插座的钻井工人吓了一大跳。事后想来，我也会有恐惧，如果在山上迷路，如果当晚山上并没有人乐意收留我，如果……只是同样不可能考虑太多如果，在截稿时间之内，必须尽自己最大的努力去获取尽可能多的材料，这也许同样是被三联逼迫出来的本能吧，社会部的每一个人，在这点上都有着相似的记忆。

我们常常感叹，社会部的记者们需要一个好的身体，在长途跋涉，早出晚归，跟采访对象斗智斗勇之后，还必须依旧有充足的精力，将采访得来的所知所见所感所想一一梳理清楚，形成一篇符合"三联"苛刻标准的文字。相比较采访而言，这种过程让我更觉痛苦，说来好笑，我一直用一个很不雅的词语来形容自己的写稿状态——"憋稿子"，这个过程中绞尽脑汁的劳动强度，丝毫不逊于采访时的体力消耗，而且更令人焦灼。"三联"因为它的精神和文字赢得尊重，颇有真知灼见的读者们如今常常感叹以前的"三联"文章如何如何的优秀，而现在的稿子如何如何的糟糕，这种评价和比较的压力，在下笔之前会无法控制地钻到你的身体里，于是在键盘上手指敲击的动作连带都会变得笨拙起来，一个字一个字地跳在屏幕上，然后一整行一整行地删掉重写，往往一个几百字的导语，就要耗去许多的时间。

在很多个"憋稿子"的夜里，我都不可遏制地生出辞职的念头。新闻是我喜欢的，采访也是我乐意去探索的，只是这最后的写作过程，太过煎熬，以至于这个时候我时常会沮丧地想，也许自己的悟性和慧根实在很有限，实在达不到这个杂志的苛刻要求，也没有必要太苛求自己。最开始还有个很可笑的想法，等哪一天自己的名字不再排列在最后一个，就可以心满意足地离开，去过那"幸福而快乐的生活"。原本心里还有些不上进的愧疚，后来偶然知道吴琪曾经同样与我有着这种不足为外人道的念头，一下子就释然了。

现在虽然自己的名字早已不是最后一个，那种只有抽象概念的"幸福而快乐的生活"却一直也没有降临到我身上，我依旧跟其他同事一样，在采访和写稿的进行时态中感受最真实的双重煎熬。也许三联就是有那样一种磁场，不管你是否情愿，依旧被它蛊惑而不自知，它提供的平台，使得我们的好奇心有无限延展的可能，我不知道对于别人这意味着什么，但对于我这种百无一用的新闻系科班学生而言，足以让我心生向往且充满期待。

我的“圆桌”缘

:: :: 薛 巍

2002 年毕业于华东师范大学哲学系，获硕士学位。2002 年 9 月就职于南海出版公司，任编辑。2004 年10 月进入《三联生活周刊》，任记者。

当我被邀请写写自己跟周刊的关系史时，我乐开了怀。一来我早想写写我跟《生活圆桌》的故事，只是苦于没有由头，显得太显摆了，直到这一天，周刊十周年，大伙一块回忆。

多年来，我主要掺和的是《生活圆桌》这个栏目。我已经忘记了我最晚近的一篇《生活圆桌》是写什么的了，但是我应该永远忘不了我最初几篇圆桌的主题。2001 年我在读硕士二年级，在学校期刊阅览室看了不少期《三联生活周刊》，有人说周刊在新浪有个论坛，就追了过去。看到编辑一副跟读者打成一片的样子，我萌生了写篇"圆桌"的念头，主题是我的专业——哲学。第一次投稿很成功，很快就在杂志上看到了那篇《哲学教授》。这大致是一篇为哲学和哲学教授正名的稿子，写的时候我希望借我本科时从诸位老师那里听来的好东西，来为我正在学的哲学找回一点知音乃至 fans。文中写到了四位教授，基本上是用他们姓氏的第一个大写字母来指代，赶巧的是第一位老师姓童，还有一位姓高，一个 T 一个 G，我大胆构思，想把诸教授的姓氏拼成一个英文单词 ghost，幽灵，想在这篇文章中埋藏一个只有我知道的秘密，但这样会比较费脑筋，结果只隐隐约约有这么个意思。

我写的第二篇"圆桌"是《错在哪里》，那时学校图书馆正在处理旧英文藏书，我挑到了若干本 College Reader，就是现在广西师大兴冲冲地推出的大学读本。在其中一本读本里我读到了一篇幽默小说《The fallacy of love》，爱情谬误，我把它的主体概括进了我的第二篇"圆桌"。花 5 块钱买本 College Reader，据此写篇"圆桌"得稿费好几百，这是有史以来我买的最划算的书。

此后几篇仍是从我本科学到的东西中尽力钩沉，像写发散思维的《都不容易》，写德国哲学家的《相面术》，文中提到过黑格尔的《重复》，写到摇滚和哲学中发问的重要性的《没问题》，写中西文化（笑话）比较的《即小见大》。至此我四年的大学岁月已经打捞完毕，也捞回了四年 8000 块学费的 1/2 左右，我写"圆桌"的目的已经从捞回买书的钱跃升到了捞回学费的高级阶段。我与"圆桌"的关系史之上古、中古部分画上了圆满的句号。

此一阶段需要补充说明的是笔名问题，先前这些篇"圆桌"我篇篇笔名不重样，所以那些宣称看过贝小戎写的"圆桌"的朋友，你其实应该看过更多的贝氏"圆桌"。频繁改换笔名的一个原因是我读过邓拓先生以马南邨的笔名写的《你赞成用笔名吗？》，他有理有据地反驳了那些不赞成作者使用笔名的人："当然有人会说，过去那许多作者使用笔名，都是因为受了环境的限制，不得已而为之。特别是国民党反动派的政治迫害……现时我们生活在社会主义制度下，再也不受什么威胁和迫害了，还有什么必要再用笔名来写文章，而不写真实姓名呢？这种说法，乍听起来，似乎很有道理，其实也不然。笔名的作用是颇为复杂而微妙的。著名的《唐诗三百首》的编者孙洙，偏偏不用真实姓名，而用了'蘅塘退士'的笔名，谁能解释其原因何在呢？"所幸我还活着，可以略微解释一下几个笔名的由来：贝小戎是贼字拆开来（我后来遇到一个网友，说她有个朋友笔名也叫贝小戎，不过没写过"圆桌"；还遇到一位前辈媒体从业者自称文贼）。自"贝小戎"之后，用的是"费飞灰"、"青筋"和"猫腰"等。其中的"青筋"是论坛中有人发贴专给某一个人看时使用的，我用的意思是说读者们你翻到"圆桌"的时候，四篇里头你先看我的吧，我热情地邀请你进来呢。

毕业后我去了一家出版社工作，借工作的便利能看到一些外版书，这就有了《间谍和书》、《摩登酒鬼》、《嚼、射和走》、《文思受阻》等撷取国外出版物精华的"圆桌"，主编大人前脚取消了《畅销书排行榜》这个栏目之后，后脚我就把它从"圆桌"引渡回周刊来了。

我已经遭遇过不少以为贝小戎是位女作者的读者朋友，还有一位同事，得知我俩还是老乡后，狐疑地问我："咱安徽有姓贝的吗？"很遗憾，我在近二十来篇"圆桌"中从来没用过我的女同事、女上司、我老婆或者我岳母、我的前列腺之类能显示自己男性性征的字样，可是我曾经用过我老公、我的前男友之类的词吗？由于以为贝小戎是女作者乃至美女的读者甚众，我不敢确信我没用过，不然这又该如何解释呢？

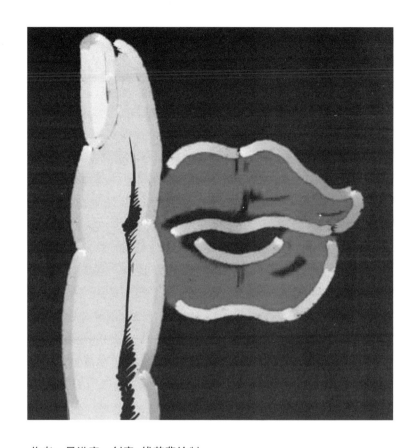

作者：吴洪亮　创意　钱若斐绘制

　　每次走过路边报摊，看到自己的作品赫然摆在那里，真是一种幸福，它给了我这个孤独的人很多温暖。在一堆花花绿绿的"美女头像"中间，《三联生活周刊》的封面拥有大众化的色彩，有看一眼就能理解的人或物，她是近距离的并且很有冲劲儿，很有嚼头。看到有人手拿周刊，心里总有几许儿童般傻傻的快乐。

（吴洪亮，1996 年中央美术学院毕业，1999~2002 年为《三联生活周刊》设计封面。现为空间文化机构总经理）

创刊时期的笔记

（1992 ～ 1993）

∷∷钱 钢

（钱钢注：以下引用的笔记、谈话记录均为原始资料。少量含混处作了解释，错谬和空白如实反映了当日的认识程度）

1992年7月24日，关于创办《生活周刊》的谈话

（1992 年 7 月某日，在北京王府饭店一次作家聚会上，沈昌文坐在钱钢右侧，告之："三联书店正在酝酿《生活》创刊事！" 钱钢脱口而出："我递一个方案。"）

7 月 14 日晚，北京天伦王朝饭店大堂。沈昌文、董秀玉、钱钢三人会商。钱、董第一次见面。

钱钢的方案是与新华社《中国记者》杂志编辑部主任陆小华共同磋商的。笔记如下：

◎出发点：

生存的可能性和现实需要

——首先，定性：

文学？否。

社科？否。

新闻周刊？是。

周刊，特色在"周"。

那么，有无可能？

政治环境：（渐进中的大众传播媒介）

经济环境：（脱离中的实体）[1]

行业环境：（仅一份官方周刊，没有知识分子阅读的信息性刊物）[2]

"生活"有其生存空间。

◎定位（发展战略）

世界各大周刊一览：

美国《时代周刊》：1923 年创刊。创刊号仅 9000 份，次年 7 万，现 600 万份。全世界的周刊皆受其影响。下有《幸福》、《生活》、《钱》等。《幸福》定位读者为"年薪 10 万元以上的工商界人士，白人，男性，40 岁"。

美国《新闻周刊》：400 万份。

美国《美国新闻和世界报道》：

美国有 50 份发行 100 万份以上的刊物。

德国《明镜》周刊：90 万份。多揭露丑闻。

法国《快报》：70 万份。

法国《问题》：27 万份。

【1】：指媒体正在逐渐变成自负盈亏的经营实体。
【2】：指《瞭望》周刊。

英国《经济学家》：发行 160 个国家和地区。

前苏联《新时代》：曾达到 170 万份。

意大利《全景》：

阿根廷《特写》：

香港《远东经济评论》：周三截稿，周四付印，周五面市

我们选择的发展战略：

目标——成为世界性知名周刊

读者定位——中层知识分子

特色——国际、权威、现代、民间

基于我们对"未来"的基本看法(历史不会简单重演。全球共生关系。稳定。)

国际：具世界眼光，谈全球性话题，循国际惯例。把世界信息引入中国，把中国信息传向世界。目前首先要让中国人关心世界。要打破国际题材的"两级状态"——或政治，或民俗；要在中间做文章。要开始走向世界，至少港台、华人圈。新华社《瞭望》常考虑：省市新闻有没有全国性？而我们则要常考虑：中国新闻哪些具有世界意义？

权威：不放弃政治新闻，但决不畸形发展这一块。更重要的是价值判断，把握周刊特性，在背景、分析、预测等方面棋高一着，获很高的可信度。

现代：对生活变化的极大敏感性。从装帧、行文，到栏目设置，不是浅薄地追逐新潮，而是创造。我们表达的观念，是在最根本处——法制社会、市场经济等所需要的根本意识，让它渗透全刊。

民间：与老《生活》之异同。同——道义准则，良心支撑（基本政治态度）和服务性（有用性）；异——新的时代背景，新的节奏。这是打败《瞭望》的关键。

◎操作：

栏目化。名家主持，如《东方纪事》。

寻找"黑马"。海外留学生,各领域专家(很少为新闻性刊物写稿者)。实行"改写人"制。

强化资料研究。"小头大脑。"社会调查。民意测验。

充分利用三联团结大批学者的优势。文化品格。

以1992年为例:

超级301调查,入关问题[1],会从宏观上影响人民生活。这就值得做文章。

邓小平南巡讲话。要扎扎实实干市场经济,我们的宣传不挠最疼的神经,而是为老百姓进入市场服务。

前南斯拉夫内战。抓外交军事评论,预测,要有像羊枣、乔冠华式的军事评论家,要有詹式军事年鉴风格。

世界环境发展大会。在会前会后都可以"炒"环保。

区域经济。(略)

沈昌文听完,做八字概括:

综合,集纳[2],文化,生活。

为人民的生活服务,特别是为提高人民的生活质量服务,反映人民生活的全新变化。

在这次谈话中,钱钢谈到人才的混沌状态——人才正在重新组合;谈到必须有强大的经济实力——建议探讨"合资"可能;谈到自己——"我不是好的管理者,我也许只能当一名改写人。"

(秋冬无讯息。1993年2月6日钱钢由沪上编辑《二十世纪中国重灾百录》书稿返京。当晚董秀玉电话:《生活》有望!邀钱钢加盟。)

【1】:"入关",即"加入关贸总协定"。后来为"入世",即"加入世贸组织(WTO)"。

【2】:钱钢当时并不明白沈昌文为什么用了"综合"与"集纳"两个似乎相近的词。后来读新闻史料,发现30年代的《中国记者歌》有"举起集纳的旗号"之语,方知"集纳"是Journalism(新闻)最早的中文译名。

1993年2月到4月，关于《生活》的磋商

1993 年 2 月 19 日下午，钱钢在外交部街甲 46 号 6 门地下室三联书店见董秀玉。谈话要点之一：如何建立非官僚化的高效体制。

3 月 8 日晚，钱钢与《中国青年报》国内部主任杨浪谈。杨浪所谈要点：注意办刊条件与港刊之不同。大陆幅员广大，资讯条件差，人是最便宜的，故编制不能太小。

3 月 12 日晚，钱钢与学者刘东通话。刘谈话要点：你去《生活》合适。学界与《生活》如何"接榫"。智慧的商品化。支持学人"运思"。"BTV夜话"之启示。

3 月 23 日傍晚，钱钢、杨浪、胡舒立（《中华工商时报》首席记者）三人谈。胡舒立谈话要点：不要因这两年的"新闻改革"[1]而失去清醒，《生活》的格调绝不能低。

3 月 14 日下午 2 时 30 分，钱钢与董秀玉在亮马河公寓见于品海、陈冠中。钱钢谈话要点：

信息资源的控制：在市场经济的条件下，信息资源尚处在计划调控之下；近年来的新闻大战，实际上是在争夺木桶缝隙中漏出的水滴，并通过争夺体制内的记者，炒作一些信息，一人给五个刊物写稿，一条信息炒五个样子，屡见不鲜。我们现在要做的事，是通过大投入，组织起自己的信息网络，占领信息制高点，冲出低级循环。刊物优劣高下的区别何在？要看你的信息是新是旧，你的信息量是大是小，你的信息是否有深度，你的信息与读者相关程度的高低。竞争力等于：独家信息 + 独到见解 + 独特版面 + 独立人格。

内容设置：时事新闻与生活服务的内容三七开。时事新闻中，急与缓的比例也是三七开。这意味着，在全部图文内容中，有 1/9 是在当周处理的重点内容，例如封面故事，占七八个页码。全部内容要向社会经

【1】：胡舒立当时指的是刚刚兴起的报刊市场化趋势。

济生活和大众文化生活倾斜。

3月29日下午，钱钢与董秀玉在商学院与陈冠中谈。陈冠中谈话要点：

我们的特色是真正的大陆信息。

网。记者网。推销网。印刷网。

能否早一点看到一个"样子"？例如6月底之前做出一个样本（空壳）？

爆发点在哪里？

广告一开始未必有1/3。也许会走一个U字型。

从5个印张起步？

样本中应有每个版的感觉。

形象设计要提前，封面的字样？

4月6日晚，钱钢会《中国体育画报》总编辑杨迎明。杨迎明谈话要点：

财经这块不可太学院化。

时事，可小题大做，或大题小做。

体育，摒弃赛事报道，抓人物、抓评述、抓前瞻。要搞大体育——不仅是竞赛体育，更有大众参与的养身健身和体育文化，包括人体。

能否随着《生活》的创刊推出一个卡通人物？

对于商品的权威性评判：如设精品廊、排行榜，每周对消费进行评论。

法律，搞不搞案例？

背景非常重要：千万注意立刻搜集重要人物的资料，注意硕果仅存者。

4月7日上午，钱钢见原《光明日报》文艺部副主任何志云。何志云谈话要点：

文化与生活这一块很重要的是大众文化消费指导，如美国《时代周刊》的书评。

《读书》给人直接的印象是学术，有时候学术淹没思想。

《生活》，要注意衣食住行的民族性，一种属于文化的生活方式，我们要对大众的生活方式进行真正意义上的批判。

占篇幅1/3的时事性内容，关键在于是否有眼光；另外2/3关键在于是否有精神——即思想，有时候谈什么往往不重要。

要寻找打破雅俗界限的方式。

我们办《生活》，一定要有独特的思想。

每一个朋友都有自己的个性，但《三联生活周刊》只能是你钱钢的个性。

这两年报纸的改革似乎很热闹，月末周末风行，使得一些人自以为"名记"，其中有些人也是我们的朋友，我们在办《三联生活周刊》时应该特别注意格调的问题。

4月7日晚，在李安定家与《美国新闻和世界报道》驻北京记者苏珊谈。苏珊谈话要点：

我们的刊物是美国第三大刊物，第一大刊物《时代周刊》和第二大刊物《新闻周刊》竞争得很厉害，有时封面会用同一张照片，这就给了我们机会。

我们是永远不做明星报道的（读者群是大学以上文化的知识分子和经理阶层）。

你说到老《生活》，在服务性这点上，我们跟它很像。例如，我们每年要评比最好的10所大学和最好的基金会，甚至最好的抗癌药，信用卡，我们有一个栏目就叫做"你能用的新闻"。

我们还特别重视调查式报道，为了一个题目，一个小组可以干好几个月。

我们的杂志放在超级市场付款处附近，顾客在等待付款时就可顺手抽出一本。

我们特别重视前瞻性报道，如邓小平要来美国，我们就提前发有关邓的"准备性新闻"。

周刊跟报纸不同，有更多的分析，所以也有更强的倾向性。

我们不实行改写人制。

苏珊的中文说得很好，是 1/4 中国血统，但金发碧眼。

4 月 9 日上午，《人民日报》记者祝华新来钱钢家谈。祝华新谈话要点：

你们的想法是我目前听到的最好的想法，我是愿意来的，我愿意来搞经济报道和社会生活报道。

是要寻找新的生存基点，新的事业发展方式。

4 月 9 日晚，钱钢与新华社记者李安定的夫人顾元谈。钱钢谈话要点：

《生活》的读者究竟是谁？是家庭生活的主体，是挣钱者，也是花钱者。我们就是要帮助人们懂得如何挣钱（从事经济活动），又懂得如何花钱（生活方式）。人们的生活需求包括着生理需要和心理需要，衣着是两者的综合点。

衣食住行衣为先，衣服包含最多的文化信息。在现阶段，人们对于住和行的选择性较小，较多的选择是穿什么吃什么玩什么？

抓住了挣钱和花钱的两个环节，就打通了经济和生活的联系。

关于卡通人物，我们设想一位来福先生，他有这么点趋时而畏惧落伍，他和我们应是同时代人，他的经历、今天、未来都和我们同步进行。他普通、善良、勤劳、渴望致富，憧憬过好日子，他头脑灵活，容易接受新事物、新观念，但旧的因袭包袱总像阿 Q 的辫子一样拖累着他，使他无论做什么都脱不了"痕迹"，他使我们中的任何人都可以从他的影子里发现我们自己的某些优点、缺点，可笑处和可悲处，可鞭笞处和可叹息、同情处……

来福夫妇和小来福共同组成的家庭同样代表社会的层面，尤其是小来福。他是我们下一代的"趋时"者，讲时髦、名牌、追星等等，可以和来福夫妇构成不同的生活矛盾对象……

来福一家将伴随我们走进世纪之交。

4 月 10 日下午，钱钢在永定门与董秀玉谈话。董秀玉谈话要点：

《生活》不以尖锐取胜，而以新闻的平实、生动打动读者。新闻上的后发制人。

很赞成多搞实用新闻，我想我们可以搞得比《北青》、《中青》、《工商》格调更高。

可否设 HOW TO——专栏？

可否设校园幽默专栏？我儿子带回来的笑话可真是太多了。

采用主笔制。

4月16日下午，钱钢见新华社特稿部主任熊蕾。她曾去美国三大周刊考察。熊蕾谈话要点：

你们最适合借鉴的是《美国新闻和世界报道》，不知道你们有多大的决心？

周刊是集体出名，因此特别强调团队意识。

封面专题有时可以是非新闻性的，有的提前三周做。但遇到大事说撤就撤，有时要损失几十万美元，总编辑说了就算。

美国记者不拉广告。

你们的读者层中应包括各种经理——如西单商场的经理。

他们（美国的编辑记者）会多，但会短。最长的一个会是一次早餐会，副总编辑和记者见面。

可以有一个编外的"经济沙龙"，帮助刊物分析经济形势。

不能允许我的记者给对我构成竞争的杂志写稿，但鼓励他们出书。有时编辑部扶持记者出书、出画册、办展览。

稿件要出条样。

以图片定版面。

美术，还是要找科班的，不能太匠气。

美国刊物的封面干净，"封面放几个标题是自信心不足的表现"。

熊蕾送了一份考察报告，待读。

4月17日晚。陆小华、杨浪、钱钢谈。要点：

人——目前一批出色人物的可能进入，已产生规模效应；最重要的机会在于这种结构的难得，不是任何地方任何时候都能遇到这样一个小环境的。但，世界杯大赛后组织的"明星队"，是最漂亮的队，却非最强大的队。

4月20日晚。胡舒立家。杨浪、胡舒立、钱钢三人谈。

胡舒立认为70%"缓"的部分仍应有时效：一部分是两周内的，一部分是一月内的。我们要反复提醒自己：《生活》不是月刊……

钱钢向胡舒立阐释"编辑总思路"，特别说明与《新闻周刊》的不同。

胡舒立再次提醒注意"品位"问题，提到何家栋的话——"这个班子不深刻。"

三人讨论刊物的"风骨"。胡舒立偏尖锐，杨浪主温和，钱钢认为初期以生存为要，但不能成为完全的软性杂志。钱钢：不碰外交，不碰军事，在政治曝光度较低的现实条件下，经济生活可多曝光。杨浪：可以不用批评这个概念，而用调查这个词。

4月21日上午，钱钢与《中国青年报》记者贺延光谈。

贺：我们这代人最大的财富是经历！

4月21日晚。《中华工商时报》编辑陈西林来钱钢家。

当谈到未来刊物的发展时，西林说："我们都在进行一种赌博。"他说，"钱钢你这个'雷'大了。"当然，他也说："这是一个极为难得的机会，值得一赌。"

陈西林说，前3个月乃至1年十分重要，如果刊物办得不错，却没有销售市场，这会是一件很糟糕很难堪的事，他强调："一点老面孔的东西都不能有，要全新，首先是观念。"

说起总体，他说："说到底，钱钢你的责任太大。主编不一定要亲自动手，但一定要会协调。相比较，我们做具体工作就简单得多。""有许多事，一定要能全盘把握，定位准确，就不会大失败。"似乎西林还有一些想法含在话中没有说出，但他反复讲："像这样的谈话我们这几人之间要经常进行。"

说起各"腕"的到来，西林说："大腕是多了一些。"钱问："有什么需要注意的吗？"西林谈了一些各人的脾性后说："过去多是一方地主，现在要能在一起合作，需要磨合，关键还是钱钢。"

西林还提出一个观点，每个人都要力图和身边的各种"圈子"交朋友，要他们共同成为《生活》的参与者，比如他明天将去见王朔，他希望王朔能够将《生活》看成是自己的刊物。他说："如果社会上的各层'圈子'都能将《生活》作为自己的，那么，《生活》就真正在生活中，被滋润而不会干涸（类似这个意思）。"

"我们每一个人都意味着和昨天告别。"陈说。

他对在刊物上使用各种统计表格表现出与钱钢同样的兴趣。但他同时意识到困难，他认为，要在每周提供一种统计表格，意味着一个受过专门训练的人必须在半年前就开始运转准备。他还提出，封面故事的定位，国际事件？国内事件？综合？我想应该是综合。我们不可能有那么多国际事件，国内的也应该做，甚至是带有创意的——如：重大空难，如果我们没有非常漂亮的照片，就可以在惨烈的死亡数字下出孩子和手中的纸飞机；如果农业歉收，或是再遇到假化肥事件，需要陈述百姓的苦，我们可以在封面上出一只空荡荡的大碗……总之，我们的封面故事，一定要具有对人心、对社会的微微的震荡。

1993年4月，钱钢向董秀玉提交"总思路"讨论稿

基本定位

◎刊物性质：

一份具有新闻性、文化性和综合服务性的大众生活刊物。

◎办刊宗旨：

坚持"一个中心、两个基本点"，积极参与社会主义精神文明建设，为改革开放服务，为社会主义市场经济服务，为人民大众服务。

在走向21世纪的重要的历史时期，《三联生活周刊》将与生活同步，

敏感地记录中国人民生活的变化踪迹，并对提高人民的生活质量和精神品位做出不懈努力。

《三联生活周刊》将继承三联书店的光荣传统，弘扬韬奋精神，爱国、爱人民，成为一本"人们身边的杂志"和一个"亲切的朋友"，它将帮助人们对自己生活中的各方面事务"更容易做出决定"。

◎内容定位：

侧重于大众经济生活和文化生活。对与大众关系较密切的国内外时事和热点话题，及时做出生活化的深入报道。其中时效性较强的内容（1周或 10 天内的）约占 30%。其余 70% 的内容，也应是半月来最多一个月内读者关切度较高的，它有较强的实用性和较浓的文化色彩，对大众生活的各个方面——包括投资、理财、休闲、旅游、养生、鉴赏、娱乐、家政等，提供高质量的信息服务。

◎刊物容量：

初期 5 个印张，80 页，广告占 1/3；逐步过渡到 6 个印张，96 页，广告占 1/3；报道的图文总量前者为 54 页，后者为 64 页。

◎读者定位：

高中及高中以上文化水平的城市、城镇人。

◎包装定位：大 16 开，彩印。

◎价格定位：未定。

◎刊物风格：亲切，平实，简洁，灵动。

创意要点

在如林的期刊中，《三联生活周刊》将具有如下独特性：

◎"三界"共生：基于三联书店的传统优势，《生活》将汇聚新闻界、学术界、文学界三方面人才（有的人本身就是两栖或三栖的）。其办刊过程，将是融合"三界"优长，改变学科思维习性，推动人才相互砥砺、相互激发，形成新的共生群落的过程。新闻界的人才将进入三联书店的文化氛围，拓宽知识面，获得深入观察生活现象的新的视角；学术界人才将更多地走出书斋，与生活接榫，为大众运思；文学界的人才将改变独自劳作的固有节奏，置身一个与生活同步的文化"团队"，以更加快捷贴近的方式，表达对人的关注。"三界"的共生，将打破雅俗界限，使《三联生活周刊》成为深入浅出的大众传媒，成为拥有广大读者的精制佳品。

◎周刊特性：周刊的新闻性不同于电视和报纸（主要指日报）的新闻性。在电视时代，电视最快地传播了国内外发生的大事，日报紧随其后，就速度而言，周刊无可企及。周刊的优势在于它的报道具有纵深和多棱面。《三联生活周刊》将对攸关大众生活的选题，给出更多的背景资料，给出更多出于文化视角的阐释，给出更多的"前瞻"。在告诉读者新闻事实之"其然"同时，更多给出"其所以然"。不仅沟通信息，更沟通观念。周刊的优势还在于它的集纳性：对于许多工作紧张无暇细读报纸的人，《三联生活周刊》将每周对他做一次信息和新知的集中补给，一卷在手，只需数十分钟，本周生活中的大事便可了然在胸。

◎"小头大脑"：《三联生活周刊》高度重视资料的研究和储备。在内部，设专门机构从事资料搜集、整理、研究工作；在外部，组织若干"专家沙龙"，邀请一批学者，就经济、社会、科学、文化等问题定期提供专门咨询，不断帮助编辑部调整选题。《三联生活周刊》高度重视对社会生活进行量化分析，它将和政府统计部门及各种社会调查机构建立密切联系，并把精美的三维图表作为经常出现的报道辅助手段。

◎卡通人物：拟在创刊之时就推出一位卡通人物，为他设立一个专栏，让社会生活的许多现象通过他的命运表现出来，让老百姓的许多心里话通过他的口表达出来。这个属于《生活》的卡通形象将出现在电视屏幕中和各种商品上，伴随我们走进世纪之交。

北京报刊业发行状况透视

——见习记者作业之报刊发行调查（1993年8月）

∷∷黄集伟

（编者注：见习记者14人参加了这次社会调查，收回有效问卷170份，分为"摊位问卷"与"读者问卷"两种。由黄集伟执笔，完成于1993年8月27日的《北京报刊业发行状况透视》，对摊主的调查涉及年龄、文化程度、设施状况等方面；对读者的调查包括年龄、文化程度、性别、职业状况等。此文为黄集伟执笔报告之摘编）

75份摊主问卷的结果　是进货量：《读者》最高进货量为1300本，最低进货量是70本，平均进货量102本；《女友》400本，10本，37本；《家庭》400本，10本，13本；《知音》100本，10本，11本。结论为：畅销杂志依其类型划分，依次为文摘类（如《读者》、《海外文摘》、《青年文摘》）；生活类（如《家庭》、《知音》等）；综合类（如《女友》等）。

二是摊主的"摊龄"：最高为7年，最低为二三个月。分析来看，虽然大部分杂志的销量时有浮动，但杂志种类日趋增多，因此这种生意不会大赔。总体印象：零售摊主的职业稳定性较强。

三是摊主对新刊的态度：a. 总体呈谨慎态度，原因是有一定风险；b. 对新刊的选择，注意力一般主要放在新刊封面、头条文章及中心插页上；c. 新刊面市首期如果销路不佳，便取放弃态度，不再进货；d. 有邮局硬性摊派的新杂志，摊主为生计计，只好放入摊位。但这种销售带有试销的性质，卖不完可如数退回。

读者问卷的结果一是信息获取渠道（24 份随机问卷取样，海淀地区）：从报纸获得 21 人，杂志 14 人，电视 14 人，广播 8 人，其他 4 人。结论是：报纸作为获取信息第一渠道的原因，除时效性、权威性较强外，也说明杂志在人们心中更多的只具有消闲的性质。杂志与电视被选择的次数相同，在消闲功能方面，两者的确有不少相似之处。

二是读者的阅读目的（24 份随机问卷取样）：增长知识的为 18 人，娱乐消遣的 11 人。结论是：读者阅读的主导目的仍为增长知识。

三是读者每月杂志花销（73 份随机问卷取样）：最高 100 元，最低 0 元，平均 27 元。结论为：每月购刊 2～3 册，花销 10 元的读者占很大一部分。

四是读者最喜欢的内容（24 份随机问卷取样）：新闻报道 16 人，内幕消息 7 人，社会生活 14 人，经济生活 11 人，体育生活 4 人，文化生活 15 人，科普知识 7 人，其他 1 人。分析认为：读者选择文化生活是容易理解的，因为目前畅销及稳销杂志中，这类杂志较多；而读者选择新闻报道，则多少令人费解，因为目前杂志中，纯以新闻报道为主的刊物并不多。由此分析，也许正是因为没有，所以读者对其有一种潜在的期待心理。另外，从调查中发现，大部分被询问的读者同时选择多项内容，只作单项选择的读者总体数量很少。

五是读者对 2.50 元至 3 元刊物的购买力（24 份随机问卷取样）：绝对不买 2 人，喜欢就买 18 人，无所谓 2 人。结论是：当读者受控于"喜欢"这样一种主导情绪的时候，价格因素（只要不是太贵）可以忽略。

该项调查报告还尝试就一些问题做出探讨性分析。比如：

1. 有关畅销刊物：不少摊主认为，靠近生活、娱乐性强的刊物（大众化）比较好卖。尤其是一些在知识性、趣味性、娱乐性三个方面结合巧妙的刊物，尤其受欢迎；适应面宽，整体质量比较稳定的刊物一般好卖。《读者》就属于这种刊物。所以，尽管它改了名，仍然畅销；许多新创刊的刊物，如《视点》、《时代潮》等，摊主反映不太好卖；但也有一些新面市的刊物，由于它契合了目前读者较为关心的一些问题，因而销量稳定，并有上升趋势，如《证券市场》，面市时间不长，已有稳定销量。摊主反映，现在人们关心股票、债券之类的新事物。

2. 有关滞销刊物：上述畅销优势如不具备（全部，或其中一点），那很可能成为滞销刊物；有的摊主认为，那种胡说八道的刊物并不好卖，危言耸听、题不对文，读者翻看一下题目也就算了，造成滞销；邮局硬性派发的刊物中，也有一部分是滞销刊物；由出版机构或杂志社直接送摊的杂志中，有一部分是滞销刊物；由于后两种刊物为代销性质，致使摊主无后顾之忧，更加重了一些刊物的滞销。

3. 有关稳销刊物：稳销刊物属于"热中偏冷"的那一类，销量虽不很大，但特定的读者群较为稳定。如《故事会》、《汽车之友》、《世界军事》、《现代军事》等，这类杂志定位十分准确，其中儿童读物因基数起点高，一些儿童漫画（卡通类）刊物也是小畅销。稳销刊物的另一个特点是它的通俗性，如《故事会》恰好与纯文学刊物的普通滞销相对应，通俗化的接受程度远比"高精尖"有更为辽阔的市场。与现实保持中远距离的超现实性不可忽视，《现代军事》、《汽车之友》等杂志，其实是一部分读者"梦想"的替代品，是一种他们梦幻的假性兑现方式。

4. 读者对于新刊形式、价格的期待（一组随机取样数为20的调查中）：100%的人认为印刷要精美，内容要好（含混概念）；80%的人反对猎奇；35%的人反对明星占主体；55%的人希望看到精美的广告；60%的人认为现在的杂志太俗气（反向证明，他们希望新刊不能太俗气。这是一个含混的提法）。90%以上的读者都有以下两个方面的表示：其一为只要喜欢就买，不管价格；其二为只要一本刊物中有 1～2 篇吸引自己的文章，就可以买（反证，本次调查中，53% 的读者年龄在 20～30 岁，年轻人有最赶时髦的特性，在购刊时，也会有所表现。调查素材显示，新刊《偶像》，国内售价每本 15 元，新刊《国际名牌》50 元，仍然有销路，在有些摊位甚至属于脱销刊物）。读者购刊时间整体上随意性较强，但也有一定的规律性，如单身人士在周末或假日购刊会多于工作日等。由此可见，周刊在刊物类型上是占有优势的。当然，危机也同时在刊型上潜伏着。如果发行、促销不利，周刊在刊型上的最大优势也容易变成它的最大劣势。

5. 对于读者的分析：调查表明，刊物读者中的最大一部分人群为有知识有文化的青年人。他们求知、求新、求奇、求快的文化消费特点，构成了他们购买刊物的波动性和随意性。同时，也决定了他们作为读者的主流，对于新刊是不排斥的，甚至连"谨慎"都没有。主流读者当被问及"希望看到什么样的刊物"这一问题时，大多较为茫然，说出的"指标"亦较为含混。其原因有三：一是现在市场上没有主流刊物，没有真正意义上的主流刊物的范本，主流读者无资借鉴；二是主流读者并未专门思考这一问题；三是购刊本身属一种软性文化消费，对这类软性消费也做深入思考的人，想来也不多。在前述三点的前提下，可见价格问题对于一本新刊来说，不是第一位的问题，尤其是当它与内容一起"并驾齐驱"出现在读者面前的时候，读者更多考虑的还是内容。

北京报刊发售透视

——见习期作业之一（1993 年 8 月）

:: :: 苗 炜

我的调查分为现象、分析和感觉三个部分，第一是提供事实和数据，第二是针对刊物内容和读者心理进行简要的分析，第三是，在前两步的基础上对我们的《三联生活周刊》提一些较为模糊的建议。

这三部分的内容来自于我对宽街、东直门、和平里、北太平庄等地的 12 个摊点和 20 名顾客的调查。

现象 A：每个摊点的《读者》进数均 ≥ 100 本，最多为 150 本，且能较快地售完，摊点附近居民素质的差异并不影响《读者》的发售量，和平里北口是化工部、煤炭部的干部宿舍区，和平里南口是工人宿舍区，但《读者》的发售量没有差异。60% 的顾客称，买《读者》全家都看。

《读者》总发行量 350 万，《女友》称突破 100 万，调查中发现，每个摊点进《女友》的数量均不及《读者》的 1/3，流动顾客较少的两个摊点进 100 本《读者》的同时只进 10 本《女友》）。

三个年轻女顾客均称"看《女友》,但不喜欢"。其中一人称《女友》是"小家子气,观念陈旧,太俗气",这位大专毕业生认为《女友》给"职高生看还行","好多事我都知道了,它还说"。

分析 A：《女友》慢半拍是其地理导致，西安闭塞，它对现实的反映或"炒热点"在北京没有吸引力。

和《读者》一样，《女友》用爱和人情味打招牌，但它年龄针对性强，局限于男欢女爱，没有《读者》的人文意识。

《女友》的成功如同琼瑶的成功。

感觉 A：我们应该以人情味的眼光来关注社会生活和反映社会生活，杜绝酸臭文字，消灭指导性语气，不要表露出过强的主观色彩，爱情内容要追求清新而不是唯美。

现象 B：《青年文摘》、《东西南北》以及《海外星云》都有一定的市场，平均每个摊位进 5 本左右。《青年文摘》较为普及，《东西南北》次之，《海外星云》再次。

只有两个摊点出售《世界知识画报》，卖得不好，有积压。

所有顾客均表示对外国知识有兴趣，但希望介绍世界要快速同步，而不是讲世界史。

分析 B：生活节奏快，人们希望花少量的时间获得较多的信息，希望了解世界，尤其是洋人的生活方式，以此衡量我们的幸福，人们需要广泛的信息。

感觉 B：我们最好减少长文章，加大容量，要把文章做短，要多视角，但不一定要全方位，要选择最具吸引力的地方切入素材。

现象 C：《大众电影》仍有市场，进货量是《读者》的 1/3 左右，7 个摊点有售，另有其中 4 个售有《环球银幕》和《中外电视》。男性年轻顾客称他"喜欢《环球银幕画刊》，里面能介绍好电影"。

一摊主介绍，买《大众电影》多是 30 岁左右的顾客，《中外电视》更受年轻一些的人喜欢。

分析 C：这类刊物是人们对影视传媒的某种补偿，对影视明星和影视动态了解的愿望促使人们购买，年轻人更喜欢《中外电视》是因为它更多的介绍港台明星，且有印刷精美的明星彩页。

从某种角度上讲，是因为我们影视的贫瘠促进了影视刊物的盛行，单纯以北京电视节目来滋养的《北京电视》就难以生存。

《音像世界》不在摊点上盛行是因为它较为摩登（在大学里，它有很好的市场），人们对它所介绍的外国流行音乐没有足够的兴趣，而且没有足够的机会和条件去接触。

过于前卫的艺术，音乐也好，美术也好，它与我们中国人所追求的生存状态是背道而驰的，是不宜做大量宣传和推动的。

感觉 C：我们不该炒北京的摇滚乐，不要用人家有的东西跟人家挤地方，不要搞不权威不全面的销售排名，我们要有优秀的评论，最新的、独家的明星访谈，要树立精品意识。

现象 D：只有一个摊点出售《少年科学画报》，但大的书刊摊点有名目繁多的儿童读物，尤以日本漫画为多。

分析 D：儿童读物的市场有较大的潜力，父母会为孩子买他喜欢的一切。

感觉 D：我们不可能把我们的周刊全都给孩子，但有一页让他们喜欢，他们会让父母买下全部的 64 页。（我们就不可能造就一个我们的安徒生？我们不可以有我们的《丁丁》？）

我们将来的《新知》可不可以如《发现》一样好看？可以叫《新知画报》，只讲科学技术，这才更有开拓精神。

我们要搞教育问题，用大人和孩子都喜欢的口吻说这个充满了爱与温情的话题。

现象 E：《家庭》、《知音》、《家庭医生》、《健康之友》、《长寿》等杂志的市场小而稳，总平均进数为 5 本。

分析 E：《家庭》、《知音》有以人物为主的倾向，《现代家庭》提供服务，人们无疑会需要家政服务。

感觉 E：我们只需要有这样的一点内容，使人觉出温暖，而不必也难以成为权威。现象 F：有 6 个摊点进《故事会》，进数为 10 到 30 册，有十几位顾客表示对故事有兴趣，内容主要倾向于惊险（间谍）、言情和普通人生活。纯文学杂志却无人有兴趣。

另有一些冷门中的热点，如《汽车之友》、《世界军事》，只有三家摊点上有这两种杂志，一般他们只进 10 本，但会很快卖掉。

分析 F：人们对故事的喜欢就是对虚幻的喜欢，喜欢生活中的虚幻色彩，《汽车之友》和《现代军事》同样对我们的生活不太现实，人们必然有对虚幻和梦想的潜在的要求。

感觉 F：我们没有虚构的故事就要有精彩的真实故事，这会使杂志更丰满。

现象 G：只有一家摊点每月进《开发区导报》5 本，《时代潮》和《视点》在摊上没看到。有 3 家摊点上有《跨世纪》，进数为 10 本，新近出版的《方圆》则在 80% 以上的摊点上出现，摊主们均表示这些新杂志没人买，一位男顾客表示他"从来不看这些杂志，连翻都不翻"。《方圆》积压了四五期。

分析 G：《方圆》长文章过多，《跨世纪》求新，但都没有特色，新杂志如果在前两期不能打开局面，则难以生存下去，人们不会买积压了两个月的杂志。

感觉 G：我们可不可以借鉴"限量销售"，至少在开始的几期内试用，毕竟，月刊的销售周期长，周刊要短，而带有强烈的新闻色彩的周刊则会更短。我们的版面要活泼跳跃，可以有一定的空白。

现象 H：有相当一部分顾客（我调查的二十位顾客是买杂志的，另外询问了十几位买报纸的顾客，这些顾客没有买杂志的习惯），表示他们只爱看报，不爱看杂志，原因是杂志贵。

分析 H：杂志贵不是理由，关键问题是报纸有杂志争夺不去的优势。

现象I：但，人们看报纸或更准确地说从摊上买报并不是为了及时了解新闻。我问了5个顾客，是通过何种渠道知道深圳爆炸事件的，5人均回答说是听广播。我问他们是否还要买报纸了解更详细的情况，其中三人表示将在单位里找报纸来看，两人表示有报道的话就会买报。并表示可能会买《北京青年报》。

但在8月13日晚，买《北京晚报》的许多人是在这张报纸上知道隆福大厦失火一事的。

感觉I：我没有权威的数据来进行分析。但我感觉人们并不太注意通过报纸去得到新闻，摊点上只有《北京青年报》有一定的新闻性，那人们如何才会养成习惯，买我们的周刊来获得新闻呢？

问题的关键在于新闻报道的质量、独特和揭露性。新闻表面化就应该被舍弃。让人们相信，从我们这里可以看到最真实全面的新闻，树立权威感，走简单的道路只能有一时的轰动，走复杂的道路才会有更大的成功。

现象J：20位顾客回答了希望看到什么样的杂志的问题，但没人能说清这希望中的杂志是什么样子，除了印刷精美这一点。他们中80%反对猎奇，35%反对明星占主体，55%希望看到漂亮的广告，60%认为现在的杂志太俗气。100%说内容要好（多含混的要求）。

在回答他们最反感的内容这一问题时，他们没有很一致的答案。像是不反感什么。

他们对《ELLE》表示不知道或者不熟悉。我向一外介职员询问他们常看的杂志，回答是：除外文杂志外，常看《读者》和《青年文摘》。

我试图了解杂志读者是否有行业特征，这只进行了一点儿。中学生喜欢《读者》和《中外电视》，中学老师要杂一些，有健康方面的，有知识性较强的，有影视杂志，工人们更多是买报，看的杂志更杂，行业特征不明显。

分析J：人们都喜欢《读者》，但《读者》并不能满足人们对杂志的全部要求。

感觉 J：越是了解人们的想法，越能体会到现在还没有一本优秀的钱钢先生所称的主流杂志。在影视较为发达的现在，人们对阅读仍有兴趣。

试刊时，我们需要更广泛的调查以获取信息反馈。

为续刊启动提交的设想

（1995 年 8 月）

∷∷朱　伟

关于内容定位，可以这样表述：

1.《三联生活周刊》应该是一本新闻性的文化周刊，应比较迅速地反映时代潮流流向与社会生活的变迁，表达在时代脉动中与社会变迁中的人文关怀，用平凡人的故事阐述严肃主题。

2.《三联生活周刊》应该是人文知识分子对大众生活发言的一个中介，这种中介表现为：对大众生活观念、生活素质的引导和对大众生活质量的实用性服务。

3. 在新闻、文化、生活三者关系中，《三联生活周刊》选择新闻作为由头，通过文化、历史的角度对新闻的透视，达到提炼生活观念的目的。其文化的透视采用融入的方式，即冰山在水面以下的部分。

4. 选择"变"个角度，即世界格局下中国转型期的变化，这种变化对人所产生的影响，角色和位置的重新设定。即正在怎么变，可能怎么变，应该怎么变的角度下，展开新旧交替、世纪之交中新的生活方式的讨论，讨论新的思维方式、心理方式、行为方式。在人与自然、人与社会、人与人之间确立新的价值规范、新的秩序。

读者对象：月工资收入在 1000 元以上，对国家发展、社会生活变化关心，中等文化程度以上的城市、城镇学生、知识分子和机关工作人员。

市场前景：

1. 由于人民生活水平的提高，转型期知识分子状态的分化，目前已出现了一个介于大款和一般市民之间的，月工资收入在1000元以上，5000元以内的新型知识分子阶层，其成员组成包括专业人士（全国统计数字为3439万人）、下海经商者（全国统计数字为1947万人）、办事人员（全国统计数字为1128万人）以及自由职业者。据北京市统计，在1500元以上月收入者大约已有20万至30万人。这个阶层基本都具有高中以上的文化水平，有相当的文化素质，有向上追求的强烈欲望。在转型期中，他们的位置最不确定，最体现变化中的特点。他们最关心转变中自己的价值、自己的生活方式和行为方式的重新寻找与重新确立。

2. 目前期刊市场正在转型中向成熟期发展。在高档的思想、学术性知识分子刊物与低档大众消费性刊物之间，缺少适合这一类新型知识分子阅读的实用性刊物（也是高档的大众刊物）。因为小报、晚报不能满足他们的文化需求，已有的低档实用型刊物因多关注生活现象或具体生活技术的服务，也不符合他们的口味。随着城市化的进展，新型知识分子的队伍势必日益壮大，文化素质也会越来越高，它为《三联生活周刊》提供了较为广阔的前景。

3. 目前期刊市场尚不成熟。表现为：a. 期刊的总体发行数量与人口比例尚不成正比（最大发行量也仅500万份）；b. 发行量高的刊物往往并非真正依靠质量取胜；c. 单位订阅与个人订阅比例仍呈畸形。这种不成熟正逐步向成熟发展，从发展眼光看，新型的在生活观念上有指导意义的精品刊物一定前景看好。

4. 根据以上情况，只要我们准确抓住读者心理，有可能把《三联生活周刊》办成一本大刊。

作者：谢锋

　　1999 年 8 月的一个雨夜，屏幕上出现了一个小信封，尽力克服了
内心的激动，我知道，第一个任务来了。《生活圆桌》写的行云流水，
我也得想的流水行云。脑子越乱，任务完成得也就越好，有时候，从后
往前读述会有特殊收获。30 个小时没吃没喝没上厕所，不过一次就把
任务完成得让自己满意，值！

（1999 年毕业于中央美术学院，当即成为《三联生活周刊》专栏插图作者，现任《北京科技
报》艺术总监）

编辑部纪事

一、筹办时期

1993 年 3 月 8 日，新闻出版署批准创办《三联生活周刊》

　　三联书店要求创办《三联生活周刊》的报告，新闻出版署批示同意。在"新出期［1993］196 号"批复文件中明确要求："希望按照社会主义精神文明建设的要求办好刊物，使刊物为培养改革开放事业所需的人才做出贡献。"

1993 年 3 月，钱钢以执行主编的身份进入周刊

　　3 月 8 日至 20 日，三联书店总编辑开始物色《三联生活周刊》主要成员。钱钢进入后，全权着手策划、部署周刊筹备工作的各项事宜。此前，朱正琳（时任《东方》杂志副主编）是事实上的第一任负责人。参与早期策划大约半年时间，想办半月刊。4 月 12 日，《三联生活周刊》

筹备小组成立，并在三联书店开始投入工作。

1993 年 4 月开始，钱钢、杨浪邀请京城中一批著名记者加入，成为日后筹办和创刊的主力

当时的主管和主要组成人员名单为：

钱钢原《解放军报》采访部主任，拟任主编；

陶泰忠原《解放军报》编辑部主任，拟任社长；

何志云《光明日报》文艺部副主任，拟任文艺部主笔；

毕熙东《中国青年报》体育部主任，拟任体育部主笔；

贺延光《中国青年报》摄影部主任，拟任摄影部主笔；

杨浪《中国青年报》国内部主任

杨迎明《中国体育》画报主编，拟任体育评论主笔；

胡舒立《中华工商时报》国际部主任，拟任国际部主笔；

陈小波新华社摄影部编辑，拟任摄影部编辑；

叶研《中国青年报·社会周刊》副主编；

季元宏《中国青年报》国际部编辑；

马智《中国减灾报》记者；

刘铮《工人日报》摄影部记者；

闻丹青时任《大众摄影》编辑部主任；

季思九高等教育出版社编辑；

程赤兵《中国青年报》记者；

刘晓春《北京青年报》专题部编辑，拟任资料部负责人；

王安《中国青年报·经济专刊》主编，拟任经济部主笔；

郭家宽《中国青年报》记者部主任，拟任采访部主笔；

陈西林《中华工商时报》总编室主任，拟任美术总监；

晓蓉《文艺报》编辑，拟任文艺部编辑。

1993 年 4 月 15 日，第一次招聘记者

《中国青年报》头版刊登《三联生活周刊》招聘启事："朋友，你是否正面临结业前的求职选择？邹韬奋——这个名字你一定并不陌生；而生活·读书·新知三联书店——这家出版公司奉献大众的各类出版物也一定引起过你的注意。今天，韬奋精神薪尽火传，'三联'的旗帜下又聚集起一群跨世纪的新闻、文化采编人才，经报请国家新闻出版署同意，他们正在做着一件有意义的事情——创办一份独具风格的综合性生活周刊。朋友，你愿意加入他们的行列吗？你若有志于'生活'，不论所学何种专业，请写一封自荐信；你若对社会经济生活或大众文化生活，具有浓厚兴趣并已经有了深入研究，你更不应该错过这次自荐机会。"

此外，招聘函还送达北京大学、人民大学、北京师范大学、政法学院、国际关系学院；复旦大学、武汉大学、吉林大学、山东大学、南开大学等。

1993 年 4 月 25 日，对应聘者做素质考察

此次招聘，共收到来自全国各地应聘自荐书约 800 余份。录取工作从 4 月 24 日开始，至 7 月初正式结束。经过文字考核及面试，最后录取记者 15 名。其中大学本科学历 13 名，硕士学历 2 名，男 6 人，女 9 人。

对应聘者所做考察的方式是，"请各位应聘者在我们指定的范围内选择两名对象，就社会生活各方面您所关心的事物进行一次不超过 30 分钟的采访，话题由您自定。采访完毕后，请写出一篇短文。题目、体裁、篇幅由您自定"。接受采访的是，先期进入周刊筹划和运作的"京城大腕"，他们当时的身份以及给他们定位的角色是：

潘振平（三联书店总经理助理，多年从事图书出版工作）；

何志云（《光明日报》文艺部副主任，文艺批评家，中国电影出版社编审）；

晓蓉（一份电脑杂志的编辑。《文艺报》记者，一位母亲）；

杨浪（《中国青年报》国内部主任，一个38岁，从事新闻工作十余年的记者。一个10岁女孩的父亲）；

陈西林（《中华工商时报》周末版负责人，一个宠物爱好者）；

贺延光（《中国青年报》摄影记者，著名摄影家，中国新闻摄影学会副主席）；

陆小华（新华社《中国记者》杂志编辑部主任，对"人与疾病"有较深感受，父亲、岳母不久前都患了大病）；

郭家宽（《中国青年报》记者，曾当过知青）。

招聘的记者：

苗炜1992年北京师范大学中文系毕业后分配到北京第二外语学院党委宣传部。采访文章题为《一个老婆四只猫》。

王锋1986年武汉大学图书情报学院毕业，武汉《长江日报》周末版编辑。采访文章题为《性情人生烟酒茶——闲聊老A》。

黄集伟1983年北京师范大学中文系毕业，曾任职于《信息世界》杂志社编辑、记者，华夏科技文化研究所副所长。素质考试文章题为《自由与困惑——有感于大学毕业生择业》。

刘君梅1989年7月北京青年政治学院文秘档案专业毕业，中国科学院心理研究所档案助理馆员兼所长秘书，《心理学工作通讯》编辑。采访文章题为《古老的北京如何面对"快餐文化"？》

童铭1993年中国人民大学法律系经济法专业毕业。采访文章题为《九三电脑冲击波》。

汪文1993年中国人民大学新闻系毕业。采访文章题为《给医生一个实施"安乐死"的权力》。

钦峥1993年北京师范大学信息技术与管理学系毕业。采访文章题为《家用电脑市场潜力巨大》。

刘晓玲1993年复旦大学中文系比较文学专业研究生毕业，入学前曾任唐山工学院基础部教授大学语文。素质考试文章《"下海"随想》。

石正茂 1991 年中国政法大学法律系毕业，《新闻出版报》编辑、记者。采访文章题为《三联图书面临市场选择》。

黎争 1992 年北京大学技术物理系应用化学专业毕业，北大启明信息咨询公司总经理助理。采访文章题为《圆明园"画家村"？》。

华莉 1987 年北京大学法律系毕业，机械工业部中国电工设备总公司从事条法工作。采访文章题为《拯救药品市场——假药事件的社会反响》。

陈虹 1993 年北京大学中文系研究生毕业，入学前在湖北沙市十中工作。采访文章题为《知识分子的历史定格》。

李翠萍 1993 年中央戏剧学院文学系毕业。采访文章题为《多彩的门——浅谈 POPS 音乐会之于经典音乐》。

裴愚 1992 年北京师范大学中文系毕业，北京景山学校教师。素质考试文章《"跨掉的一代"？》

1993 年 5 月 29 日，开始模拟周刊出版的"空转"作业

共模拟 14 期，模拟包括对周刊运作程序的设计，时间安排，封面故事等各个栏目的细致策划。封面故事的主题依作业编号有：

《七岁儿童毕强被虐待致死》（5 月 29 日）；

《走麦城归来的施拉普纳和中国足球队》（6 月 5 日）；

《六上将授衔》（6 月 12 日）；

《中国经济再次面临"汛期"》（6 月 19 日）；

《寻找我的家——一个 11 岁孩子千里寻家的故事》（6 月 26 日）；

《孩子将要入学》（7 月 3 日）；

《金融形式与民众生活》（7 月 10 日）；

《经济暑假》（7 月 17 日）；

《国际奥委会考察报告的泄露与公布》（7 月 24 日）；

《上海动物园出现的神秘死亡》（7 月 31 日）；

《南方房地产崩盘》（8月7日）；

《私立学校的兴起》（8月14日）；

《金融腐败，中国社会的毒瘤》（8月21日）；

《轿车：身边的故事》（8月28日）。

1993年7月26日，对见习记者的职业培训开始

在当时制定的"记者培训安排"第一阶段（7月26日～8月20日）上有这样的说明：

1. 第一阶段重点系新闻业务技能训练与作风养成；其后尚有第二、第三阶段的培训安排。

2. 每天8：30～9：00为英语会话练习，9：00正式上课；每天的英语会话练习将持续至见习结束，其后，以新的形式成为生活周刊的一项生活制度。

3. 每天课后，每人应完成一篇作业，或随笔，或杂感，或印象记，形式不拘，长短不限；翌日交办公室（当日有整理录音任务者，此项作业三日内可免）。

4. 一至三周内，另有A作业一件，题目是《北京报摊业发行状况透视》——可用调查报告的形式完成。此作业不另安排时间，文字长短亦不做要求，个人利用业余时间完成，于第三周周末上午交办公室，第四周下午讲评。

5. 第四周内的B、C两件作业的题目，届时公布。

第一周：7月26日～7月31日

专题：职业道德

授课人和课题安排如下：董秀玉《三联·三联人·三联情结》，陶泰忠《〈三联生活周刊〉形象设计及其他》，杨浪《我的记者生涯》，胡舒立《我的记者生涯》，毕熙东《我的记者生涯》，杨迎明《我的记者生

涯》，何志云《为文二十年》第一讲，陈小波《我的记者生涯》，范用《说说〈生活周刊〉及韬奋先生》，贺延光《我的记者生涯》。

第二周：8月2日～8月7日

专题：礼仪训练与新闻业务学习

授课人和课题安排如下：马桂茹（解放军艺术学院老师）《现代礼仪》5个半天课时，杨浪《新闻的发现》，钱钢《你看见了什么？——新闻采访漫谈》，胡舒立《境外记者》，贺延光《摄影记者》，何志云《为文二十年》第二讲。

第三周：8月9日～8月13日

专题：礼仪训练与新闻业务学习

授课人和课题安排如下：马桂茹《现代礼仪》5个半天课时，王安《新闻记者眼里的经济生活》，陈西林《新闻记者在现代生活中的位置》，沈昌文《漫谈编辑修养》，潘振平《中国出版业现状与发展趋势》。

第四周：8月15日～8月20日

专题：计算机操作与新闻采访实践

授课人和课题安排如下：钱钢《对〈三联生活周刊〉的阐释》，钱钢《A作业讲评》，李文《新闻与法律》，各部室主管《B作业实施》、《C作业实施》2个半天，王志武《计算机输入与排版》3个半天。

9月开始，见习记者又接受了电脑培训。

1993年9月3日，新闻出版署核发期刊登记证

登记的主管单位是新闻出版署，主办单位负责人董秀玉，执行主编钱钢，正式职工人数68人，其中编辑39人，记者22人。读者对象是高中以上文化程度者，城镇居民。在办刊宗旨一栏写道：积极参与社会主义精神文明建设，为改革开放服务，为社会主义市场经济服务，为人民大众服务；与时代同步，与生活同步，记录中国人民生活的变化踪迹，为提高人民大众的生活质量和精神品位做不懈努力；弘扬韬奋精神，爱

国爱人民，使《三联生活周刊》真正成为一本"人们身边的杂志"和一个"亲切的朋友"。

1993 年 10 月 2 日，出版"讨论本 1"

这一期的封面故事是北京申奥失利，封面标题为：《北京不拭泪》。以"打样本"方式在北京印制，供讨论之用。"讨论本 1"引起热烈反响。从此时开始，周刊记者进入实战状态。

1993 年 11 月 13 日，策划"讨论本 2"

这一期的封面故事主标为：《沈阳婴儿死亡医案》。

1993 年 12 月 18 日，"讨论本 3"出刊

这期的封面故事是 1994 新年度生活变化预测，封面主标为：《1994：人往高处走？》

1994 年 1 月 22 日，"讨论本 4"出刊

封面故事是有关新年都市百姓花钱动向的社会调查。封面主标是：《买什么？——100 个家庭下一个花大钱的目标》。此次调查尝试了随火车旅行的乘客调查方法。

从"讨论本 4"开始，封面设计套用《News Week》格式，整体杂志构成完整——从读者来信（模拟）到各类广告（模拟），从目录、版权页到封面条形码（模拟），一应俱全。

1994 年 3 月中旬，《三联生活周刊》迁入净土胡同 15 号

租用原北京电冰箱修配厂的厂房，装修了其中一幢三层楼，建筑面积约有 1250 平方米左右，办公条件大大改善。搬入前，周刊在永定门外租用的办公室里启动初期运作，三联书店当时没有办公楼，也在那一带租房办公。"净土胡同"是三联人喜欢的一个名字。

从当年的装修设计图上准备的座位和定做家具的清单看，办公楼至少可容纳 90 人办公。

1994 年 4 月 2 日，"讨论本 5"出刊

封面故事是有关邱氏鼠药案的纵深报道。封面主标为：《鼠药无毒？》

由于资金方面的压力，1994 年 3 月之后，周刊领导层一直波动不安。"讨论本 5"是此届编辑者做出的最后也最接近成熟的一本周刊。

1994 年 5 月 11 日，《三联生活周刊》宣布休刊，吕祥作为召集人进入

原有编辑以上人员全部离开，记者中有 3 人先后离去。三联书店吕祥博士作为临时召集人主持编辑部日常工作，其间有 2 至 3 种"剪贴样本"制作完成。记者们得到指示，待重组队伍之后于是年 9 月正式创刊。

1994 年 5 月底，徐友渔以执行主编身份接触周刊事务

时为中国社科院哲学所副研究员的徐友渔，进入生活周刊月余后离去。

1994 年 7 月 25 日，朱学勤以执行主编身份进入职位

朱学勤（时任上海大学副教授）全面负责周刊日常事务。主要从事组建编辑队伍及创刊号稿目设置方面的工作。40 多天后离去。

二、创刊时期

1994 年 9 月 14 日，杨浪进入编辑部，任执行副主编

同时有主笔 3 人、编辑 3 人进入，大多为兼职。其时，周刊的主要奋斗目标是尽快完成创刊号。此时走了一批老人，又加入一批新人。人员构成如下（依杂志上的署名）：

杨浪执行副主编；

杨新连总编助理，《中华工商时报》；

吕祥业务经理，三联书店；

方向明主笔，《中国青年报·经济蓝讯》主编，著名经济记者；

黄艾禾主笔，《中华工商时报》周末版副主任，著名文化记者；

程赤兵编辑，《中国青年报》记者；

杜民编辑，《中华工商时报》记者；

唐元弘编辑，《首都经济信息报》记者；

黄集伟编辑；

王锋记者；

刘晓玲记者；

苗炜记者；

刘君梅记者；

张晓莉记者；

洪凌记者；

徐巍记者；

吴鹏资讯；

钦峥资讯；

张沛资讯；

陈炼一图片编辑；

宁成春美术指导，三联书店美术编辑；

赵小凡制作总监；

季思九版式设计；

白雪天版式设计；

王美燕版式设计；

此外，尚有袁东平、印小韵、海洋等人也为创刊做出努力。

1994 年 11 月 11 日和 25 日，两个试印本

封面主标分别为《群雄角逐——中国手提电话市场》和《巩俐——红的发紫的木美人》。其余栏目均付阙。

封面设计尝试了不同于"讨论本 4"和"讨论本 5"的另一种设计。是由两拨人马进行的尝试。

1994 年 12 月 2 日，试刊号出版

这一期封面故事是有关秦兵马俑二号坑挖掘的独家采访，封面主标为：《秦俑"复生"》。大 16 开本，64 页，双色印刷。封面设计再次变化。

本期以当年韬奋先生的一段话作为《代发刊辞》：

本刊的态度是好像每星期乘读者在星期日上午的闲暇，代邀几位好友聚拢来谈谈，没有拘束，避免呆板，力求轻松生动简练雅洁而饶有趣味，读者好像在十几分至二十分钟的短时间内参加一种有趣味的谈话会，大家在谈笑风生的空气中欣欣然愉快一番。

且做且学，且学且做，做到这里，学到这里，除在前进的书报上求锁钥外，无时不惶惶然请益于师友，商讨于同志。

历史既不是重复，供应特殊时代的特殊需要的精神粮食，当然也不该重复。

邹韬奋（1895～1944），新闻记者、政治家和出版家，江西余江人。自1926年在上海主编《生活》周刊起毕生从事新闻工作。

《生活》周刊1925年10月创刊，初由黄炎培主编，一年后邹韬奋接任主编，1933年12月被迫停刊。1932年邹韬奋创办生活书店，1935年后先后在上海、香港主编《大众生活周刊》《生活日报》《生活星期刊》。抗日战争爆发后，先后在上海、汉口、重庆主编《抗战》、《全民抗战》。皖南事变后，流亡香港，复刊《大众生活》。1944年7月病逝于上海，其后被中共中央追认为共产党员。

1994年12月23日，记者年终总结

经过夏季的培训和自秋至冬三本试刊的实习性操作，记者的"实习期"结束了。在"关于记者年终总结"的要求中，编辑部让记者们回顾一下培训开始时提出的近期和远期的目标：

——《三联生活周刊》将致力于建设一支在职业道德、文化修养、工作作风等方面都具有本刊特色的记者队伍；

——要培养记者的正义感、荣誉感、进取心、团队精神、勇敢精神、吃苦精神、法律意识以及作为《三联生活周刊》记者所应有的"生活风度"；

——要培养记者对于信息的捕捉能力，记者对于周刊所需要的报道材料，能嗅得着、听得到、看得见、抓得住；

请围绕以上的内容，安静地沉淀一下各自的思想和情绪，对数月来紧张纷乱的生活有一个理性的"抽象"，对自己业务发展的轨迹有一个明晰的把握，对那些实用的心得有一个细致的清点。

以下一些思考方向，供参考：

1，个人与体制：个人对新体制建设的参与；新体制下的个人状态。适应？努力适应？忍耐？不堪忍耐？

2．我已经成为"三联人"了吗？我是否在接近三联的文化品位和

道义准则？

3. 对一种职业的品味：记者——这可能是我的归宿吗？

4. 个人设计与心态：无悔于半年前跨进三联时的选择吗？半年来的经历证明了《三联生活周刊》是值得奋斗的事业？是可作停留的驿站？还是……？

5. 找到自己的角色了吗？在《三联生活周刊》的赛场上，自己处在什么位置？担负什么任务？自己的表现是上佳？是平平？还是不如人意？

6. 关于采访：哪一次采访最成功？哪一次最糟糕？为什么？

7. 关于写作：写哪篇文章文思如泉？写哪篇文章历尽煎熬？原因何在？

8. 我有没有"进入周刊状态"？我的时间观念如何？我的工作秩序如何？我的工作效率如何？我的劳动总量如何？身体状况对于工作强度的适应又如何？

9. 对我们《三联生活周刊》记者群的总体人际氛围如何评价？

10. 我的1994。

…………

这些"总结"，希望多有事实和细节作为论据，希望坦率直言，希望不拘一格生动活泼——它本身就展现在《三联生活周刊》学习工作已逾数月的一名记者的水准和风格。

1995年1月14日，创刊号出版

这一期的封面故事是有关户籍制度改革的思考，封面主标是：《城门失守——户口，中国最后一道城墙》。大16开，80页，铜版纸四色彩印，单价10.80元。封面设计仍然在调整中。

创刊号的栏目设置有：《环球要刊速览》、《特别报道》、《封面故事》、《经济生活》、《社会生活》、《文化生活》、《摄影专题》、《体育天地》、《环

球瞭望》、《百姓广场》和《编辑手记》。其中大多数栏目保留至今，有的栏目被国内其他媒体仿效。

1995 年 3 月 16 日，出版第 2 期

此后，周刊于 3 月 31 日、4 月 15 日出版了 3 期和 4 期。第 2 至 4 期的封面主标依期号为：《谁是香车梦里人》、《关于女人的话题》、《迪斯科广场占领都市》。这 3 期的封面设计固定使用一种刊头。第 5 期因故未能付印。第 6 期组稿完毕。5 月因广告登记问题，中断出版。

1995 年 5 月 10 日，周刊再次陷入休刊状态

杨浪宣布编辑工作放缓，第 5 至 7 期已经辑成的新闻性较强的稿件被转移至其他报刊发表。

1995 年 7 月 5 日，杨浪辞去执行副主编一职

各位主笔、编辑也陆续离去。8 月 1 日，三联书店宣布解散周刊编辑部，只留少数记者留守，由三联书店总经理助理潘振平负责管理。截止到 1995 年 8 月 1 日，从筹备及创办已达 3 个年头的《三联生活周刊》正式出刊 4 期。聘请了 4 任执行主编或事实上的执行主编。参与《三联生活周刊》创意、策划、编辑业务的学界、新闻界人士前后有百余人。

1995 年 8 月 24 日，离去者发表反思文章

《北京青年报》第 8 版以整版篇幅，发表了离去的主笔、编辑和记者对周刊一路风雨飘摇所做的思考，他们为之等待和奋斗了两年的时间。

《北京青年报》编者附记说："本版今日特别邀请了曾经在《三联生活周刊》工作过的主笔、编辑、记者多人就该刊暂停一事各抒己见……

编者认为，作为一种文化现象，《三联生活周刊》两三年来的遭逢际遇多有可供检讨探察之处。毕竟，所有关注中国文化事业发展的人，都不愿意《三联生活周刊》就这样在一片沉没中'瘫'下去。"

三、恢复出版时期

1995 年 8 月，朱伟接手周刊，成为第 5 任执行主编

朱伟提交《〈生活〉续刊策划报告》，涉及定位、读者对象、市场分析、周刊的语言方式、作者队伍预测、栏目结构、运作基本策略、发行设想、编辑部构架和发展规划十个方面。此时，也邀请了文化界和学界人士参与意见，一起构思新杂志的方向。

1995 年 8 ~ 9 月，编辑部在留守记者的基础上，又引入新人，新编辑

部组建与磨合开始。

此次组建的编辑部规模不大，主要成员有：

朱伟执行主编，原《人民文学》小说编辑室主任，曾负责编辑《东方纪事》，时任《爱乐》主编；

方向明主笔，时任《中国青年报·经济蓝讯》主编

阎琦编辑，任编辑部主任，原中国社会科学院研究生院副研究馆员；

何绍伟编辑，原《电影艺术》编辑；

兴安编辑，时在《北京文学》工作；

胡泳编辑，曾任职外企公司，原供职《中国日报》；

刘怀昭编辑，原《北京青年报》撰稿人；

舒可文编辑，原中国科学院经济管理学院哲学副教授；

苗炜记者，第一批招聘记者；

刘君梅记者，第一批招聘记者；

王锋记者，第一批招聘记者；

张晓莉记者，第二批招聘记者；

钦峥资讯，第一批招聘记者；

海洋封面设计，三联书店美术编辑；

庄海燕美术编辑，中央美术学院雕塑专业毕业生，精通摄影；

陈小波图片编辑，新华社摄影部编辑兼任。

1995 年 9 月 10 日夜，董秀玉就续刊事宜致信潘振平、朱伟

当时三联书店的董秀玉总经理为周刊再次启动彻夜难眠。9 月 10 日夜 4 时，她致信潘振平、朱伟："晚上睡不着，关于'生活'有几个问题想提请注意。"在信中，她依据前面几次操作的经验，提出要"后勤先行"，在设计、制作、印刷、广告、发行和图片等方面该做哪些盘算，还建议在当时新闻力量不足的情况下及早物色"线人"，加强策划小组的决策力量；物色一支漂亮的笔——总撰稿员，统一改稿润色；写稿事先要做好准备工作，除了研究选题，还必须研究切入点、角度、思路、写法、重点所在，等等，把工作和功夫做在前面。

1995 年 12 月 10 日，总第 6 期，也即朱伟主编的第一期杂志面世

因发刊词刊发在 1994 年 12 月的试刊号上，当时统计时视其为总第一期，所以 1995 年第 5 期为总第 6 期。

明显的变化是在国内率先使用了轻涂纸，这种国际流行的新闻纸具有多种明显的优点。64 页，四色彩印，单价 8.80 元。

12 月复刊前后，据不完全统计，有 39 家主流媒体就复刊一事进行

报道，或以转载封面文章《邓斌不是沈太福》的方式介绍《三联生活周刊》。

在当时接受《中华工商时报》采访时，朱伟谈及周刊的定位：承接邹韬奋先生当年创办《三联生活周刊》的传统，创办一本符合现代社会需要的文化新闻周刊，介于通俗与高档之间，受众比市民阶层要高，一般知识分子都可以阅读。朱伟认为，《三联生活周刊》在两年多时间内几易主编，是因为一直在寻找新闻与文化、新闻与生活、新闻与出版之间的结合点。当年邹韬奋办刊的传统就是对思想、政治、生活、文化进行评论，因而我们想把它办成知识分子对新闻再评述的杂志，来回答现实生活中世纪之交生活变化革新的各种问题。

从栏目设置上看，新刊在原有的《封面故事》、《专题》、《社会生活》、《经济生活》、《文化生活》、《体育生活》的基础上，增加了《读者来信》，以两页的篇幅评述读者身边发生的新闻事件，增强了读者的参与意识。新创办的《大家谈》栏目，专邀文化界和学界知名人士撰写千字文，首期即是王小波、苏童和李格龙的手笔，传达新观念和新生活方式。这个栏目后来演变为《生活圆桌》，由苗炜继续主持。流行文化和娱乐方面陆续增加了《时尚评述》和《街谈巷议》。

1995 年 12 月，明确经营策略

在三联书店给新闻出版署的工作报告中，就经营策略做了两点说明。第一，由于周刊投入很大，且我们没有周刊的具体经验，为使刊物扎扎实实地达到质量要求，拟以较长时间的试刊和较长一段时期的双周刊为前导，来积累办刊经验和实力。第二，"编辑自主，经营外联"是我们基本的经营策略。我们严格控制所有的编辑工作，不准任何人干预；同时，现代传媒，无论中外，都已经主要以刊登广告为主要收入来源，因此，我们在经营上亦采取将广告承包给外单位的方式，以确保印制和部分编辑费用。

另外，报告还就人员组织说明如下：由于"周刊"是一个全新事业，

又需相当多的新闻界的同志来参与。因此，我们就想用新办法来吸收人才：以合同制，择优录取记者；以聘任合同，聘用高手任职；以较高的薪水，明确杜绝收受红包、拿回扣、做有偿新闻等陋习。

最后的小节中有这样的话：《三联生活周刊》的创办，对三联来说有相当的难度。难在：既要大众的，又要文化的；既要生动活泼，又必须有正确导向；既要通俗，又绝不媚俗；既要有新闻性，又绝对不是报纸文章，还必须要有三联的文化特色。虽然《周刊》文章的转载在报上，常常是头版二版，而从《周刊》整体看，我们认为还不够到位，还必须继续努力。

1996年1月15日，从总第7期起，正式开始以双周刊期出版

按最初的设想，当年完成向1997年出版周刊的过渡。

从1995年第5期也即复刊第一期《邓斌不是沈太福》开始，主笔方向明（笔名万山）开始撰写了一系列产生广泛影响的《封面故事》，内容涉及财经和社会题材，如《房改17年——住房还是梦》（提出"以往的房改思路和节奏，是否贻误了房改进程？未来5年是中国房改的攻关阶段，我们应该采取什么策略闯过这一难关"的思考），《你在哪个收入阶层》（探讨了"中国的收入差距是否两极分化，贫富差距是否破坏社会共识，各种各样差距的存在，最终会集结为一个选择：公平与效率"的问题）；由苗炜撰写的体育封面《奥运会：更快、更富、更残酷》（提出"100年前顾拜旦的理想变成越来越现实的选择，奥运会像一桩大生意，越来越多的运动员已把体育当做一种职业"的观点）；由胡泳撰写的商业封面《1996年环球第一商战》（传达了"如果个人机与Internet真的最终融合成一个天衣无缝的操作环境，看看微软和网景谁将夺魁将是一大快事"的信息），都成为恢复出版的生活周刊的亮点。

由于这样一些带有独特视角的文章，生活周刊的内容开始引起主流媒体的关注。

1996 年 3 月 30 日，总第 12 期，王小波开始撰写《晚生闲谈》专栏文章

从第一篇《另一种文化》，到病逝后的最后一篇遗稿《我和摇滚青年》（1997 年 7 月 31 日，总第 44 期），在一年多的时间里，王小波在生活周刊共发表了 24 篇专栏文章。

1996 年 3 月 15 日，总第 11 期，开设《生活圆桌》栏目

讨论新生活观的《生活圆桌》逐渐成为阅读率较高的栏目，其精选结集迄今已在三联书店出版《上半截与下半截》、《玫瑰花与肉丸子》两本。

1996 年 5 月 30 日，总第 16 期，更改封面设计

考虑到展示效果，封面设计加入红色通栏条块做背景映衬刊名，希望能更引人注目，效果确实好于以前的设计。

1996 年 6 月，第一次读者调查

对生活周刊订户职业构成的调查显示：公司企业从业人员 40.3%，政府机构 21.9%，学校、科研单位 17.5%，媒体 11.4%，银行 5.7%，医院、剧院、律师所 3.2%。

1996 年 6 月 30 日，总第 18 期，开设《科技生活》栏目

丰富性和庞杂是新主编对杂志特质的理解，《科技生活》的开设使杂志在丰富性、综合性方面又进了一步。不同于一般科普杂志，生活周刊的科技栏目更注重人类生活与环境与科技的关系，相关性和趣味性是这个栏目的追求。

1996 年 8 月 30 日，总第 22 期，设立《畅销书与排行榜》栏目

特约作者武夫从这一期开始，由《纽约时报书评》精选图书加以介绍，每期均列有最近几周的畅销书榜。在这一期，作者专门介绍了《纽约时报书评》的广告语：“《纽约时报书评》一直送到您的安乐椅旁。”生活周刊希望将这样的书评信息送到读者面前。

1996 年 12 月 30 日，总第 30 期，设立《数字化生存》栏目

此前，生活周刊主要以胡泳为主，已经开始关注即将到来的电脑和网络时代给人们生活带来的影响和变化。《数字化生存》栏目的设立，为持续系统地解读和讨论数字生活提供了平台，也成为生活周刊关注新生活的一个标志。胡泳后来又成为《扣问技术》和《新经济观察》的专栏撰稿人。

1996 年 12 月 30 日，总第 30 期，年终人物盘点

从这一期开始，生活周刊开始几乎每年一次的年底人物盘点。人物选取的标准显然有别于其他媒体，被描述为：

“时间的意义并不重要，重要的是这些生命的意义。其中，会有许多主题长久地延续，比如冒险精神、浪漫情怀、天才的创造力、投机心理、获取知识的新方法、善良与邪恶的较量等等。

“历史上绝大多数人是因其进取的姿态而获得其独特位置的，被我们搜罗的人物也并不例外，哪怕是一个贪官。”

1997 年 1 月 15 日，总第 31 期，再次更改封面设计，设立《声音》和《生活专访》栏目

原有的设计因为多少有些模仿《News Week》的痕迹，不具备唯一性，生活周刊决定找专业设计人员重新设计新刊头，最后选中的方案是让红块变高变窄、出血，边缘镶嵌醒目黄条。

由苗炜负责的《声音》栏目具有独特的三联文化品位，其出现使杂志的趣味性和信息量都得到提升，成为阅读率排名第二的栏目，也为国内各类媒体仿效。

1997 年 2 月 15 日，总第 33 期，发表金庸与池田大作系列对话录

从这一期开始，分 22 期连载了著名作家金庸与日本创价学会名誉会长池田大作的系列对话。对话主题为"探求一个新世纪"。

1997 年 8 月 30 日，总第 46 期，第一次尝试全面的行业报道

封面故事《中国 VCD：大国不是强国》，第一次以厚重的笔触全面报道一个行业发展中的问题，引起社会的巨大反响，由此而成为 VCD 行业进一步发展讨论的基础。时任长虹集团董事长的倪润峰当时评价说："《三联生活周刊》非常敏锐地反映了当今社会的各种潮流与趋势，读这本周刊能使人耳目一新。"

1997 年 12 月 15 日，总第 53 期，开设《走向新世纪》栏目

这个栏目重点关注"世界经济一体化中的我们"这个命题，由著名的特约记者罗峪平女士做了一系列内容广泛的重要访谈，采访对象都是相关领域内的研究者和跨国公司的运作者。共发表访谈文章 23 篇。

此后，罗峪平以专栏形式继续为周刊撰稿。

1998 年 1 月 15 日，总第 55 期，《数据库》、《好消息、坏消息》和《约约明信片》登场

以更加直观的图表格式发布一些重要的统计数字,以短小的篇幅介绍一些科学和生活趣闻。

从 1995 年底的总第 6 期起,旅居美国的娜日斯(现在用"娜斯"之名)就开始为周刊撰写文化和社会生活评论文章。她对东方文化的了解和身居美国的生活,使其文章不仅提供了丰富的信息,还有独特的观念比较。这一期开始,为娜日斯的文章设定了专栏名称,后来又改为《东看西看》。她的专栏文章也以《纽约明信片》和《东看西看》为名结集出版。

1998 年 2 月 28 日,总第 58 期,开始深入报道社会热点问题

这一期的封面故事是《谁能审判张金柱》,生活周刊提供了更独特的深度思考。该文提出的问题,引发了司法界超越张金柱本案的大讨论。

1999 年 7 月 15 日,总第 91 期,沈宏非《思想工作》开栏

这个专栏的位置曾经是王小波的领地,后来沈宏非从第一篇《你在厕所吃饭吗?》开始,每周笔耕不缀。其间,于 2000 年 2 月 28 日以后有过短暂中断。

从这一期起,邢海洋专栏《投资物语》确定名称,此前,他一直负责有关投资栏目的文章撰写。

1999 年 8 月 30 日,总第 94 期,生活周刊第一次推出跨国公司封面专题

封面故事《摩托罗拉的力量》在《财富》500 强论坛于上海召开之前推出,通过对摩托罗拉这个在中国最成功的跨国公司的解读,或许可以让读者看到某些鲜为人知的力量所在:向灌输爱国情绪一样塑造企业

崇拜，以一种跨越阶级的平等姿态挑起企业公民的竞争热情，以一种蛋糕分享式的皆大欢喜赢取最大利润。文章指出：摩托罗拉建设了一个巨大的、包罗万象的利益共同体。这个利益共同体具有什么样的威力，应该有助于我们认识那些未来世界的主人公。

1999 年 9 月 30 日，总第 96 期，朱德庸《醋溜 CITY》开栏

1999 年 11 月 15 日，总第 99 期，第一次出现生活周刊广告语

在一个征订广告上，生活周刊为自己确定的广告词为"一本杂志和它所影响的生活"。后来，广告词演变为"一本杂志和他倡导的生活"。

1999 年 11 月 30 日，总第 100 期，出版创刊 100 期纪念号

这一期的封面文章为《25 个时代人物》。此次评选活动的广告词这样写道：他们以各自的方式在政治、经济、文化、艺术、生活等领域做出的杰出贡献不仅推动了中国本世纪的社会发展进程，更将对下个世纪中国的真正腾飞产生巨大影响。他们是真正的"时代精英"，是当之无愧的"风流人物"。

这 25 位时代人物是：张瑞敏、何清涟、竺延风、任正非、李泽楷、马明哲、杨元庆、张宏伟、王志东、求伯君、郑跃文、王石、张朝阳、俞敏洪、丁磊、宋朝弟、王小强、梁从诫、李阳、王海、崔健、姜文、崔永元、方力钧和王朔。此时，生活周刊已经在主流文化读者中树立了优秀品牌形象。

2000 年 2 月 28 日，总第 106 期，首次关注新互联网企业的资本运作

在 1999 年初新浪网势在必夺"中国网络股"的第一概念，当年底却声称"推迟上市"，高层发生人事切换的背景下，讨论如此大忌的主

宰力量是什么？资本意识在文化冲突中扮演什么角色？

2000 年 2 月 28 日，总第 106 期，王朔专栏《狗眼看世界》开栏

从第一篇《这之后一切将变》开始，到 2000 年 8 月 15 日《数你最思想》结束，王朔共撰写专栏文章 12 篇。

2000 年 7 月 15 日，总第 116 期，第一个娱乐主题成为封面故事

封面故事《等待罗大佑》讲述了许多人由演唱会引发的怀旧情怀，成为一次成年人的迷狂。20 年，罗大佑用他的独立和冷静记录下这个社会的脉络。让人抒情，也发人深省。青春因为罗大佑的相伴，有了热望，有了冲动，有了理想，不再苍白。

四、进入周刊运作时期

2001 年 1 月 1 日，总第 127 期，实现真正的"周刊"运作

经新闻出版署报刊司批准，《三联生活周刊》自 2001 年 1 月起，改双周出版为单周出版，进入真正的周刊运作时期（见新出报刊 [2000] Z035 号文）。定价也从每本 8.80 元调整为 5.80 元。

编辑部为此做了一个网上调查，题目是"你心目中的好杂志是什么样的？"参加调查的有效人数是 11110 人，平均年龄 27.6 岁。

为办一本国内一流品质的周刊，生活周刊加大了成本投入，提出"更多信息更实用，更具趣味更好看"。强调其定位为"做新时代发展进程中的忠实记录者"，强调办刊宗旨为"以敏锐姿态反馈新时代新观念新

潮流，以鲜明个性评论新热点新人类新生活"。

2001 年 3 月 5 日，生活周刊搬出"净土胡同"

因故搬出净土胡同后，在办公地点没有着落、几乎一无所有的情况下，总第 135 期《摇头丸》的设计排版在美编邹俊武的家中完成。随后，生活周刊搬进位于北京北三环的安贞大厦，新购置了全部办公设备。

2001 年 7 月 9 日，总第 150 期，推出第一个纯粹虚构的封面故事

封面故事《贫嘴张大民的奥运生活》是虚构的，但它不是小说。戏仿和反讽已经成为互联网上很主要的一种表达手段，这期封面故事借助了这种表达方式。

这个故事提出，1993 年"申奥"时人们以为成功与否取决于城市的硬件与软件，机场够不够大，交通够不够方便，体育场馆够不够齐全，服务态度够不够好。失败后许多人不由自主地相信，一个城市的建设，一个所谓"国际大都市"的形成，有赖于一场轰轰烈烈的运动，"申奥"，它就是现代化梦想一个活生生的体现。文章指出，一种虚幻的现代化图景几乎要抹去所有小人物的印记，而事实上，在大图景下的许许多多人仍是弱势群体中的小角色。他们的幸福生活才是一个城市魅力的真正基础。

2001 年 9 月 11 日，总第 160 期，"9·11"事发，《三联生活周刊》首次演练快速反应

事发当天，一日做出 26 页的特大型特别报道《星条旗落下》，撤换原封面故事，抢在所有刊物上市之前面世，让读者看到了全方位的报道和思考。随后两期的封面故事《丧钟为谁而敲响》（为"9·11"专集，对事件做出更从容、更全面的思考，也是第一次尝试以整本杂志的篇幅

对一个重大事件做出尽可能全面、权威的深度报道）和《恐怖主义的沼泽》，对这一当代最重大的恐怖事件做出全面反思，奠定了周刊运行品牌成功的基础。

2001 年 11 月 5 日，总第 166 期，设立《公司报道》专栏

随着生活周刊原有读者的成长和新读者的加入，越来越多的公司中高层成为忠实读者，《公司报道》栏目的推出，密切了和这一读者群的关系，也为他们开拓性的创业活动提供一些可资借鉴的东西。

2001 年 11 月 19 日，总第 168 期，第一次对重大腐败案做出报道

封面故事《贪官李纪周》对原公安部副部长李纪周一案的报道是采访难度较大的一次尝试，此后，对重大腐败案的深入报道成为常态，建立起这类题材报道的权威地位。

2002 年 3 月 25 日，总第 185 期，第一次推出大型城市报道封面故事

封面故事《上海的肢体语言》在"全世界都开始谈论上海"的时候加入了讨论，指出：上海提供了多种解读方式并因此更热闹，虽然那里不像 80 多年前呈现出多样的文化生态，发源各种反叛的思潮，日渐变得单一而优雅。人们关注和议论上海，看它不断变化的舞台、喧嚣的外表，但很难注意到这个城市的底色，上海市民生活的特质是一个相对不变的潜流，他们也在打量着舞台中央的戏。这出戏将怎样影响人们的生活，裹挟着多少争论和冲突，现在还没有答案。

2002 年 4 月 8 日，总第 187 期，第一次以封面故事的规模关注文化遗产

封面故事《故宫百年大修》全视角地介绍了修复者的梦想，即恢复

康熙和乾隆年间金碧辉煌的全盛摸样。文章还提出这样一个问题：2008年以后的故宫会不会像卢浮宫那样和参观者产生越来越近的亲和力，成为一个真正的历史艺术宝库？

2002 年 4 月 15 日，总第 188 期，以封面故事纪念王小波逝世 5 周年

封面故事《王小波和自由知识分子》是一个至今都有着良好口碑的封面故事，对王小波的自由精神做出较为全面、清晰的评价。

2002 年 4 月 29 日，总第 190 期，韩国空难，周刊记者第一次跨出国门采访

封面故事《国航悲情时刻》是记者李菁跨国采访之作，其中的艰辛可读她在本书中的回忆文章。这是一个开始，从此，出国采访成为周刊运作的常态之一。

2002 年 7 月 8 日，总第 199 期，第一次强调中产阶层对行业发展的推动作用

封面故事《中产阶级与汽车》传达出这样一些判断："中国社会的阶层边界开始变得相对清晰"，"与汽车联系最为密切的当然是中产阶层"。这里的隐喻是：掌握方向盘，意味着自己能够控制自己的生活，无论中外，这都是最典型的中产阶层理想。

2002 年 7 月 29 日，总第 202 期，《阅读》栏目请小宝担当撰稿人

《畅销书与排行榜》连载多年，读者期待与自己关系更为密切的阅读。从这一期的《被策划与被纪念的爱情》开始，小宝开始为读者介绍中国出版市场上的新书，他灵动的思维、轻松有趣的文字和适中的趣味，

深得读者喜爱。

2002 年 10 月 7 日，总第 212 期，第一次推出关注财富榜的封面文章

《中国首次富人财富调查》比较了首推中国财富榜的胡润《福布斯》榜与国家统计局大样本调查的异同，结论是《福布斯》是个案性质的，而国家统计局的调查可以揭示一个阶层的状况。

2003 年 1 月 13 日，总第 225 期，第一次推出具实用性的封面文章

《为什么我们不能周游世界》既对出境游的可能空间和存在的问题做出了报道和思考，又提供了非常详尽的服务信息，使那些渴望出国旅游但又心存困惑和畏惧的读者受益匪浅。

2003 年 2 月 24 日，总第 229 期，首次关注春节期间的娱乐问题

封面故事《老纪"闹春"》谈论的是为什么电视剧《铁齿铜牙纪晓岚》在 2001 年春节创下收视纪录，其续集在 2003 年春节期间又火了一把，成为人们打发春节无聊时光的好东西？此文对娱乐因素和娱乐观的探讨引起广泛关注。

2003 年 3 月 31 日，总第 234 期，推出伊拉克战争特刊

这一期特刊，以全部页码描述《一场准备了 12 年的战争》。24 小时内完成选题策划和编写，是生活周刊创刊以来对重大新闻事件所做的最成功的一次快速反应。

2003 年 4 月 21 日，总第 237 期，"非典"时期的非典型关注

针对罕见的大规模传染病袭击，从封面故事《"非典型"时刻》、《人命关天》和《SARS政治》开始，生活周刊以连续多期的篇幅，从多种视角关注和记录了这场灾难，并做出积极反思。

2003 年 4 月 23 日，生活周刊搬入三联书店

三联书店为便于领导，将《三联生活周刊》、《爱乐》和《竞争力》三个杂志的编辑部全部迁入位于美术馆东街的三联书店总店。

2003 年 7 月 14 日，总第 248 期，朱伟《有关品质》开栏

从《家徒四壁》开始，不分古今，每周聊一个谈论读书人或文化人生活的故事，自然多是与读书和学问有关的生活。朱伟说，开这个专栏是为了逼迫他自己多读一些书。

2004 年 1 月 19 日，总第 273 期，首次以田野调查方式探访民俗生态

封面故事《2004 春节民俗报告》，以 30 页的篇幅详尽描述了中国现存的一些著名的民间艺术的生态，分析了它们得以生存的深层原因，以及它们遭遇到的各种危机。这些叙述对象有：贵州傩戏，陕西皮影，户县农民画，山东扑灰年画、聂家庄剪影、高密剪纸，江苏桃花坞年画和天津杨柳青年画。

2004 年 7 月 26 期，总第 297 期，讨论张艺谋的文化霸权

相对来说，在针对《十面埋伏》的纷纷扬扬的批评声中，生活周刊发出的是比较理性的声音，29 页的特大封面故事《张艺谋的艺术霸权》成为当时最受关注的评论文章。

2004 年 8 月 16 日，总第 300 期，纪念邓小平逝世 7 周年，最厚的周刊

与大多数媒体的选择不同，封面文章《邓小平的 1979：和平崛起元年》聚焦的是改革开放的重要年份——中美建交和十一届三中全会召开。作为创刊 300 期纪念，这一期周刊的篇幅扩充至 220 页，定价不变。

2004 年 9 月 27 日，总第 306 期，第一次在封面故事中讨论历史

封面故事《成吉思汗热》对剧中主角成吉思汗的伟大声名，他的帝国，他身后的隐秘传说等都做了富有趣味的描述和发掘。与人物相配合，文章中震撼与激情、血腥与功勋交织，阅读视野十分广阔。成为当年销售最佳的代表作品。

2005 年 1 月 3 日，总第 319 期，生活周刊扩刊增版

内容扩充到常态 120 页，定价提高到 8 元。

扩版后，增加了《调查报告》、《政策解读》、《理财》、《收藏》、《旅游与地理》和《健康》等栏目或版块，使杂志的丰富性、服务性进一步增强。

作者：朱德庸

  我第一次来大陆是 1999 年，当时《三联生活周刊》的朱伟先生是
第一个向我约稿的人，这是五年多前的事。如今一晃已是周刊十周年了，
我虽没来得及参与《三联生活周刊》的诞生，但很荣幸有机会陪着这本
优秀而又特具前瞻性的杂志一同成长。

（1960 年出生，江苏太仓人，台湾著名漫画家。其漫画作品《双响炮》、《涩女郎》、《醋溜族》
等在内地很受欢迎）

《三联生活周刊》
编辑部人员名单

(1992 ~ 2004)

以下名单根据进入编辑部的时间排列，同年进入者未严格区分时间和职务。1994 年 9 月以后的名单，以版权页正式人员名单为依据，未含实习记者，长期支持编辑部工作的少数合作者包括在内。

一、筹办时期

1992 年最初的策划期

钱钢、朱正琳、梁晓燕

1993 年 3 月 ~ 1994 年 5 月 "讨论本" 时期

钱钢（主编）、陶泰忠（拟任社长）、杨浪（编辑）、何志云（编辑）、毕熙东（编辑）、杨迎明（编辑）、胡舒立（编辑）、叶研（编辑）、季元宏（编辑）、程赤兵（记者）、贺延光（摄影）、闻丹青（摄影）、袁东平（摄影）、马智（编辑）、刘铮（摄影）、季思九（美编、插图作者）、陈小波

（图片编辑）、刘晓春（资讯）、王安（编辑）、郭家宽（编辑）、陈西林（美编）、晓蓉（编辑）、李安定（编辑）、刘雪芳（办公室主任）、李荣华（办公室主任）、宁成春（美编）

苗炜（记者）、黄集伟（记者）、王锋（记者）、刘君梅（记者）、刘晓玲（记者）、汪文（记者）、何笑聪（记者）、李翠萍（记者）、黎争（记者）、童铭（记者）、华莉（记者）、武容（记者）、石正茂（记者）、钦峥（记者·）、王烨（记者）、陈虹（记者）

1994 年 5 月 ~ 7 月第一次休刊期

吕祥（业务经理）、徐友渔（执行主编）、朱学勤（执行主编）、张晓莉（记者）、洪凌（记者）、徐巍（记者）

二、创刊时期

1994 年 9 月 ~ 1995 年 7 月创刊期

杨浪（执行副主编）、杨新连（总编助理）、方向明（主笔）、黄艾禾（主笔）、杜民（编辑）、王冬月（编辑）、唐元弘（编辑）、陈炼一（摄影）、张沛（资讯）、吴鹏（资讯）、印小韵（美编）、海洋（美编）、荣非（插图作者）、李甬（记者）、高媛（秘书）

（说明：此时尚有前期留下的编辑程赤兵、黄集伟，美编季思九，记者王锋、刘晓玲、苗炜、刘君梅、张晓莉、洪凌、徐巍，资讯钦峥。）

三、恢复出版时期

1995 年 8 月 ~ 12 月

潘振平（副总编辑）、朱伟（执行主编）、阎琦（编辑，编辑部主任）、何绍伟（编辑）、舒可文（编辑）、兴安（编辑）、胡泳（编辑）、刘怀昭（编辑）、娜斯（娜日斯，驻纽约记者）、王童（记者）、李学平（校对）

（说明：此时尚有前期留守的主笔方向明，图片编辑陈小波，记者苗炜、刘君梅、王锋、张晓莉，资讯钦峥、吴淑秀，封面设计海洋。）

1996 年

刘天时（记者）、邢海洋（记者）、皮昊（记者）、高昱（记者）、王剑南（特邀翻译）、王焱（特邀插图作者）、吴欣（特约图片编辑）、宫长军（特约图片编辑）、高山（特约图片编辑）、庄海燕（美编）、李冬钢（图片编辑）、邹俊武（美编）、商园（美编）、鲍奕敏（资讯）、程昆（版式）

1997 年

卞智洪（记者）、邹剑宇（记者）、李孟苏（记者）、王珲（记者）、朱彤（特邀记者）、孙越（记者）、郭军（图片编辑）、娄林伟（特邀摄影）

1998 年

任波（记者）

1900 年

朱子峡（记者）、吴晓东（记者）、申宇红（记者）、李鹏（记者）、吴洪亮（特邀封面设计）、陈曦（特邀插图作者）、谢峰（特邀插图作者）

2000 年

诸葛蔚东（记者）、李倩（记者）、韩颖（记者）、文白（记者）、李鸿谷（编辑）、巫昂（记者）、黎虹（记者）、陈晨（记者）、纪江玮（记者）、唐波（记者）、沈志红（记者）、钟和晏（记者）、李伟（记者）、侯捷宁（记者）、郦毅（记者）、于彦琳（小于，记者）、陆新之（编辑）、甄芳洁（记者）、李三（记者）、张春燕（记者）、金焱（记者）、吴晓蕾（美编）、王星（记者）

2001 年

刘清（图片编辑）、黄河（记者）、曹立新（记者）、庄山（记者）、李菁（记者）、蔡伟（记者）、雷静（记者）、鲁伊（记者）、张峰（记者）、丁伟（记者）、王小峰（记者）、邢慧敏（记者）、陶震宇（摄影）、周巍（图片编辑）、刘咏梅（图片编辑）、任波（图片编辑）

2002 年

郝利琼（记者）、陆丁（记者）、朱步冲（记者）、朱文轶（记者）、邱海旭（记者）、崔峤（记者）、曾焱（记者）、谢衡（记者）、尚进（记者）、李钺（特邀插图作者）、黄罡（美编）、陈晓玲（图片编辑）、王小菲（美编）、秦翠莉（记者）、程磊（记者）

2003 年

孟静（记者）、吴琪（记者）、王鸿谅（记者）

2004 年

马丽萍（记者）、郇丽（记者）、程义峰（记者）、马戎戎（记者）、

476

于萍（记者）、薛巍（记者）、徐海屏（记者）、贾冬婷（记者）、王家耀（记者）、谢九（记者）

后 记

  在《三联生活周刊》迎来自己创刊号出版十年之际，我们编辑了这本文集，想给刊物的成长留下一点记忆。

  文章是由曾在或正在编辑部工作的同事们提供的，他们从个人角度讲述的故事，涉及周刊从创刊至今各个时期的生存状态，酸甜苦辣，五味杂陈。限于篇幅，我们删去了部分重复的内容和过于冗长的感想。数十位读者朋友也写来文章，他们对周刊的期待我们已经铭记在心。

  在周刊发展的历程中，有许许多多人倾注了心血，做出了贡献，特别是刊物经营和市场推广方面的开创性工作，同样值得回顾和思考。希望今后有机会将这方面的文字结集出版。周刊正在成长，恳请我们曾经和现在的同事以及读者朋友，继续给予关注，给予帮助。

编者

2005 年 1 月

图书在版编目（ＣＩＰ）数据

《三联生活周刊》十年：一本杂志和他倡导的生活／
《三联生活周刊》编辑部编．—北京：生活·读书·新知
三联书店，2009.1

（三联生活周刊文丛）

ISBN 978-7-108-03122-8

Ⅰ．三… Ⅱ．三… Ⅲ．①生活—期刊—编辑工作—中国—文集
②三联生活周刊—纪念文集 Ⅳ．G237.5 -53

中国版本图书馆 CIP 数据核字（2008）第 196816 号

丛书主编 阎　琦
责任编辑 阎　琦
版式设计 雷　雯
出版发行 **生活·讀書·新知** 三联书店
　　　　　（北京市东城区美术馆东街 22 号）
邮　　编 100010
经　　销 新华书店
排　　版 《三联生活周刊》美术设计部
印　　刷 北京华联印刷有限公司
版　　次 2005 年 3 月北京第 1 版
　　　　　2009 年 1 月北京第 2 版第 2 次印刷
开　　本 635 毫米 ×965 毫米 1/16　　印张 30.5
字　　数 400 千字
印　　数 20,001-30,000 册
定　　价 50.00 元（精）